DAS BÖSE VOM GARDASEE

Alessandro Montano verbrachte viele Jahre am Gardasee und schrieb Kritiken für verschiedene Filmmagazine, bevor er als Filmdramaturg diplomierte. Montano, der seinen ersten Roman 2017 veröffentlichte, lässt sich in seinen Geschichten immer wieder vom größten See Italiens inspirieren.

ALESSANDRO MONTANO

DAS BÖSE VOM GARDASEE

Kriminalroman

emons:

Bibliografische Information der Deutschen Nationalbibliothek
Die Deutsche Nationalbibliothek verzeichnet diese Publikation
in der Deutschen Nationalbibliografie; detaillierte bibliografische
Daten sind im Internet über http://dnb.d-nb.de abrufbar.

© Emons Verlag GmbH
Alle Rechte vorbehalten
Umschlagmotiv: Montage aus M_Knab/photocase.de,
Gordon Johnson/Pixabay.com
Umschlaggestaltung: Nina Schäfer
Gestaltung Innenteil: DÜDE Satz und Grafik, Odenthal
Lektorat: Marit Obsen
Druck und Bindung: CPI – Clausen & Bosse, Leck
Printed in Germany 2022
ISBN 978-3-7408-1500-4
Originalausgabe

Unser Newsletter informiert Sie
regelmäßig über Neues von emons:
Kostenlos bestellen unter
www.emons-verlag.de

EINS

Es war dunkel im Raum. Lichtstreifen vom Morgenlicht, das durch die geschlossenen Fensterläden sickerte, schwebten scheinbar magisch in einer unbestimmbaren Entfernung, je länger er hinschaute. Wenn er die Augen wieder schloss, sah er sie immer noch, nur diesmal leuchtend blau. Diese Lichtstreifen waren wie seine Träume. Sie waren immer da. Wenn er schlief und wenn er erwachte. Sie ließen ihn nicht los. Sie veränderten ihre Farbe, aber niemals ihre Form. Zumindest nicht seit dem Unfall im Tunnel damals.

Alles in seinem Körper schmerzte. Jede Faser vermisste sie, jeder Muskel, jeder Quadratzentimeter Haut. Er glaubte, dass es einfacher für ihn wäre, wenn sie anders gestorben wäre. Aber die Nacht im Tunnel hatte sie einfach aus seinem Herzen gerissen und ein klaffendes Loch hinterlassen. Sein Herz tat, was es konnte, um gegen diesen Verlust anzukämpfen und anzupumpen. Aber wie lange es noch durchhielt, vermochte er nicht zu sagen.

Ich sollte jetzt besser aufstehen, dachte er. Die Fensterläden öffnen, das schmerzende Sonnenlicht hereinlassen und dann irgendetwas tun. Doch jeden Morgen stand er ratloser und ratloser vor dem Tag. Was konnte er machen, was ergab Sinn? Was würde irgendetwas besser machen? Was konnte ihn ablenken, zumindest für einen Augenblick? Immer wieder fragte er sich, ob es sich überhaupt lohnte aufzustehen.

»Luca!«, rief eine Stimme draußen vor der Tür. Schritte polterten auf der alten Veranda. Es war Massimo.

»Du bist zu früh!«, rief Luca.

»Gar nicht. Du schläfst zu lange«, kam es durch den schmalen Spalt in der Tür.

»Gar nicht.«

Luca rappelte sich auf und stöhnte. Mit ausgestreckten Händen tapste er durch die Dunkelheit auf die Tür zu. Er kannte sich in diesem Haus noch nicht gut genug aus, um nicht irgendwo anzustoßen. Er war erst vor Kurzem hier eingezogen. Ein kleines Haus, eigentlich mehr eine Holzhütte, auf einem verwilderten Grundstück direkt über dem Abgrund, dem Steilhang, der über Campione aufragte. Er und Martina hatten zusammenziehen wollen und seine alte Wohnung renoviert und vergrößert. Doch darin hatte er nicht mehr leben können. Er hatte sie verkauft und sich auf dieses kleine Stückchen Land zurückgezogen. Der Komfort war minimalistisch, aber mehr benötigte er nicht. Er brauchte die Abgeschiedenheit. Dafür war es perfekt. Er wollte allein sein.

»Luca!«, drängte Massimo ihn.

»Ja, ja, ich komm ja schon.« Er schlurfte schneller und schloss die Tür auf. Der kleine Massimo stand jetzt freudestrahlend vor ihm und hielt ihm ein Glas Honig hin. Auf dem Etikett waren eine Bleistiftzeichnung einer Biene und ein handgeschriebenes Datum zu sehen.

»Hier, für dich.«

»Danke dir.«

»Was machst du heute?«, fragte der Kleine.

Luca warf vorsichtig einen Blick hinaus in den Garten bis hinunter zum Grundstücksende, das von einem alten Drahtzaun und dichten, undurchdringlichen Brombeerbüschen begrenzt wurde.

»Weiß noch nicht. Und du?«

»Wir fahren nach Gargnano, Fisch kaufen.«

»Wann geht denn die Schule wieder los?«

Mürrisch senkte Massimo seinen Blick. »In zwei Wochen.«

»Tja, tut mir leid. Nutz die Zeit.«

»Deine Veranda ist kaputt, guck mal, hier und hier …« Er tippte mit seiner abgewetzten Schuhspitze auf morsche Stellen im Holz.

»Ja, ich weiß.«

»Irgendwann krachst du durch, und ich finde dich dann …«

Er verdrehte die Augen nach oben und ließ seine Zunge aus dem Mund hängen, was Lucas Tod darstellen sollte.

»He, jetzt ist aber gut. Danke für den Honig, sag das deinem Vater.«

»Soll ich was einkaufen für dich?«, fragte Massimo.

»Ach so, ja … wenn es dir nichts ausmacht.«

»Wenn du Geld hast, nicht.«

»Gut, dann schreib ich dir schnell was auf.«

Luca suchte eilig einen Stift und ein Stück Papier und erstellte eine Einkaufsliste für den Jungen, die er ihm mit einem Fünfzig-Euro-Schein übergab.

»Alles klar, bis später«, sagte der Junge fröhlich, sprang von der Veranda und lief davon.

Luca trat aus dem Sonnenschutz des kleinen Vordachs ins hohe Gras und beschattete mit beiden Händen seine Augen. Er hatte keine Ahnung, wie spät es war, aber es würde ein heißer Tag werden. Ungewöhnlich heiß, immerhin war es schon Ende September. Irgendwo rechts von sich hörte er die Bienen seines Nachbarn um das kleine Dorf von Körben summen. Über den Rand der Büsche hinweg blickte er auf den See und das Monte-Baldo-Massiv, das auf der anderen Seeseite über Malcesine aufragte und den Ort so klein und zerbrechlich aussehen ließ. Er wollte Martina noch Guten Morgen sagen, bevor er frühstückte, und ging ins Haus, um das Teleskop zu holen. Luca hatte es sich gekauft, kurz nachdem er hier eingezogen war. Ursprünglich nur, um Malcesine sehen zu können, doch er hatte festgestellt, dass das Gerät zu wesentlich mehr in der Lage war. Er konnte von hier aus tatsächlich bis auf den Friedhof schauen und Martinas Grabstein sehen. Die Lage seines Grundstücks auf der Hochebene und der richtige Winkel ermöglichten es ihm, wann immer er wollte, ganz nah bei ihr zu sein. Das war eine gute und wichtige Feststellung für ihn gewesen. Und so war der Blick durch das Fernrohr zu einer täglichen Routine geworden.

Er platzierte das Stativ an einem bestimmten Ort auf

der Veranda, montierte das schwere, fast einen Meter lange Teleskop darauf und stellte es ein. Das ging ihm inzwischen schnell von der Hand. Und da war es auch schon, Martinas Grab. Ein Schatten lag noch schräg über dem Stein wie ein Kleidungsstück, das man dort abgelegt hatte. Er erkannte die Umrisse der Inschrift und das kleine Foto, doch Schrift und Bild blieben letzten Endes immer ein wenig verschwommen. Manchmal waren Besucher auf dem Friedhof und gingen vorbei oder blieben an einem anderen Grab stehen. Aber das war ihm egal, er hatte in diesen Momenten stets das Gefühl, allein mit ihr zu sein, eine Verbindung zu ihr zu haben. Das Innere des Teleskops war wie ein Tunnel zwischen seinem Haus und dem Friedhof, durch den er einfach zu ihr gehen konnte, über den See hinweg, über alle Hindernisse hinweg, um bei ihr zu sein.

»Guten Morgen«, flüsterte er.

✳ ✳ ✳

Es war bereits siebzehn Uhr, als Massimo mit den Einkäufen zurückkam. Luca war am Schreibtisch eingeschlafen, wo er versucht hatte, eine neue Filmidee zu skizzieren. In den letzten Jahren war seine Arbeit als Dokumentarfilmer mehr als nur zu kurz gekommen. Nachdem er als Berater für die Polizei tätig geworden war, war sie quasi zum Erliegen gekommen. Der neue Job hatte ihm zwar ein halbwegs geregeltes Einkommen geschenkt, aber auch viele Wunden aufgerissen. Er hatte Dinge gesehen, die kein Mensch so einfach verkraften konnte, und eine Reise in seine eigene Vergangenheit gemacht, bei der er sich schmerzhaften Erkenntnissen stellen musste. Mit Martina hatte das alles ein Ende gefunden, und nach Jahren der Dunkelheit hatte er geglaubt, es würde nun endlich wieder Licht in sein Leben kommen. Doch tatsächlich war das Gegenteil geschehen, als Martina ihm nicht lange darauf wieder genommen worden war. Die Dunkelheit, die ihn sein Leben lang begleitete, hatte sich in die schwärzeste Nacht verwandelt und wollte ihn einfach nicht mehr loslassen.

Luca war am Ende seiner Kräfte. Eigentlich wollte er nichts weiter als schlafen und schlafen. Die Gedanken, auf die er so sehr hoffte, Gedanken, die ihn ablenken oder in eine andere Richtung führen, die ihn anregen konnten, blieben aus. Stattdessen umarmte ihn die Müdigkeit wie ein träger Riese, aus dessen Fängen er nicht entkam.

Als Massimo ihn aus einem merkwürdig verqueren und grotesken Traum riss, in dem verunstaltete Menschen ihn zu etwas zwingen wollten und er am Ende über Wasser lief, um vor ihnen zu fliehen, fuhr er mit einem dumpfen Schrei hoch und erschrak sich selbst dabei.

»Luca, hast du schon wieder geschlafen?«

Massimo stand in der geöffneten Tür, zwei Einkaufstüten zwischen seinen Beinen.

»Bin wohl kurz eingenickt. Wollte arbeiten.«

»Wo ist eigentlich deine Filmkamera?«, fragte der Junge und sah sich im Zimmer um, während er die Tüten anhob und den Einkauf auf die Arbeitsplatte neben der Spüle stellte.

»Hab ich sie dir noch nicht gezeigt?«, fragte Luca und stand auf.

»Wolltest du nur.«

»Sie liegt gut einpackt in einem Koffer, aber …« Luca überlegte, ob er die Kamera nicht besser verkaufen sollte. Die Technik war inzwischen überholt, und er hatte sich auch schon länger nicht mehr damit befasst. »Ich packe sie irgendwann mal aus, dann machen wir ein paar Aufnahmen zusammen.«

»Wir können unsere Bienen aufnehmen.«

»Klar, und deinen Vater auch.«

Luca nahm die Einkäufe aus den Taschen und stellte sie in den Kühlschrank, während Massimo in seinen Hosentaschen nach dem Restgeld kramte.

»Hat irgendwas mit zweiundvierzig Euro gekostet«, sagte er und klatschte die Münzen auf den Tresen.

»Behalt den Rest. Vielen Dank.«

»Echt? Fast acht Euro?«

»Du hilfst mir beinahe jeden Tag, Massimo, ich steh wirklich tief in der Kreide bei dir.«

»Hä?«

»Na ja, ich stehe in deiner Schuld, verstehst du? Du tust etwas für mich, aber ich nicht für dich. Das hier ist deine verdiente Belohnung.«

»Ach so.« Massimo sah sich um und blieb dann wie versteinert stehen.

»Was ist?«

»Hörst du das auch?«

»Das Summen? Das sind eure Bienen.«

»Ja, aber nicht so nah.« Er ging ein paar Schritte in Richtung der gegenüberliegenden Wand und lauschte. »Kommt von hier, glaub ich.«

Luca stellte sich neben ihn und horchte.

»Hast recht.«

»Wir gucken mal von außen«, schlug Massimo vor und rannte hinaus.

Luca folgte ihm, und tatsächlich entdeckten sie in der Holzfassade ein Astloch, aus dem eine Biene herauskrabbelte.

»Du hast ein Nest«, stellte Massimo fest.

»Und jetzt?«

»Wir sagen meinem Papa Bescheid.«

Luca wartete auf der Veranda hockend nur ein paar Minuten, da kehrte Massimo auch schon mit seinem Vater zurück. Giorgio Voltalano war ein blasser kleiner Mann mit einem dicken Schnauzbart und kurzen Armen.

»Buonasera«, grüßte er.

»Buonasera.« Luca erhob sich und schüttelte ihm die Hand. »Ihr Sohn ist wirklich sehr aufmerksam. Dort oben hat er ein Nest entdeckt.« Er zeigte Giorgio das Loch. Der trat an die Wand heran, stellte sich auf die Zehenspitzen und drückte sein Ohr gegen das Holz.

»Ich höre sie.«

»Können die da bleiben?«

»Ich würde sie besser herausholen. Die fressen sich durch, bis sie nachher in Ihrem Haus sind.«

»Können Sie das machen?«

Giorgio nickte. »Ich würde sie zu mir holen. Aber wir müssten die Fassade hier aufmachen und vielleicht erneuern.«

»Ihr Sohn meinte, meine Veranda hätte auch etwas Renovierung nötig.«

Giorgio blickte prüfend auf die alten Holzbohlen. »Die sind so gut wie durch. Da hilft kein Anstreichen mehr.« Er kratzte sich am Kopf und schien zu überlegen. »Ich könnte mit meinem Laster Holz besorgen und danach das Volk entfernen.«

»Das wäre unglaublich nett von Ihnen, den Rest kann ich selbst machen. Das kriege ich hin.«

»Okay, dann … Morgen schaffe ich es nicht mehr, aber übermorgen könnte ich das machen.«

»Gern, ich bezahle Sie auch für Ihre Arbeit. Ich bin froh, wenn Sie mir helfen.«

»Das regeln wir schon irgendwie.«

»Er steht in deiner Kreide«, sagte Massimo grinsend zu seinem Vater.

ZWEI

Abends gegen zwanzig Uhr, Luca hatte sich gerade mit einem Glas Weißwein neben das auf der Veranda stehende Teleskop gesetzt, hörte er, wie ein Auto seine Auffahrt hochgefahren kam. Er blickte um die Ecke des Hauses und erkannte den dunklen Alfa Romeo von Pasquale Vialli, dem Commissario, der ihn vor einigen Jahren zu der Zusammenarbeit überredet hatte und für ihn seither zu einem guten Freund geworden war.

Luca verstaute das Teleskop rasch im Haus und erwartete Pasquale dann in seinem Garten. »Ich bin hier hinten!«, rief er ihm zu.

Pasquale winkte mit einer Flasche Wein in der Hand. Er trug das Jackett seines Dienstanzugs über dem Arm und hatte zwei Knöpfe seines Hemdes geöffnet.

»Ciao, Luca«, sagte er und umarmte ihn.

»Schön, dass du kommst.«

»Was machst du so?«, fragte Pasquale und ließ seinen Blick flink über Hauseingang, Veranda und Garten gleiten. Vielleicht war es nur eine Berufskrankheit, die Details seiner Umgebung zu erfassen, vielleicht war es Sorge um Luca.

»Ich hab Bienen in der Hauswand.«

»Oh, das ist mal was anderes«, sagte Pasquale lächelnd.

»Setz dich, ich hol dir noch ein Glas.«

»Du hast nicht zufällig was zu essen da?«

»Ich hab frisches Brot und Wurst.«

»Wunderbar.«

Luca machte etwas für sie beide zurecht und gesellte sich dann zu Pasquale nach draußen.

Das Plateau warf seinen Schatten bis auf die Ostseite und verdunkelte Malcesine, während der Monte Baldo kupferfarben im Abendlicht leuchtete.

Sie blickten stumm auf diese Aussicht und ließen sich Wein und Brot schmecken.

»Wie geht's dir so, kommst du zurecht?«, fragte Pasquale nach einer Weile.

»Alles bestens, danke.«

Pasquale wandte sich ihm zu. »Verarsch mich nicht, ich sehe, dass das nicht wahr ist.«

»Was soll ich denn sagen? Was willst du hören?«

»Ich will, dass du ehrlich bist. Du kannst mir alles sagen.«

»Ich will nicht jammern.«

»Ist mir klar, aber darüber zu reden, tut gut. Kannst du schlafen?«

»Ich schlafe zu viel«, entgegnete Luca ein wenig bitter. »Eigentlich will ich das gar nicht, weil ich dann immer wieder dasselbe sehe. Ich bin wieder in dem Tunnel, höre wieder den Einschlag, liege wieder auf der Straße und sehe sie dort im Auto sitzen.«

»Wie oft gehst du hier raus? Verlässt du das Grundstück überhaupt mal?«

»Na, ich muss doch einkaufen und so weiter.«

Pasquale nickte wenig überzeugt.

»Die Veranda mache ich jetzt neu. Das ist mein nächstes Projekt.«

Pasquale betrachtete die Holzbohlen unter seinen Füßen. »Gut, das klingt doch super. Du könntest auch mal wieder zu mir kommen. Ich koche und wir reden, so wie jetzt auch. Oder wir besuchen Tomasio. Wann hast du den das letzte Mal gesehen?«

»Ist schon 'ne Weile her. Gibt's noch einen Grund, warum du hier bist?«, wollte Luca wissen und hatte so ein merkwürdiges Gefühl in der Magengegend.

Pasquale lehnte sich zurück, nahm einen Schluck vom Wein und sah eine Weile nachdenklich in das Glas, ehe er antwortete.

»Bist du hier oben schon mal einem Wolf begegnet?«

»Wie meinst du das?« Die Frage kam für Luca etwas überraschend, er hatte mit etwas ganz anderem gerechnet.

»Na, einen Wolf. Hast du schon mal einen gesehen hier in den Bergen? Du bist doch viel in der Gegend unterwegs gewesen.«

»Ich selbst nicht, aber ich weiß von Leuten in den Bergdörfern, die eine solche Begegnung hatten. Ziegen und Schafe sind gerissen worden.«

»Ja, ja, hab ich auch gehört.«

Pasquale war jetzt ganz in Gedanken. Luca beobachtete ihn nur und ließ ihm Zeit. Wenn es noch etwas gab, das er ihm sagen wollte, käme er sicher bald damit heraus.

»Wir haben da eine Leiche gefunden ... Genau genommen sind es zwei. Eine ist vollkommen skelettiert. Die andere ist ungefähr eine Woche alt. Sie weist üble Verletzungen auf. Wir denken, dass sich ein Raubtier daran zu schaffen gemacht hat.«

»Es gibt auch Bären in den höhergelegenen Bergen«, sagte Luca. »Im Sommer eher selten. Aber es gibt sie. Luchse bestimmt auch.«

Pasquale nickte und stellte sein Glas ab.

»Was war denn die Todesursache? War es ein Unfall, oder glaubst du, ein Raubtier hat die Person getötet?«

Pasquale sah Luca fest in die Augen. »Beiden wurde die Kehle durchgeschnitten.«

»Ach so, also Mord, kein Unfall.«

»So ist es.«

»Du bist aber nicht hier, um mich zu überreden, wieder für euch zu arbeiten?«

»Nein, ich habe dich in der Vergangenheit zu sehr ... in Gefahr gebracht«, sagte Pasquale leise. Lucas Schicksal lag schwer auf seinen Schultern. Er fühlte sich verantwortlich für das, was geschehen war. Und das musste er ihm endlich sagen. »Luca, mir tut unendlich leid, was passiert ist. Ich habe einen schlimmen Fehler gemacht, als ich dich da mit reingezogen habe. Ich werde dich nie wieder bitten –«

»Pasquale.« Luca legte eine Hand auf Pasquales Arm. »Bitte

nicht. Es war nicht deine Schuld. Ich habe nie auch nur ansatzweise darüber nachgedacht, dich dafür verantwortlich zu machen. Hörst du? Außerdem … Ohne dich hätte ich sie nie kennengelernt.«

Pasquale verbarg die Augen hinter seiner Hand.

»Fang jetzt bloß nicht an zu weinen, ich warne dich«, drohte Luca.

Das brachte Pasquale zum Lachen. »Tut mir leid«, entschuldigte er sich. »Ich wollte eigentlich nur sagen, dass ich dich gut leiden kann und möchte, dass es dir gut geht.«

»Und?« Luca ahnte, dass das noch nicht alles war.

»Außerdem wollte ich, dass du weißt … Wenn mir mal was passieren sollte, dann möchte ich, dass du alles regelst. Du weißt ja, wo alles ist. Ich hab sonst keinen …«

»Du bist ja noch schlechter drauf als ich«, stellte Luca fest, und beide lachten laut drauflos. »Besuchst einen Depressiven und ziehst ihn noch mehr runter. Was bist du denn für ein Freund?«

Ihr Gelächter schallte über die Klippe hinweg und wurde von irgendwo als entferntes Echo wieder zurückgeworfen. Es ebbte langsam ab, wurde zu einem Glucksen, und das Glucksen wandelte sich zu einem stillen Schmunzeln.

»Meinst du, man findet die große Liebe nur einmal im Leben?«, fragte Luca.

Pasquale hatte bereits eine Scheidung hinter sich und keine Kinder. Auch er war schon lang allein. Und sein Beruf machte es sicher doppelt schwer, eine neue Beziehung einzugehen.

»Weißt du«, begann Pasquale, »ich denke, es muss nicht so sein. Wir befragen so viele Menschen in unserem Berufsleben, dabei erfährst du so manche Lebensgeschichte. Und ganz oft hört man von der zweiten oder dritten Liebe. Eigentlich kann es nicht nur einen Menschen für einen geben.«

»Wahrscheinlich ist es so«, entgegnete Luca.

»Ganz bestimmt«, sagte Pasquale und senkte seinen Kopf. Er wirkte nicht sehr überzeugt, fand Luca.

Pasquale ging, als es schon dunkel geworden war und sich die Luft merklich abgekühlt hatte. Sie verabredeten, sich das nächste Mal bei ihm zu treffen und auch Tomasio einzuladen. Tomasio war ein alter Freund von Luca, mit dem zusammen er aufgewachsen war und der nun als Polizist in Malcesine arbeitete. Seine Frau Lia litt an Demenz und war letztes Jahr in ein Heim gekommen, weil Tomasio sich nicht mehr allein um sie kümmern konnte.

»Ich ruf dich in den nächsten Tagen an«, sagte Pasquale, in der offenen Autotür stehend.

»Alles klar. Ciao, Pasquale. Und viel Glück mit deinem neuen Fall.«

»Danke, bis dann.«

Er stieg ein und fuhr langsam rückwärts aus der schmalen Schottereinfahrt.

✳✳✳

Am nächsten Morgen wurde Luca vom Klingeln seines Handys geweckt. Er lag quer auf seinem Bett, die dünne Decke nass geschwitzt um seine Beine gewunden, und tastete auf dem Boden nach dem Telefon. Das Klingeln verstummte. Luca fand das Gerät schließlich halb unter dem Bett, nahm es in die Hand, um zu schauen, wer angerufen hatte, da schrillte es erneut los.

»Spinelli?«

»Ah, Signor Spinelli, endlich. Zia Busconi hier, vom Tierheim.«

»Ach, Signora Busconi …« Luca setzte sich im Bett auf und drückte das Telefon fester ans Ohr.

»Ich habe immer noch Ihren Hund hier in Pension. Sie meinten, Ihr Umzug dauere ein oder zwei Wochen, inzwischen ist ein ganzer Monat vergangen. Der arme Kerl vermisst Sie.«

»Ja, es tut mir leid, ich war etwas … Also, mir geht's gerade nicht so gut.«

»Sie sind krank?«

»Ja, genau.«

»Was haben Sie denn, wie lange wird es dauern?«

»Also, ich glaube nicht, dass ich Ihnen das sagen muss.«

»Wie lange es dauert, schon. Ich kann ihn nicht einfach auf unbestimmte Zeit hierlassen. Außerdem müssten Sie die Verlängerungswochen auch bezahlen.«

»Das ist richtig. Ich … Kann ich auch überweisen?«

»Sicher, aber ich fänd's besser, Sie kämen und würden ihn mit nach Hause nehmen.«

»Ich kann mich im Moment nicht um ihn kümmern.«

»Na gut, sagen wir, Sie überweisen zwei weitere Wochen. Und Ende nächster Woche sprechen wir noch mal.«

Luca war hin- und hergerissen. Ihm gefiel die Beharrlichkeit dieser Frau nicht. Hinzu kam, dass er sich furchtbar schuldig fühlte, Belmondo so lang dort zu lassen.

»Können wir machen«, sagte er schließlich widerstrebend.

Den Rest des Tages räumte er die Veranda leer und stellte alles auf die wild wuchernde Wiese. Das brusthohe Regal mit dem Feuerholz baute er an der linken Hausseite neben einem kleinen Geräteschuppen auf und stapelte das Holz um. Im hohen Gras war jeder Schritt ein wenig mühsam, und so entschied er sich, mit dem alten Handrasenmäher ums Haus herum zu mähen und eine Schneise von der Veranda bis zum Zaun an der Klippe zu schneiden. Die restliche Wiese sollte für die Bienen und Hummeln reserviert bleiben.

Obwohl die Arbeit bei dieser Hitze anstrengend war, war er am Ende mit dem Ergebnis vollauf zufrieden. Die ganze Zeit über quälte ihn allerdings ein bestimmter Gedanke, nämlich, wie sehr dieses Grundstück Belmondo gefallen würde. Der Hund war ihm in einem kleinen Dorf während einer schrecklichen Mordserie dort quasi zugelaufen. Sofort waren sie unzertrennlich gewesen. Luca hatte Belmondo allerdings als Martinas und seinen Hund angesehen, und das Tier um sich zu haben, weckte in ihm nur noch mehr Schmerz über ihren Verlust.

Aber jetzt im Moment fühlte er sich unglaublich schlecht deswegen. So schlecht, dass er es nach getaner Arbeit nicht mehr aushielt. Er lief ins Haus, holte seinen Autoschlüssel und stieg in seinen alten Flavia.

Sermerio lag auf der Hochebene weiter landeinwärts, nahe einem Tal am Berg Pra da Bont. Es war bereits nach achtzehn Uhr, als er dort eintraf, und er hoffte, dass das Tierheim überhaupt noch geöffnet hatte. Auf dem Parkplatz stand ein staubiger Fiat Panda, also hatte er vielleicht Glück. Er eilte durch das Tor in ein eingezäuntes Gehege und auf das kleine Gebäude zu, in dem das Büro untergebracht war. Als er eintrat, bemerkte er, wie ihm der Schweiß von der Stirn rann.

»Hallo?«, rief er, weil an der Anmeldung niemand zu sehen war.

Durch einen Pergola-Vorhang kam eine junge Frau mit einem Rucksack in der Hand und einem Wäschesack auf dem Rücken nach vorn. »Wir haben eigentlich schon zu«, sagte sie.

»Ist Signora Busconi noch da? Ich habe vorhin mit ihr telefoniert. Es geht um meinen Hund.«

»Belmondo?«, fragte sie lächelnd.

»Genau.«

»Ein Schatz. Signora Busconi müsste hinten bei den Volieren sein. Wenn Sie am Katzenhaus vorbeigehen, die kleine Treppe hoch.«

»Okay, danke.«

»Sagen Sie ihr bitte, dass ich gefahren bin?«

»Mach ich.«

Luca war froh, dass er nicht an Belmondos Zwinger vorbei und ihn zunächst zurücklassen musste. Er sprang die drei Stufen zu der kleinen, schattigen Ebene hinauf, auf der inmitten eines alten Baumbestands die Vogelvolieren standen.

»Signora Busconi?«, fragte er laut.

»Hier bin ich!«, hörte er sie von weiter rechts sagen. Er ging an einer Eule vorbei, die ihn mit ihren großen Augen verfolgte.

»Wo?«

»Ich bin hier«, sagte sie erneut, und da erst entdeckte er sie in einer großen Voliere, halb verdeckt von einem riesigen Greifvogel, der vor ihr auf einem Baumstumpf saß.

»Mein Gott, was ist das?«, fragte Luca erschrocken.

»Nicht so laut, Sie machen ihn sonst nervös. Das ist ein Steinadler.«

Luca staunte das Tier an, das ein Stück Fleisch aus der behandschuhten Hand von Signora Busconi riss.

»Ist der zahm?«

»Nein, der geht bald wieder zurück in die Freiheit. Wenn sein Flügel verheilt ist. Was machen Sie hier, Signor Spinelli?«

»Ich … ich habe mich anders entschieden. Ich möchte meinen Hund abholen.«

Sie überließ dem Adler den letzten Bissen Fleisch, kam aus dem Käfig und stellte sich vor Luca. Sie trug lederne Wanderstiefel, olivgrüne Cargoshorts und ein rotes T-Shirt. »Vorhin klang das noch ganz anders«, meinte sie zweifelnd.

»Ich weiß, aber jetzt will ich ihn gern mitnehmen.«

»Und Ihre Krankheit?«

»Na ja, es war nicht direkt eine Krankheit. Ich … ich habe vor Kurzem meine Lebensgefährtin bei einem Unfall verloren, und ich war danach nicht ganz auf dem Damm«, gab er zu und konnte ihr dabei nicht in die Augen sehen.

»Verstehe. Und was hat sich seit heute Morgen geändert?«

»Nichts, oder doch … ich hab eingesehen, dass ich den Hund nicht länger leiden lassen will.«

»Sie meinen, Sie kriegen das hin? Sie können sich um ihn kümmern?«, fragte sie prüfend, nun aber mit etwas mehr Mitgefühl in der Stimme.

»Ja, ich kann das«, antwortete Luca und dachte an Massimo, der die Einkäufe für ihn erledigte, weil er im Grunde nicht mehr rausgehen wollte. »Doch.«

»Na schön, das freut mich zu hören«, meinte Signora Busconi mit einem Lächeln. »Aber wenn Sie nichts dagegen haben, würde ich zwischendurch gern mal vorbeischauen und nach dem Rechten sehen.«

»Okay, das klingt fair.«

»Kommen Sie, dann holen wir Belmondo.«

Sie gingen Seite an Seite über den Rasen, und Luca sah sich neugierig um.

»Haben Sie so etwas wie diesen Adler öfter hier?«

»Oh ja. Wir pflegen Wildtiere aller Art. Wenn jemand ein verletztes Tier findet, bringt man es meistens zu mir.«

»Ich habe mich gestern erst mit einem Freund unterhalten, ob es hier in der Gegend auch Bären und Wölfe gibt.«

»Die gibt es. Man vergisst irgendwie schnell, dass das hier nicht einfach nur ein großes Urlaubsresort ist, sondern Wildnis, inmitten von Bergen und dichten Wäldern. Wir leben in den südlichen Ausläufern der Alpen. Es gibt Bären, Wölfe und Luchse. Wir haben im Moment sogar einen hier, der in einer Drahtschlinge gefangen war.«

Sie bogen am Fuße der kleinen Treppe nach links zu den Hundezwingern ab, und schon begann das Gebell, und die Hunde sprangen am Gitter hoch.

Belmondo stand in Zwinger 7, wedelte mit dem Schwanz und bellte ohne viel Elan. Luca blieb stehen.

»Was ist?«, fragte Signora Busconi.

Luca schüttelte nur den Kopf.

»Haben Sie doch Bedenken?«

»Nein, ein schlechtes Gewissen.«

»Ich sage Ihnen was«, meinte sie und berührte ihn leicht am Arm, »er wird nicht nachtragend sein. Belmondo freut sich über das, was jetzt gleich passieren wird. Alles andere ist ihm egal.« Jetzt zog sie sanft an seinem Arm, und er setzte sich in Bewegung.

Belmondo schien es zunächst gar nicht glauben zu können. Er reckte zwar neugierig den Hals und sah Luca mit großen Augen an, aber er blieb stehen, und seine Rute regte sich nicht.

»Schau mal, wen ich mitgebracht habe«, sagte Zia Busconi und öffnete das Schloss.

»Belmondo.« Luca machte einen Schritt auf ihn zu.

Der Hund schnüffelte in seine Richtung, dann ging ein Zucken durch seinen Körper, und er begann sich zu drehen und zu winseln. Er trippelte mit den Pfoten, und sein Schwanz wedelte wie wild.

»Ciao, Belmondo. Ja, ich bin's. Wir fahren nach Hause.« Luca ging in die Knie und nahm den Hund in den Arm, der aber viel zu aufgeregt war, um das geschehen zu lassen. Er leckte Luca immer wieder übers Gesicht und sprang an ihm hoch.

»Sehen Sie«, kommentierte Zia Busconi die Szene.

»Danke«, sagte Luca.

Die Rückfahrt verlief ähnlich hektisch wie die Begrüßung. Belmondo sprang von der Rückbank auf den Beifahrersitz und wieder zurück und leckte Luca zwischendurch immer wieder übers Ohr. Er konnte keine dreißig Sekunden still sitzen und winselte unentwegt. In Pieve hielt Luca an dem kleinen Alimentari, nahm Belmondo mit hinein und kaufte eine Ration Hundefutter. Als sie endlich an ihrem neuen Zuhause ankamen, setzte sich Luca auf die Veranda und sah zu, wie der Hund den Garten erkundete. Im rötlichen Licht der untergehenden Sonne lief er schnüffelnd durch das Gras, aus dem kleine Wolken von Bienen aufstoben, wenn er kam. Das alles schien wie in Zeitlupe zu passieren. Ein schöneres Bild hatte Luca schon lange nicht mehr gesehen, und er fragte sich, wie er sich das hatte vorenthalten können.

Er blickte über die frisch gemähte Schneise im Gras hinweg auf die andere Seite des Sees.

»Tut mir leid, Martina«, sagte er. »Ich war ein Idiot.«

Und für heute reichte das. Das Teleskop blieb im Haus, und Luca saß dort, bis es dunkel wurde.

DREI

»Aufstehen!«, rief seine Mutter erneut, zumindest klang ihre Stimme so, als hätte sie ihn schon mal gerufen.

»Ich komme«, brummte Pasquale ins Kissen und drehte sich auf die andere Seite.

»Du darfst am ersten Schultag nicht gleich wieder zu spät kommen.« Sie klopfte laut gegen seine Tür und stieg dann ebenso laut die Holzstufen hinunter.

Wie können drei Monate Sommerferien nur so schnell vergehen, dachte er, bevor er wieder einnickte und erst wieder hochschreckte, als seine Mutter die Haustür mit einem lauten Knall ins Schloss fallen ließ.

Eilig kletterte er aus dem Bett, riss die Augen auf, um wieder scharf sehen zu können, und streifte sich seine Sachen über. Die Schultasche stand fertig gepackt auf dem Boden.

Unten in der Küche war der Frühstückstisch gedeckt, seine Eltern waren bereits auf dem Feld bei der Arbeit. Pasquale stopfte sich ein Brot mit Butter in den Mund und spülte das Ganze mit einem Glas Milch hinunter.

Die Bäume warfen noch lange Schatten auf ihr Feld, als er hinaus in die Morgenluft trat. Am gegenüberliegenden Rand des Feldes befüllte sein Vater gerade die alte Badewanne, die als Tränke für die Kühe diente.

»Papa!«, rief er und winkte.

Sein Vater sah auf und hob die Hand. Pasquale lächelte und lief los. Sein Schulweg führte ihn zunächst über die von Bäumen überwucherte Straße Località Coloer und dann quer über die Felder der anderen Bauern den Berg hinunter. Von hier oben konnte man den Ort sehen, der mit seinen roten Häuserdächern im Tal lag wie ein versteinerter See. Er hielt sich rechts, durchquerte ein schmales Waldstück und rannte quer zum Hang, damit er nicht zu schnell wurde, in Richtung der Via Mosi, die hier oben nur eine Schotterstraße war. Die kleinen Bauernhäuser und Höfe standen nun immer dichter und zahlreicher auf der Alm, und bald erreichte er den Ortsrand von Tiarno di Sopra. Jetzt kamen auch andere Kinder aus allen Richtungen und trafen sich auf der Via Mosi, die direkt ins Zentrum und bis zu der alten Grundschule an der Piazza Milyn führte. Die weiterführende Schule befand sich in Bezzecca, zwei Dörfer weiter, und man konnte von hier aus mit dem Bus fahren.

Eigentlich war an diesem Morgen alles wie immer. Pasquale traf dieselben Kinder auf dem Schulweg, er hatte denselben Busfahrer wie sonst auch, und in der Schule hatte sich ebenfalls nichts verändert. Ihr Klassenraum im Schulgebäude in der Via Falcone e Borsellino war noch derselbe, mit Blick auf den kleinen roten Grandplatz, auf dem der Sportunterricht stattfand, und seine Lehrerin, Signora Venduto, war ihnen im dritten Jahr geblieben. Pasquale war das ganz recht, sie war eine unauffällige Lehrerin, nicht sonderlich beliebt, aber auch nicht unbeliebt. Sie war kühl und korrekt und fair. Heute trug sie ein langes Kleid mit einem schwarz-weißen Blumenmuster, das Pasquale ebenfalls schon kannte. Eine Neuerung jedoch gab es an diesem ersten Schultag nach Ferienende. Signora Venduto schob eine neue Schülerin ins Klassenzimmer und musste dafür offenbar etwas Kraft aufwenden, denn das schüchterne Mädchen traute sich kaum zwei Schritte in den Raum hinein. Widerstrebend ging es vorwärts, den Blick gesenkt, die Augen und das blasse Gesicht fast vollständig durch die langen schwarzen Haare verdeckt. Sie trug ein schwarzes Kleid und schwarze, staubige, ausgetretene Ballerinas, die ihr nicht recht zu passen schienen. Ihre Tasche hatte sie ganz fest wie ein Schild an die Brust gedrückt.

»Buongiorno, alle zusammen«, begrüßte Signora Venduto die Klasse und lächelte. »Willkommen zurück in der Schule.«

»Buongiorno, Signora Venduto«, sagten alle brav im Chor, wie sie es schon in der Grundschule gelernt hatten.

»Wie ihr seht, habe ich heute jemand Neues dabei. Bitte begrüßt alle eure neue Klassenkameradin Regina.«

Ein müdes Gemurmel ging durch die Reihen, während sich Signora Venduto im Klassenraum nach einem freien Platz umblickte.

»Wir sagen also herzlich willkommen, Regina. Und sieh mal, dahinten ist noch ein Stuhl für dich frei.«

In der letzten Reihe, ganz links an der Wand, war noch ein freier Tisch, an den manchmal Kinder gesetzt wurden, wenn sie zu viel quatschten oder Unsinn machten. Nun sollte Regina dort sitzen, und aller Augen folgten ihr, bis sie sich kaum hörbar auf dem Stuhl niedergelassen und den Kopf so weit gesenkt hatte, dass man über dem schwarzen Kleid nur noch einen schwarzen Vorhang aus Haaren sah. Pasquale hätte wetten können, dass sie weinte, und da war er nicht der Einzige. Geflüster und Gekicher brandete auf, und amüsierte Blicke wurden ausgetauscht. Pasquale schaute über seine Schulter hinweg auf ihre schmutzigen Knöchel und eine einzelne Ader, die sich unter der Haut erhob.

»Was is 'n das für eine?«, flüsterte Bernardo, sein Tischnachbar, ihm zu und stieß ihn mit dem Ellbogen an. Aber Pasquale antwortete nicht.

Den ganzen Schultag über saß Regina reglos da. Wenn es zur Pause klingelte und alle hinausliefen, blieb sie im Klassenraum.

»Wer ist denn die Neue, kennt die einer?«, fragte Pasquale auf dem Schulhof eine Mädchengruppe aus seiner Klasse.

»Die ist ja soo schräg«, antwortete Cinzia hinter vorgehaltener Hand. »Keiner weiß, wer sie ist.«

»Ich hab gehört, dass sie gezwungen wurde, in die Schule zu kommen«, verriet Claudia ihnen mit gedämpfter Stimme und einem verstohlenen Blick nach oben zum Klassenzimmer.

»Wieso?«

»Keine Ahnung, die wohnt in einem Spukhaus, glaub ich. Die ist noch nie in der Schule gewesen.«

»Ach, so 'n Quatsch.« Pasquale winkte ab und lachte.

»Ich find sie echt gruselig.«

»Sie ist schmutzig und riecht«, sagte Cinzia mit gekräuselter Nase. »Und dieses Kleid, wie bei einer Beerdigung.«

Pasquale setzte sich wieder von der Gruppe ab, das musste er sich nicht weiter anhören. Alle Kinder hier im Tal waren im Grunde arm, kamen aus einfachen, bäuerlichen Verhältnissen. Keiner hier hatte Geld für teure Klamotten. Sie alle trugen jeden Tag dasselbe und erbten die Kleidung ihrer älteren Geschwister.

Am Ende des Tages hatten sich die Schüler in seiner Klasse an die dunkle, stumme Gestalt in der letzten Reihe gewöhnt, so schien es. Regina blieb auch sitzen, als es zum letzten Stundenende klingelte und der erste Tag beendet war. Pasquale verabschiedete sich von Bernardo, weil er in der Apotheke noch etwas für seinen Vater besorgen musste. Der hatte vor vier Jahren einen Unfall mit dem Traktor gehabt. Der Traktor war am Hang umgekippt und hätte seinen Vater fast unter sich begraben. Nur ein beherzter Sprung hatte ihn noch retten können, aber sein Arm war dennoch unter das Hinterrad gezogen worden, und er hatte zwei Finger verloren. Das war eine schlimme Zeit gewesen damals, nicht nur weil sein Vater nicht mehr arbeiten konnte und ihnen das Wasser bis zum Hals stand, sondern weil Pasquale sich große Sorgen um seinen Vater machte. Er hätte sterben können und war – er, der sonst wie ein unzerstörbarer Fels wirkte – auf einmal ganz verletzlich und schwach gewesen. Aber er hatte sich durchgekämpft, und nun arbeitete er wie eh und je. Nur manchmal brauchte er ein besonderes Schmerzmittel, das meistens bestellt werden musste.

Pasquale betrat die kleine Apotheke, in der es immer herrlich kühl war und nach Pfefferminz roch.

»Hallo, ich wollte ein Medikament abholen, das mein Vater gestern bestellt hat.«

»Ach ja, ich weiß«, sagte der Apotheker. Er hatte immer

nass aussehendes, dünnes Haar, das er zu einem akkuraten Seitenscheitel kämmte, und trug eine Brille, die aussah wie zwei Fernsehgeräte vor den Augen. Er ging nach hinten und suchte das Präparat im Lager.

Pasquale blickte sehnsüchtig auf die kleinen Bonbonpackungen neben der Kasse, während er wartete.

»Na, nimm dir ruhig eine, ihr seid ja Stammkunden bei uns.« Der Apotheker kam mit der weiß-roten Schachtel zurück.

»Danke«, sagte Pasquale überrascht und nahm sich eine Packung von denen mit Orangengeschmack.

»Wie geht's deinem Vater?«

»Er sagt, er merkt, dass es jetzt Herbst wird.«

»Verstehe. Das kann gut sein bei solchen Geschichten.« Durch den unteren Teil seiner Gleitsichtbrille blickte der Apotheker auf den Bestellschein. »Bezahlt ist ja schon. Dann kannst du es so mitnehmen. Schöne Grüße.«

»Alles klar, arrivederci.«

Pasquale ging wieder hinaus in die Hitze und verstaute die Packung Tabletten im Rucksack, die Tüte mit den Bonbons riss er auf und steckte sich zwei in den Mund. Als er gerade losgehen wollte, sah er, wie weiter hinten an der Straße eine schwarze Gestalt über die Straße lief und an der Bushaltestelle stehen blieb. Regina. Sie musste gewartet haben, bis alle anderen Schüler nach Hause gefahren waren. Pasquale überquerte ebenfalls die Straße und wurde auf dem Weg zur Haltestelle von dem nächsten Bus überholt. Er begann zu laufen, verfolgte den Bus fast siebzig Meter und schaffte es gerade noch einzusteigen, bevor sich die Türen wieder schlossen. Ganz außer Atem blickte er suchend über die Sitzreihen und entdeckte Regina auf der vorletzten Bank links am Fenster. Ihre Haare verdeckten ihre Augen, aber er meinte, sie würde ihn ansehen. Mehr aus einem Reflex heraus nickte er ihr zu und setzte sich dann drei Reihen vor ihr ans Fenster. Das Gefühl, beobachtet zu werden, erfasste ihn, und irgendwie bekam er eine Gänsehaut auf den Unterarmen. Er konnte nicht sagen, ob es ein wohliger oder ein unangenehmer Schauer war, der ihn da überfuhr.

Er steckte sich noch ein Bonbon in den Mund und wischte sich gleichzeitig den Schweiß von der Oberlippe. Es waren nur wenige Haltestellen bis zur Piazza Milyn, wo er aussteigen musste. Er fragte sich, wo Regina wohl wohnte und wie weit sie fahren musste. Es hätte ihn nicht gewundert, wenn sie schon längst an ihrer Haltestelle vorbeigefahren wären und sie nur nicht den Mut aufgebracht hätte, sich vor ihm an die Tür zu stellen, um bloß nicht von ihm angesehen oder gar angesprochen zu werden. Er stand auf, drückte den Haltewunschknopf und schaute aus dem Fenster auf den in der Sonne liegenden Hang, den er gleich hinauflaufen musste.

Der Bus hielt, und in dem Moment, da sich die Türen zischend öffneten, sah er ganz kurz in Reginas Richtung und sprang dann hinaus. Er rannte sofort los, denn er war spät dran, und folgte der Via Mosi in Richtung Norden. Anstatt wie heute früh über die Felder zu laufen, was bergauf und bei der Mittagshitze zu anstrengend war, ging er die kleine betonierte Straße hinauf, die von dichtem Laubwerk gesäumt immer im Schatten lag. So musste er zwar einen kleinen Umweg in Kauf nehmen, aber es war hier unter den Bäumen bestimmt vier Grad kühler. Manchmal hatte er auch Glück, und ein Nachbar, der hier hochfuhr, nahm ihn auf der Ladefläche oder auf dem Trecker mit. Auch wenn in der Gegend viel über den Tourismus geredet wurde, bis hierhin war er so gut wie gar nicht vorgedrungen. Kaum ein Urlauber aus einem anderen Land verirrte sich in die höhergelegenen Regionen von Tiarno. Die Madonna weiter oben am Berg wurde von Zeit zu Zeit besichtigt, aber das eher von Einheimischen oder italienischen Besuchern.

Pasquale hatte etwas mehr als die Hälfte des Aufstiegs geschafft, hatte die »Rocca«, den Felsen, der stoisch und störrisch dastand wie ein Objekt aus einer anderen Welt, weil er mit nichts zu vergleichen war, was es hier gab, hinter sich gelassen und schlug sich links in die Büsche, um zu pinkeln. Er vermied es, in der Schule auf die Toilette zu gehen, weil es dort so stank und schmutzig war.

Hier war alles sauber, und es duftete nach Kräutern und warmem Heu. Das Einzige, was man hier oben hörte, waren die Vögel und vereinzelt ein paar Kuhglocken. Nur ganz entfernt war die Straße zu vernehmen, aber auch nur dann, wenn der Wind von Süden kam.

Er schloss seine Hose wieder und wollte zurück auf den Weg gehen, als er sie sah. Ihre dunkle Silhouette war in dem fleckigen Gemisch aus Schatten und Licht nur schwer auszumachen, doch er war sich sicher, dass Regina weiter unten den Weg heraufkam. Warum folgte sie ihm? Wieder bekam er eine Gänsehaut und zog sich augenblicklich ins Unterholz zurück, wo er in die Knie ging und auf sie lauerte.

Ihre Schritte waren kaum zu hören, aber dafür etwas anderes. Ein Summen. Sie summte ein Lied, mit einer klaren, hohen Stimme. Pasquale duckte sich noch ein wenig mehr, um auf keinen Fall von ihr entdeckt zu werden, doch er wollte auch unbedingt einen Blick auf sie erhaschen. Er musste sie sehen. Also schob er einen störenden Zweig beiseite und riss die Augen auf. Regina war jetzt nur noch fünf Meter von ihm entfernt, aber sie ahnte nichts. Ihre Haare hatte sie hinter die Ohren geklemmt, sodass er ihr weißes Gesicht sehen konnte. Sie sah traurig aus, aber das Lied klang fröhlich und zufrieden zugleich. Sie schwebte an ihm vorbei wie ein Geist, und Pasquale registrierte, wie sein Herz in seiner Brust immer lauter und lauter schlug. Er blieb in seinem Versteck, bis sie hinter der Biegung verschwunden war, und ging zurück auf den Weg. Was konnte sie hier verloren haben? Würde sie hier wohnen, wüsste er es. Ganz sicher. Er kannte jedes Haus auf der Alm. Es sei denn … Aber das konnte er sich nicht vorstellen.

Es gab ein Haus weiter oben, das vom Wald komplett eingeschlossen war. Es stand auf einer Lichtung, und sein Vater hatte ihm verboten, dorthin zu gehen, weil ihm der Besitzer nicht geheuer war. Aber dieser Kerl konnte doch kein Kind haben. Pasquale wusste nicht mal, ob er eine Frau hatte. Er beschleunigte seinen Schritt und eilte ihr leise nach.

Der Weg beschrieb nun eine Rechtskurve. Etwa an deren Scheitel zweigte der Weg in Richtung der Madonna ab und noch ein Stück weiter, wenn es bereits wieder bergab ging, lag die Einfahrt zu ihrem Haus. Jetzt sah er sie von hinten den Weg entlanglaufen, und automatisch duckte er sich ein wenig. Sie lenkte ihre Schritte nach links und kletterte die Böschung hinauf, lief zwischen den Bäumen hindurch und immer tiefer in den Wald hinein.

Es gab keinen Zweifel mehr. In dieser Richtung kam nur noch das Haus dieses unheimlichen Kerls. Sein Vater hatte oft gesagt, dass die Polizei wieder bei dem gewesen sei, weil er wohl seine Tiere nicht richtig hielt, sie verhungern und verdursten ließ.

Pasquale folgte ihr und krabbelte förmlich über die Böschung. Regina war etwa zwanzig Meter vor ihm und ging mit sicherem Schritt über den Waldboden. Ungefähr zehn Meter weiter oben gab es zwar einen kleinen, jedoch völlig überwucherten Weg zum Haus, der außerdem immer mit einem rostigen Eisentor verschlossen und einem verbeulten Schild mit der Aufschrift »Kein Zutritt« versehen war.

Pasquale legte sich flach auf den Bauch und konnte nicht glauben, dass ihm dieses Mädchen noch nie begegnet war. Er lebte hier sein Leben lang, das war sein Revier, hier kannte er sich aus, aber hatte sie bis zum heutigen Tag nicht ein einziges Mal gesehen. Natürlich könnte sie erst kürzlich hierhergezogen sein. Vielleicht war sie seine Nichte oder so etwas, und der Mann hatte sie bei sich aufgenommen. Das war wohl die plausibelste Erklärung.

Er ließ es für heute dabei und machte sich auf den Heimweg. Von hier waren es nur noch zweihundert Meter bis zu seinem Elternhaus.

VIER

Massimo und sein Vater Giorgio kamen gegen dreizehn Uhr den Weg hochgefahren und hupten einmal. Belmondo bellte und lief sofort zur Tür hinaus.

»Wo kommt der denn her?«, fragte Massimo und freute sich, als der Hund schwanzwedelnd auf ihn zurannte.

»Das ist meiner, er war in einer Hundepension. Hab ihn gestern abgeholt.«

»Wie heißt er?«

»Belmondo.«

»Wie der Schauspieler?«, fragte Massimos Vater, und sie reichten sich die Hände.

»Genau so.«

»Es ist alles im Laderaum, eine Menge Arbeit«, sagte Giorgio.

»Wird mir guttun.«

Sie luden die Terrassendielen ab und stapelten sie neben dem Haus. Anschließend schraubten sie gemeinsam drei Teile der Holzfassade ab, um so an das Bienennest zu gelangen.

»Ab jetzt mache ich allein weiter«, sagte Massimos Vater und holte seine Imkerausrüstung aus dem Wagen. Innerhalb einer Stunde hatte er das Bienenvolk in ein neues Zuhause umgesiedelt und fuhr damit zurück auf sein Grundstück. Massimo wollte noch ein wenig bleiben und Luca bei der Arbeit helfen.

Sie lösten die alten morschen Dielen mit einem Akkuschrauber, den Massimos Vater ihnen dagelassen hatte, von dem Unterbau. Luca konnte sich nicht erinnern, wann er sich das letzte Mal so gut gefühlt hatte. Er mochte die Gesellschaft des Jungen, er mochte die körperliche Arbeit und die Tatsache, dass sie etwas optisch veränderte, auch wenn das Resultat zunächst nicht sehr ansehnlich war. Belmondo war wieder da und brachte Massimos Augen zum Leuchten, wenn er um sie herumlief und alles neugierig beschnupperte.

Am Abend saß Luca auf dem geschnittenen Rasen, sah auf die Bergspitzen und den See, und ein Lächeln umspielte seine Lippen. Auch das war ein ungewohntes Gefühl.

**

Als es am folgenden Morgen laut an der Tür klopfte, dachte Luca, er habe verschlafen und Massimo wolle ihn wecken, um mit der Arbeit an der Veranda fortzufahren. Belmondo bellte aufgeregt, und Luca wies ihn zurecht. Er hatte so fest geschlafen, dass er meinte, aus unendlichen Tiefen an die Oberfläche seines Bewusstseins gekommen zu sein.

»Ja, ja, ich komme«, rief er matt und rappelte sich auf. Als er die Tür öffnete, blendete ihn die Sonne, doch wer da vor ihm stand, war auf keinen Fall Massimo. Der Besucher war groß, größer als er, und sehr massiv. Als sein Gegenüber sich ein wenig bewegte und so die Sonne verdeckte, stellte er fest, dass er ihn nicht kannte.

»Ja?«, fragte Luca verunsichert.

»Signor Spinelli?«

»Ja.«

»Mein Name ist Bruto. Ich bin Commissario bei der Polizei Trient. Dürfte ich Sie kurz sprechen?«

»Ich bin gerade erst aufgestanden.«

»Es ist wichtig.«

Luca war überrascht und ließ ihn ein, ohne weitere Fragen zu stellen. Er fragte sich nur, warum man einen Commissario aus Trient zu ihm schickte, Pasquale hätte das doch übernehmen können. Aber wahrscheinlich ging es um den neuen Fall, und Pasquale selbst hatte den Mann geschickt.

Luca zog sich schnell eine Hose an.

»Tut mir leid«, entschuldigte er sich.

»Kein Problem«, sagte Commissario Bruto und sah sich

aufmerksam in dem Häuschen um. Belmondo stand angespannt ein paar Meter von ihm entfernt und schnupperte in seine Richtung.

Bruto trug einen zerknitterten khakifarbenen Anzug und ein faltiges weißes Hemd mit geöffnetem Kragen darunter. So langsam gewöhnten sich Lucas Augen an das Tageslicht, das durch die Tür einfiel, und er sah mit Respekt und ein wenig unsicher, weil er nicht wusste, was nun kommen würde, in das grobschlächtige Gesicht des Beamten. Dessen Augen waren kleine, blanke kohlschwarze Knöpfe über wuchtigen Wangenknochen und einer breiten, dreieckigen Nase. Narben und Kerben in seiner großporigen Haut ließen ihn wie einen Boxer oder Straßenkämpfer wirken, weniger wie jemanden in der höheren Beamtenlaufbahn.

»Darf ich fragen, worum es geht? Man ist etwas besorgt, wenn die Polizei vor der Tür steht«, sagte Luca und bot ihm einen Stuhl am Tisch an. Der Commissario setzte sich, und Luca öffnete den Fensterladen neben dem Esstisch und nahm ebenfalls Platz.

»Ich komme wegen Ihres Freundes Commissario Pasquale Vialli«, begann Bruto.

»Das dachte ich mir schon«, sagte Luca.

»Warum, wie kommen Sie darauf?«

»Na ja, es ist ja nicht das erste Mal, dass Pasquale mich zu einem seiner Fälle hinzuziehen möchte. Aber ich habe ihm bereits abgesagt.«

»Darum geht es nicht.«

»Ach nein?«

»Nein. Sie beide sind gut befreundet?« Bruto blickte sich erneut im Raum um, so als ob er irgendwelche Beweise dafür suchte.

»Das kann man sagen, ja.«

Jetzt sah er Luca direkt und unangenehm bohrend in die Augen. »Commissario Vialli wird vermisst«, sagte er.

»Was? Aber …« Luca war wie vor den Kopf gestoßen, er

hatte mit allem gerechnet, aber nicht damit. »Wie meinen Sie das?«

»Er erschien gestern nicht zur Arbeit. Er ist nicht zu Hause und telefonisch nicht erreichbar. Er ist sozusagen wie vom Erdboden verschluckt. Ich bin nach Riva beordert worden, um seinem Verschwinden auf den Grund zu gehen.«

»Ist ihm etwas zugestoßen?«, fragte Luca.

»Wir wissen es nicht. Auch sein Auto ist nicht auffindbar. In Unfälle hier in der Gegend war er aber nachweislich nicht verwickelt. Wann haben Sie ihn zum letzten Mal gesehen?«

»Das war vor zwei Tagen. Vorgestern Abend hat er mich besucht.«

»Er war hier bei Ihnen?«

»Ja.«

»Und wie hat er sich verhalten, worüber haben Sie gesprochen?«

»Das … war rein privat. Es ging um mich und … Er schlug vor, dass wir uns demnächst bei ihm zum Essen treffen.«

»Und wie würden Sie ihn emotional einschätzen? War er besorgt, verängstigt, oder wirkte er depressiv?«

»Nein, ganz und gar nicht. Es ging, wie gesagt, eher um mich«, entgegnete Luca.

»Darf ich fragen, was Sie damit meinen?«

»Ich mache gerade eine schwierige Phase durch. Er kam, um mich aufzuheitern und mir Gesellschaft zu leisten. Sie glauben doch nicht an Selbstmord, oder warum fragen Sie das?«

»Das dürfen wir nicht ausschließen. Ich muss alles in Betracht ziehen.«

»Nein, dafür ist er nicht der Typ. Er arbeitet an einem neuen Fall, das hat er mir erzählt.«

»So? Was sagte er denn?«

»Na ja, dass zwei Leichen gefunden wurden, von denen eine bereits skelettiert war.«

Commissario Bruto nickte ernst. Wieder ließ er seinen Blick schweifen, und seine schwarzen Kohleaugen blitzten.

»Soll ich mal versuchen, ihn zu erreichen?«, schlug Luca besorgt vor und griff zu seinem Handy.

»Wir konnten seine Handys nicht mehr orten. Sie werden kein Glück haben.«

Luca ließ seine Hand sinken. Aber das kann doch nicht sein, dachte er, es muss einen triftigen Grund geben, weshalb Pasquale verschwunden ist.

»Wissen Sie von irgendwelchen Personen, die Commissario Vialli bedroht haben oder mit denen er in Konflikt geraten ist, beruflich wie privat?«

»Nein, weiß ich nicht. Zumindest hat er nichts erzählt. Vielleicht ist er einfach nur beruflich in einer anderen Stadt unterwegs«, meinte Luca, aber es klang weniger wie eine ernsthafte Vermutung als wie ein Versuch, sich einzureden, dass alles in Ordnung war.

»Das glauben wir nicht«, entgegnete Commissario Bruto und stützte sich auf seine Knie. »Sie sind, wie sich herausstellte, außer den Kollegen seine einzige Kontaktperson. Er hat keine Angehörigen hier. Besitzen Sie einen Schlüssel für sein Haus?«

»Ja, tue ich.«

»Ich möchte Sie bitten, mit mir zusammen ins Haus zu gehen. Es besteht immerhin noch die Möglichkeit, dass er dort ist und sich nicht mehr bemerkbar machen kann.«

»Ist gut, können wir machen«, willigte Luca ein.

»Wenn Sie mich bitte gleich begleiten würden?«

»Natürlich. Ich werde aber besser meinen eigenen Wagen nehmen«, sagte Luca.

Sie verabredeten sich vor Pasquales Haus, Luca nahm Belmondo mit in den Flavia und hoffte, dass der Wagen ansprang. Der Oldtimer startete verlässlich, und Luca fuhr mit einer Mischung aus Unglauben und Sorge die Brasa-Schlucht hinunter. An der Ampel, die den Verkehr durch das tiefe Flussbett im Fels des Berges regelte, musste Luca halten. Ihm fiel Tomasio ein, und er rief ihn sofort an.

»Luca, ciao!«, meldete der sich erfreut. Es klang nicht so, als wüsste er von Pasquales Verschwinden.

»Ciao, Tomasio. Es gibt ein Problem. Pasquale ist seit gestern nicht mehr bei der Arbeit erschienen, hast du etwas von ihm gehört?«

»Nein, aber er rief mich erst ... vorgestern, glaube ich, an und schlug vor, dass wir drei uns mal treffen sollen.«

»Ja, das hat er mir auch gesagt. Er war bei mir. Tags darauf kam er nicht mehr zur Arbeit und ist seitdem quasi verschollen. Auch sein Handy ist nicht zu orten.«

»Mein Gott, könnte ihm was passiert sein?«, fragte Tomasio mit belegter Stimme.

»Ich bin gerade auf dem Weg zu seinem Haus. Ein Commissario aus Trient untersucht das Ganze, ich treffe ihn dort. Das ist so unwirklich.«

Die Ampel wurde grün, und Luca fuhr an. Das Auto schlängelte sich durch die düstere Schlucht, und Luca musste unweigerlich an den Unfall denken, den er und Martina weiter unten auf der Straße gehabt hatten. Panik stieg in ihm auf, er schnappte nach Luft.

»Luca, alles in Ordnung?«

»Ja, es ist nur ... Ich leg mal besser auf, melde mich später noch mal, okay?«

»Gut, bis dann.«

Er warf das Handy auf den Beifahrersitz und griff mit beiden Händen fest ins Lenkrad. Belmondo steckte seinen Kopf zwischen den beiden Sitzen hindurch nach vorn und berührte ihn an der Schulter. Das riss ihn heraus aus der Attacke, und er lächelte.

»Gut, dass ich dich habe, alter Junge.«

Den Tunnel zu durchfahren, in dem er vom Wagen des Killers, den sie gejagt hatten, angefahren worden war, bereitete ihm Schweißausbrüche, obwohl ihm gleichzeitig eiskalt war. Er fuhr langsam und vorsichtig, auch wenn er die Stelle lieber schnell passiert hätte, um den Bildern und den Gefühlen, die dabei unweigerlich hochkamen, zu entfliehen. Als endlich das Tunnelende in Sicht kam, wurde es besser, und seine Atmung beruhigte sich wieder. Den Rest der Fahrt über spürte er noch das Zittern in seinen Gliedern, und er beschloss, auf dem Rückweg eine alternative Strecke zu nehmen, auch wenn das länger dauern würde.

Pasquales Haus lag am nördlichen Rand von Riva in einer ruhigen Wohngegend unterhalb der bis zum Plateau steil aufragenden Berge. Commissario Bruto war bereits ausgestiegen und schien an der Tür zu klingeln.

Luca ließ Belmondo im Wagen, um zu vermeiden, dass er irgendwelche Spuren vernichtete oder hinterließ, stieg die Treppe zur Haustür empor und holte die Schlüssel aus seiner Tasche. Wieder bemerkte er dieses Zittern, als er versuchte, den Schlüssel in den Zylinder zu stecken.

Im Haus war es kühl, was daran lag, dass alle Läden verschlossen waren. Luca machte im Flur das Licht an, rief Pasquales Namen, bekam keine Antwort außer einem kurzen Echo seiner Stimme und ging dann ins Wohnzimmer. Auch hier machte er Licht. Alles war aufgeräumt. Luca blickte zurück zur Tür, wo Bruto den Türrahmen inspizierte.

»Eingebrochen wurde nicht. Zumindest nicht hier vorn«, sagte er.

Luca antwortete nicht, er lief durch alle Räume im Erdgeschoss, rief immer wieder nach Pasquale, fand ihn aber nicht. Auch oben im ersten Stock, wo sich das Schlafzimmer befand, war er nicht. Das Bett war gemacht. Im Schrank standen seine Koffer unter den dort hängenden Anzügen. Alle Fenster waren intakt. Im Badezimmer entdeckte Luca Zahnbürste, Rasierer und andere Toilettenartikel auf der Ablage unter dem Spiegel. Er war also nicht verreist.

»Keine Anzeichen eines gewaltsamen Eindringens im ganzen Haus«, resümierte Bruto unten im Wohnzimmer.

Luca stand neben ihm und suchte mit Blicken weiterhin alles nach Hinweisen ab. »Es scheint, als ob er das Haus zur

Arbeit verlassen hat und nicht wieder zurückkam. Bett gemacht, Fensterläden geschlossen.«

Bruto fiel auf, dass Luca immer noch beschäftigt war.

»Fehlt etwas? Können Sie etwas entdecken, das anders ist als sonst?«

»Nein, das ist es ja«, antwortete Luca. Er ging zum Schreibtisch und knipste die Tischlampe an. Es lagen zwei Aktenordner auf dem Tisch, die sich aber nur als Steuerakten und Bankunterlagen herausstellten. Luca wusste, dass Pasquale einen Safe besaß, in dem er Bargeld und eine Waffe lagerte. Aber das wollte er nicht ohne Weiteres an den Kommissar weitergeben. Er hielt das für zu persönlich.

»Und?«, fragte Bruto und kam näher.

»Alles sehr ordentlich. Wie man es von ihm kennt.«

»Besitzt er keinen Computer oder Laptop?«, fragte Bruto.

»Einen Laptop«, sagte Luca. »Aber der ist nicht da. Er könnte ihn mitgenommen haben, wo immer er auch hingefahren ist.«

»Was ist in den Schreibtischschubladen?« Bruto deutete auf die beiden verschließbaren Fächer in dem Kirschbaumtisch. Luca war sich sicher, dass Bruto sie, während er hier unten gesucht hatte, längst geprüft hatte. Er zog daran. Sie waren nicht verschlossen.

»Noch mehr Bankunterlagen«, erklärte Luca und sah rasch die Papierstapel durch. »Grundsteuer, Fotoalben …« Er öffnete eins der Alben und fand alte Fotos von einer Hütte und von einem Ehepaar, bei dem es sich wohl um Pasquales Eltern handeln musste. »Sonst ist hier nichts.« Er schob die Schublade wieder zu. »Wollen wir auf die Terrasse schauen?« Er deutete auf die große Tür.

»Bitte.« Bruto überließ es ihm, sie zu öffnen.

Luca zog die Türen auf und entriegelte die Läden, die nach außen aufgingen und das Sonnenlicht in das abgedunkelte Haus ließen, sodass sich beide geblendet abwendeten.

Draußen standen ein Tisch mit vier Stühlen und daneben

ein geöffneter Sonnenschirm auf den Steinfliesen der Terrasse. Auch diese Tür untersuchte Bruto von außen auf Einbruchsspuren, ohne fündig zu werden.

»Alles sieht aus wie immer«, bestätigte Luca. »Da sein Bett gemacht ist, würde ich sagen, er ist entweder an dem Abend, an dem er mich besuchte, nicht mehr nach Hause gekommen, oder er verließ das Haus am nächsten Morgen und verschwand auf dem Weg zur Arbeit.«

Bruto verzog nachdenklich und sichtlich unzufrieden das Gesicht.

»Das alles spricht dafür, dass er entweder einem Unfall zum Opfer gefallen ist …«

»Oder?«, fragte Luca, obwohl er die Antwort kannte. Er wollte sie nur nicht wahrhaben.

»Wir müssen in Erwägung ziehen, dass ihm etwas zugestoßen ist, das mit seinem Beruf zu tun hat. Commissario Vialli ist ein erfolgreicher Ermittler, er hat viele Kriminelle hinter Gitter gebracht. Sie wissen das genauso gut wie ich. Seine letzten beiden Fälle haben Sie ja selbst miterlebt.«

Luca fragte sich, ob er verwundert sein sollte, dass der Kommissar darüber Bescheid wusste. Aber um in diesem Fall zu ermitteln, musste Bruto sich zwangsläufig über das mutmaßliche Opfer informiert haben. Außerdem hatte es nicht gerade wenig Berichterstattung in den Medien gegeben.

»Haben Sie so etwas schon mal erlebt?«, wollte Luca wissen.

Bruto musterte ihn mit zusammengekniffenen Augen. Entweder weil die Sonne ihn noch blendete oder weil ihm an Luca irgendetwas missfiel. Auf der Stirn unter seinen schwarzen kleinen Locken glitzerten Schweißperlen.

»Das passiert alle naselang«, antwortete er, »vor allem in größeren Städten. Beamte leben gefährlich und oft sehr kurz.«

✳✳✳

Ihre Wege trennten sich vor Pasquales Haustür. Luca war zwischen so vielen Gefühlen hin- und hergerissen, dass er einen Moment brauchte, um das, was geschehen war, für sich zu ordnen. Er fuhr das kurze Stück bis zur Promenade, setzte sich mit Belmondo an den kiesigen Strand von Riva, so nah ans Wasser, dass die kleinen auslaufenden Wellen fast seine Füße berührten, und schaute hinaus auf den See. Belmondo tapste mit den Pfoten im Wasser herum und trank hin und wieder einen Schluck.

Es war beinahe windstill, der See ruhig. Die Urlaubssaison ging jetzt bald zu Ende, und die Zahl der Menschen in den Urlaubsorten und an den Stränden hatte sich merklich ausgedünnt. Heute hatte es noch dazu einen mächtigen Temperatursturz gegeben. Es war regelrecht kühl, der Himmel zeigte sich leicht bedeckt, und Luca, der nur ein T-Shirt trug, fröstelte ein wenig.

Was war mit Pasquale geschehen? Konnte er einen Unfall gehabt haben? Der Gedanke an einen Satz von Pasquale schlich sich in seinen Kopf. *Falls mir etwas passieren sollte ...*

So ähnlich hatte er es formuliert, und der Klang seiner Stimme, als er es gesagt hatte, war ungewöhnlich für Pasquale gewesen, daran konnte sich Luca noch erinnern. So als hätte er etwas Ungutes geahnt. Vielleicht steckte etwas viel Konkreteres dahinter, als Luca vermutet hatte.

Der Satz hallte immer wieder in ihm nach und überzeugte ihn mehr und mehr davon, dass Pasquale in irgendeiner Weise einem Verbrechen zum Opfer gefallen sein könnte. Wenn dem so war, konnte Luca das nicht auf sich beruhen lassen. Er wollte auch nicht abwarten, was Bruto bei seinen Ermittlungen herausfand. Er beschloss, noch einmal zu Pasquales Haus zurückzufahren, um im Safe nachzusehen, ob er nicht etwas Brauchbares fand. Jeder noch so kleine Hinweis wäre ihm recht.

Luca stand auf, nahm einen Stein und wog ihn in der Hand. Dann warf er ihn nur einen Meter vor sich ins Wasser und sah ihn hinabtrudeln, bis der Stein mit einem Klicken auf den Grund gesunken war.

✳✳✳

Das Haus war noch stiller als zuvor. Auf leisen Sohlen ging er über das Eichenparkett, das ein Knarzen von sich gab. Er rechnete jeden Moment damit, dass Pasquale nach Hause kam und ihn hier überraschte. Diese Möglichkeit wäre ihm lieber als alles andere, was er sich im Moment ausmalte.

Pasquales Safe befand sich nicht, wie man hätte vermuten können, hinter einem der Bilder an der Wand hinter dem Schreibtisch. Nein, der Safe war hinter der kleinen Bar im Wohnzimmerschrank versteckt. Mit Hilfe einer Schiebevorrichtung konnte man den Spiegel samt Gläserregal seitlich im Schrank versenken und so an den schwarzen, in die Wand eingebauten Safe gelangen.

Luca zog einen kleinen Zettel aus seinem Portemonnaie, auf dem er den Code notiert hatte, und gab ihn ein. Es klickte, als das Schloss entriegelte, und die Tür ließ sich öffnen. Ihm fiel sofort auf, wie viele Unterlagen plötzlich darin lagerten. Pasquale hatte seines Wissens nur etwas Bargeld, ein paar Goldmünzen, sein Testament und ein oder zwei Pistolen hier deponiert. Jetzt lagen mehrere prall gefüllte Akten vor ihm, die er vorsichtig an sich nahm und auf der Couch stapelte, ehe er nachsah, was sich sonst noch im Safe befand. Die Pistole steckte in einem Holster und bedeckte Pasquales Testament. Als er beides herausholte, fiel ein kleiner USB-Stick auf den Boden vor seinen Füßen, den er ebenfalls einsteckte. Münzen und Geld ließ er an ihrem Platz, und auch die Beretta verstaute er, bevor er den Tresor wieder verschloss. So eine Waffe beunruhigte ihn nur. Und was sollte er schon damit anfangen?

Nur um nichts zu übersehen, schaute er noch mal in die Schubladen am Schreibtisch und wunderte sich über die Fotoalben, die darin lagen. Eigentlich hatte Pasquale an seinem

Arbeitsplatz andere Dinge griffbereit liegen. Luca klemmte sich die Alben unter den Arm und warf die Schublade wieder zu. Dann nahm er die Akten, und kaum dass er den Stapel an seine Brust drückte, hatte er das Gefühl, sie schnell von hier wegbringen zu müssen. Ein letztes Mal horchte er in die Stille des verlassenen Hauses, aber kein Laut drang an seine Ohren.

Er ging. Und wieder klang ihm der Halbsatz von Pasquale in den Ohren, den dieser gesagt hatte, als sie sich das letzte Mal sahen: *Falls mir mal etwas passieren sollte ...*

Hatte er geahnt, was passieren würde, oder es gar gewusst? *Du weißt ja, wo alles ist.* Hieß das, dass Luca genau diese Dokumente finden sollte? Er drückte sie noch fester an sich und eilte zu seinem alten Flavia. Kaum saß er im Wagen, rauschten zwei Polizeistreifen an ihm vorbei und hielten direkt vor Pasquales Haustür. Instinktiv rutschte Luca in seinem Sitz nach unten, drückte auch Belmondo in den Fußraum und beobachtete, was passierte. Ein dunkler Alfa Romeo fuhr an ihm vorbei, derselbe Wagen, den auch Pasquale fuhr. Aber nicht er, sondern Commissario Bruto stieg aus, sprach mit den Beamten und ging mit ihnen zur Eingangstür, die dann von einem der Polizisten aufgebrochen wurde. Als die Männer im Haus verschwunden waren, startete Luca den Wagen und fuhr davon.

Massimo saß hinten am Eingang auf den Resten der Veranda, als Luca und Belmondo die Hütte erreichten, und wartete auf sie.

»Wo wart ihr? Ich dachte, wir machen weiter?«

»Tut mir leid, Massimo, ich kann heute nicht«, entschuldigte sich Luca und drückte die Haustür auf. »Aber du kannst mit Belmondo spielen oder spazieren gehen.«

»Ja? Wohin denn?«

»Wohin du willst, aber nicht zu weit. Er hat heute viel im Auto gesessen, da braucht er ein wenig Bewegung.«

»Okay, mache ich. Was hast du da?« Der Junge folgte Luca ins Haus und beäugte neugierig den Aktenstapel, den Luca erst einmal auf dem Tisch abgelegt hatte, bevor er die Fensterläden öffnete.

»Ich muss arbeiten.«

»Du machst einen neuen Film?«

»Nein, das ist ...« Luca stand unschlüssig am Fenster und blickte hinaus, so als läge die Antwort irgendwo dort draußen. »Ein Freund braucht meine Hilfe.«

»Ach so. Dann ist das gar keine Arbeit.«

»Wird sich rausstellen«, sagte Luca abwesend.

Massimo schien mit dieser Antwort zufrieden zu sein und lief mit Belmondo hinaus zu ihrem Spaziergang.

Luca öffnete die Akten und Mappen und ordnete sie auf dem Holztisch an, der bald komplett bedeckt war. Drei der Mappen schienen offizielle Polizeiakten zu sein, sie sahen allerdings schon sehr betagt aus. Beim Rest musste es sich um Pasquales Aufzeichnungen handeln. Auf Lucas Schoß ruhte noch eines der Fotoalben, das er zuerst durchblättern wollte. Darin waren Fotos von einem Bauernhaus in den Bergen ganz in der Nähe eines Waldstücks. Es gab einen schiefen kleinen Schuppen neben dem Haus und einen Traktor, der im Hintergrund stand. Es folgten Aufnahmen von Kühen und schließlich von einer Frau, die eine der Kühe melkte. Auf der nächsten Seite saß ein Mann auf dem Traktor und transportierte Heuballen auf einem Anhänger. Er winkte in die Kamera.

Das nächste Bild zeigte zum ersten Mal das Haus von innen. In der engen Küche war der Tisch gedeckt, und das Ehepaar saß nebeneinander und aß belegte Brote und trank Kaffee. Luca fragte sich, wer wohl der Fotograf gewesen war. Diese Frage wurde beantwortet, als Luca weiterblätterte. Ein kleiner Junge mit zwei fehlenden Vorderzähnen stand lachend auf dem Hof, eine Schultüte im Arm. Luca musste schon genau hinsehen, um Pasquale in dem Jungen zu erkennen. Weitere Bilder zeigten ihn im Klassenverband, der wie die Entenküken hinter der Mutter hinter der Lehrerin herlief, und dann wieder zu Hause, wo er auf der Weide eine Kuh umarmte. Luca blätterte lächelnd Seite für Seite um und sah den kleinen Pasquale immer größer und älter werden. Es waren schöne Bilder von glücklichen Zeiten, auch wenn die Familie in sehr einfachen Verhältnissen gelebt hatte.

Irgendwann endeten die Bilder, obwohl noch drei Seiten frei waren, doch hinten im Einband steckte ein vergilbter Umschlag. Luca zog ihn heraus und sah hinein. Er fand darin noch mehr Fotografien, die er zur Hand nahm und schneller durchging. Wieder war ein Haus abgelichtet worden, aber es sah anders aus, und auch das Grundstück war ein anderes. Auf diesen Fotos waren keine Menschen zu erkennen, nur das Haus war aus verschiedenen Blickwinkeln und Distanzen fotografiert worden. Manchmal wurde das Gebäude auch von Blättern und Zweigen verdeckt, so als hätte der Fotograf die Aufnahmen aus einem Versteck im Wald heraus gemacht.

Aber Pasquales Familiengeschichte bringt mich jetzt nicht weiter, dachte Luca, verstaute die Fotos wieder im Einband und legte das Album neben den Tisch auf den Boden. Er wollte sich den offiziellen Akten widmen. Sie waren mit Datum und Aktenzeichen versehen, und Luca begann mit der oberen Akte. Das Protokoll war datiert auf den 13. August 1980. Das handschriftlich ausgefüllte Formular stammte aus einer Polizeidienststelle in Bezzecca, ein Stück westlich vom Ledrosee. Aufgenommen wurde eine Anzeige wegen Freiheitsberaubung an einem Mädchen. Und der Name der Person, die die Anzeige aufgegeben hatte, lautete Vittorio Vialli.

Luca hielt also eine alte Akte über einen Vorfall in den Händen, in den der Vater von Pasquale involviert gewesen war. Er war inzwischen verstorben, ebenso wie seine Frau, und 1980 musste Pasquale ungefähr zwölf Jahre alt gewesen sein. Wieso hatte er dieses alte Dokument in seinem Safe deponiert? Was hatten sein Vater und diese Anzeige mit seinem Verschwinden zu tun?

Luca griff nach der zweiten Akte und fand darin eine weitere Anzeige von Vittorio wegen Körperverletzung an seinem

Sohn Pasquale mit selbem Datum. Hier waren Fotos des Jungen angeheftet, auf denen man Gesichtsverletzungen erkennen konnte. Er schien übel verprügelt worden zu sein. Beschuldigt wurde ein gewisser Dino Giuliani. In beiden Fällen waren die Ermittlungen eingestellt worden. Ein roter Stempel bestätigte dies und machte damit die Befragung der angezeigten Personen und ihre Unschuldsbeteuerungen quasi amtlich. Ein Polizist hatte die Befragungen auf maschinenbeschriebenem Papier protokolliert und unterschrieben. Sein Name lautete Ernesto Branduro.

Luca legte beide Akten aufeinander und versuchte, sich einen Reim darauf zu machen. Er kam zu dem Schluss, dass es am einfachsten wäre, den Beamten direkt zu befragen, falls er noch im Dienst war.

Es gab noch eine dritte Polizeiakte, die etwas mehr Material enthielt. Dabei ging es um einen Mordfall in Caserta, eine Stadt nördlich von Neapel, aus dem Jahr 1991. Ein Juwelier war in seinem Geschäft brutal erschossen worden. Luca konnte zunächst keinen Zusammenhang entdecken und hätte ihn auch fast übersehen, denn die Notiz war verhältnismäßig kurz: Dino Giuliani war in diesem Fall als Verdächtiger befragt worden. Derselbe Mann, der den zwölf Jahre alten Pasquale verprügelt haben sollte. Doch er hatte ein Alibi von zwei Freunden und der Frau eines Freundes vorweisen können. Der Fall war als ungelöst abgelegt worden.

Als Luca nach einer der von Pasquale erstellten Mappen griff, flatterte ein kleiner Notizzettel zu Boden. Er hob ihn auf und stutzte, denn darauf waren ein Name und eine Telefonnummer mit Adresse notiert. Und er kannte diesen Namen. Brandt. Signora Brandt war eine der Zeuginnen in ihrem letzten Fall gewesen, Luca hatte sie zweimal persönlich befragt. Sie war eine leicht exzentrische, alkoholabhängige ehemalige Pianistin, die in dem Ort, in dem sie lebte, als »die Schwarze Witwe« bekannt war. Allerdings hatte nur Luca Kontakt zu ihr gehabt. Pasquale war niemals involviert gewesen. Wie war also ihre Nummer in seine Unterlagen gekommen? Und warum? Was hatte Signora Brandt mit seinen Recherchen zu tun? Luca drehte den Zettel um und fand dort einen weiteren Namen. »Belvedere«. Seiner Meinung nach gab es ein Hotel mit diesem Namen irgendwo bei Salò im Süden.

Luca steckte die Notiz ein und öffnete die Mappe, um sich einen Überblick zu verschaffen. Pasquales handschriftliche Aufzeichnungen begannen mit dem Namen einer Frau und ihrer Adresse in Caserta und versuchten dann offenbar, den Weg von Dino Giuliani nachzuverfolgen. Aber was wollte Pasquale damit erreichen? Er war als Kind von diesem Kerl verprügelt worden, und jetzt, nach so vielen Jahren, spionierte er ihm hinterher? Was bezweckte er? Wollte er sich rächen? Herrgott, er war Polizeibeamter und noch dazu ein sehr besonnener und kühler Kopf. Wegen so was hätte er doch niemals seine Karriere aufs Spiel gesetzt.

Luca studierte die Aufzeichnungen, bis es dunkel geworden und Massimo längst wieder zu seinen Eltern hinübergelaufen war. Erst als er so müde war, dass seine Augen brannten und er schon zu Bett gehen wollte, fiel ihm ein, dass er ja noch den USB-Stick in der Tasche hatte. Er besaß einen Laptop, den er allerdings seit Jahren nicht mehr benutzt hatte und von dem er hoffte, dass er die Dateien vom Stick überhaupt lesen konnte.

Wider Erwarten konnte er aber sowohl die Word- als auch die Bilddateien auf Anhieb öffnen und einsehen. Es handelte sich um die Fotos von den Fundorten im aktuellen Fall mit den beiden Leichen, die hier am Westufer gefunden worden waren. Obduktionsberichte ergänzten die Beweisaufnahme, ließen allerdings noch einige Fragen offen. Luca war sicher, dass einer dieser beiden Fälle etwas mit Pasquales Verschwinden zu tun hatte. Aber zu Commissario Bruto hatte er zu wenig Vertrauen, um sich damit an ihn zu wenden. Er ließ einige Ordner ungeöffnet, nahm sein Handy und sah auf die Uhr. Es war dreiundzwanzig Uhr siebzehn. Vielleicht schon zu spät für einen Anruf bei Tomasio. Allerdings machte der sich bestimmt auch Sorgen. Luca tippte auf Tomasios Nummer, und es tutete zweimal, bis er seine Stimme hörte.

»Luca, endlich. Hast du schon was von Pasquale gehört?«

»Ciao, Tomasio. Nein, keine Spur von ihm. Aber ich war in seinem Haus und habe einen ganzen Stapel Unterlagen gefunden. Ich würde sie dir gern zeigen.«

»Worauf wartest du, komm vorbei«, sagte Tomasio.

»Es ist spät.«

»Ich kann sowieso nicht schlafen. Setz dich ins Auto.« Mehr sagte er nicht, sondern legte auf.

Luca grinste, schnappte sich die Unterlagen und ging mit Belmondo hinaus in die dunkle Nacht.

FÜNF

Er war noch so schrecklich müde, dass er kaum die Augen aufbekam. Bruno Toscanelli versuchte sich zu bewegen, weil er irgendwie unbequem lag, doch er schaffte es einfach nicht sich zu rühren. Es musste noch tief in der Nacht sein. Immer wieder driftete sein Bewusstsein ab, und er fand sich in diesem merkwürdigen Traum wieder, der ihm überaus bedrohlich erschien. Warum genau, konnte er nicht sagen, aber da war so ein unterschwelliges Gefühl, dass ihm gleich etwas zustoßen könnte, dabei ging er eigentlich nur fischen in diesem Traum, so wie er es fast jeden Abend tat. Jeden Abend fuhr er hinunter zum kleinen Hafen von Tignale, saß auf der schmalen Mole und warf seine Angel aus. Er genoss die Abendstimmung am See, wie es langsam immer leiser wurde und die Gäste, die tagsüber die Wassersportangebote nutzten, nach Hause fuhren oder sich ins Restaurant setzten und über ihre Erlebnisse redeten. Er sah gern dem Sonnenuntergang zu, und der Anblick der stattlichen alten Limonaia links von ihm, direkt an der Straße, hatte etwas Beruhigendes. Das alles kannte er seit seiner Kindheit. Er war in Piovere geboren und aufgewachsen, das hoch oben auf der Ebene über dem Steilhang lag.

In seinem Traum war die Sonne längst untergegangen, und nur noch ein bläulicher Schimmer erhellte den Himmel über ihm. Er hatte sieben Fische gefangen, die in seinem Eimer lagen und nur noch schwach zuckten. Als er die Angel eingeholt hatte, nahm er seinen Fang und ging zum Parkplatz, wo sein alter Fiat 147 stand. Nur aus dem Augenwinkel bemerkte er rechts Personen, die im Schatten der Steilwand schlecht zu sehen waren. Zudem blendeten ihn die Lichter des Restaurants, die sich im Wasser des Hafenbeckens spiegelten. Als er an seinem Wagen angekommen war und die Koffer-

raumklappe geöffnet hatte, spürte er, wie sich seine Nackenhaare unangenehm aufstellten. An dieser Stelle stoppte der
Traum, und es blieb seiner Phantasie überlassen, wie er ihn
beendete.

Wenn er sich doch nur bewegen könnte. Seine Schulter
und sein Arm schmerzten. Auch in seinem Kopf verspürte er
ein schmerzhaftes Druckgefühl. Er bemühte sich, die Augen
aufzuschlagen, konnte die Lider aber nur einen schmalen Spalt
öffnen. Alles, was er sah, war Schwärze. Nicht eine Kontur
konnte er ausmachen. Aber er war nicht zu Hause. Das wusste
er. Er lag nicht in seinem Bett. Der Geruch war ein anderer,
fremd und unangenehm. Und da war ein Geräusch. Ein dump-
fes Brummen wie von einem Motor. Doch er war zu müde,
um sich Gedanken darüber zu machen, und schloss die Augen
wieder, woraufhin er sofort wieder einschlief.

Geweckt wurde er von einem ihm vertrauten Geräusch.
Es war das Klirren von Besteck und das Scheppern von Tel-
lern. Ein Tisch wurde gedeckt. Wahrscheinlich das Frühstück.
Endlich konnte er diese schreckliche Nacht hinter sich lassen.
Er fühlte sich wie gerädert. Sein Kopf pulsierte unter einem
starken Druck, und er glaubte, dass er Fieber hatte. Er musste
sich irgendeinen Infekt eingefangen haben, eine Grippe oder
etwas Ähnliches.

»Laura«, sagte er matt und versuchte, seine Augen zu öffnen. Laura, seine Frau seit über fünfundzwanzig Jahren,
würde ihm einen Tee kochen und später ein paar Tabletten
aus der Apotheke besorgen. Sie würde mit ihm schimpfen,
dass er sich abends am See verkühlt hatte, jetzt, wo die Temperaturen so gefallen waren. Aber sie würde sich dennoch um
ihn kümmern. »Laura«, wiederholte er mit trockenem Mund.
Seine Augen waren wässrig, was typisch für ein Fieber war,
und er konnte nur dunkle Schemen um sich herum wahr-
nehmen.

Endlich sah er etwas besser und erkannte einen Tisch. Aber
er war nicht zu Hause. Er befand sich in einem höhlenartigen

Raum. Eine Lampe blendete ihn, weil er von unten in sie hineinschaute. Und der Tisch … Er stand auf dem Kopf.

»Laura?«, fragte er besorgt und wollte sich aufrichten, worauf sein Kopf mit einem solchen Schmerzensschub reagierte, dass er aufstöhnte. Jetzt begriff er so langsam, dass er nicht lag, sondern mit dem Kopf nach unten hing. Er blickte hoch zu seinen Füßen, die mit einer Kette umwickelt waren, die von der Steindecke hing. »Was …?«, entfuhr es ihm, und das Dröhnen in seinem Schädel wurde so unangenehm, dass er kraftlos seinen Kopf wieder fallen lassen musste. »Madonna, was ist hier los? Laura?«

Schwindel erfasste ihn, und Übelkeit stieg in ihm hoch. Er wusste auch, woher diese Übelkeit rührte. Angst. Es war Angst, die ihn schubartig überkam. Warum war er hier? Warum hing er an den Füßen gefesselt von der Decke? Was war das für ein Tisch? Und wer hatte ihn gedeckt? Wer war hier bei ihm? Was sollte, um Gottes willen, mit ihm passieren?

»Laura!«, rief er erneut, und es klang schrecklich jämmerlich. Vielleicht hätte ich nicht rufen sollen, dachte er gleich darauf. Vielleicht hatte er damit ungewollt jemanden auf sich aufmerksam gemacht.

Als er die Schritte hörte, wurde die Befürchtung zur Gewissheit, und seine Angst verwandelte sich in Panik. Er schnappte nach Luft, doch konnte nicht so viel einatmen, wie er gebraucht hätte. Er atmete immer schneller und hektischer, dachte an seine Frau und seine Kinder und an sein Haus. Dann kam ein Schatten auf ihn zu, eine Person. Sie verdunkelte das Licht und blieb vor ihm stehen.

»Was wollen Sie?«, hauchte er und glaubte schon, an diesen Worten zu ersticken.

Die Person stand nur da und antwortete nicht. Dann bewegte sie einen Arm, und die Klinge eines Messers blitzte im Licht der Deckenlampe auf.

»Nein, nein«, bettelte Bruno.

Die Person beugte sich zu ihm herunter.

»Laura«, wimmerte Bruno. Und der Name seiner Frau war das Letzte, was er sagte.

✳✳✳

Tomasio öffnete die Tür, kurz nachdem Luca geklingelt hatte.
»Da bist du ja. Komm rein.«
Sie umarmten sich und gingen dann ins Wohnzimmer, wo sie am Tisch Platz nahmen. Tomasio sah seinen Freund mit einer Mischung aus Freude und Besorgnis an.
»Was ist denn da nur passiert?«, fragte er und streichelte dabei Belmondo, der sich vor seine Knie geschoben hatte.
»Ich weiß es nicht, aber diese Unterlagen hier habe ich in Pasquales Safe gefunden. Und ich denke, dass entweder der Fall, den er gerade bearbeitet, der Grund für sein Verschwinden sein könnte oder eine alte Geschichte zwischen ihm und einem Schlägertyp«, erklärte Luca.
»Bitte was?«, fragte Tomasio fast amüsiert, weil auch er sich von Pasquale so etwas kaum vorstellen konnte.
»Es könnte sein, dass er plante, sich irgendwie an diesem Kerl für etwas zu rächen, das vierzig Jahre her ist. Er hat ihm hinterherrecherchiert, seinen Wohnort ausfindig gemacht und seine Arbeitsplätze.«
»Pasquale? Das kann doch nicht sein.«
»Doch. Muss er alles privat gemacht haben. Ich denke, dass er deswegen sogar bis nach Caserta gefahren ist.«
»Caserta bei Neapel?«
»Genau.«
»Aber vor vierzig Jahren … da war Pasquale doch …«
»Zwölf oder dreizehn. Ein gewisser Dino Giuliani hat ihn übel zugerichtet. Es gab damals eine Anzeige wegen Körperverletzung gegen ihn.«
Tomasio lehnte sich zurück und schüttelte den Kopf. »Das kann ich mir nicht vorstellen. Sein aktueller Fall ist der mit den beiden Leichen, die man in den Bergen gefunden hat, richtig?«

»Ja, er hat einen USB-Stick mit Dateien über diesen Fall mit nach Hause genommen. Ich konnte mir schon einiges ansehen. Aber verstehen tue ich es nicht. Es gibt bis jetzt keinen Hinweis darauf, ob er einen Verdächtigen im Auge hatte.«

»Und diese Dateien waren ungeschützt?«

»Na ja, sie lagen in seinem Safe. Nur ich habe den Code.«

»Verstehe.«

»Aber was mir komisch vorkommt, ist, dass er vorgestern, als er bei mir war, etwas Eigenartiges zu mir sagte. Es klang, als würde er ahnen, dass ihm etwas zustoßen könnte. Und nun bin ich verunsichert, was ich tun soll. Ich könnte das alles hier zur Polizei bringen, doch dieser Commissario, der sein Verschwinden aufklären soll ... Na ja, ich hab kein Vertrauen zu ihm. Ich kenne ihn überhaupt nicht, und er ist nicht von hier. Deswegen wollte ich zuerst mit dir sprechen.«

»Nun, wenn es ein Beamter ist, gibt es keinen Grund, die Informationen zurückzuhalten, Luca. Er wird es überprüfen, das ist sein Job. Und wenn einem Polizeibeamten etwas zustößt, genießt das immer automatisch eine hohe Priorität innerhalb der Polizei.«

Luca brummte zustimmend.

»Aber wenn du ihn nicht kennst ... Vielleicht hat Franco ja mal etwas von ihm gehört. Ob er schon über Pasquales Verschwinden informiert ist?« Franco Zardi war ein Ermittler der Kriminalpolizei in Brescia, mit dem Luca und Tomasio bereits zusammengearbeitet hatten. Pasquale hatte ihn damals genau wie sie in seine Sonderkommission berufen.

»Nein, ich denke nicht. Dann hätte er sich sicher bei uns gemeldet.«

Tomasio sah auf die Uhr. »Das machen wir einfach jetzt.« Er schnappte sich sein Handy und rief Francos Nummer auf.

Sie mussten etwas warten, bis Franco den Anruf entgegennahm.

»Tomasio, hast du mal auf die Uhr geguckt?«, meldete er sich.

»Ja, tut mir leid, Franco. Ciao, wie geht's dir?«

»Ich bin gerade auf dem Rückweg von einem Abendessen mit einer Frau. Da könnte sich vielleicht was entwickeln.«

»Das freut mich zu hören.«

»Aber deswegen rufst du nicht an«, meinte Franco erwartungsvoll.

»Korrekt. Ich sitze hier mit Luca, und wir besprechen gerade etwas, für das wir dich gebrauchen können.«

»Grüß ihn von mir. Was habt ihr denn?«

»Du hast es noch nicht gehört?«, fragte Tomasio.

»Was meinst du?«

»Pasquale?«

»Nein, was ist mit ihm? Ich bin im Moment ziemlich eingebunden und ermittle verdeckt.«

»Pasquale ist seit zwei Tagen spurlos verschwunden.«

»Bitte?«

»Kein Lebenszeichen. Handy ist nicht ortbar. Das Auto ist weg. Und ein Kommissar aus Trient ermittelt bereits.«

»Was? Leute, ich bin geschockt, ich hab nichts gewusst.«

»Luca hat einige Unterlagen bei Pasquale im Haus gefunden, die für ihn noch etwas rätselhaft sind. Er weiß nicht genau, was er damit tun soll. Wir haben uns gefragt, ob du vielleicht etwas über diesen Kommissar weißt.«

»Ich hab gerade einen etwas haarigen Auftrag, Tomasio. Ich melde mich nur einmal die Woche im Präsidium. Bin da quasi vollkommen raus. Wer ist es denn?«

Tomasio sah Luca, der mithörte, fragend an.

»Commissario Bruto«, sagte Luca.

»Bruto. Sagt dir das was?«

»Äh … ja, schon. Ich … würde sagen … Wir sollten uns persönlich treffen. Wie wäre es bei Luigi unten am See, morgen neunzehn Uhr? Ginge das für euch?«

Luigi war der Besitzer der Pizzeria »Bar Fontanelle« in Gargnano. Luca hatte seinerzeit alle am damaligen Fall Beteiligten an einem Abend dorthin eingeladen. Er nickte.

»Okay, wir werden da sein. Danke, Franco. Bis morgen.«

»Ciao, ihr beiden.«

»Er klang irgendwie alarmiert, findest du nicht auch?«, fragte Tomasio.

»Ja. Ich glaube, wir sind morgen Abend nicht wegen der schönen Aussicht bei Luigi«, bestätigte Luca.

»Kann ich dir sonst noch irgendwie helfen?«

»Gibt es jemanden in Riva, dem du vertraust und dem wir vertrauen können?«, wollte Luca wissen.

»Du meinst jemanden, der uns mit Infos versorgt?«

Luca nickte.

»Ich kümmer mich drum. Darf ich da jetzt mal einen Blick reinwerfen?« Tomasio deutete auf die Aktenordner.

Sie brüteten noch bis drei Uhr in der Nacht über den Unterlagen, bevor Luca mit einem Kopf voller rotierender Gedanken wieder zurückfuhr. Er musste das Fenster schließen, weil der Wind jetzt eisig kalt von draußen hereindrückte und ihn zum Frösteln brachte. Der Temperatursturz bewirkte auch, dass aus dem seit Wochen von der Hitze erwärmten Wasser Nebel in die kalte Luft emporstieg, der wie ein weißes Kissen über dem See lag und mehr und mehr von der Straße und den am Ufer liegenden Orten verschluckte. Die alten gelblichen Scheinwerfer des Flavia waren vielleicht noch am besten geeignet, diese dichte Masse zu durchdringen. Je heller das Licht war, desto mehr reflektierte der Nebel, und man sah nichts als undurchdringliches Weiß um sich herum. Er konnte nur Schritttempo fahren. Die Straße war kaum zu erkennen, und er lenkte mehr aus der Erinnerung als auf Sicht. Als er endlich Riva erreichte, wurde es etwas besser. In den Straßen der Küstenstadt war der Nebel nicht ganz so dicht, doch auch hier zog er unaufhaltsam weiter, breitete sich überall aus und ließ Riva wie eine Geisterstadt erscheinen. Am Westufer wurde es wieder schlimmer. Nur in den Tunneln waberte kein Nebel, man fuhr hinein, und plötzlich war alles klar. Am Tunnelausgang hingegen schien es, als führe man in eine zähe Flüssigkeit hinein. Sogar Belmondo saß stocksteif auf dem Beifahrersitz und blickte ängstlich hinaus in den milchigen Dunst.

»Ist gleich vorbei«, versuchte Luca, ihn zu beruhigen, und stellte gleichzeitig fest, dass er es verpasst hatte, einen anderen Weg nach oben zu nehmen. Umkehren wollte er jetzt nicht mehr, er wünschte sich nur so schnell wie möglich nach Hause.

Als endlich rechts die Abzweigung nach Tremosine auftauchte, mussten sie der Straße bis in die zweite große Kurve folgen, ehe sie sich auf einmal aus dem Nebel emporhoben wie ein Flugzeug aus den Wolken. Sie hatten es geschafft, ohne in den See zu stürzen oder mit einem anderen Wagen zu kollidieren. Jetzt musste Luca noch den Tunnel hinter sich bringen, in dem damals der Unfall passiert war. Danach lenkte er den Wagen völlig erschöpft und ausgelaugt nach rechts an den Rand, wo es eine kleine Aussichtsgelegenheit gab, und stieg aus. Er musste Luft holen und sich kurz erholen. Die Fahrt hatte fast eine Stunde gedauert, und er merkte erst jetzt, wie anstrengend sie gewesen war. Belmondo schnüffelte an den Felsen herum, während Luca sich an die Motorhaube lehnte und auf die weiße Decke schaute, die den See verhüllte. Sein Atem kondensierte, und eine Gänsehaut breitete sich über seinen Körper aus. Es war wirklich unglaublich kalt geworden. Er würde oben im Haus den Ofen anfeuern müssen, wenn sie ankamen.

Da hörte er Belmondo knurren. Einen solchen Ton hatte er noch niemals von ihm vernommen. Es war ein tiefes, bedrohliches Grollen. Luca fuhr herum und blickte wie Belmondo den Berg hinauf. Die Straße war leer.

»Was ist, alter Junge? Was ist da?«, fragte er seinen Hund und ging zu ihm. Belmondos Nackenhaare waren aufgestellt, und er fletschte die Zähne. »Hey, was ist los mit dir?«

Luca ging ein Stück die Straße entlang und starrte in die Dunkelheit. Da tauchte plötzlich ein weißer Schemen vor ihm auf. Fast glaubte er, der Nebel käme jetzt vom Berg herunter, doch das war unmöglich. Er machte noch einen Schritt, um besser sehen zu können, gefror jedoch in seiner Bewegung, als er sein Gegenüber erkannte. Es war ein Wolf. Er stand mitten auf der Straße, nur dreißig Meter von ihm entfernt, und fixierte ihn mit einem wilden Blick aus seinen funkelnden Augen. Er hatte die Zähne gefletscht, und das Knurren, das seiner Kehle entfuhr, ging Luca durch Mark und Bein. Augenblicklich setzte sein Fluchtinstinkt ein, aber er zwang sich, nur langsam, Schritt für Schritt, rückwärts zu gehen, ohne den Wolf aus den Augen zu lassen. Belmondo gab ein drohendes Bellen von sich, woraufhin Luca ihn anfuhr: »Sei still!«

Er packte ihn am Halsband und musste ihn wegzerren. Belmondo ließ den Wolf keine Sekunde aus den Augen. Luca hingegen musste seine Aufmerksamkeit für einen Moment allein auf Belmondo richten, um ihn in den Wagen zu verfrachten. Als er wieder aufblickte, sah er vier weitere Wölfe hinter dem ersten. Das Knurren hatte aufgehört. Dafür schnüffelte der Anführer in seine Richtung und senkte dann den Kopf. Im nächsten Moment setzte er sich, gefolgt von den anderen, in Bewegung. Geduckt kamen sie auf ihn zu. Ihre grünen Augen leuchteten gefährlich und angriffslustig aus der Dunkelheit heraus.

»Scheiße.« Luca riss die Beifahrertür wieder auf, schob Belmondo nach hinten auf den Rücksitz und kletterte eilig ins Auto. Auf beiden Seiten hieb er auf die Knöpfe der Türen und schloss sich ein. Ein Blick aus dem Seitenfenster der Fahrertür ließ ihn erneut versteinern. Sie waren fort, nicht mehr zu sehen. Er reckte seinen Kopf höher, um zu sehen, ob sie schon nah am Wagen waren und ihn vielleicht eingekreist hatten. Aber er konnte keines der Tiere entdecken. Nicht durchs Fenster und auch in keinem der Rückspiegel. Schnell schwang er sich auf den Fahrersitz, startete den Motor und ließ die Scheinwerfer aufleuchten.

Nichts geschah. Die Wölfe zeigten sich nicht. Luca wollte auf keinen Fall wieder hangabwärts in den Nebel fahren. Außerdem hatte er nicht gesehen, wohin das Rudel verschwunden war. Sie könnten im Tunnel auf ihn warten. Er wollte nach Hause, auch wenn das bedeutete, dass er in die Richtung fahren musste, aus der die Wölfe gekommen waren. Hinein in die Schlucht. Er hoffte, dass er in seinem kleinen Flavia geschützt war, denn bei der Steigung konnte er nicht genug beschleunigen, um sie mit Wucht anzufahren, sollte es nötig werden. Er schlug das Lenkrad ein, gab Gas und fuhr mit auf dem Schotter durchdrehenden Reifen auf die Straße zurück.

Je tiefer Luca in die Schlucht hineinfuhr, desto lauter hörte er sein Herz schlagen. Er vermutete, sie jeden Moment wiederzusehen oder den Sprung eines Tiers aufs Dach zu hören. Aber das alles blieb aus. Es war dunkel, und es war still um sie herum, und sie begegneten keiner Seele auf ihrem Weg. Als sie Pieve erreichten, fragte Luca sich, ob er das alles nur geträumt, ob sein Kopf ihm nur einen Streich gespielt hatte.

Völlig erledigt fiel er zu Hause auf sein Bett und vergaß dabei, den Ofen anzufeuern.

SECHS

Es war Sonntag, und sie saßen gemeinsam am Frühstücks-tisch. Seine Mutter hatte Spiegeleier gemacht, und es roch nach Kaffee und frisch gebackenem Brot. Pasquale liebte die Sonntage, weil alles ein wenig entspannter ablief und sie mehr Zeit miteinander verbrachten. Seine Eltern waren auch besser gelaunt, meistens jedenfalls. Pasquale mochte es sogar, runter in die Kirche zu gehen, weil er dann während der Predigt mit seinen Schulfreunden Unsinn machen konnte. Man durfte sich nur nicht erwischen lassen.

»Ich hab nachgedacht«, sagte sein Vater auf einmal in einem Tonfall, den Pasquale noch nicht von ihm kannte. Er wusste nicht, ob das etwas Gutes oder etwas Schlechtes bedeutete, und ließ sein Brot vorsichtig sinken. »Der Hof hält uns gerade so über Wasser. Wir müssen hart arbeiten für unsere Erträge, und ich … Na ja, ich bin nicht mehr so kräftig wie früher.« Er drehte seine Hand, an der zwei Finger fehlten, wie zum Beweis und seufzte dann müde. »Ich möchte, dass wir es gut haben, dass du es mal gut hast, Pasquale.« Sein Vater sah ihn mild lächelnd an.

»Bin gespannt, was jetzt kommt«, sagte seine Mutter, trank einen Schluck Kaffee und blickte argwöhnisch über den Rand der Tasse hinweg zu ihrem Mann.

»Na ja, ihr wisst ja, wie beliebt der Gardasee ist. Der Touris-mus ist unten zum größten Geschäft geworden, und so lang-sam kommt er auch hier oben an. In Pieve gibt es inzwischen Hotels, und viele Grundstücksbesitzer bauen Fremdenzimmer in ihre Häuser oder Ferienwohnungen und solche Dinge.«

»Du meinst, wir sollten …« Pasquales Mutter stellte ihre Tasse auf den Tisch und sah sich um. »Hier? Wo soll denn hier noch jemand wohnen? Wir haben ja kaum Platz für uns.«

»Ich weiß, aber man könnte etwas ganz Neues bauen. So

eine Art Holzbungalow oder einen Anbau. Das wäre nicht so teuer.«

»Bezahlen musst du ihn trotzdem, wo willst du das Geld hernehmen?«

»Ich wollte doch nur mal etwas vorschlagen, damit ihr es euch durch den Kopf gehen lassen könnt. Wenn wir das machen wollen, könnten wir zum Beispiel den Traktor verkaufen oder einige Kühe. Außerdem müsste man einen Kredit bei der Bank aufnehmen.« Er blickte hinaus auf ihr kleines Stück Land.

Pasquale wusste nicht, was er denken sollte. Aber er spürte Traurigkeit in sich aufkommen, wenn er seinen Vater so reden hörte. Etwas Neues anzufangen ist ja eigentlich eine gute Sache, dachte er, aber irgendwie ist es auch das Ende von etwas. Das Ende von der Art zu leben, wie sie es bis jetzt getan hatten. Das Ende von seinem Vater, so wie er ihn kannte. Er war schwächer geworden, verletzlicher seit dem Unfall. Aber es erfüllte Pasquale auch mit Stolz, dass er das Gespräch suchte und ihn trotz seiner erst dreizehn Jahre mit einbezog. Am liebsten hätte er ihn jetzt umarmt, aber stattdessen trank er einen Schluck Milch.

»Ich könnte auch in einem Holzbetrieb anfangen«, schickte sein Vater hinterher. Die Holzindustrie war hier oben die vorherrschende. Entweder war man Bauer oder Holzarbeiter.

»Und du glaubst, die nehmen dich, mit zwei fehlenden Fingern und fast fünfzig Jahren?«, fragte seine Frau.

»Die haben doch alle abbe Finger«, sagte Pasquale und brachte seine Eltern damit zum Lachen. »Es stimmt doch, beinahe jeder von denen hat sich schon mal 'nen Finger abgesägt.«

»Hast ja recht«, meinte sein Vater.

»Also, ich muss da erst mal drüber schlafen«, erklärte seine Mutter. »Das wäre ein großer Schritt.«

In der Chiesa di San Giorgio begannen die Glocken zu läuten.

»Wir müssen los.«

Sie gingen zusammen den Weg hinunter zu der kleinen Kirche, wie sie es jeden Sonntag taten. Doch heute waren sie verändert. Jedem spukten Gedanken über ihre Zukunft im Kopf herum, und alle drei lauschten heute nicht so konzentriert auf die Worte des Pfarrers wie sonst.

Auf dem Heimweg grollte ein Gewitter in der Ferne, was ungewöhnlich früh war. Meist kamen sie erst am Abend. Es blitzte, donnerte und regnete, und nach einer Stunde war alles vorbei, und die feuchte Abendluft roch herrlich nach Kräutern.

»Wollen wir heute Kaninchen machen?«, fragte Pasquales Vater und legte eine Hand auf seinen Hinterkopf.

»Ja, das wär klasse.«

»Wenn ihr eins fangt, koch ich euch eins«, sagte seine Mutter.

»Das kriegen wir hin, wir sind echte Krieger. Kein Schuss geht daneben.«

Sein Vater hatte ihm das Schießen vor zwei Jahren beigebracht. Damals hatte er die Flinte noch gar nicht richtig halten können und nur im Liegen geschossen. Jetzt, mit dreizehn, war er schon wesentlich kräftiger und kam mit dem Gewicht der Waffe ganz gut klar, auch wenn es noch lange nicht so aussah wie bei seinem Vater.

Sie nahmen sich den oberen Abschnitt des Grundstücks an der Grenze zum Wald vor, nachdem sie alle Kühe auf den unteren Teil der Alm getrieben hatten, und legten sich auf die Lauer. Pasquale hatte von Anfang an das Gewehr nehmen dürfen, und sein Vater half und korrigierte ihn nur mit einem Flüstern, während sie nach den Kaninchen Ausschau hielten. Er hatte ihm die Orientierung nach den Uhrzeiten beigebracht, sodass er ziemlich gut auf die Ansage reagieren und den Lauf der Waffe ausrichten konnte.

»Elf Uhr, hinter der Wurzel«, flüsterte sein Vater, und Pasquale lenkte die Waffe nach links, über Kimme und Korn spähend, bis er die Wurzel und das dahinter sitzende Kaninchen sah. Er zielte und drückte nach eigenem Ermessen ab. Doch es splitterte nur etwas Holz auf, und das Tier rannte haken-schlagend davon.

»Kein Problem, weiter geht's.«

Pasquale atmete aus und versuchte, sich wieder zu konzentrieren. Nicht lange danach tauchte das nächste Kaninchen auf, und Pasquale verfolgte es mit dem Korn, bis es zum Essen sitzen blieb. Dann schoss er. Und diesmal traf er auch.

»Bravo!«, rief sein Vater und klatschte in die Hände. »Guter Schuss.«

Sie liefen hinüber und besahen sich ihre Beute. Das Fell an der Flanke war nass vom Blut, die Augen leblos.

»Du bist ein Naturtalent. Mama wird staunen.«

Sein Vater packte das Tier an den Ohren, und sie kehrten zum Haus zurück. Dort hängte sein Vater das Kaninchen an die Stallwand und zog ihm innerhalb von ein paar Minuten das Fell ab, bevor er es ausnahm.

Die Zubereitung in dem gusseisernen Topf in der Küche dauerte wesentlich länger, aber Pasquale freute sich über den herrlichen Duft von Tomate, Knoblauch und frischem Fleisch, der aus dem Topf dampfte und sich im Haus verteilte. Am Ende war das Fleisch so zart, dass es förmlich zerfiel und man es kaum kauen musste. Es zerging auf der Zunge, und das Beste waren die leicht angebrannten Reste am Boden des Topfes, den sie mit Gabeln herauskratzten und mit der restlichen Soße und Weißbrot aßen. Seine Eltern tranken Weißwein und Pasquale einen kalten Zitronentee. Die Welt war in Ordnung. Wenn es nach ihm ginge, müsste sich nichts ändern. Falls es aber doch so käme, hoffte er, dass es noch viele Momente wie diesen geben würde.

Nach dem Essen wollte er noch ein wenig herumstromern, und seine Mutter meinte, dass er zur blauen Stunde wieder zurück sein müsse. Manchmal gab sie ihm auch Uhrzeiten vor, dann orientierte er sich an der Kirchenglocke im Dorf. Aber die blaue Stunde war besser, denn sie dauerte ein wenig an, sodass er die Rückkehr immer noch etwas hinauszögern konnte.

Er lief quer über die Wiese in Richtung Wald und sprang zwischen den Bäumen umher. Im Wald fühlte er sich am wohlsten. Hier gab es so viele Dinge zu entdecken und anzustellen. Er schnitzte gern mit dem Messer, das sein Vater ihm zum zehnten Geburtstag geschenkt hatte, er kletterte auf Bäume, stieg über die Felsen und war gern am Wasserfall, der Cascata del Gorg d'Abiss, der zehn Meter in die Tiefe rauschte und unten ein Becken gebildet hatte. Das war eine seiner Lieblingsstellen und ein beliebtes Ziel von Wanderern. Es gab sogar einen Parkplatz in der Nähe, von dem aus man dorthin wandern konnte.

Er fand einen schönen großen Ast, der so gerade gewachsen war, dass man gut einen Speer daraus machen konnte. Er nahm sein Messer aus der Hosentasche und begann, das dickere Ende anzuspitzen, während er weiterging und immer tiefer in den Wald vordrang. Prüfend betrachtete er das Ergebnis. Man musste die Speerspitze zwar noch im Feuer härten, aber einen Wurf wollte er machen, nur um zu sehen, wie gut er flog. Er holte weit nach hinten aus und ließ seine Hand nach vorn schnellen. Der Speer schoss los und sauste leicht aufgestellt zwischen den Bäumen hindurch, bis die Spitze sich langsam senkte und in einem Mooskissen stecken blieb. Pasquale war sehr zufrieden. Er rannte hinterher und zog ihn heraus. In der Ferne konnte er schon den Wasserfall hören.

Viel Zeit blieb ihm nicht mehr. Wenn er Glück hatte, erwischte er mit seiner Waffe vielleicht noch eine Forelle im Fluss. Er lief etwas schneller, sprang über einige Steine und Baumstümpfe und blieb so abrupt stehen, als sei er vor eine unsichtbare Wand gelaufen. Vor ihm tat sich der Wald zu einer großen Schneise auf, in der der Fluss rauschte und das Wasser den Felsen hinabstürzte. Unten im Becken hockte jemand. Für Wanderer war es viel zu spät, es sei denn, sie hatten sich verlaufen. Es musste ein Einheimischer sein.

Pasquale duckte sich und schlich weiter. Als er Regina erkannte, legte er sich augenblicklich flach auf den Boden.

Zwischen Gräsern hindurch beobachtete er, wie sie am Rande des Beckens im Wasser kniete und sich ihre Haare wusch. Sie trug noch immer ihr schwarzes Kleid, das wie ein geöffneter Schirm um sie herum im Wasser waberte. Ihre langen Haare hatte sie über ihre Schulter nach vorn gelegt und seifte sie ein. Der Schaum rann an dem schwarzen Stoff hinab, glitt ins Wasser und wurde von der Strömung fortgetragen. Er hätte schwören können, sie trotz des Wasserrauschens ein Lied summen zu hören. Er war wie gebannt und konnte sich keinen Millimeter mehr bewegen oder seinen Blick von ihr abwenden. Wie sie so dasaß, ganz friedlich und nur mit sich allein, aber dennoch immer noch schüchtern, musste er sich eingestehen, dass er sie wunderschön fand. Jetzt warf sie die Seife auf die Steine am Ufer und bog sich nach hinten, um ihre Haare ins Wasser zu tauchen. Etwas so Anmutiges hatte er noch nie gesehen.

Regina setzte sich wieder auf und wrang ihre Haare aus, bevor sie schließlich aufstand und langsam aus dem Wasser ans Ufer watete. Pasquale drückte sich noch flacher auf den Boden. Was sollte er jetzt tun? Sie würde wahrscheinlich hier entlangkommen. Aber wenn er jetzt fortliefe, könnte sie ihn bemerken. Sollte er sich besser verstecken? Er hielt das für die beste Lösung und kroch etwas weiter flussabwärts bis zu einem größeren Felsen im Wasser, hinter dem er sich verbergen wollte. Doch das Flusswasser war eiskalt, und es kostete ihn einige Überwindung, sich hineinzurollen, ohne einen Mucks zu machen. Aus seiner Deckung heraus beobachtete er, wie Regina die Seife in einem Baumloch versteckte, ehe sie das Becken an einer flachen Stelle durchquerte und genau dort, wo Pasquale ursprünglich gelegen hatte, im Wald verschwand. Er atmete voller Erleichterung aus und tauchte sein Gesicht blubbernd ins Wasser.

Ein paar Minuten verharrte er noch in seiner Position und trat dann ebenfalls den Heimweg an. Zu Hause tischte er seinen Eltern eine kleine Notlüge auf, um zu erklären, warum er so nass war. Als er endlich warm und trocken im Bett lag, musste er die ganze Zeit an Regina denken. Er sah sie vor seinem inneren Auge im Fluss baden, bis er eingeschlafen war.

Am nächsten Morgen konnte er es kaum erwarten, sie in der Schule wiederzusehen. Eigentlich hoffte er, sie schon auf dem Schulweg zu treffen, aber sie war nirgends zu entdecken. Sie saß bereits in der Klasse, als er ankam, hatte den Kopf gesenkt und ihr Gesicht mit den Haaren verdeckt. Pasquale setzte sich und blickte über seine Schulter zu ihr. Obwohl sie gestern gebadet hatte, waren ihre Knöchel wieder ganz schmutzig. Er fragte sich, wie das sein konnte und welchen Weg sie wohl in die Schule genommen hatte. Vielleicht war sie auch gestürzt. Ihr Kleid sah staubig aus.

Auf dem Heimweg wollte er sich wieder im Dickicht verstecken, um von dort aus zu beobachten, wie sie an ihm vorüberging. Ob er sich jemals trauen würde, sie anzusprechen, wusste er nicht.

✳✳✳

Luca wachte von der Kälte auf. Er lag angezogen auf dem Bett, und sein Atem war eine kleine blassweiße Wolke. Belmondo schlief zusammengerollt auf seiner Decke auf dem Boden. Luca erhob sich bibbernd und lief hinaus, um etwas Holz für den Ofen zu holen. Er glaubte seinen Augen nicht zu trauen, als er Raureif auf der Wiese sah.

Innerhalb von ein paar Minuten brannten Scheite im Ofen, erhellten den Raum und wärmten ihn allmählich auf.

»Tut mir leid, Belmondo. Gestern Abend war ich einfach zu müde.« Er streichelte den Hund und machte dann Frühstück für sie beide. Als Massimo herüberkam, schickte er ihn mit Belmondo los, sagte aber, dass es auch heute keine Arbeit an der Veranda geben könne.

»Was musst du denn machen?«, fragte der Junge.

»Ich muss einen Freund finden.«

»Isser weg? Wohin denn?«

»Das weiß ich eben nicht. Aber ich finde es raus.«

»Wenn meine Freunde nicht da sind, weiß ich meistens, wo ich sie suchen muss«, sagte Massimo.

»Ich auch«, entgegnete Luca, obwohl das nicht stimmte und er eher glaubte, dass Pasquale etwas Schlimmes zugestoßen war. Aber aufgeben war keine Option für ihn.

Luca wollte heute zwei Dinge erledigen, bevor sie sich am Abend mit Franco unten am See trafen. Er wollte den Beamten finden, der die alten Fälle bearbeitet hatte, deren Akten Pasquale in seinem Safe aufbewahrte. Ernesto Branduro. Ob er überhaupt noch im Dienst war, würde sich rausstellen, wenn Luca die Polizeiwache von Bezzecca besuchte. Die zweite Anlaufstelle war die Adresse des Beschuldigten, Dino Giuliani. Wenn er dort noch wohnte, würde er ihn sich einmal genauer ansehen.

Luca wusste nicht, wann er das letzte Mal die Heizung im Flavia angeschaltet hatte. Es roch anfänglich etwas verschmort, aber es wurde wärmer. Er fuhr bis Riva und sah unterwegs die Baustelle an der Gardesana. Sie hatten vor, am Uferhang einen Rad- und Fußweg zu bauen, der quasi über dem Wasser schwebend verlief. Das erste Teilstück sollte bis nach Limone führen.

Im Tunnel von Riva hinauf zum Ledrosee schien sich noch etwas Nebel gehalten zu haben. Die Luft war diesig und offenbar auch feucht, denn Luca musste hin und wieder den Scheibenwischer anschalten, um den feinen Film von der Windschutzscheibe zu entfernen.

Die Polizeistation lag in Bezzecca, einen Ort vor Tiarno, direkt an der Hauptstraße. Luca ging hinein und fragte den Mann hinter dem Tresen nach Ernesto Branduro.

»Ernesto ist seit letztem Jahr im Ruhestand«, informierte ihn der Beamte amüsiert.

»Könnten Sie mir sagen, wo er wohnt?«

Der Mann verzog das Gesicht, ohne sein Lächeln dabei

völlig zu verlieren. »Ich weiß nicht recht. Um was geht es denn?«

»Mein Name ist Luca Spinelli, ich wollte über einen alten Fall aus den Achtzigern mit ihm sprechen.«

»Warten Sie bitte. Ich rufe ihn an.«

Der Beamte wandte sich ab und rief Ernesto Branduro von seinem Handy aus an. Luca wartete und blickte auf ein Bord an der Wand mit Personen, die aktuell vermisst wurden. Es waren meistens Kinder und Jugendliche.

»Um welchen Fall geht es?«, rief der Beamte ihm zu.

»Pasquale Vialli«, antwortete Luca, »es war eine Anzeige wegen Körperverletzung.«

Der Polizist sprach wieder ins Telefon und beendete schließlich das Gespräch. »Er sagt, es ist in Ordnung. Ich schreibe Ihnen die Adresse auf.«

»Das ist nett, vielen Dank.«

Luca nahm die Notiz entgegen und gab die Adresse in sein Navi ein. Das Häuschen lag ein wenig versteckt in der Via Bonomelli am westlichen Ortsrand von Enguiso, das etwas höher am Berg gelegen war als Bezzecca. Der von Bäumen umsäumte Schotterweg zum Haus war recht lang, aber schließlich tauchte das Gebäude auf, und ein Mann kam in Sicht, der vor der geöffneten Haustür stand und seine Augen beschattete. Er trug eine Latzhose und ein kariertes Hemd. Sein Haar war weiß und kurz geschnitten. Er winkte freundlich, als Luca ausstieg.

»Buongiorno, Signor Branduro«, begrüßte Luca ihn.

»Buongiorno. Ich habe Ihren Namen schon wieder vergessen.«

Sie gaben sich die Hand.

»Spinelli. Luca Spinelli.«

»Sie sind aber nicht der Spinelli, der diese Filme gedreht hat, oder?«

»Oh doch, der bin ich.«

»Ein Filmemacher, hier bei mir? Was verschafft mir die Ehre? Kommen Sie, wir gehen in den Garten.«

Er führte Luca um das Haus herum in einen Garten, in dem alles Mögliche wuchs. Obstbäume, Blumen, Stauden und vielerlei Gemüse, das in sauberen Reihen angelegt war. Es gab Gurken, Zucchini, Auberginen, Kürbisse, Möhren, Tomaten und Gewächse, die Luca noch nie gesehen hatte.

»Ich bin seit einem Jahr im Ruhestand und betätige mich so ein bisschen als Gärtner«, erklärte Branduro.

»Das sehe ich. Beeindruckend.«

»Es ist kalt geworden, wollen wir trotzdem draußen sitzen?«

»Gern.«

Er bot Luca einen Stuhl an einem kleinen runden Holztisch an und nahm ihm gegenüber Platz. »Kann ich Ihnen etwas anbieten? Ich habe selbst gebrannten Grappa.«

»Ehrlich? Da sag ich nicht Nein.« Luca ließ seinen Blick schweifen und entdeckte die Weinranken in dem hinteren rechten Teil des Gartens. Branduro verschwand kurz im Haus, kam mit einer Flasche und zwei Gläsern zurück und schenkte ihnen ein. »Es ist sehr nett, dass Sie mich hier einfach so empfangen.«

»Ich kriege nicht mehr so viel Besuch, wissen Sie. Nur meine alten Kollegen kommen hin und wieder mal vorbei. Meine Frau ist bereits gestorben, Gott hab sie selig. Ich hoffe nur, Sie haben keine schlechten Nachrichten im Gepäck.«

»Na ja, der Grund, warum ich hier bin, ist tatsächlich nicht sehr erfreulich«, begann Luca. Branduro hob das Glas, und sie stießen an. »Sehr gut, Signor Branduro«, lobte Luca, nachdem er probiert hatte.

»Ernesto, bitte.«

»Gern, ich bin Luca. Es geht um meinen Freund. Er ist seit nunmehr drei Tagen spurlos verschwunden. Er ist Kommissar bei der Kriminalpolizei in Riva«, fuhr Luca fort, »und ich fand in seiner Wohnung Polizeiakten aus den achtziger Jahren.«

»Sie reden von Pasquale Vialli?«, fragte Ernesto Branduro jetzt ganz ernst.

»Ja, richtig.«

»Ich habe über ihn ein paarmal etwas in der Zeitung gelesen. Er hatte in den letzten Jahren Fälle, die viel Aufmerksamkeit auf sich zogen. Wenn ich mich nicht irre, wurden Sie ebenfalls erwähnt.«

»Das ist korrekt. Pasquale holte mich als Berater ins Boot, und wir arbeiteten an zwei Fällen zusammen. Seitdem sind wir Freunde, kann man sagen.«

»Und die Akten, die Sie fanden, sind von mir unterzeichnet, nicht wahr?«

»Genauso ist es. Ich frage mich, ob sein Verschwinden etwas damit zu tun haben könnte. Und was er nach so vielen Jahren mit den Akten wollte. Hat er Sie zufällig ebenfalls kontaktiert?«

»Nein, er hat sich nie bei mir gemeldet«, sagte Ernesto und senkte den Blick.

»Erinnern Sie sich denn an ihn und an das, was damals passiert ist?«

Jetzt blickte er wieder auf und sah Luca aus traurigen Augen an. »Und ob ich mich daran erinnere. Es gibt Dinge, die vergisst man nicht.«

»Könnten Sie mir erzählen, was damals passiert ist? Damit ich es besser verstehe? Ich habe Angst, dass er sich an diesem Dino rächen will für das, was der ihm angetan hat.«

»Was er *ihm* angetan hat?«, fragte Ernesto.

»Na ja, dieser Dino hat ihn doch übel zugerichtet.«

»Sie sollten lieber fragen, was er *ihr* angetan hat.«

»Wen meinen Sie?« Luca war verunsichert.

Ernesto Branduro atmete einmal tief durch, und es klang schrecklich mühsam. Nachdenklich griff er zur Flasche und schenkte erneut ein. Er trank, ohne mit Luca anzustoßen.

»Waren Sie schon mal verliebt?«, fragte er dann.

Diese Frage stellte er dem Falschen. Luca spürte, wie sich sein Blick verfinsterte.

»Tut mir leid, ich wollte Sie nicht kränken«, sagte Ernesto, der die Regung bei Luca bemerkt hatte. »Ich meine nur, dass sich doch jeder an seine erste Liebe erinnert, nicht? Dieser Junge verliebte sich in Regina Giuliani. Sie war die Schwester von Dino. Alles drehte sich eigentlich um sie.«

»Auch der andere Fall?«, hakte Luca nach. »Was war das noch gleich, Freiheitsberaubung?«

Ernesto Branduro nickte. »Ich weiß noch, wie der Junge mit seinem Vater in die Dienststelle kam. Es war abends, meine Schicht war fast zu Ende, da standen die beiden auf einmal vor mir, und dieser aufgeregte Junge erzählte von einem Mädchen aus seiner Klasse, Regina, die von ihrem Vater in eine Art Kerker eingesperrt werde. Dieser Mann war uns bereits bekannt. Wir hatten schon öfter Hinweise darauf bekommen, dass die Tiere, die er hielt, in sehr schlechtem Zustand waren. Das Jugendamt hatten wir auch eingeschaltet, weil das Mädchen die ersten Jahre nie in der Schule aufgetaucht war. Insofern dachte ich, dass der Junge die Wahrheit sagte. Ich fuhr also zu dem kleinen Hof am Berg und sprach mit dem Vater und der Tochter.« Er legte den Kopf leicht schief, und eine bedauernde Falte zeichnete sich in seinem Mundwinkel ab. »Sie beteuerte, dass alles in Ordnung sei. Sie hatte Angst, das war nicht zu übersehen. Aber ich hatte keine Handhabe. Er wusste das, ließ mich sogar alles in seinem Haus anschauen. Die Kleine hatte dafür zu sorgen, dass das Haus sauber war. Sie kochte, putzte und machte die Wäsche. Alles, was die Mutter sonst tat, die zwei Jahre zuvor gestorben war.«

»War es anders, als die Mutter noch lebte?«, fragte Luca.

»Ich denke nicht, Beschwerden und Gerüchte hatte es schon vorher gegeben. Aber es nahm sicherlich zu nach ihrem Tod. Einige behaupteten auch, dass er seine Frau umgebracht habe. Sie wurde nicht hier begraben, sondern in ihrer Heimat, wie er damals erklärte. Er hatte sie nach Apulien überführen lassen. Das kam mir merkwürdig vor, und ich habe es telefonisch bei dem Bestatter überprüft, der mir die Geschichte allerdings bestätigte.«

»Was war mit dem Bruder?«, wollte Luca wissen. »Lebte der auch in dem Haus?«

»Dino, ja. Er war damals neunzehn.«

»Wie ist es denn zu dieser Schlägerei gekommen?«

»Nun, Ihr Freund Pasquale ging damals auf eigene Faust zu dem Haus, um die Tochter zu befreien oder besser gesagt: zu retten. Was er sich dabei dachte … Na ja, so sind die jungen Männer eben. Sie müssen es durch Kampf lösen. Er drang in das Haus ein, und Dino und er gerieten aneinander. Und wenn ein wütender Neunzehnjähriger einen Dreizehnjährigen in die Finger bekommt, geht es für den Jüngeren böse aus. Daraufhin erstattete Pasquales Vater Anzeige bei mir. Doch Signor Giuliani drohte damit, den Jungen im Gegenzug wegen Einbruchs und Hausfriedensbruchs anzuzeigen. Das war natürlich ein Problem, er hatte jedes Recht dazu. Hinzu kam, dass die Person, um die es eigentlich ging, nicht mehr da war, als ich deswegen erneut zu ihm rausfuhr. Der Vater hatte seinen Sohn und die Tochter zu einer Cousine nach Caserta geschickt. Sie waren beide nicht mehr da.«

»Caserta!«, rief Luca. »Darüber hat Pasquale auch einiges gesammelt. Eine Adresse und Angaben zu Dinos dortigem Arbeitgeber.«

»Soso. Ja, ich habe auch das überprüft. Die Dame bestätigte mir, dass die beiden einige Zeit bei ihr bleiben sollten.«

Luca lehnte sich nachdenklich zurück. Ernesto Branduro saß wie ein Häufchen Elend auf seinem Stuhl.

»Ich verstehe immer noch nicht, was Pasquale bis heute an diesem Vorfall festhalten ließ. Aber dass er diese Recherchen angestellt und Dinos Spur zurückverfolgt hat, kann doch im Grunde nur bedeuten, dass Pasquale sich nun an ihm rächen will.«

»Oder an mir«, sagte der ehemalige Beamte leise.

»Sie haben getan, was Sie tun konnten. Pasquale ist ein absoluter Vernunftmensch und Polizeibeamter. Er würde niemals an so etwas denken, glauben Sie mir«, versicherte Luca. »Aber wieso tut er es bei diesem Dino, und warum jetzt?« Die Frage war mehr an ihn selbst gerichtet als an Ernesto.

»Dino könnte etwas getan haben, das Pasquale eventuell aufklären und wofür er ihn endlich anklagen kann«, mutmaßte Ernesto.

»Aber natürlich! Sie haben recht! Ich habe an persönliche Rache im Sinn von Auge um Auge, Zahn um Zahn gedacht. Aber das ist viel logischer. Pasquale muss diesem Kerl irgendwie auf die Schliche gekommen sein. Ich muss also seine privaten Ermittlungen wiederaufnehmen und dann werde ich dahinterkommen. Nur bleibt das eigentliche Problem dasselbe«, wandte er ein, seinen aufkommenden Enthusiasmus wieder abbremsend. »Pasquale könnte bei diesem Vorhaben gescheitert sein. Und Dino könnte ein weiteres Mal gewonnen haben.«

»Wollen wir es nicht hoffen«, sagte Ernesto.

»Danke, Sie haben mir sehr weitergeholfen. Wirklich.«

»Es wäre sehr erleichternd für mich zu wissen, dass alles gut ausgegangen ist. Würden Sie mich informieren, wenn Sie Pasquale wiedergefunden haben?«, bat er.

»Selbstverständlich. Wissen Sie, was mit dem Vater ist? Lebt er noch?«

»Soweit ich weiß, ja. Ist seitdem allein geblieben. Die Kinder kamen nie wieder zurück. Wollen Sie etwa …?«

»Ja, ich will ihn sprechen.«

»Es ist nicht leicht zu finden, ich zeig's Ihnen besser auf der Karte.«

Ernesto Branduro wies ihm auf der Karte des Navis den Weg, den er zu fahren hatte. Luca verabschiedete sich und steuerte nun auf sein zweites Ziel zu.

Der Weg bis hinauf auf die Alm war in der Tat sehr umständlich. Auf schmalen Wegen ging es immer wieder in Serpentinen hinauf und wieder hinunter. Und stets war der Weg von dichtem Wald überwachsen. Die kleine, fast zugewachsene Einfahrt zu dem Grundstück hätte er beinahe übersehen. Die Zufahrt war durch ein eisernes Tor blockiert. Er stieg aus und versuchte, es zu öffnen, doch ein rostiges Schloss an einer Kette sicherte den Zugang. Hier konnte Luca mit dem Wagen nicht stehen bleiben. Er musste weiter oben an der Gabelung parken, um die Straße nicht zu blockieren. Zu Fuß kehrte er zurück und umging das Tor über den bewaldeten Hang. Er fand die kleine Zugangsstraße zum Haus und erreichte dieses nach ungefähr fünfzig Metern Fußmarsch durch den Wald. Eine Lichtung, ein kleines Plateau tat sich vor ihm auf, und hinter versprengt dastehenden Bäumen konnte er das Gebäude am oberen Rand des Grundstücks erkennen. Bereits von hier sah es verfallen und baufällig aus.

Luca folgte dem Weg immer höher, bis er schließlich vor der Eingangstür stand und nach Zeichen von Leben in diesem Haus Ausschau hielt. Kein Auto war zu sehen, nirgends hing Wäsche oder stand ein Stuhl, ein Grill oder etwas Ähnliches. Die morschen, abgeblätterten Fensterläden hingen krumm und schief in den Angeln und ließen keinen Blick ins Innere zu. Das Dach wies an einigen Stellen Löcher durch fehlende Ziegel auf. Man konnte die alten Dachbalken durchschimmern sehen. Putz war an vielen Stellen von der Hauswand gebröckelt und hatte das darunterliegende Mauerwerk freigelegt, in dessen Zwischenräumen schon kleine Pflanzen sprossen.

Luca war etwas mulmig zumute, als er einen Schritt vortrat und an die hölzerne Tür pochte. Er trat wieder zurück und wartete, doch niemand öffnete ihm. Kein Geräusch drang aus dem Haus. Er versuchte es erneut.

»Hallo? Jemand zu Hause?«, rief er.

Drinnen blieb es still. Luca ging einmal um das Gebäude herum. Es gab noch einen windschiefen kleinen Holzstall, der wohl mal für Ziegen gedacht gewesen war. Aber er konnte weit und breit kein einziges Nutztier entdecken. Auch der Hühnerstall war leer und der Maschendraht fast völlig zerrissen. Eine Wasserpumpe stand auf der Rückseite, und darunter lag ein umgekippter, gesprungener Plastikeimer. Luca konnte sich nicht vorstellen, dass das Haus noch bewohnt war. Er klopfte abermals, und als sich noch immer nichts rührte, versuchte er, die Tür zu öffnen. Sie war nicht abgeschlossen und gab mit einem Quietschen nach. Ein furchtbarer Gestank schlug ihm entgegen, und er hob angewidert sein Hemd vor die Nase. Als er den ersten Schritt in den Flur setzen wollte, stutzte er wegen des eigenartigen schwarzen Teppichs auf dem Boden. Er beugte sich vor und erkannte Hunderte von toten Fliegen, die dort lagen. Aber im Haus war ein deutliches Summen zu vernehmen, das ihm sagte, dass viele weitere Fliegen noch am Leben waren.

Er trat über den Fliegenteppich hinweg auf die Holzdielen und stand nun in dem dunklen, engen Flur. Rechts führte eine Tür in die Küche. Auch dort lagen tote Fliegen am Boden. Schmutziges Geschirr stapelte sich in der Spüle, und Müll lag offen oder in Plastiktüten herum. Verschimmelte Essensreste, Dosen, Flaschen und stinkende Lachen nicht mehr identifizierbaren Ursprungs bevölkerten den Holztisch. Luca spürte Übelkeit in sich aufsteigen. Er keuchte förmlich in den Stoff seines Hemdes, als er ins Wohnzimmer weiterging. Es wurde immer dunkler und dunkler, und der Gestank nahm immer mehr zu. Luca blieb stehen, zog sein Handy aus der Tasche und betätigte die Taschenlampenfunktion. Das kalte Licht fiel auf einen Tisch und eine Sitzbank auf der linken Seite. Weiter hinten wurde das Licht von den Kacheln eines alten Ofens zurückgeworfen. Holzscheite lagen verstreut auf dem Boden. Ein Stuhl war umgekippt und dahinter, an der dunkelsten Stelle des Zimmers, schimmerte etwas Silbriges. Luca ging weiter. Dort vor ihm brummte eine Wolke von Fliegen, und das silbern schimmernde Ding schien diesen grässlichen Gestank abzusondern. Er verstand nicht, was es war. Es war groß und länglich. Er wollte nicht weitergehen, nicht um alles in der Welt.

Er blickte sich um, nahm ein großes Holzscheit vom Boden und schleuderte es gegen eins der Fenster, das förmlich aufsprang. Die Läden schlugen gegen die Hauswand und ließen das grelle Sonnenlicht herein. Luca konnte jetzt zwar besser sehen, doch was dieses Ding auf dem Boden war, blieb ihm ein Rätsel. Er machte noch zwei Schritte darauf zu und schaute und schaute. Es war Zellophanpapier, das fest um ein knapp zwei Meter langes Paket gewickelt war. Die Umrisse sagten Luca, was er nicht wahrhaben wollte; nämlich, dass es sich bei diesem Paket um einen menschlichen Körper handelte. Er blickte zu dem Ende, wo er den Kopf vermutete, und erkannte ein metallenes Röhrchen, das aus einem Loch in Mundhöhe schief heraustakte. Mehr konnte Luca nicht ertragen und lief hinaus, um sich draußen neben den Eingang zu erbrechen.

Derselbe Polizist, der Luca in der Polizeistation empfangen hatte, war mit einem Kollegen gekommen, etwa zwanzig Minuten nachdem Luca dort angerufen hatte. Kurz darauf tauchte Ernesto Branduro mit seinem Privatwagen auf.

»Was machen Sie denn hier?«, fragte Luca, als er ausstieg.

»Ich hab ihn gebeten zu kommen«, erklärte der junge Beamte, Romano Collisi. »Wir haben wenig Erfahrung mit solchen Fällen.«

»Sie werden aber auch die Kriminalpolizei benachrichtigen müssen«, meinte Luca.

»Wir sehen uns das erst mal an«, entgegnete Collisi.

»Die Leiche ist komplett in Zellophan eingewickelt. Selbstmord kann man da ausschließen.«

»Zeigen Sie es uns bitte.« Ernesto fasste ihn beruhigend am Arm.

Luca führte sie ins Haus und bis zu der Leiche. Alle hielten sich wegen des Gestanks die Nase zu. Collisi beleuchtete das Paket zusätzlich mit einer Taschenlampe. Die menschliche Form des Körpers war nur noch schwach zu erkennen. Auch was sich unter der Folie befand, war nicht mehr identifizierbar. Die Masse hatte eine bräunlich-schwarze Farbe. Collisi und Ernesto gingen am Kopf der Person in die Knie, und Collisi leuchtete der wie eine moderne Mumie verpackten Leiche ins Gesicht.

»Was soll das?«, fragte er und deutete auf das Metallrohr.

»Ich würde sagen, das ist so etwas wie ein Luftrohr«, antwortete Ernesto.

Die Folie war an der Stelle eingeschnitten worden. Im Schein der Lampe konnte man nun auch ein paar Zähne erkennen.

»Wer auch immer das ist«, sagte Ernesto und sah auf. »Er wurde auf jeden Fall Opfer einer Gewalttat.«

Das Erste, was Luca in diesem Moment in den Sinn kam, war Pasquale. Konnte dies sein Werk sein? War das seine Rache?

»Was glauben Sie, wie lange die Person hier schon liegt?«, fragte er.

Ernesto Branduro versuchte, noch mehr in dem Mundloch zu erkennen, ohne etwas zu berühren.

»Ich glaube, die Leiche ist bereits vollkommen aufgelöst und verwest. Und dann die Fliegen. Sie wird hier schon wochen- oder monatelang liegen.« Er wandte sich an Collisi. »Rufen Sie die Kriminalpolizei. Das ist nicht mehr in unserer Zuständigkeit.«

Sie warteten zu viert einige Meter vom Haus entfernt auf die Kollegen aus Riva. Luca war nicht besonders überrascht, als neben einem Commissario, den er vom Sehen her kannte, auch Commissario Bruto aus einem der Wagen stieg. Der allerdings wunderte sich sehr, Luca hier anzutreffen.

»Was machen Sie denn hier, Signor Spinelli?« Er kam auf ihn zu und reichte ihm die Hand.

»Ich habe den Fund gemeldet.«

»Sie? Ich verstehe den Zusammenhang nicht. Was hatten Sie hier verloren?«

Luca hoffte, dass Ernesto ihn jetzt nicht verraten würde. »Signor Vialli hat als Kind hier gelebt. Und ich dachte, ich frage mal seinen Nachbarn nach ihm. Da fand ich die Leiche.«

Bruto sah ihn lange forschend an.

»Aha.«

Luca sah verstohlen zu Ernesto, der sich aber nicht anschickte, seiner Aussage zu widersprechen.

»Glauben Sie, der Tote könnte Commissario Vialli sein?«, fragte Bruto Luca. Der prallte förmlich zurück. Auf diese Möglichkeit war er noch gar nicht gekommen.

»Äh ... nein. Ich weiß nicht. Glauben Sie das denn?«

»Deswegen bin ich hier. Ich will es herausfinden.«

Lucas Herz schlug nun immer schneller. Konnte das tatsächlich die Leiche seines Freundes sein? Aber Ernesto hatte doch gemeint, der Leichnam liege bestimmt schon seit Wochen da.

»Ich gehe rein und mache mir ein Bild«, meinte Bruto und folgte den anderen Beamten in das Haus. Kaum eine Minute später kam er auch schon wieder heraus. Er hatte die Nase mit seinem Jackett verdeckt und stolperte in Richtung seines Wagens.

Dieser Anblick war selbst für hartgesottene Beamte schwer zu ertragen.

Auch der zweite Kommissar kämpfte mit Übelkeit, als er wieder ins Sonnenlicht trat. Er atmete ein paarmal tief durch und kam dann auf Luca zu. Bruto fuhr indes bereits vom Grundstück. Der Kommissar, Fabio war sein Name, wandte sich gleich an ihn.

»Signor Spinelli, vielleicht erinnern Sie sich an mich. Ich bin ein Kollege von Commissario Vialli ...«

»Natürlich, Commissario Fabio.«

Sie gaben sich die Hand.

»Sie haben also das Opfer entdeckt?«

»Richtig, ja.«

»Darf ich fragen, was Sie hierhergeführt hat?«

»Ich war drüben bei dem alten Elternhaus von Vialli«, log er nun auch Fabio an. »Ich dachte, dass er vielleicht in letzter Zeit mal hier gewesen ist oder dass jemand ihn gesehen hat. Danach wollte ich den Nachbarn fragen.«

»Verstehe. Und stand die Haustür offen? Oder warum sind Sie ins Haus gegangen?«

»Ich habe zunächst geklopft und den Geruch und das Summen der Fliegen bemerkt. Das kam mir verdächtig vor. Also prüfte ich, ob die Tür abgeschlossen war, und trat dann ein.«

»Okay. Haben Sie irgendetwas berührt … oder …«

»Ja, tut mir leid. Es war alles ganz dunkel, und ich wollte Licht hereinlassen. Darum warf ich ein Holzscheit gegen die Fensterläden. Das war dumm von mir. Aber da wusste ich noch nicht, was ich finden würde.«

»Okay, verstehe. Dieser Fensterladen hatte mich irritiert.« Fabio notierte sich das in einem Büchlein. »Haben Sie hier noch andere Personen bemerkt? Oder auf Ihrem Weg hierher?«

»Nein, niemanden.«

»Kannten Sie den Besitzer des Hauses?«

»Nein, ich … ich bin zum ersten Mal hier.«

»Okay, Signor Spinelli. Sie können jetzt nach Hause fahren. Wenn Sie mir nur noch Ihre Adresse und Telefonnummer geben würden, damit ich Sie erreichen kann?«

Luca diktierte ihm alles und verabschiedete sich dann von ihm und Collisi und Ernesto. Als er Ernesto die Hand schüttelte, zwinkerte dieser ihm kurz zu, und Luca nickte als Dank für sein Schweigen.

* * *

»Pasquale, kannst du mir einen Gefallen tun?«, fragte ihn sein Vater frühmorgens, als er seine Tasche für die Schule packte.

»Natürlich, aber ich muss zur Schule«, entgegnete Pasquale.

»Ich weiß. Du sollst nur bitte dieses Rezept in der Apotheke einlösen. Als ich gestern vom Arzt kam, war sie schon geschlossen.«

Sein Vater hielt ihm den Zettel mit dieser komischen Unterschrift vom Arzt hin, die bestimmt keiner lesen konnte.

»Na klar, mach ich.«

»Danke dir.« Sein Vater wuschelte ihm durch die Haare

und ging wieder hinunter. Pasquale war fast glücklich über diesen Auftrag, denn so konnte er eventuell sehen, welchen Bus Regina nahm, und dann mit ihr zusammen fahren. Seit einer Woche versuchte er vergeblich, ihr abends am Wasserfall zu begegnen. Nach der Schule hatte er sie zwar mehrmals aus dem Wald heraus beobachtet, aber nicht gewagt, sich zu erkennen zu geben. Sie hätte bestimmt sofort kapiert, warum er da im Dickicht stand, und die Blöße wollte er sich nicht geben.

Jetzt konnte er das Klingeln zum Schulende kaum erwarten. Während Regina für ihn immer wichtiger geworden war, wurde sie in der Schule von allen anderen inzwischen kaum noch wahrgenommen. Auch die Lehrer versuchten nicht mehr, sie im Unterricht anzusprechen. Sie saß nur Stunde um Stunde wie ein Geist in ihrer Ecke und verschwand nach Schulschluss auch wie einer. Doch heute wollte Pasquale sie abfangen.

Er lief gleich nach der letzten Stunde zur Apotheke, grüßte den Besitzer freundlich und überreichte ihm das Rezept. Kaum dass dieser im Lager verschwunden war, schaute Pasquale aus dem Fenster hinaus auf die Straße, wo die Haltestelle war.

»Das Rezept ist von gestern«, sagte der Apotheker und kam mit der Packung zurück. »War dein Vater hier und wollte es einlösen?«

»Ja, aber er sagte, Sie hätten schon geschlossen gehabt.«

»Ach, das tut mir leid. Es war ein Notfall, ich musste früher gehen, meine Frau hat gestern ein Kind bekommen.«

»Echt?« Für einen Moment war Pasquale abgelenkt.

»Ja, ein Mädchen. Gesund und munter. Sag deinem Vater, es tut mir leid.«

»Aber Ihr Kind ist doch wichtiger«, sagte Pasquale. Er sah wieder zur Haltestelle.

»Das ist nett, dass du das sagst. Komm, nimm dir noch ein paar Bonbons mit.«

»Vielen Dank.«

Der Apotheker schob Pasquale die Tabletten und die

Bonbons über den Tresen zu und lächelte. »Was ist denn da draußen?«, fragte er neugierig.

»Oh, nichts, ich will nur meinen Bus nicht verpassen.«

»Na, dann lauf.«

Pasquale ging zur Tür und sah von rechts den Bus kommen. Aber von Regina war noch immer nichts zu sehen. Er drückte die Tür auf und schaute nach links. Keine Regina.

»Da kommt dein Bus!«, rief der Apotheker.

»Ja, den schaff ich nicht mehr«, sagte Pasquale und winkte ihm zum Abschied. Der Bus sauste an ihm vorbei, und Pasquale überquerte die Straße.

Nein, Regina war entweder noch in der Schule oder hatte heute doch den ersten Bus genommen.

Er ließ den Bus fahren, schlenderte bis zur Haltestelle und hockte sich auf den Gehweg. Ein Bonbon aus der Packung klaubend, lehnte er sich an den Zaun. Im Mülleimer an dem Haltestellenzeichen erkannte er einen Werbeflyer. Dort stand auch etwas über Bungalows. Sein Vater hatte doch neulich von so etwas gesprochen. Er zog das Blatt heraus. Darauf wurde ein Urlaub am Ledrosee beworben, und es hieß, dass man im Val di Molina ein kleines Feriendorf mit Bungalows für Touristen bauen wollte. Das Tal war hier ganz in der Nähe. Pasquale dachte, dass es seinen Vater vielleicht interessieren könnte, und steckte den Flyer in seine Schultasche. Nach zehn Minuten kam auch endlich der nächste Bus, und Pasquale stieg ein. Er grüßte den Fahrer, den er noch nicht kannte, und setzte sich in der dritten Bank rechts ans Fenster.

Es waren nur noch zwei weitere Personen im Bus. Eine ältere Dame am linken Fenster neben dem hinteren Eingang und eine jüngere Frau mit Rucksack gleich vorn beim Fahrer. Es zischte, als sich die Türen schlossen. Pasquale fiel der Blick des Fahrers im Rückspiegel auf. Er drehte sich um und erschrak fast ein wenig, als er Regina in der vorletzten Bank erkannte. Wie war sie von ihm unbemerkt in den Bus gelangt? Wo hatte sie gewartet? Manchmal konnte man wirklich glauben, dass sie ein Geist war. Aber jetzt war geschehen, worauf er gehofft hatte. Er saß quasi allein mit ihr im Bus. Er musste nur den Mut aufbringen, sie anzusprechen. Er blickte nach vorn aus der großen Windschutzscheibe des Busses und wusste, dass ihm nicht mehr viel Zeit blieb. Also gab er sich einen Ruck, stand auf und ging nach hinten durch, an der zweiten Tür vorbei, bis zu Reginas Reihe. Sie saß da wie immer, ihre Haare verdeckten ihr Gesicht, und nichts an ihr bewegte sich. Pasquale setzte sich einfach neben sie.

»Ciao, Regina«, sagte er leise.

Er glaubte, dass sich ihr Kopf ganz leicht zu ihm drehte, war sich aber nicht sicher. In der Hand hielt er noch die Bonbonpackung, die er nun öffnete und ihr hinhielt. »Möchtest du einen? Orangengeschmack.«

Sie sagte nichts und bewegte sich nicht. Pasquale zog die Hand wieder zurück und nahm sich selbst eins heraus. »Ich liebe die Dinger. Hat der Apotheker mir geschenkt. Ist gerade Vater geworden.«

Regina antwortete nicht.

»Ich muss immer Tabletten für meinen Vater abholen. Er hatte einen schlimmen Unfall mit dem Traktor und hat zwei Finger verloren. Deswegen muss ich manchmal einen Bus später nehmen.«

Er blickte nach vorn und sah, dass der Fahrer ihn beobachtete. Er hatte keine Ahnung, was der dachte, aber es war ihm auch egal.

»Ich weiß, dass wir an derselben Haltestelle rausmüssen. Du kannst ruhig aussteigen, wollte ich nur sagen. Ich werd einfach vorlaufen, dann kannst du allein gehen, okay?« Er sah sie an, als erwartete er, dass sie darauf etwas erwidern würde, was natürlich nicht passierte. »Ja, ich geh dann mal. Bis morgen in der Schule.«

Pasquale drückte den Knopf, stand auf und stellte sich an die Tür. Als der Bus hielt, sprang er die Stufen hinunter und bemühte sich, nicht noch mal zu ihr zu schauen. Er ging einfach mit großen, ausladenden Schritten die Straße entlang. Trotzdem war er furchtbar neugierig, wie sie sich entschieden hatte. War sie ausgestiegen oder nicht? Schritte konnte er keine hören. Erst auf dem Feldweg, kurz bevor er den großen Felsen erreichte, fing er an zu laufen und versteckte sich hinter einem Vorsprung, um nach ihr Ausschau zu halten.

Es dauerte so lange, dass er schon fast aufgeben wollte, als er auf einmal ihre schmale Silhouette im Schatten der Bäume die Straße heraufkommen sah. Der Anblick erfüllte ihn mit so viel Freude, dass er hätte jubeln können. Sie war mit ihm zusammen ausgestiegen, sie war auf sein Angebot eingegangen. Er durfte sie jetzt nur nicht enttäuschen und musste den Abstand zwischen ihr und ihm aufrechterhalten. Pasquale rannte weiter den Berg hinauf, rannte und rannte, bis er ganz abrupt stehen blieb. Einen Moment lang überlegte er noch, ob er die Idee, die ihm eben gekommen war, tatsächlich umsetzen sollte. Doch er freute sich so sehr über seinen Einfall, dass er rasch seine Tasche absetzte und ein Blatt Papier aus seinem Block riss. Er faltete es so, dass eine Art Kuvert entstand, und schrieb mit seinem Füller »Für dich« darauf. Anschließend ließ er zwei Bonbons in den Umschlag fallen und legte diesen mitten auf den Weg. Nun lief er auf schnellstem Weg nach Hause, darauf hoffend, dass seine Mutter noch nicht mit dem Mittagessen fertig war.

»Ciao, Pasquale«, begrüßte sie ihn und wischte ihre Hände an einem Küchentuch ab, als er reinkam.

»Ciao, Mama.«

»Hast du das Rezept abgegeben?«, fragte sie.

Er legte die Schachtel Tabletten auf den Esstisch.

»Guter Junge«, lobte sie ihn. »Ruf deinen Vater, wir essen gleich.«

»Wie lange noch?«

»Ungefähr fünf Minuten.«

»Okay, bin gleich wieder da.« Er eilte hinaus. »Papa!«, rief er quer über die Weide.

Sein Vater sah auf und winkte ihm.

»In fünf Minuten gibt's Essen!«

Sein Vater nickte und winkte erneut.

Pasquale sprintete los, zurück auf den Weg und hinunter zu der Stelle, wo er die Bonbons hatte liegen lassen. Regina musste längst hier gewesen sein. Doch als er den Abhang hinunterlief, sah er schon von Weitem den weißen Fleck auf dem Asphalt. Sie hatte den Umschlag liegen lassen. Er wurde langsamer, bis er schließlich nur noch ging, enttäuscht und mit hängenden Armen. Vor dem Umschlag blieb er stehen. Es ist wohl doch eine dumme Idee gewesen, dachte er jetzt. Sie hatte im Bus schon keine gewollt. Müde klaubte er das gefaltete Blatt vom Boden auf und wollte es zerknüllen, als er bemerkte, dass das Kuvert leer war. Die Bonbons waren nicht mehr da.

»Ja!«, schrie er laut gegen den Blätterhimmel und reckte beide Arme in die Höhe. »Ja! Ja!«

Sie hatte die Bonbons genommen. Er war überglücklich, und in ihm drohte alles vor Freude zu zerspringen. Dieses Gefühl nahm den ganzen Tag nicht mehr ab, und als er am Mittagstisch saß, konnte er kaum still sitzen.

»Was ist denn heute los mit dir?«, fragte seine Mutter amüsiert.

»Mmh?«

»Du bist so … ich weiß auch nicht, so aufgedreht.«

»Ja? Nö, keine Ahnung«, antwortete er.

»Hat der Apotheker dir wieder Bonbons geschenkt?«, fragte sein Vater.

»Ja, hat er.«

»Dann hat es sich ja gelohnt für dich.«

Oh ja, das hat es, dachte Pasquale und lächelte, das hat es wirklich.

In der Nacht fand er einfach nicht in den Schlaf. So viele Gedanken beschäftigten ihn. Wie würde es morgen weitergehen? Was hatte diese Geste von ihr für sie beide zu bedeuten? Was könnte nun folgen? Ob sie irgendwann einmal mit ihm sprechen würde? Ob sie jemals Seite an Seite oder gar Hand in Hand auf ihrem Heimweg gehen würden? Aber die drängendste Frage war: Wie sollte er sich morgen ihr gegenüber verhalten?

Erst gegen drei Uhr in der Nacht schlief er ein und ging am nächsten Tag voller Vorfreude und Angst in die Schule. Er stockte, als er Regina auf ihrem Platz sitzen sah. Aber sie zeigte wie immer keine Reaktion. Erst als er sich mitten im Unterricht zu ihr umdrehte, meinte er, ein Auge durch ihre Haare durchschimmern zu sehen. Er lächelte und drehte sich wieder um. Wieder einmal hatte er Gänsehaut am ganzen Körper.

SIEBEN

Luca parkte auf dem kleinen öffentlichen Parkplatz oberhalb des Strandes von Gargnano. Unter ihm lag die große Wiese mit ihren Baumreihen, die den Gästen Schatten spenden sollten. Hier waren heute keine Urlauber mehr anzutreffen, die Saison war quasi zu Ende und das Wetter viel zu kalt. Der schmale Kiesstrand war wie leer gefegt, die Plätze auf der Terrasse des Restaurants nur spärlich besetzt.

Luca ging kurz in den Innenraum der kleinen Pizzeria, um Luigi, den Besitzer, zu begrüßen, und setzte sich dann hinaus an einen Tisch direkt am Wasser. Auch heute war es sehr diesig über dem See, und es stand zu befürchten, dass in der Nacht wieder dichter Nebel aufkommen würde. Luca bestellte schon mal eine Flasche Wein und eine Flasche Wasser und ließ für drei Personen decken. Tomasio kam kaum fünf Minuten nach ihm und erkannte sofort, dass Luca keine guten Nachrichten im Gepäck hatte.

»Ciao, was ist dir denn passiert?«

»Warum?«

»Du siehst aus wie eine Leiche.«

»Das liegt daran, dass ich eine gefunden habe.«

»Bitte?«

»Da kommt Franco. Ich erzähl gleich alles.«

Franco kam mit geöffneten Armen auf die Terrasse, und sie begrüßten sich herzlich, da sie sich alle drei schon längere Zeit nicht mehr gesehen hatten. Sie setzten sich, und Luca schenkte ihnen ein.

»Mann, siehst du scheiße aus, geh mal in die Sonne«, ranzte Franco ihn fröhlich an und lachte.

Luca und Tomasio ließen sich von seiner guten Laune anstecken, doch Luca wurde schnell wieder ernst.

»Habt ihr schon irgendwas rausfinden können?«, wollte

Franco schließlich wissen und trank von dem kühlen Wein. Er war ein großer, kräftiger Mann mit pechschwarzen Haaren und einem dichten Vollbart, in den sich allmählich graue Haare einflochten.

»Heute ist etwas passiert«, begann Luca mit seiner Berichterstattung. »Mir ist immer noch nicht nach Essen zumute, also wundert euch nicht, wenn ich bei Wein und Wasser bleibe.«

»Was kommt denn jetzt?« Tomasio blickte ihn Böses ahnend an.

»Also, zunächst mal vorweg: Über Pasquales Verbleib gibt es noch nichts Neues. Ich habe allerdings eine erste Spur verfolgt.« Luca erklärte Franco kurz, was er in Pasquales Safe gefunden hatte. Franco hörte aufmerksam zu, auch wenn Luca bemerkte, dass er gleichzeitig mit Blicken das Geschehen um sie herum verfolgte. »Ich wollte also zunächst den Beamten finden, der die Anzeigen damals bearbeitet hat. Sein Name ist Ernesto Branduro. Er ist bereits in Pension, aber man gab mir seine Adresse, und ich fuhr zu ihm. Er war sehr offen und erinnerte sich noch gut an den Fall. Die Anzeige wegen Freiheitsberaubung richtete sich gegen den Vater einer Nachbarsfamilie. Er soll seine Tochter eingesperrt haben. Der Sohn dieses Mannes, der neunzehnjährige Dino, hat Pasquale krankenhausreif geschlagen, daher die zweite Anzeige wegen Körperverletzung. Der Übergriff erfolgte allerdings nach einer Art Befreiungsaktion von Pasquale, der in das Haus eingedrungen war und seinerseits handgreiflich wurde. Branduro ging dem nach und befragte zunächst den Vater und die Tochter, die dem allerdings widersprach. Und auch sonst fand er in dem Haus keine Auffälligkeiten.« Luca pausierte und sah die beiden an, die gebannt an seinen Lippen hingen, weil sie ähnlich reagierten wie er selbst. Sie konnten beide nicht glauben, dass von Pasquale die Rede war.

»Unser Pasquale war ja ein richtiger Heißsporn«, kommentierte Franco die Geschichte überrascht.

»Anscheinend schon. Zumindest als er jung war. Ich hoffe,

dass es nur in seiner Jugend so war, denn jetzt kommt das eigentliche Problem«, kündigte Luca an und beugte sich vor. »Pasquales Elternhaus liegt oben in Tiarno di Sopra. Und Branduro versicherte mir, dass der Nachbar, der Vater der Familie, dort noch lebt. Ich fahre also da hoch und finde ein abgeschottetes, von dichtem Wald umgebenes Grundstück vor und darauf ein verfallenes Bauernhaus. Ich klopfe, niemand öffnet, aber da kommt dieser grässliche Geruch aus dem Haus. Als ich die Tür öffne, liegen überall tote Fliegen, und Fliegenschwärme summen im Haus herum. Ich dringe bis ins Wohnzimmer vor und entdeckte im hinteren Bereich des Zimmers etwas, das ich erst gar nicht verstanden habe. Dort lag eine Leiche auf dem Boden, komplett, von Kopf bis Fuß, in Zellophan eingewickelt. Wie eine Mumie. Und aus ihrem Mund stakte ein Rohr, eine Art Strohhalm.«

»Der Vater?«, fragte Tomasio.

»Lässt sich nicht mit Bestimmtheit sagen. Die Leiche war in der Folie bereits verwest.«

»Und du meinst, dass Pasquale …« Franco rieb sich besorgt über den Bart.

»Es sind alles nur Mutmaßungen. Aber feststeht: Er hatte die Akten, er verfolgte diesen Dino, und jetzt liegt jemand, höchstwahrscheinlich der Vater, tot in dessen Elternhaus.«

»Aber warum sollte Pasquale alles riskieren, um so etwas zu tun?«, fragte Tomasio.

»Weil er außer seiner Freiheit nichts zu verlieren hat?«, mutmaßte Franco. »Er ist allein, er ist geschieden, er hat noch knapp zehn Jahre bis zu seiner Pensionierung –«

»Unsinn«, ging Tomasio dazwischen. »Er war dreizehn. Würdest du heute den Jungs nachstellen, die dich als Kind in die Mangel genommen haben? Und noch dazu auf diese Weise? Niemals. Nicht Pasquale. Er ist doch kein Sadist.«

»Das ist richtig«, pflichtete Luca ihm bei. »Derjenige, der das getan hat, muss ein Sadist gewesen sein und sehr, sehr wütend.«

»Wie lange überlebt man mit so einem Luftröhrchen im Mund? Stunden oder Tage?«, fragte Franco.

»Man erstickt über die Haut, denke ich«, sagte Tomasio. »Das Röhrchen verlängert es nicht mal eine Stunde. Aber ich bin kein Mediziner, das müsste die Obduktion ergeben.«

»Der Kommissar, der Pasquales Verschwinden aufklären soll, war auch mit vor Ort«, erklärte Luca. »Du sagtest, du kennst ihn?«

»Zufällig ja«, bestätigte Franco und ließ erneut seinen Blick schweifen. »Wir haben uns kennengelernt, als unsere Abteilung mal mit seiner zusammengearbeitet hat. Und es gibt Gerüchte, von denen ich weiß, da ich jetzt verdeckt arbeite.«

»Verdeckt? Bei was denn?«, wollte Tomasio wissen.

Wieder blickte sich Franco um.

»In der Familie«, antwortete er dann, und es war klar, welche Organisation er damit meinte. »Ich agiere mit einem Kollegen als Abnehmer für eine größere Menge Kokain«, flüsterte er und wollte offenbar nicht viel mehr Worte darüber verlieren. »Dieses Treffen hier ist daher auch ein wenig gefährlich«, fügte er an.

»Okay, das wird mir ein bisschen zu heikel«, gab Luca zu. »Ich will dich nicht gefährden.«

»Ich hab das Treffen ja selbst vorgeschlagen«, hielt Franco dagegen und legte eine Hand auf seinen Arm. »Ich will, dass du vorsichtig bist«, fuhr er leise fort. »Diesem Bruto werden Kontakte zur Mafia nachgesagt. Er ist schnell aufgestiegen, auch wenn ihm bislang einige Mafiosi durch die Lappen gegangen sind. Viele glauben da nicht mehr an Zufall.«

Luca war wie vor den Kopf gestoßen. Sich jetzt auch noch damit auseinandersetzen zu müssen, dass die Polizei nicht vertrauenswürdig war, war nicht nur ein Hindernis, es gefährdete ihn persönlich. »Ich hatte irgendwie von Anfang an das Gefühl, dass ich ihm gegenüber nicht offen sein kann. Die Akten habe ich ihm darum bisher verschwiegen.«

Franco schien zu überlegen, ob das ein guter Schachzug gewesen war.

»Soll das so bleiben?«, hakte Luca nach.

»Du bewegst dich da auf dünnem Eis, Luca. Wenn er es anderweitig rausfindet, wäre das nicht gut für dich. Du hältst sehr wichtige Informationen zurück.«

»Ich weiß.«

»Haben Sie dich nicht gefragt, was du da oben gesucht hast?«

»Doch, aber ich hab gelogen. Plausibel, denke ich«, entgegnete Luca. »Ich sagte, dass ich mir das Elternhaus von Pasquale angesehen habe und den Nachbarn fragen wollte, ob er ihn gesehen hat.«

Franco rieb sich über seinen Bart. »Was meinst du, Tomasio?«

»Die Frage ist doch, was wir damit bezwecken. Nur mal angenommen, Pasquale hat tatsächlich einen persönlichen Rachefeldzug gestartet. Wie verhalten wir uns deswegen? Wollen wir ihn schützen, oder helfen wir bei seiner Ergreifung?«

»Wir müssen bei seiner Ergreifung helfen. Wenn er das getan hat, muss er dafür zur Rechenschaft gezogen werden. Egal ob er unser Freund ist oder nicht«, sagte Luca.

»Da bin ich ganz bei euch«, bestätigte Franco.

»Ist es dann sinnvoll, Informationen zurückzuhalten?«

Luca seufzte und rieb sich die Augen. »Du hast ja recht. Ich … ich muss die Informationen weitergeben. Dieser Branduro hat zwar für mich den Mund gehalten, aber man kann nie wissen, wie lange so etwas hält.«

»Okay«, sagte Tomasio fast ein wenig erleichtert.

»Die Priorität ist, Pasquale so schnell wie möglich zu finden.« Franco blickte auf sein Handydisplay. »Sorry, Männer. Ich muss wieder los. Tut mir leid.«

»Wir verstehen das«, sagte Luca und reichte ihm die Hand. »Vielen Dank, Franco.«

»Ciao, macht's gut.« Er erhob sich und eilte hoch zum Parkplatz.

Luigi kam zu ihnen an den Tisch und fragte, ob sie noch

essen wollten, doch sie verneinten. Jeder trank sein Glas aus, und dann fuhren auch sie nach Hause.

Luca dachte daran, mit Commissario Fabio zu sprechen, bevor er sich an Bruto wandte. Das wäre so etwas wie ein Kompromiss in der Sache. Fabio war ein langjähriger Kollege von Pasquale. Luca war mit dieser Option sehr zufrieden. Sie zerschlug sich allerdings wieder, als Fabio und Bruto am nächsten Morgen gemeinsam bei ihm auftauchten.

Luca hatte gefrühstückt, sich noch mal an die Unterlagen gesetzt und entschieden, nach Caserta zu fahren, um dort mit der Tante von Dino und Regina zu sprechen. Wenn Pasquale nach Dino suchte, war er mit Sicherheit ebenfalls dort gewesen. Mit dem Auto würde er um die acht Stunden benötigen, also prüfte er am Laptop, ob es Flüge von Mailand nach Neapel gab, sodass er Zeit sparen konnte.

In dem Moment klopften die beiden Beamten an seine Tür. Belmondo bellte einmal und stand schnüffelnd neben ihm, als er öffnete.

»Buongiorno, Signor Spinelli«, begrüßte Fabio Luca, während Bruto hinter ihm stand und sich auf dem Grundstück umsah. »Dürfen wir einen Moment reinkommen?« Er schaute unsicher auf Belmondo, der an seinem Bein schnupperte.

»Aber sicher, bitte.« Luca ließ die beiden eintreten und bot ihnen einen Platz am Esstisch an.

»Sie bauen um?«, fragte Bruto.

»Na ja, ich renoviere gezwungenermaßen.«

»Haben Sie sich schon ein wenig erholen können von dem Schock gestern?«, erkundigte sich Fabio.

»Ja, doch.«

»Nun, wir sind in erster Linie hier, um Sie ein wenig zu beruhigen. Commissario Bruto ist im Moment bei jedem Ereignis dabei, das ihm bei der Suche nach Commissario Vialli weiterhelfen könnte. Es hat sich aber herausgestellt, dass es sich bei der Leiche nicht um Commissario Vialli handelt.«

Luca atmete erleichtert aus. »Gut, das ist gut.«

»Ja, wir waren auch froh, das zu erfahren. Der Rechtsmediziner meint, dass das Opfer wider Erwarten erst seit ein paar Tagen tot ist. Es hatte sich Flüssigkeit in diesem Korsett aus Plastik angesammelt. Der Grad der Verwesung ist aber wohl nicht sehr fortgeschritten. Dennoch, auch wenn wir Vialli als Opfer ausschließen können, ist es auffällig, dass sich dieser obskure Todesfall quasi in direkter Nachbarschaft zu Viallis Elternhaus ereignet hat, während er gleichzeitig vermisst wird.« Fabio sah zu seinem Kollegen, so als übergäbe er nun ihm den Staffelstab.

»Es kann natürlich ein großer Zufall sein«, sagte Commissario Bruto. »Aber einen Zusammenhang möchte ich trotzdem nicht ausschließen. Hat Ihnen Commissario Vialli jemals etwas aus seiner Kindheit erzählt? Hat er jemals diesen Nachbarn erwähnt oder andere Personen aus der Gegend?«

Jetzt war der Moment gekommen, da Luca sich bekennen musste. Siedend heiß fiel ihm ein, dass die alten Polizeiakten noch auf dem Schreibtisch lagen. Er blinzelte irritiert. »Nein, er hat eigentlich nie über seine Kindheit gesprochen. Ich weiß recht wenig über ihn und wie er aufgewachsen ist.«

Bruto brummte unzufrieden. »Wissen Sie, ob er noch Verwandte oder Freunde hier in der Gegend hat?«

»Soviel ich weiß, nur seine Ex-Frau. Die lebt allerdings irgendwo bei Verona, meine ich.«

Commissario Fabio nickte.

»Haben Sie eigentlich nur bei diesem Nachbarn nach ihm gefragt?«, wollte Bruto wissen.

»Er war der Erste. Ich konnte ja nicht ahnen, was ich vorfinden würde.«

»Natürlich nicht. Ist ziemlich versteckt, das Grundstück, nicht?«

»Allerdings, und wenn ich es gewusst hätte, wäre ich gar nicht erst reingegangen«, antwortete Luca.

Jetzt musste er es sagen, sonst würde er es nie tun.

»Ich …«, begann Luca und stockte.

»Ja?«, stocherte Bruto weiter.

»Erinnern Sie sich an den älteren Mann, der bei mir und den Polizisten aus Bezzecca stand?«

»Flüchtig«, sagte Bruto.

»Er ist pensionierter Polizist und meinte, dass er mal eine Anzeige von Pasquales Vater gegen den Besitzer des Hauses bearbeitet hat. Das war allerdings vor vierzig Jahren.«

»Ach ja?« Bruto rückte interessiert auf seinem Stuhl vor. »Und um was ging es dabei?«

»Der Mann wurde beschuldigt, seine Tochter einzusperren. Und der junge Pasquale wollte dem Mädchen wohl helfen und hat sich mit deren Bruder angelegt. Der Pasquale daraufhin wohl ordentlich zusammengeschlagen hat.«

Bruto sah seinen Kollegen an. »Die Zufälle häufen sich«, sagte er.

»Ich denke, wir sollten mal mit diesem pensionierten Polizisten sprechen«, schlug Fabio vor.

»Das wirft ein ganz anderes Licht auf den Fall«, meinte Bruto nachdenklich. »Wir könnten es mit einer Rachegeschichte zu tun haben. In der würde Vialli nicht als Opfer, sondern als Täter agieren.«

»Vialli?«, fragte Fabio ungläubig, fast spöttisch. »Sie kennen ihn nicht.«

»Genau, daher bin ich unvoreingenommen«, stellte Bruto fest.

Es wurde still im Raum. Nur Belmondos Hecheln war noch zu hören.

»Das war ein guter Hinweis«, sagte Bruto im Aufstehen.

Auch Fabio erhob sich. »Dann auf Wiedersehen«, verabschiedete er sich.

Bruto stoppte ganz knapp vor dem Laptop.

»Sie verreisen? Urlaub?«

Luca schluckte. Hatte er nur den Bildschirm oder auch die Unterlagen gesehen?

»Nein, es geht um ein neues Filmprojekt.«

»Wieder etwas über den See?«, fragte Fabio.

»Nein, diesmal … über die Mafia.« Luca konnte kaum glauben, dass er das wirklich gesagt hatte.

Bruto warf ihm über seine Schulter einen Blick zu. »Das kann gefährlich werden.«

»Ich weiß«, entgegnete Luca.

»Arrivederci.«

Luca schloss die Tür hinter den beiden. Seine Knie waren so weich, dass er sich hinsetzen musste. Was war nur los mit ihm? Er hatte die Akten verschwiegen und damit nur die halbe Wahrheit erzählt. Und diese Bemerkung über die Mafia war ihm einfach so über die Lippen gekommen. Bruto könnte das als Seitenhieb begriffen haben, wenn Francos Schilderungen stimmten.

Im Moment verstand er sich selbst nicht mehr.

***

Luca hatte sich entschlossen, so schnell wie möglich nach Caserta zu reisen, einen Flug ab Mailand noch heute Nachmittag gebucht und sich online auch gleich ein Hotel und einen Leihwagen organisiert. Belmondo hatte er zu Massimo gebracht. Der Junge freute sich riesig, dass der Hund bei ihm bleiben durfte, und Luca war erleichtert, dass er ihn nicht wieder in der Pension bei Signora Busconi abgeben musste.

Er parkte den Flavia am Flughafen und stieg mit einem kleinen Handkoffer als Gepäck, in dem er auch Pasquales Unterlagen mitgenommen hatte, in den Flieger. Die Flugzeit betrug eineinhalb Stunden bis zum Flughafen Napoli-Capodichino. Durch das kleine Fenster neben sich konnte Luca das Meer und den Vesuv unter sich sehen. Der Ausblick auf die Bucht war atemberaubend schön, auch wenn der Grund für seine Reise in einem krassen Gegensatz dazu stand. Er wusste, dass dort unten die dunkelsten Orte auf dieser Erde existierten, mochten sie aus der Vogelperspektive noch so herrlich aussehen.

Nach der Landung holte er sich am Hertz-Schalter seinen Wagen, einen Fiat 500X, und fuhr auf der Autobahn nach Norden in Richtung Caserta, um dort zunächst ins Hotel einzuchecken. Der Rezeptionist wollte ihn gleich mit Informationsbroschüren für die vielen Sehenswürdigkeiten begeistern, doch Luca lehnte dankend ab.

»Ah, Sie sind geschäftlich in Caserta«, folgerte der Mann vom Empfang.

»Genau«, antwortete Luca und fragte sich sogleich, wie er bei der Tante, die Dino und Regina aufgenommen hatte, auftreten sollte. Wie konnte er ihr Vertrauen gewinnen, damit sie ihm die Informationen gab, die er haben wollte? Immerhin ging es um ihre Familie, da war man Fremden gegenüber zumeist nicht sehr aufgeschlossen. Er wusste auch nicht, ob man sie bereits über den schrecklichen Tod ihres Cousins informiert hatte, wenn es sich bei der Leiche denn um ihn handelte. Am Morgen war die Identität noch nicht geklärt gewesen, aber das könnte sich inzwischen geändert haben.

Luca verstaute nur rasch seinen Koffer auf dem Zimmer, stieg wieder in seinen Leihwagen und trug die Adresse ins Navi ein.

Valeria Grossi wohnte weiter südlich in der Via Francesco Evangelista, die Luca in ein Wohngebiet mit vereinzelten kleinen Geschäften, Brachflächen und Autowerkstätten führte. Die Via verlief einmal quer durch den Stadtteil Marcianise, war jedoch verhältnismäßig schmal. Luca entdeckte das Haus kurz vor einem Verkehrskreisel. Es sah aus wie der unbewohnte Teil eines Doppelhauses, neben dem eine Baufläche von Unkraut überwuchert wurde. Die andere Haushälfte wirkte im Gegensatz zu dem etwas kleineren, länglicheren zweigeschossigen Haus von Signora Grossi wie ein Neubau. Farbe blätterte von der brüchigen Fassade, vor allen Fenstern waren die vom Wetter verwitterten Rollläden heruntergelassen, und der rostige

Zaun begrenzte einen ungepflegten Vorgarten. Sogar die Straße war vor der Grundstückseinfahrt, deren Tor vermutlich jahrelang nicht mehr geöffnet worden war, aufgesprungen und rissig. Luca hoffte, dass dort überhaupt noch jemand wohnte.

Er parkte auf der gegenüberliegenden Straßenseite und versuchte, durch das Eingangstor auf das Grundstück zu gelangen. Die Klinke gab ein rostiges Krächzen von sich, als er sie herunterdrückte und das Tor aufschob. Einen Plan, eine Vorgehensweise hatte er nicht. Er wollte es von seinem ersten Eindruck von Signora Grossi abhängig machen, wie er ihr gegenüber auftrat und als was er sich ausgab.

Ein überquellender Mülleimer stand rechts neben der Eingangstür, von Wespen umschwärmt, und verbreitete den süßlichen Geruch von verdorbenem Fleisch und kalter Zigarettenasche.

Luca klingelte einmal, hatte aber wenig Hoffnung, dass ihm jemand öffnen würde. Eine bedrückende Angst beschlich ihn, dass er auch in diesem Haus nur noch eine Leiche vorfinden würde. Schnell klingelte er ein zweites Mal, um sich von dem Gedanken abzulenken, da öffnete plötzlich ein kleines Mädchen die Tür. Luca war so perplex, dass er zunächst gar nichts sagen konnte. Die Kleine mochte vielleicht acht Jahre alt sein. Sie trug ein T-Shirt mit kleinen Herzen darauf und eine Badehose.

»Ciao, meine Kleine«, sagte Luca freundlich. »Ist denn deine Mama oder deine Nonna da?« Er vermutete, dass Valeria Grossi, wenn sie damals als Tante die Kinder aufgenommen hatte, heute zu alt für ein achtjähriges Kind war und das ihre Enkelin sein musste.

»Nonna ist da. Mama ist bei der Arbeit«, sagte die Kleine und stellte verschämt einen Fuß auf den anderen.

»Könntest du sie mal holen? Ich würde gern mit ihr sprechen.«

»Mmh«, machte sie und überlegte. »Ich guck mal.«

»Okay, danke.«

Sie lief los, und ihre nackten Füße klatschten auf den Fliesenboden. Sie sprach sehr laut, weshalb Luca vermutete, dass sie ihre Nonna erst wecken musste. Jemand hustete, und dann, *patsch, patsch, patsch*, kam die Kleine zurückgelaufen.

»Sie kommt gleich.«

»Danke schön.«

Luca wartete, und auch das Mädchen blieb an der Tür stehen und sah ihn an.

»Bist du von der Post?«

»Äh … nein. Nein, ich bin von einer Versicherung«, sagte Luca und beugte sich dabei zu ihr herunter. Vom Ende des Flurs kam eine ältere Dame in einem verblichenen roten Kleid und Flipflops an den Füßen zur Tür geschlurft. Luca richtete sich wieder auf.

»Ja?«, fragte sie mit heiserer Stimme. Sie sah aus, als wäre sie stark angetrunken. Ihre Haare waren verlegen und ihre Schminke nur notdürftig aufgetragen.

»Signora Valeria Grossi?«

»Ja.«

»Mein Name ist Spinelli. Ich bin Berater der Polizei Riva und suche nach Dino und Regina Giuliani«, sagte Luca. Das war nur eine Halblüge. Immerhin war er mal Berater gewesen.

»Wieso kommen Sie zu mir?«, fragte die Dame etwas gedehnt, was wohl an ihrem Alkoholkonsum lag.

»Ich würde ungern in Anwesenheit des Mädchens darüber sprechen«, meinte Luca leiser.

»Gina, verschwinde«, befahl sie, und die Kleine lief sofort ins Haus und weiter in ihr Zimmer, wie ein Türknallen vermuten ließ.

»Wir befürchten«, fuhr Luca fort, »dass Ihrem Cousin etwas zugestoßen sein könnte. Daher suchen wir nun seine Kinder.«

»Was ist mit ihm?«

»Das können wir noch nicht mit absoluter Gewissheit sagen.«

»Na, was nun?«, fragte sie ungeduldig. »Hat er einen Unfall gehabt, ist er tot?«

»Der Verdacht liegt nahe, dass er tot sein könnte.«

»Verstehe ich nicht.«

»Könnten wir das vielleicht nicht hier draußen besprechen?«, fragte Luca.

»Von mir aus kommen Sie rein. Aber lange Zeit hab ich nicht.«

»Vielen Dank, Signora Grossi.«

Sie ging voraus in eine große, unaufgeräumte Küche, die direkt in ein spärlich eingerichtetes Wohnzimmer überging. Nur eine lange abgewetzte Couch, ein kleiner schmutziger Tisch und ein Wandschrank mit Fernseher standen hier. Überall lagen Zigarettenschachteln herum. Der Aschenbecher auf dem Tisch quoll über. Kaltes Deckenlicht brannte unter einem kaputten Lampenschirm.

»Wollen Sie sich setzen?«, fragte sie.

Luca hätte am liebsten abgelehnt, so wie es hier aussah, aber das hätte ihn nicht weitergebracht.

»Gern«, sagte er daher.

Sie setzte sich an den Küchentisch, fummelte eine Zigarette aus einer Schachtel und steckte sie an. Luca nahm Platz.

»Also?«

»Es ist so, dass wir im Haus Ihres Cousins eine Leiche entdeckt haben.«

»Aha«, sagte sie, so als berührte es sie nicht im Geringsten.

»Noch ist die Identität des Opfers nicht geklärt, aber wir müssen davon ausgehen, dass es sich um Signor Giuliani handelt. Nun sind wir auf der Suche nach seinen beiden Kindern, deren Wohnsitze uns im Moment nicht bekannt sind. Ist es richtig, dass die Kinder vor einigen Jahren bei Ihnen gewohnt haben?«

Sie lachte rasselnd, und eine Wolke Rauch stob aus ihrem Mund. »Das war vor einer Ewigkeit. Bestimmt schon dreißig, vierzig Jahre her, Madonna.«

»Ja, und wissen Sie zufällig, wo die beiden sich jetzt aufhalten?«

»Keine Ahnung. Wir haben keinen Kontakt mehr gehabt seitdem.«

»Wie lange haben sie denn bei Ihnen gewohnt?«

»Ein Jahr, wenn's hochkommt.«

»Und was passierte dann mit ihnen?«

»Dino hat hier Arbeit gefunden und war irgendwann weg. Die Kleine ist zurück zu ihrem Vater.«

»Okay, das war uns nicht bekannt. Können Sie sich noch erinnern, wo Dino gearbeitet hat?«

»Ach, er ging in so ein Fitnessstudio, und gleich daneben gab es eine Firma für Sicherheitsleute.«

»Security?«

»So was, ja.«

»Kennen Sie die Adresse?«

»Nein, irgendwo im Gewerbegebiet an der Via Appia.«

»Dann hat er sich hier eine Wohnung genommen?«

»Wie gesagt, ich hab nie wieder etwas von ihm gehört.« Sie nahm einen Zug und schloss ihre Augen, als sie den Rauch auspustete.

»Haben die beiden jemals darüber gesprochen, warum sie zu Ihnen gekommen sind? Oder Ihr Cousin, welchen Grund hat er Ihnen genannt?«

»Er ist ein Mann.« Sie lachte wieder und nebelte sich ein. »Er war allein, nachdem seine Frau gestorben war. Die Kinder waren eine Last für ihn. Ich hatte drei eigene. Da fallen zwei mehr nicht mehr auf, dachte er wohl.«

»Hat er niemals einen bestimmten Vorfall erwähnt? Oder die Kinder?«

»Die Kleine hat in der ganzen Zeit kein Wort gesagt. Und Dino ist … Na ja, er ist so ein typischer Fall von einem Nichtsnutz gewesen. Würde mich nicht wundern, wenn er irgendwo in der Gosse gelandet ist. War jede Nacht unterwegs. Traf sich mit den falschen Leuten.«

»Und Regina? Wie ist sie zurückgegangen? Hat er sie abgeholt?«

»Aus dem kleinen Kaff da oben? Nee, nee, ich hab sie in einen Zug gesetzt, und das war's. Ich hoffe, er hat sie abgeholt.«

»Das hoffe ich auch«, sagte Luca und wandte sich ab. Die Trostlosigkeit hier im Haus und die Geschichte der beiden Geschwister bedrückten ihn so sehr, dass er nur schwer atmen konnte. Vielleicht lag es auch an dem Rauch, den Signora Grossi ihm ständig entgegenpustete. »Sie haben nicht zufällig ein Foto von ihr oder Dino?« Luca blickte an die kahlen Wände, an denen man höchstens schmutzige Fingerabdrücke erkennen konnte.

»Nein«, sagte sie und verzog ihren Mund zu einem Lächeln.

»Dann will ich Sie nicht länger aufhalten.«

Beide erhoben sich.

»Kriegen die jetzt eine Lebensversicherung, wenn er tot ist?«

»Mir ist nicht bekannt, ob er eine besessen hat.«

Sie knurrte etwas Unverständliches.

»Noch etwas anderes«, fügte Luca hinzu, »sagt Ihnen der Name Vialli etwas?«

»Nein, wer soll das sein?«

»Hat sich in letzter Zeit vielleicht ein Kollege von mir nach Dino erkundigt?«

Sie legte ihre Stirn in Falten und kramte sichtbar angestrengt in ihrer Erinnerung. »Kann sein, weiß ich aber nicht mehr genau.«

Luca wartete noch einen Augenblick, falls ihr doch noch etwas einfiel, doch er vermutete, dass es bei ihrem Alkoholkonsum wenig Aussicht auf Erinnerung gab.

»Vielen Dank für Ihre Zeit und auf Wiedersehen«, sagte er schließlich und hob nur kurz die Hand zum Abschied.

»Ja, ja«, sagte sie und schwankte ein wenig.

Luca ging hinaus, froh, wieder an der Sonne und der frischen Luft zu sein. Es war fast halb neun am Abend, und Luca verschob seinen Besuch in dem Fitnessstudio auf den morgigen Tag. Was Signora Grossi über die Security-Firma gesagt hatte, stimmte mit den Aufzeichnungen von Pasquale überein. Er musste nur noch die Adressen abgleichen, zumal die Signora da etwas ungenau gewesen war. Was Regina, die Schwester, anbelangte, sah Luca wenige Möglichkeiten, ihren Weg nachzuverfolgen. Falls sie tatsächlich wieder nach Hause zurückgekehrt war, müsste man sie dort eigentlich von Zeit zu Zeit gesehen haben. In dieser Sache konnte er nur noch die Nachbarn befragen oder im örtlichen Supermarkt nachforschen. Wenn der Vater seine Tochter allerdings nicht abgeholt, sondern sich selbst überlassen hatte, weil seine Kinder ihm egal gewesen waren, dann konnte sie überall sein. Oder bereits tot.

Luca aß in einer kleinen Pizzeria in der Nähe seines Hotels zu Abend und ging dann gleich schlafen. Er war ziemlich erschöpft von diesem Tag, und sein Schlaf war tief, wurde von den fremden Geräuschen hier aber schon früh beendet. Eine Zeit lang lag er noch wach im Bett und dachte über Regina und Dino Giuliani nach, die hierher abgeschoben worden waren. Es konnte auch sein, überlegte Luca, dass Pasquale diese Nachforschungen nicht erst in letzter Zeit begonnen hatte, sondern sie schon über Jahre hinweg verfolgte.

Glücklicherweise existierte laut Internet beides, das Fitnessstudio und die Security-Firma, noch immer. Die Gebäude befanden sich tatsächlich in unmittelbarer Nähe zueinander in Straßen, die von der Via Appia abzweigten, so wie Valeria Grossi gesagt hatte. Je weiter Luca aus den Wohngebieten der Stadt hinaus ins Gewerbegebiet fuhr, desto heruntergekommener sah die Gegend aus. Hohe, schmutzige Steinmauern umzäunten große Gewerbeflächen und wechselten sich immer wieder mit Freiflächen oder landwirtschaftlich genutztem Boden ab. Das Fitnessstudio »Toni's Gym« sah für das Umfeld überdurchschnittlich gepflegt aus. Der Parkplatz war gut gefüllt, was dafür sprach, dass das Gym erfolgreich betrieben wurde.

Luca betrat das klimatisierte Gebäude und fand sich in einem tunnelartigen Gang wieder, der mit Fotos von Kraftsportlern quasi tapeziert war. Interessiert schaute er sich einige, vor allem die älteren, an und ging dann weiter zur Rezeption, wo ihn eine muskulöse junge Dame freundlich begrüßte. Hinter ihr stand mit dem Rücken zum Tresen ein Hüne in einem zum Platzen gespannten Poloshirt und tippte auf einem Laptop herum.

»Buongiorno, wie kann ich helfen?«, fragte die junge Dame.

»Buongiorno, ich habe ein etwas ungewöhnliches Anliegen. Ich suche einen Sportler, der in den achtziger Jahren hier im Club trainiert hat. Ich wollte fragen, ob er vielleicht noch Mitglied ist oder ob jemand ihn noch kennt.«

»Oh, da weiß ich jetzt nicht …« Sie wandte sich unsicher an ihren Kollegen. »Luca, kennst du jemanden, der hier in den Achtzigern trainiert hat?«

Der Mann drehte sich um. Er war braun gebrannt und trug einen feinen Oberlippenbart.

»Für wie alt hältst du mich?«, fragte er.

»Der Herr sucht jemanden«, sagte sie und deutete auf Luca.

»Ich heiße auch Luca«, sagte Luca und lächelte freundlich, was den Hünen aber nicht dazu verleitete zurückzulächeln.

»Wie heißt er denn?«

»Dino Giuliani. Ich weiß leider nicht, wie lange er hier trainiert hat.«

»Das kann nur Toni wissen«, sagte der große Luca und stützte sich auf den Tresen.

»Ja, kann … kann ich dann vielleicht mit ihm sprechen?«

»Mit dem Chef?«

»Wenn es möglich wäre, gern.«

Der Hüne atmete aus, als ob es eine große Schwierigkeit darstellte, seinen Chef zu erreichen. Lustlos nahm er ein Telefon zur Hand und wählte eine Nummer.

»Ciao, Luca hier. Bei mir ist ein Mann, der will etwas über jemanden wissen, der vor vierzig Jahren hier trainiert hat.« Er wandte sich zu Luca um. »Sind Sie von der Polizei?«

»Nein«, entgegnete Luca schnell. »Ich bin ein alter Freund und soll ihm etwas von seinem Vater ausrichten«, erklärte er. »Er liegt im Sterben«, fügte er an, um es dringlicher erscheinen zu lassen.

»Er sagt, der Vater des Mannes liegt im Sterben, und er hat eine Nachricht für ihn. – Okay.« Er legte auf und warf das Telefon achtlos auf den Tresen. »Sie können raufgehen. Ins Studio und dann gleich links die Treppe hoch.«

»Vielen Dank.«

Luca wurde von der Dame durch ein automatisches Tor gelassen und betrat durch eine Schiebetür die Trainingshalle, in der fast ausschließlich hochtrainierte Männer stöhnend und ächzend Gewichte stemmten. Eine metallene Treppe führte hinauf zu einem komplett mit Glas verkleideten Büro, in dem ein ebenso trainierter Mann in blauen Sportshorts und grau meliertem Muskelshirt mit dem Rücken zur Tür telefonierte und heftig gestikulierte.

Luca klopfte an und wartete, aber Toni schien ihn nicht gehört zu haben. Er klopfte ein zweites Mal, und Toni winkte ihn abgelenkt herein.

»Ja, ja, aber nicht mit meinen Athleten, mein Freund«, dröhnte er in den Hörer. »Ich habe alles korrekt ausgefüllt, wenn ihr da irgendwelche Penner dransetzt, müsst ihr die Scheiße auch wieder geradebiegen. Das ist nicht meine Aufgabe.«

Sein Gesprächspartner quäkte etwas Unverständliches.

»Ich schick dir das gern noch mal. Aber mehr wird nicht passieren. Und wenn nur einer von meinen Jungs nicht starten darf, hast du 'ne Klage am Hals, Alter.« Er legte auf und knallte mit einem wütenden Grunzen den Hörer auf den Schreibtisch.

Der Raum wurde bestimmt von Dutzenden Pokalen und Medaillen, die in Glasvitrinen ausgestellt waren. Riesige Fotos von Toni in Aktion bei Bodybuildingevents beherrschten die komplette rechte Wand. Auf dem Boden neben dem Tisch lagen verschiedene Kurz- und Langhanteln, die Toni wahrscheinlich mehrmals täglich benutzte. Er ließ sich auf seinen Stuhl fallen und hatte noch nicht einen Blick auf Luca geworfen.

»Diese Straßenköter wollen mich belehren. Die wissen überhaupt nicht, mit wem sie es zu tun haben …« Er wischte sich den Schweiß von der Stirn. Sein gebräuntes Gesicht glänzte wie geölt, was es wahrscheinlich auch war. Er hatte eine Glatze, trug aber einen dichten grauen Vollbart. Die tiefen Mundfalten hatten sich wie ein gerraffter Vorhang zu beiden Seiten seines Mundes eingegraben. Diese Art von Physiognomie hatte Luca schon bei vielen anderen Athleten aus dem Bodybuildingbereich gesehen, aber bis jetzt nur in Fernsehberichten. Es war daher sehr schwer, Tonis Alter zu schätzen. Er hatte den Körper eines jungen Athleten, lediglich die Haut sagte etwas über sein fortgeschrittenes Alter aus, ebenso die grauen Barthaare. Das Gesicht wiederum hätte das eines Sechzigjährigen sein können, fand Luca.

Toni sah ihn erstmals direkt an. »So, und was willst du jetzt?«

»Mein Name ist Spinelli, ich suche einen Mann, der vor knapp vierzig Jahren –«

»Ach, du bist das«, grätschte Toni dazwischen und machte eine wegwerfende Bewegung. Er klappte einen Laptop auf und drückte mit seinen massigen Fingern ein paar Tasten. »Und?«, fragte er ungeduldig. »Name?«

»Ah, Dino Giuliani.«

Toni suchte auf dem Bildschirm, bis er auf einmal die Klappe zuschlug.

»Nicht drin.« Er lehnte sich zurück und rieb sich mit beiden Händen das Gesicht. Als er sie wieder fortnahm, ließ er seinen stechenden Blick über Luca wandern. »Wer bist du überhaupt, und was willst du von diesem Dino?«

»Mein Name ist Luca Spinelli. Ich bin ein alter Schulfreund von Dino aus Tiarno. Sein Vater liegt im Sterben, und ich wollte ihn finden, damit er ihn noch einmal sehen kann.«

»Klingt ja fürchterlich«, sagte Toni unbeeindruckt. »Aber ich finde hier nichts mehr, ist wohl zu lange her.«

»Er wohnte damals zunächst bei seiner Tante und soll dann später im Security-Bereich gearbeitet haben.«

Jetzt stockte Toni und rieb sich über seine Glatze.

»Dino. Doch, doch, ich erinnere mich«, sagte er und lächelte.

»Tatsächlich? Er war noch ganz jung, so neunzehn oder zwanzig Jahre alt.«

»Ja, ja. Er war nicht von hier und hatte kein Geld. Seine Tante wollte den Beitrag nicht übernehmen. Klar, jetzt weiß ich. War 'n guter Sportler, hat hart gearbeitet. Wir haben damals viel mit einem Kumpel von mir zusammengearbeitet. Er hatte diese Security-Firma und suchte ständig gute Leute. Na ja, die konnte ich liefern. Wenn sie auch ein bisschen kämpfen konnten.«

»Seine Tante sagte, er sei nach einem Jahr bei ihr ausgezogen. Dino muss sich wohl selbstständig eine Bleibe gesucht haben.«

»Der hat in der Firma geschlafen die erste Zeit. Hat bei mir an die drei Jahre trainiert. Muskelaufbau, Kampftraining.«

»Wissen Sie zufällig, was er danach gemacht hat? Wo er gewohnt und gearbeitet hat?«

»Ist nach Neapel gegangen, wo alle hinwollten.«

»Und was hat er da gemacht?«

»Ich weiß von ein, zwei Amateur-Boxkämpfen. Beruflich ...« Er zuckte mit seinen gigantischen Schultern und verzog das Gesicht, wodurch noch mehr Falten entstanden.

»Ja?«

Toni schüttelte den Kopf. Luca sah ihn eindringlich an, weil er sein Verhalten nicht ganz verstand und ihn zu ergründen versuchte. Als Toni merkte, dass Luca nicht lockerließ, formte er zwei Worte mit den Lippen, ohne zu sprechen: »La Famiglia.«

Luca nickte und akzeptierte, dass Toni kein weiteres Wort darüber verlieren wollte.

»Und Ihr Freund von der Security-Firma ... Hat er das

Unternehmen immer noch? Hier etwas weiter die Straße runter existiert es doch noch, oder?«, wollte Luca wissen.

»Mein Freund ist tot«, entgegnete Toni. »Er wurde 1998 erschossen. Die Firma gibt's nicht mehr.«

»Oh. Das tut mir leid«, sagte Luca. Damit stand eindeutig die Vermutung im Raum, dass dieser Freund von der Mafia, der »Famiglia«, getötet worden war. Den Gedanken konnte man dahingehend weiterspinnen, dass Dino, wenn er tatsächlich nach Neapel gegangen war, ebenfalls Kontakt zur Mafia gehabt haben könnte.

»Hat Dino jemals von seiner Schwester gesprochen?«, fragte Luca.

»Schwester? Ich wusste nicht mal, dass er eine hat.«

»Und was war er für ein Typ Mensch?«

Jetzt tat sich etwas in Tonis Gesicht, und er erhob sich aus seinem Stuhl. Es war, als würde eine Wand aus Muskeln vor Luca stehen.

»Du stellst komische Fragen, mein Freund.«

»Ich habe Dino seit vierzig Jahren nicht mehr gesehen und würde gern wissen, ob es sich lohnt, ihn zu finden, oder ob er mit seinem Vater nichts mehr zu tun haben will.«

»Dafür bist du extra hierhergereist?«

»Ich hatte beruflich in Neapel zu tun.«

»Was arbeitest du denn?«

»Ich bin Regisseur und Filmemacher.«

»Nicht dein Ernst.«

»Doch. Ich mache Dokumentarfilme.«

Argwöhnisch klappte Toni seinen Laptop wieder auf und sah Luca zweifelnd an. »Wie heißt du?«

»Luca Spinelli.«

Er gab das ein und las ein paar Zeilen.

»Eine echte Berühmtheit, was?«, fragte er.

Luca antwortete nicht.

»Wenn du mal einen Film über den Kraftsport machen willst, weißt du ja, wo du hinkommen musst.«

»Alles klar.« Luca nickte. »Eine Frage habe ich noch. Haben Sie ein Foto, das ich dem Vater zeigen könnte?«

Toni dachte nach und stemmte dabei die Fäuste in die Hüften.

»Könnte sein, dass er unten irgendwo mit drauf ist.«

»Die Fotos am Eingang?«

»Ich geh mit dir runter.«

Luca nahm das gern an, und sie gingen gemeinsam bis zu dem Eingangstunnel, wo Toni sich suchend umsah.

»Hier ist Schwarzenegger«, sagte er. »Hier Alain Delon. Waren alle hier. Meistens zum Filmdreh, aber das kennst du ja. Hier … hier ist er mit drauf.« Er tippte auf einen alten Zeitungsausschnitt. Auf einem Schwarz-Weiß-Foto war der Nachwuchs des Clubs abgebildet, und ein kleiner Text dazu erwähnte die Namen. »Der ist es. Ganz links.«

Luca ging näher heran. Der Junge war recht schmal, aber gut definiert. Er posierte mit bloßem Oberkörper, hatte lange Haare und spannte seinen rechten Arm an, um seinen Bizeps zu zeigen.

»Das ist aber auch uralt«, meinte Toni.

Luca machte mit seinem Handy ein Foto von dem Bericht und nahm den Jungen einmal in Großaufnahme auf.

»Ja, ist lange her. Ich hab nicht viel Hoffnung, dass ich ihn noch finde.«

»Was hat sein alter Herr denn?«

Sofort hatte Luca wieder das Bild von der eingewickelten Leiche vor Augen.

»Krebs im Endstadium. Er wird nicht mehr lange leben.«

»Na, viel Glück«, wünschte Toni und schlug Luca auf die Schulter.

ACHT

Luca fuhr gleich nach dem Gespräch nach Neapel. Da er über den Arbeitgeber nicht mehr weiterkommen würde, wollte er seine Chance nutzen, etwas über die Amateur-Boxkämpfe, an denen Dino teilgenommen hatte, zu erreichen, und hatte beim italienischen Boxverband angerufen. Dort verwies man ihn an den Boxverband mit Sitz in Neapel, der auch das Archiv der Region Kampanien leitete.

Als Luca dort ankam und das Foyer in der Via Alessandro Longo betrat, wurde er in ein kleines, unscheinbares Büro im ersten Stock geschickt. Dem Boxverband und dem Nationalen Olympischen Komitee gehörten die beiden unteren, hinter verspiegelten Scheiben in einem Wohnhaus untergebrachten Etagen des Gebäudes. Die Dame im Büro war noch sehr jung und hatte einen kraftvollen Gang, als sie auf Luca zutrat, um ihn zu begrüßen.

»Mein Name ist Spinelli, wir hatten vorhin telefoniert.«

»Richtig, mein Name ist Margareta Garibaldi. Ich habe mich schon ein wenig schlaugemacht, aber leider sind noch nicht alle Daten digitalisiert, sodass wir ins Archiv im Keller gehen müssen«, sagte sie entschuldigend.

»Kein Problem.«

Sie traten hinaus auf den Flur und nahmen den Fahrstuhl in den Keller.

»Darf ich fragen, ob Sie auch Boxerin sind? Sie sehen sehr athletisch aus«, meinte Luca.

»Stimmt, ich boxe seit meinem zwölften Lebensjahr und arbeite seit zwei Jahren hier im Verband.«

»Ich stelle mir das sehr beruhigend vor, wenn man weiß, wie man sich im Notfall verteidigen kann«, sagte Luca.

Sie lachte. Die Fahrstuhltüren öffneten sich, und anstatt Teppichboden lag nun blanker Betonboden vor ihren Füßen.

»Es macht sehr selbstbewusst«, entgegnete sie und ging nach rechts, einen schier endlosen Gang entlang. »In einer Stadt wie Neapel ist Selbstbewusstsein ein guter Freund, genau wie das Boxen.«

Jetzt musste Luca lachen. Signora Garibaldi zog einen Schlüsselbund aus ihrer Tasche. Sie führte Luca bis zur zweiten Tür auf der rechten Seite und schloss diese auf. An der Decke sprangen flackernd die Neonröhren an.

»Das ist es«, sagte sie. »Kampaniens Boxgeschichte.«

Vor ihnen lag ein Raum, so groß wie eine kleine Schulturnhalle, von Reihen von Metallschränken durchzogen. Signora Garibaldi blickte noch einmal auf den Notizzettel, den sie geschrieben hatte, und steuerte dann die dritte Reihe von links an.

»Hier müssen wir suchen …«

Jedes Fach war mit kleinen Jahreszahlen beschriftet und beinhaltete alphabetisch sortierte Aktenordner. Sie zog einen bestimmten heraus und schlug ihn auf. »Giuliani Antonio, Giuliani Ardoni, Giuliani Dino. Da ist er.«

Sie drehte den Ordner so, dass Luca hineinsehen konnte.

»Er war bis 1988 eingetragen. Boxstall: Mariscelli. Das ist ein Club im Problemviertel der Stadt, in Scampia«, erklärte sie.

»Gibt's eine Adresse?«

»Da wollen Sie nicht hinfahren«, sagte sie eindringlich.

»Ich muss.«

»Sie sollten das wirklich vermeiden. Dort ist es gefährlich.«

»Nett von Ihnen, sich so um mich zu sorgen. Aber ich hätte gern die Adresse.«

Sie atmete unzufrieden aus und blickte in die Akte.

»Der Boxstall befindet sich in der Via Don Pino Puglisi Nummer 43. Die Adresse von Dino lautete Via Antonio Labriola 13, Apartment 214.«

»Vielen Dank, Signora.«

**

Luca klangen die Warnungen der jungen Dame noch im Ohr, als er in Richtung Scampia fuhr. Er passierte den Flughafen und fuhr auf der Tangente erhöht über den Straßen der Stadt in Richtung Nordwesten. Bald schon konnte er die großen Wohnburgen erkennen, die sich rechter Hand erhoben, und er sah verwundert, dass die erste Ausfahrt in Richtung Scampia quasi nicht mehr existierte. Man hatte sie gesperrt und das Schild abmontiert. Offenbar wollte man nicht, dass jemand in diesen Stadtteil abbog. Doch die nächste Ausfahrt war frei und mit einem weißen Schild in Richtung Scampia beschildert.

Er hatte schon viel über diesen Stadtteil gehört und gelesen. Der war im Grunde eine eigene kleine Stadt, in der nichts anderes existierte als Kriminalität, Armut und Polizeikontrollen. Die größten Polizeireviere Neapels standen hier auf engstem Raum und waren dem schlimmsten Wohnblock und dem Parco Esposito vorgelagert.

Gleich am ersten Kreisel musste Luca rechts abbiegen und kam in eine zu seiner Überraschung recht saubere Straße mit neu gebauten Häusern und Geschäften. An deren Ende folgte jedoch ein zweiter Verkehrskreisel. Links konnte Luca bereits sehen, was ihn später erwartete: die Wohnburgen der gefährlichsten Ecke hier im Stadtteil. Doch zunächst bog er ein weiteres Mal rechts ab und fuhr in Richtung des Boxstalls, der sich zwischen den hohen Wohnblöcken hinter einem rostigen Zaun versteckte. Vor den Eingängen der Häuser saßen Männer an Tischen und starrten ihn an. Gruppen von Jugendlichen standen an den Straßenecken und riefen ihm Dinge zu, die Luca dazu veranlassten, noch mal darüber nachzudenken, ob er hier wirklich aussteigen und Fragen stellen wollte.

Er hielt direkt vor dem Flachdachgebäude am Straßenrand. »Mariscelli Boxing« skandierte ein verblichenes Schild über einem Kellereingang. Luca sah aus dem Seitenfenster und musste sich einen Ruck geben, um die Tür zu öffnen. Allein schon der Luftunterschied zwischen dem klimatisierten Innenraum des Autos und der heißen, stehenden, stinkenden Luft in der Straßenschlucht ließ ihn zurückweichen. Der Müll, der sich an jeder Ecke und an jedem Laternenmast stapelte, rottete in der Hitze der Sonne vor sich hin. Hundekot lag auf dem Gehsteig, und auch aus den Abflussgittern und Gullys stieg ein erstickender Geruch nach Fäkalien empor.

Luca schaute nach links zu den Jugendlichen, die ihn nicht aus dem Blick ließen und sich nun in seine Richtung in Bewegung setzten. Der Eingang zum Boxgym schien ihm plötzlich so etwas wie eine willkommene Zuflucht zu sein. Er betrat das Grundstück durch ein eisernes Tor. Das kleine Gebäude sah aus, als ob es bereits seit Jahren geschlossen wäre. Die Fenster waren durch Pressspanplatten verbarrikadiert, auf denen sich kunstfreie Graffitis befanden, wie überall hier auf den Häuserfassaden. Der Treppenabgang war seitlich mit Plakaten von Kampfankündigungen zugeklebt, die zum größten Teil wieder abgerissen worden waren. Luca stieg bis ganz nach unten und klopfte an eine metallene Tür. Nichts geschah, also versuchte er, sie zu öffnen, und tatsächlich sprang sie auf. Trommelnde Geräusche schlugen ihm aus dem dunklen Raum dahinter entgegen.

Er zog den Kopf ein und betrat eine verdunkelte Halle, die von ein paar Industrielampen an der Decke mit schmutzigem Licht erhellt wurde. Im Halbdunkel der rechten Hälfte stand ein Boxring, man konnte die ausgewaschenen Blutflecke auf dem Boden erkennen. Sechs Boxsäcke hingen von der Decke, drei davon wurden von sehr jungen Sportlern bearbeitet. An der hinteren Wand gab es eine Reihe von Punchingbällen, an denen zwei kräftigere, ältere Jungen im Einsatz waren und die trommelnden Geräusche erzeugten. Auf der linken Seite sah Luca verschiedene Hantelbänke, Hanteln, Medizinbälle, Sprungseile und ein Gestell für Klimmzüge vor einer großen Spiegelwand. Ein junger Sportler von vielleicht neunzehn Jahren saß auf einer der Bänke, ihm gegenüber sein Coach, ein weißhäutiger kleiner Mann mit leicht gebückter Haltung, tiefschwarzen Haaren und Blumenkohlohren, der ihm die

Fäuste tapte. Luca hatte vermutet, dass sein Erscheinen großes Staunen auslösen würde, aber es passierte nichts, man nahm ihn gar nicht wahr.

Er ging auf den Boxer und seinen Coach zu und räusperte sich. »Buongiorno«, sagte er.

Doch keiner der beiden reagierte.

»Entschuldigen Sie, sind Sie der Besitzer der Halle?«, wollte er von dem älteren Herrn wissen, der seinen Blick jedoch fest auf die Fäuste seines Schützlings geheftet hielt.

»Presse?«, fragte er dann mit einer so heiseren, kratzigen Stimme, dass es klang, als zermahle man Sand zwischen zwei großen Steinen.

»Nein, ich bin privat hier«, antwortete Luca, und der Junge verzog den Mund zu einem schiefen Lächeln. »Ich bin auf der Suche nach einem ehemaligen Boxer von hier.«

Der Coach hob leicht den Kopf und beäugte Luca kurz im Spiegel. Luca schaute ihm ebenfalls über den Spiegel in die Augen.

»Kann mir nicht vorstellen, dass Sie hier richtig sind«, meinte der Coach.

»Ich denke schon. Es ist zwar schon lange her, aber er hat hier trainiert. Es geht um Dino Giuliani«, erklärte Luca.

Die Hände des Trainers hielten in ihrer Bewegung inne. Ein Streifen Tape zwischen seinen Fingern hing rastlos in der Luft.

»Sie kennen ihn?«, hakte Luca, dem die Reaktion aufgefallen war, sogleich nach.

»Vielleicht.« Er machte weiter mit seiner Arbeit.

»Haben Sie ihn trainiert?«

»Warum wollen Sie das wissen?« Er sah Luca wieder im Spiegel an. »Von der Polizei sind Sie nicht.«

»Nein, ich bin ein alter Schulfreund von Dino. Ich suche ihn, weil sein Vater im Sterben liegt.«

»Vater? Hat er nicht bei seiner Tante gelebt?«, fragte der Coach, und Luca freute sich innerlich, weil er wusste, dass er bei dem Mann an der richtigen Adresse war.

»Nur für ein Jahr. Er ging aber nicht wieder nach Hause zurück.«

»Hatte sicher einen Grund.«

»Bestimmt. Ich interessiere mich aber nur dafür, ihn zu finden. Wann haben Sie ihn das letzte Mal gesehen?«

Der Trainer schlug dem Jungen auf beide Fäuste, als Zeichen dafür, dass sie fertig waren. »Zwei Runden am schweren Sack. Ich komme gleich nach.«

Der Junge stand auf. »Und meine Handschuhe?«

»Lass sie dir von Giovanni anziehen«, ordnete er an.

Der Junge ging, und der Trainer schwang ein Bein über die Bank und drehte sich zu Luca um. Er war älter, als er aussah. Körperlich war er noch ziemlich fit, aber er mochte schon fast siebzig sein. Weiße Narben zogen sich durch seine ergrauten Augenbrauen, und seine Nase sah so oft gebrochen aus, dass er eigentlich kaum noch dadurch atmen können durfte.

»Du lügst«, sagte er geradeheraus und sah Luca gelassen in die Augen.

Der überlegte, wie sich die Situation retten ließ. Hier konnte er mit Sicherheit gute Informationen bekommen, doch der Alte war anscheinend mit allen Wassern gewaschen und ein cleverer Kopf.

»Sie haben recht«, gab er zu und schaute zu Boden, so als wollte er aufgeben. »Es … es ist noch wesentlich schlimmer.«

»Ich hab wenig Zeit, verschwende sie nicht.« Der Trainer verzog keine Miene.

»Sein Vater ist bereits tot. Und er ist ermordet worden. Ich dachte, dass Dino das vielleicht wissen will.«

»Ermordet? Von wem?«

»Das weiß die Polizei noch nicht. Aber er ist sehr grausam getötet worden.«

Der Boxtrainer stand auf und stellte sich so dicht vor Luca hin wie vor einem Kampf. »Und woher weiß ich, dass *du* ihn nicht getötet hast und den Sohn jetzt auch noch umbringen willst?«

In diesen Häusern existierte keine staatliche Macht mehr. Die Menschen vegetierten in Armut vor sich hin, dealten, töteten, starben. Kaum jemand war behördlich gemeldet. Es war ein Staat im Staat, und die Zustände waren im Laufe der Jahre so schlimm geworden, dass man nur noch eine Lösung für dieses Problem sah: den Abriss. Der dauerte nun schon über zwanzig Jahre an. Fünf Gebäude waren gefallen. Und Luca stand kurz davor, einen der Giganten zu betreten.

Er fuhr zu dem mittleren Haus, bog in die kleine Zufahrt ein und hielt auf den Parkplatz an der Flanke des Gebäudes zu. Er stoppte, stieg aus und war augenblicklich wie erschlagen von der Höhe und der Masse dieses Bergs aus Beton und Stahl. Das Zweite, was ihn förmlich erdrückte, war der Zustand. Die Fassade war verwaschen, mit Schlieren aus Rost, Schmutzwasser und Schimmel. Zerrissene und verblichene alte Vorhänge auf den Balkonen dienten als Sonnenschutz. Wäsche hing zum Trocknen an verrosteten Metallstreben. Luca stieg die Treppen zum Eingang empor. Immer bedrohlicher türmte sich die Wand vor ihm auf und warf einen erdrückenden Schatten auf ihn, bevor der türlose Eingang ihn verschluckte. Nun war er im Bauch des Monstrums, und er fand sich in einer Art Parketage wieder, die an den Seiten offen war. Er ging vor bis ans Geländer und blickte in so etwas wie ein Atrium. Eine Etage tiefer gab es eine Durchfahrt mit ehemaligen Garagen an den Seiten. Von oben tropfte es aus maroden Wasserrohren zwischen wild wuchernden Kabeln auf einen Boden, der mit Schlamm, Einwegspritzen und alten Plastikflaschen bedeckt war. Pfützen spiegelten die Konstruktion im Inneren des zweigeteilten Gebäudes wider.

Luca blickte nach oben. Das Haus bestand ab der zweiten Etage quasi aus sich spiegelnden Hälften, die in der Mitte durch scheinbar schwebende Gänge, bestehend aus diagonalen Metallträgern, verbunden waren. Weiter hinten auf der linken Seite entdeckte Luca einen Treppenaufgang und steuerte darauf zu. Auch hier trat er immer wieder auf Spritzen und las die gesprayten Sprüche an den Wänden. »Noi siamo tutti boss«, lautete einer, »Wir sind alle der Boss«. In jedem Haus gab es einen Boss, einen Don, der die Geschäfte in seinem Revier regelte und dem alle unterstellt waren. Alle anderen waren Fußvolk. Kuriere, Dealer, Eintreiber. Luca ging höher. Hin und wieder fehlten Treppenplatten, Bodenstücke waren herausgerissen, überall Löcher und zerschlagene oder zerschossene Fenster. Manchmal konnte man sogar noch Blut an den Wänden erkennen. Bis jetzt hatte er keine Menschenseele gesehen. Luca erschrak fast, als er um die Ecke bog und vor ihm auf den Stufen zwei kleine Kinder hockten. Die beiden mochten gerade mal fünf Jahre alt sein. Sie sahen ihn aus ihren schmutzigen Gesichtern an.

»Ciao«, grüßte er.

Sie antworteten nicht.

»Ich suche das Apartment Nummer 214. Wisst ihr zufällig, wo ich das finde?«

Sie schüttelten gleichzeitig den Kopf.

»Wo wohnen denn eure Eltern?«, fragte Luca.

Die beiden sprangen auf und liefen die Stufen nach oben. Luca folgte ihnen bis auf einen der schwebenden Gänge. Hier zweigten nach rechts und links schmale, frei schwebende Treppen zu den einzelnen Apartments ab. Luca musste sich sputen, den beiden hinterherzukommen. Hinter einem Trennzaun, der von den Bewohnern offenbar aus verschiedenen Metallresten errichtet worden war, bogen sie nach links ab und klopften an eine Wohnungstür. Luca wartete auf der dritten Stufe vor dem Absatz, bis ein Mann in Jeans und weißem, ärmellosem T-Shirt die Tür öffnete. Die Kinder zeigten auf Luca und klammerten sich an das Bein ihres Vaters.

»Der sucht was«, sagte der Junge.

»Buongiorno«, sagte Luca und lächelte freundlich. »Ich bin auf der Suche nach Apartment 214. Es sind nicht überall Nummern an den Wohnungstüren, und ich bin etwas verloren …«

Der Mann musterte ihn von oben bis unten und erwiderte dann das Lächeln. »Sind Sie sicher, dass Sie hier richtig sind?«

»Ja, schon. Nur die Wohnung finde ich nicht.«

Der Mann steckte sich eine Zigarette an. »Wer soll denn da wohnen?«

»Ich suche jemanden, der vor vielen Jahren dort gewohnt hat. Ich weiß nicht, wer aktuell in der Wohnung lebt.«

»Mmh«, meinte er nur und schickte seine Kinder mit einem Kopfnicken hinein. »Wie ist denn der Name? Ich wohne seit vierzig Jahren hier.«

»Okay, das könnte passen«, antwortete Luca. »Der Name ist Dino Giuliani.«

»Dino? Der ist nicht mehr hier.«

»Sie kennen ihn?«

»Schon, hab ihn aber lange nicht gesehen. War achtzehn Jahre im Knast.« Er lachte.

»Können Sie mir etwas über ihn sagen?«, fragte Luca.

Der Mann blickte nach rechts und kniff dann abschätzend ein Auge zu. »Das lassen wir mal lieber.«

»Aber könnten Sie mir die Wohnung zeigen?«

»Was wollen Sie denn von ihm?«

»Ich muss ihn sprechen. Eine Familienangelegenheit.«

»Er ist lange weg. Hier finden Sie den nicht.«

»Aber vielleicht wissen die Nachmieter etwas«, beharrte Luca.

»Sie können hier nur einen fragen, der was weiß. Aber ...« Wieder lachte er wenig hoffnungsvoll.

»Ja?«

»Das ist nichts für Sie. Fahren Sie wieder nach Hause.«

»Beschreiben Sie mir einfach, wo die Wohnung liegt.« Luca wollte nicht aufgeben.

Der Mann pustete den Zigarettenrauch hoch in die Luft. »Eine Etage drüber. Drittes Apartment auf der rechten Seite.«

»Vielen Dank.«

»Viel Glück«, sagte er, zog sich zurück und schloss die Tür.

Luca hatte inzwischen genug Warnungen bekommen, um seine Nachforschungen hier abzubrechen, doch nachdem er schon so weit gekommen war, konnte er das einfach nicht tun. Es existierten noch Personen, die Dino kannten, die in diesem Kasten mit ihm zusammengewohnt hatten. Das konnte er nicht ignorieren.

Er machte sich auf den Weg in die nächsthöhere Etage. Wieder war niemand zu sehen. Nur draußen hallten Stimmen von den Gebäudewänden wider, hier drin war es geisterhaft still. Er blickte nach rechts zu der Tür, hinter der die Nummer 214 liegen musste. Die rote Farbe war fast vollständig abgeblättert. Von außen konnte man nicht sagen, ob das Apartment bewohnt war oder nicht.

Kurz bevor er die Treppe erreichte, nahm er aus dem Augenwinkel jemanden wahr, der auf den Stufen des linken Aufgangs saß.

»Ey!«, erklang ein scharfer Ruf. Es waren drei junge Männer, die aufsprangen und plötzlich um ihn herumstanden. »Was willst 'n du hier? Wer bist du, eh?«

»Ich bin Luca, ich wollte zu Apartment 214«, antwortete er. Die drei Jungs mochten um die sechzehn sein.

»Wir kennen dich aber nicht, für dich geht's hier nicht weiter«, sagte der linke. Er hatte kurz geschorenes blondes Haar und einige Tattoos am Hals und auf den Unterarmen. Direkt vor Luca stand ein Junge mit schwarzen halblangen Haaren, einer schwarzen Bomberjacke und einem T-Shirt mit einer Kalaschnikow darauf.

»Was will so 'n Wichser wie du hier bei uns? Bist du 'n Bulle?«, fragte er.

»Nein«, antwortete Luca, und im selben Moment begann der rechte Junge, ein kleinerer, kräftiger Typ mit kahl rasierten Schläfen, ihn zu filzen. Er schüttelte stumm den Kopf, als er fertig war.

»Bist du 'n Tourist, der sich daran aufgeilt, uns anzuglotzen wie im Zoo, oder was?«, fragte der mittlere der Jungs.

»Nein, ich suche jemanden, der hier mal gewohnt hat.«

»Da?«, fragte der Junge und deutete auf die Tür.

»Ja.«

»Wer soll das sein?«

»Dino. Dino Giuliani«, sagte Luca.

Die drei warfen sich alarmierte Blicke zu. Der Mittlere reagierte zuerst, griff nach hinten in seine Hose, zog eine Pistole hervor und hielt sie Luca waagerecht direkt vors Gesicht. »Was hast du mit Dino zu tun?«, bellte er ihn an.

»Nichts, ich bin nur –«

Der Junge mit den blonden kurz rasierten Haaren wartete seine Antwort nicht ab, sondern stieß ihn mit beiden Händen so hart, dass er gegen die Balustrade flog und fast darüber hinweggekippt und in die Tiefe gestürzt wäre. Luca sackte zu Boden und hob zum Schutz beide Hände über den Kopf, als er von dem Blonden am Kragen gepackt und wieder hochgezogen wurde.

»Was machen wir jetzt mit dem?«, fragte der Kräftige.

»Sag Dario Bescheid, mach schon!«, befahl der mit der Bomberjacke, der offensichtlich der Anführer des Trios war.

»Jungs, bitte –«, begann Luca, um sich zu erklären, und hob die Hände.

»Schnauze!«, schrie der Anführer, und der Blonde schlug von der Seite mit dem Ellbogen zu.

Luca wurde schwarz vor Augen, seine Beine sackten unter ihm weg. Als er wieder zu sich kam, standen die beiden über ihm und zogen gerade seinen Personalausweis aus seinem Portemonnaie.

»Habt ihr's?«, fragte der Kräftige mit dem Handy am Ohr.

»Luca Spinelli, wohnt in Pieve in Brescia.« Er sprach das aus, als läge der Ort in einem weit entfernten, ihm unbekannten Land. »Und er ist kein Bulle.«

»Bringt ihn ins Loch«, hörte Luca eine dumpfe Stimme sagen, und der Junge beendete das Gespräch.

»Los, hoch mit dir«, befahl er und fuchtelte mit der Waffe herum.

Luca rappelte sich auf und wurde in Richtung des Gangendes gestoßen. Die Fenster der letzten Wohnung auf der rechten Seite waren mit Ziegelsteinen notdürftig zugemauert worden. Dorthin brachten ihn die drei, in ein vollkommen dunkles, entkerntes Ein-Zimmer-Apartment. Der Kräftige schaltete einen Bauscheinwerfer an, der in einer Ecke des Raums am Boden stand, und die Tür wurde geschlossen. Das einzige Möbelstück befand sich in der Mitte des Zimmers. Es war ein einfacher Holzstuhl, an dessen Armlehne und Beinen Reste von Gaffer Tape klebten.

»Hinsetzen!«, befahl der Anführer und drängte ihn grob auf den Stuhl zu.

Luca setzte sich und erkannte am Boden zwischen seinen Füßen Blutflecke. Jetzt stieg Panik in ihm auf, die ihm die Luft nahm. Er rang nach Atem und versuchte, sich zu beruhigen, indem er die Augen schloss und flacher atmete.

»Ja, jetzt geht dir der Stift. Das geht allen so«, lachte der Anführer.

Der Blonde kam mit einer Rolle Gaffer Tape auf ihn zu und fesselte zunächst seine Arme und dann seine Beine an den Stuhl. Luca ließ es geschehen und las die gesprayten oder einfach nur mit Edding gekritzelten Botschaften an den nackten Wänden. »Das Leben ist Droge«, »Ich schwimme in Drogen und ertrinke glücklich«, stand dort zu lesen, »Wir sind Scampia, und Scampia ist die Welt«, »Tötet alle Carabinieri, tötet sie und spießt sie auf. Ihr Blut für unseres!«, »Wir sind euch egal, aber wir scheißen auf euch und spucken auf eure Gräber!«.

Luca hörte, wie die Wohnungstür aufsprang, Licht drang in den Flur. Ein mächtiger Schatten erschien im Türrahmen und trat ein. Das musste Dario sein. Der Schritt des Mannes war gemächlich und schwer, seine Umrisse massig und muskulös. Er kam näher, ohne ein Wort zu sagen. Seine Arme waren weit vom Körper abgewinkelt. Er trug ein violettes Oberhemd aus Seide, dessen Ärmel fehlten und das seine aufgepumpten Arme mit ausufernden Tattoos zur Schau stellte. Ein tiefschwarzer, fein säuberlich geschnittener Vollbart zierte sein gebräuntes Gesicht. Seine Augen wurden von einer Sonnenbrille mit goldenem Gestell verdeckt.

Der Anführer der Jungenbande reichte ihm Lucas Ausweis, den er kurz prüfte und dann wegwarf. Er kam näher und blieb schließlich so dicht vor Luca stehen, dass ihre Beine sich fast berührten.

»Dino Giuliani«, sagte er mit einer unglaublich tiefen Stimme, die eher an ein Knurren erinnerte.

Lucas Herz schlug pochend, und es rauschte in seinen Ohren.

»Wer sucht ihn?«, fragte Dario.

Luca war unsicher, was er antworten sollte. Seinen Namen hatte Dario doch bereits in seinem Ausweis gelesen.

»Ich, ich suche ihn«, bekräftigte er.

»Entweder du sagst mir, von wem du kommst, oder du wirst gleich deine eigenen Eier fressen dürfen.«

»Ich komme von niemandem –«

Klatschend landete Darios Pranke in seinem Gesicht und drückte zu. Luca dachte, dass er ihm den Kiefer zerquetschen würde.

»Welcher Clan, mein Freund, oder du musst die Hosen runterlassen.«

Luca schüttelte panisch den Kopf.

»Oder haben die Nigerianer ein Weißbrot geschickt?«, lästerte Dario und lachte. Die Jungs fielen mit ein, und sein Griff löste sich.

»Ich bin ein Freund«, presste Luca schnell heraus.

»Ein Freund? Von Dino? Ich kenne Dinos Freunde«, sagte Dario und beugte sich zu Luca herunter, »und du bist mit Sicherheit keiner von ihnen.«

»Nein, von früher, aus Tiarno. Wir waren Nachbarn.«

Die Jungen warfen Dario fragende Blicke zu.

»Dino war nicht von hier«, erklärte er ihnen leise und blickte wieder zu Luca. »Warum solltest du dann aus Tiarno hierherkommen, he?«

»Weil sein Vater tot ist. Ich dachte, er will das wissen.«

Dario stand eine Weile reglos da und sah Luca an. Dann nahm er seine Brille ab und musterte ihn aufmerksam. In seinem linken Augenwinkel hing eine tätowierte Träne. »Letzte Möglichkeit, die Wahrheit zu sagen, Nigger«, sagte er schließlich düster, griff nach hinten und zog seine Waffe aus dem Gürtel.

»Das *ist* die Wahrheit!«, rief Luca.

Dario drückte ihm die Waffe auf die Stirn. Luca spürte den kalten Stahl und das Gewicht der Waffe.

»Ich hab den Vater gefunden. Er ist tot, er ist …« Luca sah mit weit aufgerissenen Augen, wie sich Darios Zeigefinger krümmte. Er konnte sogar den winzigen tätowierten Schriftzug zwischen dem ersten und zweiten Fingerglied entziffern, während Dario den Abzug drückte. Das Wort lautete »Trigger«, englisch für »Abzug«. Luca vernahm und spürte das metallische Klicken, kniff die Augen zusammen und hörte auf zu atmen.

Er hatte das Gefühl zu fallen. Etwas zog ihn unweigerlich nach hinten. Gleich würde er rücklings auf den Boden prallen und mit einem Loch in seiner Stirn dem nackten Beton einen neuen Blutfleck hinzufügen. Er wollte nach etwas greifen, um sich festzuhalten, doch seine Hände waren gefesselt. Er öffnete die Augen wieder und sah wie in Zeitlupe die Mündung der Waffe vor sich. Das schwarze Loch, es schwebte vor seinem Gesicht, und er dachte: Es muss rauchen. Es muss rauchen, sonst ist kein Schuss gefallen. Aber da war kein Rauch.

»Der Wichser könnte die Wahrheit sagen«, hörte er Dario sagen. Dann hallte ein Lachen von mehreren Stimmen durch den kleinen Raum.

Luca glotzte Dario und die drei Jungen verzweifelt an. Die zeigten mit dem Finger auf ihn und bogen sich vor Lachen. Dario stand kerzengerade, aber schmunzelnd vor ihm und steckte die Pistole zurück in den Hosenbund am Rücken.

»Dann erzähl mal. Komm, krieg dich wieder ein«, sagte Dario und gab ihm eine Ohrfeige.

Luca merkte, wie ihm das Blut aus dem Kopf wich und seine Haut und seine Lippen ganz kalt wurden.

»Dinos Vater ist tot«, brachte er heraus. »Ich hab ihn in seinem Haus gefunden.« Er fühlte sich immer schwächer und schwächer.

»Und jetzt willst du Dino hier finden, um ihm das zu sagen?« Dario glaubte ihm nicht, das war deutlich zu hören.

»Man hat ihn ermordet. Zu Tode gequält«, sagte Luca und hoffte, dass das Wirkung zeigen würde. »Ich dachte, Dino muss das wissen.«

»Wer hat ihn getötet?«, fragte Dario.

»Keine Ahnung.«

»Wie?«

»Man hat ihn bei lebendigem Leibe in Folie eingewickelt, ihm ein Luftröhrchen in den Mund gesteckt und ihn so ersticken lassen.«

Darios Blick wurde immer düsterer. »Keiner, den ich kenne, macht so was. Vielleicht waren es die Nigerianer.«

Luca wusste, dass sich die nigerianische Mafia besonders in der Gegend um Rom einen festen Platz erkämpft hatte und die alten italienischen Clans verdrängte.

»Ich weiß es nicht. Aber Dino sollte es wissen.«

»Tja, fratello, Dino war der härteste Hund, dem ich je begegnet bin«, meinte Dario. »Eine echte Legende hier in Scampia. Aber wie das mit Legenden manchmal so ist … Er lebt nicht mehr.«

»Was?«

»Er ging von hier weg als Killer. Hätte was ganz Großes werden können. Man hat ihn mit dreißig Kugeln im Leib gefunden.«

»Wann war das?«, wollte Luca wissen.

»Vor vier Jahren oder noch länger. Seinen Vater wird er nicht mehr rächen können.«

Luca überlegte, ob das das Werk von Pasquale gewesen sein könnte. Vor vier Jahren, das war, als sie sich kennenlernten.

»Weiß man, wer es gewesen ist?«

»Es ist immer ein anderer Clan. Manchmal prahlen sie damit. In dem Fall hat sich niemand getraut, es an die große Glocke zu hängen. Sonst wäre ein Krieg losgebrochen. Aber man wird es noch rausfinden, glaub mir. Der Kerl läuft irgendwo da draußen herum und ist jetzt schon ein toter Mann.«

»Wissen Sie etwas über seine Schwester?«, fragte Luca.

»Die hatte er bei seiner Tante gelassen. Sie war nicht ganz richtig im Kopf …« Er machte eine kreisende Handbewegung an seiner Schläfe.

»Da war ich schon. Sie hat sie angeblich zurück zum Vater geschickt. Aber niemand hat sie seitdem dort gesehen.«

»Und wenn schon. Gut für dich. Wenn alle tot sind, kann's dir doch egal sein. Tutto finito, basta«, sagte Dario und tat so, als putzte er sich Schmutz von den Händen. Dann drehte er sich zu den Jungen um. »Schneidet ihn los und schmeißt ihn hier raus.«

Er ging, ohne sich noch einmal umzudrehen.

Der Blonde ließ ein Springmesser aufschnappen und schnitt Lucas Fesseln auf.

»Und jetzt verpiss dich, Wichser«, zischte er und schlug Luca auf den Hinterkopf. Seine beiden Freunde lachten.

Luca stellte sich auf die Beine und merkte, wie schwach sie waren. Sein T-Shirt und seine Hose waren nass geschwitzt.

»Na los, dai, dai!«, rief der Anführer.

Luca taumelte förmlich zum Ausgang des »Lochs«, wie sie es nannten, und als er hinaus auf den schmutzigen Mittelgang trat, war er sich sicher, dass nicht viele so glimpflich aus dieser Wohnung gekommen waren wie er.

NEUN

Regina schlich die Treppe hinunter, am Zimmer ihrer Tante vorbei, in dem das Baby weinte, bis ins Erdgeschoss. Hier saßen ihre beiden Cousins auf dem Sofa vor dem Fernseher und sahen sich eine Zeichentrickserie mit fliegenden Robotern an. Sie bemerkten Regina gar nicht, die zum Waschbecken ging und sich ein Glas Wasser aus dem Hahn eingoss.

Das Geschrei des Babys in der oberen Etage wurde immer lauter und lauter. Müde und entnervt von den ohrenbetäubenden Geräuschen in diesem Haus ging sie nach oben, öffnete die Tür zum Schlafzimmer ihrer Tante und sah diese vollkommen weggetreten auf dem Bett liegen, obwohl das Baby wie am Spieß kreischte. Es lag auf einer einfachen Schaumstoffmatratze ohne Decke, nur in seinem Strampler, und zappelte wild mit Armen und Beinen. Im Raum stank es nach Alkohol. Valeria hatte nicht nur eine stetige Fahne, sie dünstete den Alkohol auch mit jeder Pore aus, wenn sie schwitzte. Auf dem Nachttisch stand eine Wodkaflasche, in der nur noch eine Pfütze übrig geblieben war. In der halb geöffneten Schublade lag eine weitere leere Flasche.

Regina nahm das Baby auf den Arm und bedachte ihre Tante mit einem verächtlichen Blick, bevor sie das Schlafzimmer wieder verließ.

Unten in der Küche bereitete sie dem Säugling eine Milchflasche zu und trug ihn dabei auf dem Arm. Die Jungen saßen wie versteinert vor dem Fernsehgerät und fühlten sich durch das Geschrei, das sich nun in die Küche verlagert hatte, anscheinend nicht im Geringsten gestört.

Sie setzte sich mit Pina, ihrer kleinen Cousine, an den Küchentisch und gab ihr die lang ersehnte Flasche. Das völlig verschwitzte Baby trank gierig und geräuschvoll. Plötzlich sprang die Haustür auf, und Dino kam herein. Er war wütend, die Lippen zusammengekniffen und der Kiefer angespannt, Feuer glomm in seinen Augen. Er stockte, als er sie dort mit dem Kind im Arm sitzen sah. Regina sah ihn an und wusste, dass er eine Entscheidung getroffen hatte, dass nun gleich irgendetwas passieren würde, das zwangsläufig auch sie betraf.

Dino eilte an ihr vorbei und lief in die obere Etage. Sie hörte, wie er seine Zimmertür aufriss und dann den Reißverschluss seiner Sporttasche. Er packte seine Sachen, alles, was er hatte und in die eine Tasche hineinbekam. Aber anscheinend hatte Valeria das bemerkt, oder sie war aufgewacht, weil das Baby nicht mehr schrie. Jedenfalls hörte Regina ihre Tür quietschen und vernahm kurze Zeit später ihre krächzende, von Alkohol und Zigaretten gequälte Stimme.

»Was tust du da?«

»Wonach sieht's denn aus?«, blaffte Dino und knallte die Schranktür zu.

»Was willst du machen? Einfach abhauen? Wohin willst du gehen? Ist das der Dank dafür, dass ich dich und deine kranke Schwester bei mir aufgenommen habe?«, kreischte sie.

»Halt's Maul«, drohte er.

»Du verbietest mir nicht den Mund in meinem eigenen Haus, du undankbarer Bastard!«

»Halt die Schnauze oder, ich schwöre, ich schlag sie dir zu Brei«, warnte Dino sie.

»Ach ja, ist es das, was du in diesem Laden lernst? Wie man Frauen schlägt?«

»Geh mir aus dem Weg!«

Regina sah zu den Jungs, ob sie den Streit überhaupt mitbekamen. An ihren Gesichtern erkannte sie, dass sie zwar zum Fernseher schauten, aber sehr wohl hörten, was oben vor sich ging.

»Wo willst du hin?«

»Das geht dich nichts mehr an.«

»Und dein Vater? Was soll ich dem erzählen?«

»Ist mir egal. Geh mir aus dem Weg.«

»Du kleiner, verschissener Verlierer«, lallte Valeria und lachte. Es gab einen lauten Knall. Dann war es mit einem Mal still. Regina dachte, dass ihr Bruder Valeria erschlagen hatte. Sie vernahm seine Schritte auf der Treppe, gleich darauf erschien er in der Küche. Mit seinem wilden Blick sah er sie ein letztes Mal an. Sie wusste, dass es das letzte Mal war, irgendetwas sagte ihr das. Er blutete an der Hand, in der er seine Tasche hielt. Und nach kurzem Zögern rannte er hinaus.

Die beiden Jungen auf dem Sofa drehten sich ängstlich zu ihr um. Sie musste nachschauen, was geschehen war. Ob Valeria etwas zugestoßen war.

Sie legte das Baby auf das Sofa und sicherte es mit einem Kissen, bevor sie hochging. Die Zimmertür stand offen. Vorsichtig lugte sie um die Ecke und sah ihre Tante am Boden vor dem Kleiderschrank sitzen. Sie starrte verloren ins Nichts, aber sie blutete nicht. Über ihrem Kopf klaffte ein großes Loch in der Tür des Kleiderschranks.

Regina ließ sie dort sitzen und ging zurück in die Küche.

»Alles in Ordnung«, sagte sie, und die Jungen widmeten sich wieder ihrer Fernsehsendung. Das Baby war erschöpft eingeschlafen. Regina nahm das Fläschchen vom Tisch, wusch es ab und stellte es in den Hängeschrank. Auch dort waren Schnapsflaschen von Valeria untergebracht. In jedem Schrank war irgendwo eine Flasche versteckt. Sie standen überall. Sogar in den Zwischenräumen der Sofapolster steckten sie.

Einen Moment lang überlegte Regina noch, ob sie es wirklich tun sollte, dann holte sie alle Flaschen, die sie finden konnte, und entleerte sie in die Spüle. Zwölf Flaschen standen am Ende auf der Anrichte, und das war nur die Reserve aus dem Erdgeschoss.

Es war eindeutig. Der heutige Tag würde ihr Leben verändern. So wie die Begegnung mit Pasquale es getan hatte. Sie setzte sich auf den Küchenstuhl und wartete.

Valeria kam so leise die Treppe herunter, dass man sie bei den Fernsehgeräuschen beinah nicht gehört hätte. Sie klammerte sich an den Türrahmen und blickte mit verlaufenem Kajal ins Wohnzimmer zu ihren Kindern und schließlich zu Regina. Sie schwieg, denn es war bereits alles gesagt. Dino hatte sie verlassen, sie alle. Valeria gab sich einen Ruck und kam in die Küche. Als sie die leeren Schnapsflaschen neben der Spüle entdeckte, froren ihre Bewegungen ein. Röchelnd zog sie die Luft ein und drehte sich zu Regina um. Ihre Augen waren wie wahnsinnig aufgerissen, ihr Mund vor ungläubigem Staunen geöffnet.

»Was hast du gemacht?«, hauchte sie, und Regina roch ihren hochprozentigen Atem.

Sie blieb starr sitzen und sah ihr in die Augen.

»Was hast du gemacht?«, wiederholte Valeria und kam näher, die Handflächen erhoben.

Sie schlug zu, was Regina jedoch erwartet hatte. Sie nahm den Schlag hin, ohne einen Ton von sich zu geben, und sah ihre Tante nur wieder unverwandt an. Es folgte ein zweiter, heftigerer Schlag, dass es laut knallte. Aber Reginas Blick blieb fest. Auf ihrer Wange spross der rote Abdruck von Valerias Hand.

»Du Missgeburt«, krächzte Valeria und begann bitterlich zu weinen. »Ich verfluche dich! Du bist hier nicht mehr willkommen!«, schrie sie und packte Regina an den Haaren. »Ins Auto mit dir! Ins Auto, sofort!« Sie wischte sich mit dem Handrücken über die Augen.

Regina tat alles, was ihre Tante ihr befahl. Sie setzte sich ins Auto, sie redete nicht während der Fahrt, und sie wartete geduldig im Bahnhof, bis Valeria mit der Fahrkarte zurückkam und sie ihr in die Hände drückte.

»Ich rufe deinen Vater an. Du steigst in Bologna um und bist um achtzehn Uhr fünfundzwanzig in Desenzano. Hast du das verstanden?«

Regina nickte kaum merklich.

»Ich will dich nie wieder sehen«, sagte Valeria und ging.

Regina las sich die Verbindung auf der Karte durch und sah auf die Uhr. Es blieb ihr nicht mehr viel Zeit, sie musste den richtigen Bahnsteig suchen.

Ihr Zug ging von Gleis zwei. Eine Sitzplatzreservierung hatte sie nicht. Sie setzte sich in den letzten Waggon und hoffte, dass nicht mehr so viele Menschen einstiegen. Sie blickte aus dem Fenster, als sich der Zug mit einem Ruckeln in Bewegung setzte, blickte auf diese riesig wirkende, ihr immer noch völlig fremde Stadt, die nun an ihr vorbeizog. Jetzt, wo sie sie verlassen musste, gestand sie sich ein, dass sie sich auf zu Hause freute, auf das Haus, auf die Alm, den Berg, die Tiere. Es fehlte nur Dino. Ihr Vater würde sehr, sehr wütend sein, wenn er erfuhr, dass er fortgegangen war. Und er würde ihr, Regina, die Schuld geben. Es erwartete sie kein schöner Empfang.

Das, was eigentlich so etwas wie ein rettendes Exil hätte sein können, war es nie wirklich geworden. Sie hatte sich stets fremd gefühlt, so wie sie sich aber allem und jedem gegenüber fremd fühlte. Mit einer Ausnahme. Wenn sie an ihn dachte, hüpfte ihr Herz. Pasquale war noch dort. Er wohnte bestimmt immer noch in dem Haus nebenan, ging immer noch zur Schule und half seinem Vater auf dem Hof. Ihn wiederzusehen, war die größte Freude, die sie in ihrem kleinen, eingesperrten Herzen empfinden konnte. Nun gab es Dino nicht mehr. Vielleicht war das die Chance, ihn öfter zu sehen. Aber nur, wenn es ihr Vater zuließ.

Sie fragte sich, wie Pasquale sich im letzten Jahr verändert hatte. Ob er sehr groß geworden war, seine Haare länger, sein Gesicht erwachsener? Tränen schossen ihr in die Augen und kullerten über ihre blassen Wangen, um auf dem schwarzen Stoff ihres Kleides zu landen. Sie schloss die Augen und hoffte mit aller Kraft, dass er sie noch liebte, dass er kein anderes Mädchen gefunden hatte. Völlig erschöpft nach diesem Morgen, nach diesem Tag und dem ganzen letzten Jahr schlief sie ein und erwachte, als die Sonne ihr heiß ins Gesicht schien. Nach anfänglichem Blinzeln bemerkte sie, dass ihr Abteil mit zwei Frauen und einem Mann besetzt war. Die Dame, die ihr gegenübersaß, war eine Italienerin mittleren Alters mit einem Sonnenhut und einem blau-weißen Kleid, das sie bestimmt aus einem schönen Anlass angezogen hatte, dachte Regina. Neben ihr saß eine Touristin, entweder aus Deutschland oder England, vermutete sie. Der Mann der Frau schlief mit dem Kopf gegen das Fensterglas der Abteiltür gelehnt. Er sah mit seiner Hakennase ein bisschen aus wie ein Vogel, und die schwarzen Locken wippten im Takt der Bahn. *Tack-tack, tack-tack, tacktack.*

Regina versuchte, an der Landschaft zu erkennen, wo sie sich ungefähr befanden, konnte aber keinen Orientierungspunkt ausmachen. Auch wie spät es war, konnte sie nicht sagen. Sie hätte nur eine halbe oder auch drei Stunden geschlafen haben können.

»Bist du ganz allein?«, fragte die Italienerin ihr gegenüber.

Regina nickte.

»Madonna! Wo musst du hin?«

Regina senkte den Blick und antwortete nicht.

»Bologna?«

Regina nickte.

Die Dame kramte in ihrer großen Handtasche und holte eine kleine Flasche Orangensaft heraus, die sie vor Regina auf das Tischchen stellte.

Regina nickte dankbar.

»Wer lässt denn ein Kind in diesem Alter ganz allein so weit fahren?«, fragte sie an die zweite Dame gewandt, die aufblickte, aber offensichtlich kein Wort verstanden hatte. Ihr Mann schlief weiterhin tief und fest.

Die italienische Dame in dem schönen Kleid stieg in Florenz aus dem Zug und zwinkerte Regina zum Abschied zu. An ihrer Stelle nahm ein hagerer, krank aussehender Mann auf der anderen Seite des Tisches Platz, der kaum, dass er saß, ein Buch mit dem Titel »Der Steppenwolf« aufschlug. Während des Halts war auch der Ehemann der Touristin aufgewacht und holte sich etwas Proviant aus einer Umhängetasche in Form einer mit Kaffee gefüllten Thermoskanne und eines Apfels. Ein paar Minuten lang waren nur noch seine Abbeiß- und Kaugeräusche in dem Abteil zu hören, was Regina selbst hungrig werden ließ.

Als der Zug langsamer wurde und allmählich die ersten Wohngebiete von Bologna am Fenster vorbeiglitten, machten sich alle in ihrem Abteil daran, ihre Sachen zu packen. Regina stellte dabei fest, dass das Ehepaar neben ihr gar kein Ehepaar war. Der Mann sprach wie sie italienisch. Er half der Dame, ihr Gepäck aus der Ablage über ihren Köpfen zu heben. Regina nahm die Flasche Orangensaft an sich, die sie immer noch nicht angerührt hatte, und wartete, bis alle anderen das Abteil verlassen hatten. Dann huschte sie als letzte Passagierin hinaus und stieg aus dem Waggon auf den Bahnsteig Nummer 4 von Bologna. Ihr Anschlusszug ging von Gleis 1. Aber sie hatte noch elf Minuten Zeit, dorthin zu gelangen.

Sie folgte dem Menschenstrom in Richtung Halle und suchte dort nach Schildern zum Gleis 1. Ein paar Meter entfernt hörte sie ein lautes Lachen, und als sie sich orientiert hatte, stand plötzlich ein Junge vor ihr. Er war einen Kopf größer als sie und mochte sechzehn sein. Feixend blickte er sich zu seinen zwei Freunden um.

»Ciao!«, sagte er laut und lächelte künstlich.

Regina blinzelte nur.

»Bist du eine Nonne?«, fragte er und musste kichern. Seine Freunde bogen sich vor Lachen.

Regina blieb artig stehen und sah den Jungen nur an.

»Nein? Oder doch? Was hast du da?« Er berührte sie mit seinem Finger an der Hand, die den Saft hielt. »Ist das Weihwasser?«

Wieder kicherte er.

»Gib ihn mir. Dann kannst du weitergehen«, sagte er auf einmal ganz ernst.

Regina wusste nicht, was sie tun sollte. Es war ihr einziger Proviant, und sie war der Frau sehr dankbar dafür gewesen.

»Los, gib ihn mir!«, befahl er und streckte fordernd seine Hand aus.

Sie gab nach und reichte ihm die Flasche. So war sie ihn wenigstens los und würde kein Aufsehen verursachen.

»Okay. Und jetzt … deine Karte.«

Reginas Augen weiteten sich. Sie nahm all ihren Mut zusammen und schüttelte den Kopf.

»Was?«, fragte er und kam drohend näher. »Deine Karte!« Sie blickte hinunter zu ihrer anderen Hand, die das Billett umklammerte. Der Junge packte sie grob am Handgelenk, verdrehte ihren Arm und entriss es ihr.

»Hätt'st es mal besser gleich gemacht«, meinte er, grinste bösartig und wedelte mit dem Ticket in der Luft herum. »Ciao! Geh nach Hause ins Kloster!«

Seine Freunde lachten schallend und klatschten mit ihm ab. Dann machten sie kehrt und verschwanden miteinander redend und gestikulierend.

Regina stand völlig verloren inmitten des Bahnhofs, inmitten der Menschenmenge und hatte nichts mehr. Kein Geld, kein Ticket, keine Möglichkeit, ihren Vater anzurufen. Sie war ganz allein in einer fremden Stadt, Hunderte Kilometer von ihrem Zuhause entfernt.

***

Als Luca im Flugzeug zurück nach Mailand saß, kamen ihm die Geschehnisse in Neapel wie ein Traum vor, den er während seines Fluges gehabt hatte. Diese Welt und seine eigene passten so wenig zusammen, dass nur seine jetzt noch real erschien. Aber das war ein Trugschluss. Beide existierten nebeneinander, und er musste mit der bitteren Wahrheit leben, dass Dino Giuliani tot war. Auch Dino war einem Mord zum Opfer gefallen, was für jemanden, der für die Mafia gearbeitet hatte, allerdings nichts Besonderes war. Die Tatsache jedoch, dass sich kein Clan damit gerühmt hatte, ihn beseitigt zu haben, war es sehr wohl.

Er fragte sich, wie gut er Pasquale eigentlich kannte, und musste sich eingestehen, dass die wenigen Jahre ihn nicht zu einem so engen Freund gemacht hatten, dass er Pasquales komplette Persönlichkeit einschätzen könnte. Er war nur mit der Spitze des Eisbergs seiner Person vertraut, mit dem Teil, der sein Leben der Polizeiarbeit gewidmet hatte, wie er glaubte. Doch das konnte eine Maskerade gewesen sein für den anderen Pasquale, der jahrelang, womöglich über Jahrzehnte, ein ganz bestimmtes Ziel verfolgt hatte.

Erst in diesem Moment fiel ihm siedend heiß ein, und er wäre am liebsten auf der Stelle wieder umgekehrt, dass es, wenn Pasquale alle bestrafen wollte, die seiner Jugendliebe etwas angetan hatten, und Vater und Bruder bereits dafür hatte büßen lassen, mehr als wahrscheinlich war, dass sich Valeria Grossi ebenfalls in Gefahr befand. Sie hatte sich zwar gezwungenermaßen ihrer Nichte angenommen, doch Luca glaubte, dass in diesem Haushalt nicht viel Zuneigung und Verständnis für das Mädchen geherrscht hatten. Die Tante wusste ja bis heute nicht, ob ihre Nichte sicher bei dem Vater angekommen war.

Er nahm sich vor, Valeria Grossi noch heute, am besten gleich nach seiner Ankunft, anzurufen und sie in welcher Weise auch immer zu warnen. Außerdem hatte er noch eine zweite Sache vor. Die Dringlichkeit, Pasquale so schnell wie möglich zu finden, nahm immer mehr zu, und er war gezwungen, schnell zu handeln. Pasquales Ex-Frau lebte mit ihrem neuen Mann und zwei oder drei Kindern in einem Vorort von Verona. Luca würde sie noch heute besuchen. Vielleicht wusste sie mehr über Pasquale zu erzählen, als er ahnte, oder hatte sogar eine Idee, wo er sich aufhalten könnte.

Renata Schiavone wohnte in Bassone in der Via Ca' dell' Albera in einem hübschen Einfamilienhaus mit großem Garten. Luca erreichte die Adresse nach etwas mehr als zwei Stunden Autofahrt. Er hatte sich nicht angekündigt, es war also Glückssache, ob sie zu Hause war oder überhaupt mit ihm sprechen wollte. Er klingelte an der überdachten Gartentür, die in zwei gemauerte Säulen eingelassen war. Eine kleine Kameralinse schaute ihn aus dem metallenen Paneel heraus an. Im Carport neben dem Haus stand ein weißer Audi A4, und er vernahm Stimmen aus einer geöffneten Terrassentür.

»Ja bitte?«, erklang eine blecherne weibliche Stimme aus der Gegensprechanlage.

»Buonasera, mein Name ist Luca Spinelli. Ich bin ein Freund von Pasquale Vialli und ...« Luca überlegte, wie er es am besten formulieren sollte. »Könnte ich Sie bitte kurz sprechen? Es geht um Pasquale.«

Luca wartete vergeblich auf eine Antwort. Er blickte zum Haus, um sich zu zeigen und damit vielleicht seine ehrlichen Absichten zu erklären. Dann, als er kaum noch damit rechnete, erklang ein Summer, und er drückte das eiserne Tor auf.

Er ging über einen gepflegten Steinweg auf das Haus zu. Auf dem Rasen lagen versprengt Kinderspielzeuge, Schaufeln, Wasserpistolen, Hockeyschläger und Bälle herum. Kurz bevor er die Haustür erreichte, wurde sie geöffnet, und Renata empfing ihn mit besorgtem Blick und einem nervösen Lächeln.

»Buonasera«, sagte sie. »Luca Spinelli?«

»Genau.«

»Pasquale hat mir von Ihnen erzählt.«

»Ach ja?« Das überraschte Luca, denn er dachte, Pasquale hätte keinen Kontakt mehr mit ihr.

»Kommen Sie rein.«

Luca folgte ihr durch einen kurzen Flur in ein großes, offenes Wohnzimmer, das von einem Schrägdach mit sehr schönen Sichtholzbalken überdacht war und auf die breite Terrasse hinausging. Von dort kamen ihnen zwei Kinder entgegengerannt, die draußen mit ihren Eltern zu Abend gegessen hatten.

»Wer ist das, Mami?«, rief das Mädchen. Sie mochte fünf Jahre alt sein. Ihr kleinerer Bruder lief wie an der Schnur gezogen hinter ihr her und knallte von hinten gegen sie, als sie stehen blieb.

»Das ist ein Freund«, erklärte Renata zögerlich.

»Ciao, ich bin Luca«, stellte er sich vor.

»Luca, Luca«, rief der Kleine und klatschte in die Hände.
Jetzt kam auch der Vater hinzu, dem man ebenfalls ansah,
dass er diesen Besuch nicht erwartet hatte.

»Hallo, ich bin Gonzales«, sagte er, und sie schüttelten sich
die Hand. Luca schätzte, dass er Mexikaner war. Er sprach
aber völlig akzentfrei.

»Das ist mein Mann«, ergänzte Renata und sah Gonzales
dabei hilfesuchend an.

»Ich geh mit den Kindern mal wieder nach draußen, sie
müssen noch aufessen.« Er schob die beiden an den Schultern
zurück in Richtung Terrasse.

»Alles klar. Guten Appetit«, wünschte Luca und winkte
den beiden.

»Attepit, Attepit«, rief der Kleine und sprang galoppierend
hinaus.

»Sehr niedlich, die beiden«, sagte Luca zu Renata.

»Wollen wir uns setzen?« Sie bot ihm einen Platz auf dem
großen Sofa an.

»Sie fragen sich sicher, warum ich hier einfach so bei Ihnen
auftauche«, begann Luca. »Es tut mir leid, ich wollte Sie nicht
beunruhigen.«

»Ein wenig beunruhigt bin ich schon«, entgegnete sie und
rieb sich die Hände.

»Ich bin hier, weil ich mir ein paar Hinweise von Ihnen
erhoffe. Pasquale ist seit einigen Tagen verschwunden. Und
weder ich noch seine Kollegen wissen, wo er sich aufhält.«

Ihre Mundwinkel sanken herab, und ihre hübschen, freund-
lichen Augen verdunkelten sich.

»Da wir ihn auch nicht übers Handy erreichen oder es orten
können, müssen wir davon ausgehen, dass ihm etwas zugestoßen ist. Oder dass er … wie ich es eher vermute, abgetaucht
ist.«

Sie atmete tief ein und versuchte, sich zu sammeln.

»Genau deswegen habe ich die Trennung gewollt«, sagte
sie. »Diese ständige Angst, dass ihm etwas passieren könnte,

macht einen völlig verrückt. Aber ich habe das längst hinter mir gelassen, ich habe mir ein neues Leben aufgebaut.«

»Ich weiß, Signora ...«

»Renata, bitte. Ich heiße Renata.«

»Renata«, wiederholte Luca mit ruhiger Stimme. »Ich möchte doch gar nichts in Frage stellen. Ich möchte nur wissen, was Sie mir über seine Vergangenheit erzählen können und wie Sie ihn einschätzen. Ich bin mir im Moment nicht mehr sicher, ob ich ihn gut genug kenne, um nachzuvollziehen, was passiert ist.«

»Ich verstehe nicht, was Sie meinen«, antwortete sie mit einem Blick auf ihre Familie auf der Terrasse.

»Pasquale war am Abend, bevor er verschwand, bei mir und sprach davon, dass ich doch bitte alles erledigen solle, falls ihm mal etwas zustieße. Ich wusste von seinem Safe und kenne auch die Kombination, hätte in so einem Fall also Zugriff auf das Testament, das er dort normalerweise deponiert hat. Aber als ich nachsah, fand ich Unterlagen aus alten Zeiten, die er sich besorgt hatte. Hat er Ihnen jemals von dieser Geschichte aus seiner Kindheit erzählt? Mit dem Mädchen von nebenan und deren Bruder?«

»Ich habe ihn immer wieder gefragt, ob er mir etwas verheimlicht«, begann sie zu erzählen. »Er war oft abwesend und schloss sich ein. Körperlich wie auch seelisch. Er hatte irgendwie immer mit inneren Dämonen zu kämpfen, dachte ich. Aber lange Zeit hat er nicht darüber gesprochen. Eines Tages, er war betrunken, sehr betrunken, fing er an, diese Geschichte zu erzählen und dass er sie immer noch suche. Dieses Mädchen und ihren Bruder. Es hat ihn sehr beschäftigt, schon wegen seines Vaters.«

»Wieso wegen seines Vaters?«, fragte Luca ahnungslos.

»Pasquale hat seinen Vater abgöttisch geliebt. Er war sein großes Vorbild, und die beiden waren die besten Freunde. Als er starb, brach es Pasquale das Herz, und er schwor, solange ich ihn kannte, dass dieser Nachbar seinen Vater getötet habe. Man fand ihn am Fuße eines großen Felsens. Pasquale muss gerade mal dreizehn gewesen sein. Sein Vater war gefallen und bei dem Sturz ums Leben gekommen. Aber Pasquale sagte immer, der Vater dieses Mädchens habe ihn dort runtergestoßen.«

Luca fuhr sich verstört mit der Hand durchs Gesicht. Diese Information war zwar hilfreich, aber sie bestätigte leider eine Theorie, die er sich selbst kaum eingestehen mochte.

»Der Sohn, Dino Giuliani, ist vor ungefähr vier Jahren erschossen worden«, erklärte er bedrückt. »Den Vater habe ich vor zwei Tagen tot in seinem Haus gefunden.«

Renata legte geschockt eine Hand über den Mund. Tränen glänzten in ihren Augen.

»Die Polizei hat einen Kommissar eingesetzt, der Pasquales Verschwinden aufklären soll, aber ich habe Angst, dass Pasquale sich rächen will und deshalb abgetaucht ist. So langsam verstehe ich es immer besser, aber ich will es nicht wahrhaben.«

»War er denn …?«, fragte sie mit erstickter Stimme. »Ging es ihm schlecht?«

»Eigentlich nicht, dachte ich«, sagte Luca. »Wir haben gemeinsam an zwei Fällen gearbeitet, die sehr … kräftezehrend waren.« Was ihn persönlich betraf, untertrieb er damit maßlos. Er hatte seine eigene traumatische Vergangenheit aufarbeiten müssen, und er hatte seine große Liebe verloren. Luca stockte. Vielleicht ist es das, dachte er. Vielleicht war das der Auslöser für Pasquale. Ich habe Martina verloren, und das hat ihn an seinen eigenen Verlust erinnert, an Regina.

»Was haben Sie?«, fragte Renata.

»Nichts, ich habe nur …« Er beendete den Satz nicht und blickte auf den Boden.

»Pasquale hat mir von Ihnen erzählt«, sagte Renata.

»Ja? Wann?«, wollte Luca wissen.

»Er rief mich vor ein paar Wochen an. Erst dachte ich, er wolle einfach nur ein bisschen reden, dann fing er von dem Fall an, den er gerade bearbeitete, und erzählte von Ihnen. Er war sehr besorgt um Sie. Und jetzt …« Ihr kamen die Tränen, doch sie versuchte, stark zu bleiben vor ihren Kindern, die mit ihrem Vater hinter der Glasfront saßen.

Lucas Herz wurde bleischwer in seiner Brust.

»Hat er nur über den Fall geredet?«, fragte er.

»Nein, er sagte auch, dass er ein Testament gemacht hat und dass er ja keine Verwandten mehr habe. Also habe er mich darin bedacht, auch weil er sich bei mir entschuldigen wollte, dass unsere Ehe nicht funktioniert hat. Ich sagte, ich möchte das nicht, aber er bat mich, es anzunehmen. Ich habe gar nicht verstanden, warum er es mir überhaupt erzählt hat und warum gerade jetzt. Ich fragte ihn, ob er krank sei, aber er sagte, es sei alles in Ordnung. Es sei alles in Ordnung«, wiederholte sie, und ihr Blick schweifte in die Ferne.

»Sie wissen nicht zufällig einen Ort, an dem er sich aufhalten könnte, eine Art Versteck oder ein Fleckchen Erde, das ihm wichtig ist?«

»Er sprach immer mal davon, sein Elternhaus zurückzukaufen. Aber dann ließ er es, weil es doch nur traurige Erinnerungen mit sich bringen würde.«

»Es ist jetzt ein Ferienhaus«, sagte Luca.

»Ja, schon seit vielen Jahren. Dort kann er also nicht sein. Und etwas anderes fällt mir nicht ein.«

»Hat er jemals die Tante der beiden Nachbarskinder erwähnt?«, wollte Luca wissen, um einschätzen zu können, wie gefährdet sie war.

»Doch, ja. Dass sie dort angeblich hingebracht wurden, hat er erzählt.«

»Sie waren tatsächlich da«, bestätigte Luca. »Der Junge suchte nach einem Jahr das Weite, und die Tante schickte das Mädchen nach Hause. Es ist aber vermutlich nie dort angekommen.«

»Was für Menschen tun so etwas?«, fragte sie und sah zu ihren eigenen Kindern.

»Es gibt Dinge, die Sie sich gar nicht vorstellen können«, sagte Luca abwesend. Es hatte in seinem Leben eine Zeit gegeben, in der er beinah das Opfer eines Serienmörders geworden wäre. Er hatte entkommen können, aber seine Erfahrungen hatte er mitgenommen. Sie würden ihn Tag für Tag für den Rest seines Lebens begleiten. Er hatte in einen Abgrund der menschlichen Seele geschaut, den kaum ein anderer Mensch jemals zu sehen bekam, und das hatte ihn verändert. Nicht nur, dass er seither diese unendlich tiefe Narbe in seiner Seele mit sich trug. Er glaubte auch fest daran, dass er das Böse im Menschen erkennen konnte. Es war wie eine Gabe, die er nun hatte, ob er wollte oder nicht. Auch wenn er nicht wusste, auf welche Weise oder mit welchen Sinnen er zu dieser Erkenntnis kam.

»Sie sind dazu in der Lage«, hörte er Renata weit entfernt sagen.

»Mmh?«

»Sie können sich diese Dinge vorstellen«, erklärte sie. »Deshalb hat Pasquale Sie ausgesucht.«

Luca nickte traurig. Renata hatte recht. Pasquale hatte das irgendwie erkannt und diesen ungewöhnlichen Kontakt hergestellt.

»Ich mache mir große Sorgen um ihn«, flüsterte er.

Renata beugte sich vor und legte eine Hand auf seinen Arm. »Finden Sie ihn. Halten Sie ihn auf. Ich fürchte, er hat sich vollkommen verloren«, bat sie inständig.

»Ich lasse Ihnen meine Nummer hier«, entgegnete Luca. »Wenn Ihnen noch etwas einfallen sollte, und sollte es noch so nichtig erscheinen, rufen Sie mich an.«

Sie nickte.

»Dann gehen Sie wieder zu Ihrer Familie, ich finde selbst hinaus. Vielen Dank.« Luca erhob sich und lächelte ihr aufmunternd zu. Dann ging er hinaus in die anbrechende Nacht.

Je näher er dem See kam, desto kälter wurde es. Wieder hatte sich über dem Wasser eine Nebelschicht gebildet, die mit ihren trägen Ausläufern langsam nach der Straße griff. Oben auf der Ebene angekommen, holte er schnell Belmondo ab, fiel dann wie ein Stein in sein Bett und schlief bis zum Morgengrauen.

ZEHN

Luca spürte ein leichtes Kitzeln auf seiner Hand, das ihn aus seinen Träumen riss. Er hatte mit Martina und Pasquale am Steg in Campione gesessen, und alles war gut gewesen, bis plötzlich der Nebel angekrochen kam und den Steg verschluckte und er die beiden nicht mehr sehen konnte. Er rief nach ihnen, doch seine Stimme hallte nur verloren über den See, ohne dass er eine Antwort bekam. Schritt für Schritt tastete er sich durch den Nebel bis zum Ende der Plattform und legte sich flach auf den Bauch, um ins Wasser blicken zu können. Dann rief er erneut ihre Namen, ins Wasser hinein, so als wären sie untergetaucht und könnten ihn hören.

Im nächsten Moment spürte er, wie jemand seine Beine packte und anhob, sodass er kopfüber vom Steg ins Wasser fiel. Geschockt vom Stoß und von der Kälte hier unten versuchte er, sich zu fangen, und ruderte mit den Armen, bis er eine Rolle gemacht hatte und nach oben schauen konnte. Über ihm, am Rande des Stegs, stand eine Person mit in die Hüfte gestemmten Fäusten und lachte und lachte. Selbst hier unten im eiskalten Wasser fuhr Luca noch ein Schauer über den Rücken, denn die Person trug einen Imkeranzug, und ihr Gesicht war unter dem Schutznetz nicht zu erkennen.

Luca wusste, dass ihm nur zwei Möglichkeiten blieben. Entweder hier unten zu bleiben oder an die Oberfläche zu tauchen, wo ihn diese lachende Kreatur im Imkerkostüm erwartete. Was wäre das größere Übel?

Das Kitzeln auf der Hand ließ ihn aufwachen, und er erkannte eine Biene auf seinem Handrücken. Eilig schüttelte er sie ab, ehe er sich in seinem Bett aufsetzte. Belmondo blickte ihn verwundert an und folgte dann dem Flug der Biene durchs Zimmer beim Versuch, nach ihr zu schnappen.

»Lass sie. Sie sticht dich nur.«

Er stand auf und öffnete die Tür, durch die augenblicklich ein Schwall Kälte in die Hütte spülte. Die Biene fand den Ausgang und verschwand in Richtung von Massimos Haus.

Nachdem Luca sich angezogen hatte, ging er mit Belmondo spazieren. Heute brauchte er Pullover und eine Jacke, um nicht zu frieren. Sie gingen hinunter zu der grünen Schlucht, die sich zwischen zwei Plateaus wie eine gigantische Kerbe durch den Berg zog. Sie war dicht bewaldet, und ganz unten wand sich ein Fluss durch den Fels. Hier nahm Luca nicht den Rundweg, der sie bis hinauf nach Pregasio, in die Nähe seiner alten Wohnung, geführt hätte, sondern kehrte wieder um. Kurz bevor sie das Ende des Waldstücks erreichten, sah er etwa dreißig Meter voraus Commissario Bruto stehen. In seinem knittrigen Jackett mit der altmodischen Krawatte wirkte er in dieser Umgebung wie ein Fremdkörper, wie ein Mann im Imkeranzug am Steg des Gardasees. Luca wusste gleich, dass das nichts Gutes zu bedeuten hatte.

»Buongiorno, Signor Spinelli«, grüßte Bruto schon von Weitem.

»Buongiorno. Was gibt es?«, fragte Luca.

»Ein kleiner Junge sagte mir, dass Sie wahrscheinlich hier mit dem Hund unterwegs seien«, erklärte er sein Auftauchen. »Ich würde gern noch mal mit Ihnen über den Fall sprechen. Es haben sich neue Fakten ergeben.«

»Natürlich.«

»Darf ich Sie ein Stück begleiten?«, fragte der Kommissar.

»Es gibt nur diesen Weg zurück«, sagte Luca. »Haben Sie einen neuen Anhaltspunkt?«

»Nun ja.« Bruto drehte sich um, und sie gingen nebeneinander den Weg entlang. Belmondo lief vorweg, sah sich aber öfter um, als er es für gewöhnlich tat. »Die Leiche oder das, was von ihr übrig war, ist obduziert und kriminaltechnisch untersucht worden. Auf dem Zellophan hat man Haare von drei verschiedenen Personen entdeckt. Einmal vom Opfer, was nicht weiter verwunderlich ist, außerdem von einer unbekannten Person und schließlich ein Haar, das von Pasquale Vialli stammt. Als Beamter, der an Tatorten agiert, war seine DNA gespeichert.«

Das war also der letzte Stein in diesem trostlosen Mosaik. Und nun war es auch offiziell. Pasquale war von einem Vermissten zu einem Gesuchten, zu einem Verdächtigen in einem Mordfall geworden.

»Sie wirken nicht sehr überrascht«, meinte Bruto.

»Ich … Keine Ahnung, was ich dachte. Aber tatsächlich hatte ich Angst, dass er …« Er konnte den Satz nicht beenden, erst recht nicht Bruto gegenüber.

»Signor Spinelli, man hat mich ein wenig aufgeklärt, was Ihre Zusammenarbeit mit Commissario Vialli betrifft, und ich habe mir Gedanken gemacht.« Er blickte Luca nun direkt an. »Auch wenn es mir anfänglich nicht ganz gefallen hat, möchte ich Sie bitten, wieder als Berater für die Polizei Riva tätig zu werden. Ich bin mir mit meinem Kollegen Fabio einig, dass Sie uns in diesem Fall am besten weiterhelfen können. Was sagen Sie?«

Luca fühlte sich ein wenig überfahren. Mit einem solchen Angebot hatte er am wenigsten gerechnet. Und es verstärkte sein Misstrauen gegenüber Bruto. Was hatte den Kommissar zu diesem Schritt veranlasst? Die Informationen, die Luca von Franco über ihn erhalten hatte, blinkten wie Warnlampen vor seinem inneren Auge auf. Andererseits war es eine gute Gelegenheit, um einen ungefilterten Einblick in die Ermittlungen zu bekommen. Was er bis jetzt rausgefunden hatte, könnte er so lange zurückhalten, wie er musste. Denn bei allen Indizien gegen Pasquale war sein erster Gedanke immer noch, ihm zu helfen. Auch wenn er ihn vor sich selbst schützen musste.

»Ich bin mir nicht sicher, ob ich helfen kann«, antwortete er vorsichtig. »Schließlich bin ich als sein Freund in gewisser Hinsicht befangen.«

»Genau aus diesem Grund wollen wir Sie dabeihaben. Weil Sie ihn so gut kennen.« Bruto griff in die Innentasche seiner

Jacke und zog eine Karte hervor. »Ich habe sogar schon Ihren Ausweis ausstellen lassen, damit wir keine Zeit verlieren.« Er stoppte und hielt ihn zwischen zwei Fingern vor Lucas Gesicht. Der streckte nur zögerlich die Hand danach aus, nahm ihn aber schließlich entgegen. Er wusste nicht, worauf er sich einließ, aber er wollte es riskieren.

»Benvenuti«, sagte Bruto.

***

»Na komm, eine müssen wir noch«, sagte sein Vater und klopfte auf die Holzbohle, die zwischen ihnen auf zwei Holzböcken lag. Pasquale und sein Vater waren klitschnass geschwitzt, und Sägemehl klebte an ihren Unterarmen und in ihren Gesichtern. Sie hatten heute schon fünfzehn Stufen für die neue Treppe zugesägt. Diese hier war die letzte.

Seine Eltern hatten entschieden, das Wagnis einzugehen und die gesamte obere Etage ihres Hauses in eine Ferienwohnung umzubauen. Dadurch würden sie unten zwei Räume anbauen müssen, und oben sollte ein eigener Eingang entstehen, zu dem sie nun die Treppe bauten.

Pasquale packte sein Ende der Säge, legte seine andere Hand auf die Bohle, und sein Vater tat lächelnd das Gleiche.

»Und ... los!«, gab er den Start vor, woraufhin sie das Sägeblatt hin und her schoben, bis es sich in das Holz fraß und das Endstück schließlich abfiel. »Geschafft, das war's!«, sagte sein Vater und richtete sich auf.

Pasquale warf die Arme in die Luft und jubelte laut, sodass sein Vater lachen musste.

»Gut gemacht, Junge. Jetzt geh dich waschen. Schluss für heute.«

»Ich geh zum Wasserfall«, sagte Pasquale.

»Gute Idee, mach das.«

Pasquale lief los in Richtung Wald, auch wenn er furchtbar müde war und seine Arme schmerzten. Er würde sich unter dem Wasserfall abkühlen und nachher zu Hause ein großes Glas kühle Limonade trinken. Zudem hoffte er wie jedes Mal, wenn er zum Wasserfall ging, Regina dort anzutreffen. Heute noch mehr als sonst. Denn heute hatte er ihr einen Brief auf den Weg gelegt. Und wie schon mit den Bonbons zuvor hatte er sich versichert, dass sie den Brief auch gefunden und mitgenommen hatte.

Er hatte es einfach nicht mehr ausgehalten. Er hatte ihr seine Gefühle gestehen müssen, denn auf der Welt gab es nichts, was er so sehr wollte, wie mit ihr zu sprechen, ihr nahe zu sein und ihr zu sagen, was er empfand. In seinem Brief hatte er bereits geschrieben, dass er sie liebte. Das war ein großes Wort, und es war ein übergroßer Satz, erst recht, wenn man nicht wusste, wie der andere empfand. Doch es gab keinen anderen Weg. Es musste gesagt werden, sonst glaubte er, platzen zu müssen.

Am Wasserfall war niemand außer ihm. Enttäuscht kletterte er in das Becken und watete auf das herunterfallende Wasser zu, um sich den Schweiß und den Schmutz von der Haut zu waschen. Die Kälte des Wassers raubte ihm den Atem, und es kostete ihn Überwindung, ganz in den Schwall einzutauchen. Mit ungeheurer Wucht prasselte die weiße Säule auf ihn nieder, und er drehte sich wieder hinaus, um dann unterzutauchen. Er hielt den Atem so lange an, wie er konnte, und sah dem wirbelnden Wasser zu.

Als er wieder auftauchte, stand Regina am Ufer. Sie erschraken beide. Regina hatte gerade die Seife auf den Boden gelegt und sprang ein Stück zurück, als sie Pasquale erblickte.

»Regina«, sagte er und glaubte, dass sie seine Stimme gehört hatte, auch wenn der Wasserfall neben ihnen donnerte.

Sie ging in die Knie, schnappte sich das Stück Seife und stürmte davon.

»Regina, warte!«, rief Pasquale und versuchte, so schnell wie möglich aus dem Wasser zu kommen. Sie lief die kleine Anhöhe über die Felsen bis zum Waldrand hinauf. Pasquale eilte ihr nach. Tropfen sprengten aus seinen nassen Haaren. »Warte!«, rief er erneut.

Sie hielt an, drehte sich zu ihm um und legte den Zeigefinger über den Mund. »Schschscht!«, machte sie verzweifelt.

»Aber ...« Pasquale verstand, dass er nicht so laut sein sollte, und beeilte sich nun noch mehr, sie einzuholen. Sie rannte ein Stück in den Wald hinein und blieb ein weiteres Mal stehen, um sich umzuschauen. Pasquale hatte sie fast erreicht.

»Nicht«, sagte sie. Es war das erste Wort, das er aus ihrem Mund hörte. »Bitte nicht.«

Er holte sie ein und stand schwer atmend und tropfend nass vor ihr, die Augen groß und die Hände fragend erhoben.

»Aber warum? Hast du meinen Brief gelesen?«, fragte er.

»Ja«, sagte sie.

Dann war es also umsonst, dachte Pasquale, und seine Schultern sanken herab. Er liebte sie, aber sie liebte ihn nicht.

»Tut mir leid«, sagte er matt und wurde immer kleiner.

Da fuhr sie nach vorn, nahm sein Gesicht in ihre Hände und küsste ihn auf den Mund. Sie sog zischend die Luft durch ihre Nase ein, so wie Pasquale auch. Und er roch und schmeckte sie. Eine Mischung aus süßem Wasser, Holz, saurem Schweiß und trockener Erde. Sie küssten sich und wollten nicht mehr voneinander lassen, bis sie beide Luft holen mussten.

»Ich liebe dich«, hauchte sie ganz nah vor seinem Gesicht. »Ich liebe dich.«

Pasquale konnte vor Glück nichts erwidern. Er war so überwältigt, dass er nichts anderes tun konnte, als in ihre Augen zu sehen und zu erkennen, dass sie miteinander verbunden waren.

»Aber es geht nicht«, sagte sie dann mit zitternder Stimme. »Wir dürfen nicht.«

Das riss ihn aus seiner Trance.

»Wieso? Was ist denn –«

»Wir dürfen nicht«, wiederholte sie und blickte beschämt zu Boden. Ihre Haare rutschten ihr über die Schultern nach vorn.

»Aber –«

»Nein«, sagte sie nun energischer und sah ihn wieder an. »Ich darf nicht. Wenn mein Vater das erfährt ...«

Mehr sagte sie nicht, aber so, wie sie es sagte, konnte Pasquale den Rest selbst ergänzen. »Dann treffen wir uns heimlich, hier im Wald«, schlug er vor.

»Nein, nein.« Sie schüttelte den Kopf und begann zu weinen.

»Aber ich muss dich sehen«, sagte Pasquale.

Sie blickte auf und sah ihm in die Augen. Dann fiel sie ihm um den Hals, und sie hielten sich einen Moment lang ganz fest.

»Bitte«, sagte er in ihre Haare hinein.

»Das ist zu gefährlich«, entgegnete sie. »Mein Bruder könnte uns sehen.«

»Wir verstecken uns. Ich kenne eine Höhle im Wald. Da können wir hin.«

»Ich muss jetzt gehen.« Sie löste sich von ihm.

»Regina ...«

»Tut mir so leid, Pasquale«, flüsterte sie und strich ihm über die Wange. »So leid.«

Dann lief sie davon, und Pasquale blieb zurück.

Er sank zu Boden, lehnte sich an einen Baumstamm und wusste nicht, ob er lachen oder weinen, sich freuen oder trauern sollte.

✳✳✳

»Wenn Sie so weit einverstanden sind, muss ich gleich noch einen Überfall auf Sie verüben«, sagte Commissario Bruto auf dem Weg zu Lucas Grundstück. »Es geht um die Mordfälle, die Vialli bearbeitet hat. Man hat eine weitere Leiche gefunden«, erklärte der Kommissar.

Einen toten Menschen zu sehen und obendrein auch noch das, was man ihm angetan hatte, und sich auszumalen, was für Qualen er durchgemacht hatte, gehörte zu den Dingen der

Polizeiarbeit, gegen die sich alles in Luca sträubte. Das war etwas, das er nur schlecht verkraften konnte. Zudem glaubte er nicht, dass dieser Fall etwas mit dem Verschwinden von Pasquale zu tun hatte. Es war vielmehr der alte Fall aus Pasquales Kindheit, auf den sie sich konzentrieren sollten. Um die aktuellen Morde konnte sich doch jemand anderes kümmern. »Muss das sein?«, fragte er daher. »Ich dachte, das läge nicht in Ihrer Zuständigkeit?«

»Na ja, alles, was Vialli bearbeitet hat, kann und muss für mich interessant sein. Ich muss mir zumindest ein Bild machen und hoffe, dass Sie mit von der Partie sind«, antwortete Bruto. »Außerdem wollte ich hinterher noch diesen Polizisten aus Bezzecca aufsuchen. Da wäre es auch gut, wenn Sie dabei wären.«

Luca wusste, dass Bruto, wenn sie zu dritt zusammenkämen, vielleicht bemerken würde, dass Luca bereits im Vorfeld agiert und allein ermittelt hatte. Aber er hatte diese Beraterfunktion soeben angenommen, jetzt konnte er schlecht davon zurücktreten. Überdies wäre es interessant, Bruto bei der Arbeit zu beobachten. Er traute ihm ebenso wenig wie zuvor.

»Ich hole nur kurz meine Sachen«, sagte Luca, »und nehme dann meinen eigenen Wagen. Dann kann ich den Hund mitnehmen.«

Bruto blickte wenig begeistert zu Belmondo. »Wenn Sie meinen. Ich fahre dann vorweg. Der Fundort liegt bei einem Tunnel unten an der Gardesana, dem ›Dei Titani‹. Da, wo sie den James-Bond-Film gedreht haben.«

»Kenn ich.« Luca nickte und bog in den Weg zu seinem Haus ein. Bruto hatte direkt hinter dem Flavia geparkt und stieg bereits ein, während Luca im Haus Portemonnaie, Schlüssel und etwas Wasser für sich und Belmondo holte. Dabei fiel ihm ein, dass er immer noch nicht alle Dateien auf dem USB-Stick angesehen hatte, der in den Ermittlungsunterlagen lag. *Ich muss ihn noch in meiner Hosentasche haben,* dachte er und tastete danach. Da war er. In seiner linken Hosentasche. Den würde er sich heute Abend noch einmal genauer ansehen.

Der Tunnel »Dei Titani« war vor einigen Jahren zu zweifelhafter Berühmtheit gelangt, als bei den Dreharbeiten zu einem James-Bond-Film ein Stuntman mit dem Aston Martin über das Geländer hinausgeschossen und in den See gestürzt war.

Die Carabinieri hatten die Straßenseite nun zum Wasser hin auf ungefähr fünfzig Metern Länge abgesperrt, sodass ein kleiner Stau entstanden war. Der Carabiniere, der den Verkehr vorbeileitete, trat beiseite und ließ Brutos und Lucas Fahrzeuge einfahren. Nachdem sie ausgestiegen waren, mussten sie über die Balustrade klettern und auf die schmale Landzunge seitlich der Straße hinaustreten. Hier gab es wilden Baumwuchs auf sehr felsigem Boden. Und man konnte bereits den Bauabschnitt des Fahrradweges erkennen, der rund um den See gebaut werden sollte.

»Ganz schön gewagter Ablageort«, meinte Luca mit einem Blick zu der Traube von Polizisten und Kriminaltechnikern, die hier arbeiteten. »Ist es auch der Tatort?«

»Ich denke nicht«, antwortete Bruto, begründete seinen Verdacht jedoch nicht.

Als sie am Fundort ankamen, war klar, dass der Täter das Opfer entweder direkt hier umgebracht hatte oder ein sehr kräftiger Mann war. Oder dass es mehrere Täter gewesen waren. Das Opfer lag in einer Grube in dem felsigen Boden und war wohl lose mit Erde, Steinen und Ästen bedeckt gewesen. Der Rechtsmediziner war noch vor Ort. Commissario Fabio kam auf sie zu, als sie sich näherten, und hob grüßend die Hand.

»Signor Spinelli, freut mich, Sie zu sehen.«

»Buongiorno. Ich muss sagen, dass ich weniger erfreut bin«, entgegnete Luca.

»Aber Sie unterstützen uns?«

»Ja.«

»Gut.« Fabio zog sich die Gummihandschuhe aus und

drehte sich so, dass sie alle drei auf die Leiche blicken konnten, deren Haut sich blassbräunlich von der grauen Erde abhob und gar nichts Menschliches mehr hatte. »Dieser Leichnam ist noch nicht so stark verwest wie die beiden anderen, als wir sie fanden. Aber er weist dieselben Verletzungen auf. Kehlenschnitt. Sehr tief. Auch scheinen sich ebenfalls schon einige Tiere daran zu schaffen gemacht zu haben. Und er lag da wie ... auch wie die beiden anderen, mit auf der Brust überkreuzten Armen.«

»Wie hingebettet?«, fragte Luca.

»Genau. Wie in einem Grab.«

»Gibt es Zeugen?«, wollte Luca wissen.

»Nein, bis jetzt nur den Mann, der die Leiche gefunden hat. Ein Ingenieur, der die Baumaßnahmen betreut.«

Luca sah sich um. Sie waren knapp zehn Meter von der Gardesana entfernt. Der Tunnel war hier mit Rundbögen zur Seite hin offen und die Stelle gut einsehbar. Wenn man hindurchfuhr, konnte man aber nicht anhalten, ohne Gefahr zu laufen, einen Unfall oder zumindest einen Stau zu verursachen.

»Jemand muss etwas gesehen haben. Nicht nur dass der Täter die Leiche irgendwie von der Straße aus hierhertransportiert hat, er muss auch eine Schaufel oder Spitzhacke dabeigehabt haben, um diese Grube auszuheben«, sagte Luca.

»Ich weiß«, bestätigte Fabio, »aber bei der Menge an Autos, die hier tagtäglich durchfahren, wird es schwer sein, Zeugen zu finden, selbst wenn es welche gibt.«

»Es muss welche geben, wenn er dort gehalten hat«, sagte Luca und blickte zur Straße. »Es wäre aber viel einfacher, wenn es nicht ein, sondern zwei Täter gewesen wären. Der Fahrer hätte seinen Kompagnon nahezu ungesehen hier rauslassen und weiterfahren können, um ihn nach getaner Arbeit wieder abzuholen.«

Fabio blickte vom Grab zur Straße und wieder zurück. »Sie haben recht, das müssen wir in Erwägung ziehen.«

»Wir müssen die Medien einschalten«, sagte Bruto.

»Aber die eigentliche Frage ist ja«, meinte Luca, »warum wählt der Täter ausgerechnet diesen hochriskanten Ort? Was macht ihn so wichtig für ihn?«

»Über das Opfer wissen wir auch noch nichts«, erklärte Fabio. »Es gibt allerdings eine Vermisstenmeldung aus Tignale. Alter und Beschreibung würden passen.«

Bruto sah auf die Uhr. »Wollen wir uns nachher im Präsidium treffen? Ich will noch hoch zum Ledrosee und würde Signor Spinelli mitnehmen.«

»Fahrt nur. Sagen wir, in zwei Stunden in meinem Büro.«

Der Carabiniere an der Absperrung ließ sie hinausfahren, und diesmal fuhr Luca vorweg, durch den Tunnel hinauf auf das Plateau. Kühl und ungewöhnlich dunkel lag der sonst türkis schimmernde Ledrosee unter einer aufziehenden Wolkenfront über den Bergen links neben ihnen. Da kaum Verkehr herrschte, konnte Bruto direkt hinter Luca bleiben und fuhr recht dicht auf, je näher sie dem abgelegenen Grundstück kamen.

»Hübsch«, sagte Bruto, als sie ausstiegen und er das kleine Häuschen inmitten des bunt wachsenden Gartens betrachtete.

»Er ist Hobbygärtner. Sie müssen mal den hinteren Garten sehen«, meinte Luca und ließ Belmondo aus dem Auto springen. Dann ging er geradewegs durch die Gartenpforte und klingelte an der Haustür. Allerdings wurde ihnen nicht geöffnet. »Ich versuch's mal hintenrum.«

Belmondo lief aufgeregt schnüffelnd vor ihnen her.

»Signor Branduro?«, rief Luca. »Ernesto?«

Der Garten war verwaist, die Sitzecke leer.

»Er scheint nicht da zu sein. Vielleicht warten wir oder fahren noch mal rauf zu Pasquales Elternhaus?« Luca sah Bruto fragend an.

»Können wir machen. Aber in anderthalb Stunden müssen wir wieder im Präsidium sein.« Bruto machte kehrt, und Luca rief nach Belmondo.

»Wo ist der denn jetzt wieder hin?«, murmelte er und blickte suchend durch den Garten, da hörte er ihn plötzlich im Haus bellen. »Belmondo, verdammt ... komm her!«

Aber der Hund kam nicht. Luca ging die drei kleinen Stufen zur hinteren Terrasse des Hauses hinauf. Die Terrassentür war nur angelehnt. Es roch nach Lasagne oder einem Auflauf. Sicher war Branduro in der Küche und hatte sie nicht gehört.

»Signor Branduro? Luca Spinelli, kann ich reinkommen?«

Der ehemalige Polizeibeamte antwortete nicht, nur Belmondos Bellen war zu hören.

»Belmondo!«, wies Luca ihn zurecht, ohne ihn sehen zu können, und betrat das Wohnzimmer.

»Alles in Ordnung?«, fragte Bruto, der auf einmal hinter ihm im Türrahmen stand.

»Ach, mein Hund ... Ich komme gleich.« Er ging weiter in Richtung Flur.

In einem Raum zu seiner Rechten, dem Geruch nach war es die Küche, lärmte Belmondo immer noch unaufhörlich.

»Hey, Belmondo, komm her!«, befahl Luca. Er machte einen Schritt bis vor die Türöffnung und sah seinen Hund in der Mitte der Küche stehen. Er bellte Ernesto Branduro an. Der alte Mann hing schlaff mit dem Hals in einer Seilschlinge unter der Küchendecke. Zu seinen Füßen war ein Küchenstuhl umgekippt. »Bruto!«, schrie Luca und stürzte auf Branduro zu. Er hörte die schnellen Schritte des Kommissars, der mit gezogener Pistole in die Küche kam.

Luca packte Branduro an den Beinen und versuchte, ihn hochzuheben. »Schnell!«, keuchte er.

Bruto zog statt der Pistole ein Messer aus dem Gürtel und stieg auf einen Küchenstuhl. Als er eben das Seil durchschneiden wollte, blickte er Branduro ins Gesicht.

»Spinelli, lassen Sie ihn los«, sagte er.

Luca blickte fassungslos zu ihm hinauf.

»Er ist tot. Wir können nichts mehr tun. Wir sollten alles so lassen, wie es ist.«

»Aber ...«

Luca hielt immer noch Ernestos Beine umklammert.

»Wir sind zu spät. Lassen Sie ihn los.« Bruto stieg vom Stuhl herunter.

Luca löste langsam seinen Griff. Er atmete schwer und kämpfte mit den Tränen.

»Ich rufe die Kollegen«, flüsterte Bruto und nahm sein Handy aus der Innentasche seines Jacketts.

Luca konnte nicht glauben, dass das passiert war. Er blickte hoch, sah den alten Mann, der jetzt seicht hin und her baumelte. Das Seil war um einen Holzbalken an der Decke geworfen und verknotet worden. Luca wurde ein wenig schwindelig, und er stützte sich nach hinten an der Arbeitsplatte ab. Bruto fragte ihn nach der Adresse, aber er nahm alles nur wie durch Watte hindurch wahr.

Obwohl es im Haus kühl war, bemerkte Luca, dass seine Waden warm wurden. Er stand vor dem Backofen und hatte immer noch diesen Duft in der Nase. Er öffnete die Luke einen Spalt und sah darin einen fertig gegarten Auflauf. Der Käse obenauf war schon hart geworden.

Belmondo kam und schnupperte. Luca streichelte ihm über den Kopf. Ohne den Hund hätten sie Ernesto Branduro nicht gefunden, und Gott weiß, wann man ihn letztendlich entdeckt hätte.

»In einer Viertelstunde sind die Kollegen da«, kündigte Bruto an und steckte sein Handy ein. Aufmerksam sah er sich im Raum um. »Was haben Sie da gesehen?«, fragte er Luca und wies auf die Backofentür.

»Es ist ein Auflauf im Ofen. Unangetastet.«

»Wir sollten hier nichts mehr anfassen bitte. Das könnte auch ein Tatort sein.«

Luca nickte zustimmend.

ELF

»War das deine Fahrkarte? Hat er dir gerade deine Fahrkarte abgenommen?«

Regina blickte auf und in das Gesicht des Mannes, der mit ihr im Abteil gesessen hatte. Er sah fassungslos den Jungen hinterher, die bald in dem Gedränge nicht mehr auszumachen waren.

»Das gibt's doch nicht. Wolltest du noch weiterfahren?«, fragte er.

Regina nickte vorsichtig.

»Ja? Wohin?«

Sie senkte den Kopf und knetete den Stoff ihres Kleides zwischen den Fingern.

»Na, sag doch, wo wolltest du hin?«

Regina antwortete nicht, wurde wieder zu Stein, wie sie es immer tat, wenn jemand sie ansprach.

»Du musst schon was sagen, sonst kann ich dir nicht helfen. Hast du noch Geld?«

Sie schüttelte den Kopf.

Der Mann richtete sich auf und legte stützend eine Hand auf seine Lendenwirbelsäule, so als hätte er ein Kreuzleiden.

»Das ist ein Problem«, stellte er fest. »Kein Geld, keine Karte, und du sagst kein Wort.«

Er blickte auf die Anzeigetafel.

»Okay, welchen Zug wolltest du denn nehmen?«

Regina drehte sich zur Anzeige um und zeigte mit dem Finger auf den an dritter Stelle angezeigten Zug.

»Den da? Nach Brescia?«

Sie nickte.

»Und wo wolltest du aussteigen? Modena? Carpi? Mantua? Verona? Desenzano?«

Wieder nickte Regina.

Der Mann blickte auf die Uhr.

»Pass auf, ich sag dir, was wir machen. Du wirst doch bestimmt in Desenzano erwartet und abgeholt, nicht?«, meinte er. »Ich wohne in der Nähe von Mantua. Desenzano ist nur vierzig Kilometer von mir entfernt. Ich nehme dich im Auto mit. Dann kommst du pünktlich an, und ich muss mir keine Sorgen mehr um dich machen.« Er musterte sie eindringlich. »Ich bringe dich zum Bahnhof. Und dann kommt deine Mama und holt dich ab.«

Sie schüttelte den Kopf.

»Dein Papa?«

Sie nickte.

»Okay, gut. Wollen wir das so machen?«

Regina hielt ihren Blick nach unten gerichtet. Die Gedanken schossen wild durch ihren Kopf. Sie hatte furchtbare Angst, hier ganz allein zurückzubleiben. Auch die Alternative, mit dem fremden Mann mitzugehen, ängstigte sie. Doch die größte Angst war, dass sie ihren Vater verärgerte, wenn sie nicht pünktlich am Bahnhof war.

Sie nickte ein letztes Mal.

»Gut. Das kriegen wir hin, keine Sorge«, sagte der Mann und wandte sich in Richtung eines der Ausgänge. »Wir müssen da entlang.«

Er setzte sich in Bewegung. Regina ging mit ihm.

Das Auto, ein blauer Fiat Ritmo, war in einer Parkgarage untergestellt, in der es nach Benzin und Urin stank. Regina war froh, als sie endlich aus dem dunklen Gebäude und aus der belebten Stadt hinausfuhren. Sie saß auf der Rückbank, und der Mann blickte hin und wieder durch den Rückspiegel zu ihr nach hinten und lächelte aufmunternd.

»Ich heiße übrigens Fausto«, sagte er, als sie die Autobahn erreicht hatten und er auf Tempo hundertdreißig beschleunigt hatte.

Regina erwiderte nichts, sie sah die ganze Fahrt über aus dem Fenster und dachte an ihren Vater. Sie malte sich aus, wie er aussehen und was er sagen würde. Es war immerhin ein Jahr vergangen, in dem er ganz allein gelebt hatte. Und sie musste ihm beichten, dass Dino nicht mehr nach Hause kommen würde. Er würde sie mit Fragen löchern und ihr die Schuld geben. Und wenn sie dann zu Hause wären, würde alles wieder von vorn beginnen.

Mit ganz wenig Hoffnung dachte sie, dass es vielleicht sogar besser werden könnte.

Sie verließen die Autobahn und fuhren auf der Landstraße in Richtung Mantua. Regina sah sich im wenig gepflegten Innenraum des Ritmo um. Im Fußraum lag verschiedenster Schmutz – Laub, Bonbonverpackungen, angetrocknete Erde und Schlammreste sowie Kieselsteinchen. Auf dem Beifahrersitz und in der Mittelkonsole entdeckte sie weitere Süßigkeitenverpackungen, Kassetten und Tankzettel. Eine Schere und ein loses Knäuel Paketband lagen vor dem Beifahrersitz. Das Radio, aus dem bunte Kabel kreuz und quer herausragten, schien er selbst eingebaut zu haben. Am rissigen Armaturenbrett und an den ausgeblichenen Sitzen konnte sie erkennen, dass der Wagen lange in der Sonne gestanden haben musste.

Sie durchfuhren einen kleinen Ort namens San Biagio und bogen irgendwann nach links in eine verlassene Landstraße ein.

»Ich fahre kurz bei mir zu Hause vorbei und sage Bescheid, dass ich dich noch nach Desenzano bringe«, erklärte er mit einem Blick in den Rückspiegel.

Als ein Schrottplatz hinter einer langen gemauerten Mauer auftauchte, bog er ein und rollte langsam auf das Gelände, zwischen sich auftürmenden Bergen von Schrott und gepressten Autos hindurch auf ein kleines graues Haus zu.

»Da sind wir. Komm, wir holen uns schnell was zu trinken und fahren dann gleich weiter.« Er stieg aus, drückte seinen Rücken durch und öffnete dann ihre Tür. »Na, komm. Du musst was trinken.«

Misstrauisch kletterte Regina aus dem Wagen.

»Wir gehen hinten rum, meine Frau ist sicher im Garten.« Er ging voraus und rechts am Haus vorbei. Hinter ein paar Büschen tat sich ein kleiner Garten auf, in dem Möbel- und Schrottteile herumlagen. Eine alte Kinderschaukel stand verrostet auf dem braunen Rasen. Dahinter erhob sich eine mannshohe Hecke, die den Blick auf zwei alte, ausgemusterte Wohnwagenanhänger teilweise verdeckte. Die daran anschließende rechteckige Fläche, auf der es auch eine offenbar vergessene Grillecke und einen Fahrradfriedhof gab, konnte man nur durch einen schmalen Spalt zwischen der Hecke und einem Holzzaun erreichen. Fausto, wie er sich genannt hatte, ging anstatt in den Garten hinter dem Haus auf den ersten Wohnwagen zu und öffnete die Tür. Regina stand unsicher in dem Durchgang und sah ihm zu.

»Unsere Kühlschränke sind hier drin«, rief er. »Wir nutzen die alten Dinger nur noch zum Lagern. Dann haben wir mehr Platz im Haus. Was möchtest du haben? Cola, Aranciata, Lemonsoda, Eistee ...?«

Regina zuckte mit den Schultern.

»Komm her, such dir was aus.« Er ging hinein, und man hörte, wie eine Kühlschranktür schmatzend aufgezogen wurde. Flaschen klirrten.

Regina betrat die Fläche und ging bis zur Tür des Wohnwagens. Fausto stand gebückt vor dem Kühlschrank und suchte nach einem bestimmten Getränk. Regina nahm eine Bewegung rechts von ihr wahr und blickte zur Seite. In dem zweiten Wohnwagen war ein kleines Stück von der Gardine bewegt worden. Dahinter war es dunkel, doch Regina glaubte, ein Gesicht erkennen zu können.

»Was ist?«, fragte Fausto und schaute sie an.

Regina deutete zum anderen Wagen.

»Oh ja. Das ist meine Tochter. Simona, sie ist vierzehn. Sie liebt diesen Wohnwagen.«

Regina wollte wieder weg von hier. Irgendetwas stimmte nicht.

»So, dann nimm dir, was du willst, und wir fahren wieder«, sagte er und sah auf die Uhr.

Regina konnte sich nicht mehr bewegen. Sie hatte das Gefühl, in eine Falle getappt zu sein. Was sollte sie jetzt tun? Sollte sie ein Getränk nehmen? Würde er sie dann nach Hause fahren, wie er es gesagt hatte? Oder sollte sie einfach weglaufen? Sie glaubte nicht, dass er schneller war. Aber sie kannte sich hier nicht aus, und sie waren irgendwo an einer einsamen Landstraße.

Sie deutete auf eine Flasche in der Seitentür.

»Lemonsoda, ja?«, fragte er. »Na, nimm sie dir.«

Sie wollte diesen Wohnwagen nicht betreten. Er konnte ihr doch einfach die Flasche geben. Sie haderte mit sich, versuchte sich aber nichts anmerken zu lassen. Der Kühlschrank brummte und gluckste.

»Komm, hat ja keinen Zweck. Hier …« Er nahm die Flasche aus dem Seitenfach, warf die Tür zu und hielt ihr die Flasche hin. Regina streckte ihre blasse Hand danach aus und ergriff das bauchige Ende der Flasche, als er mit seiner anderen Hand auf einmal ihr Handgelenk packte und sie zu sich in den Wohnwagen zog. Sie stieß sich das Schienbein an der Stufe, wäre fast gegen den Kühlschrank gefallen, doch er hielt sie fest, umklammerte sie von hinten und drückte immer fester zu. Er legte seine Wange an ihren Hals und roch an ihr.

»Gott, du bist wirklich wie vom Himmel geschickt«, flüsterte er. Dann stieß er sie von sich, und sie flog förmlich durch den Wagen auf das Bett im hinteren Teil. Es war mit Kinderbettwäsche bezogen.

Regina drehte sich um, die Augen angstvoll aufgerissen.

Fausto machte die Tür zu und knipste ein gelbliches Licht hinter einem Glasschirm an der Decke an, in dem man die Schatten von toten Fliegen erkennen konnte. »Wie vom Himmel geschickt«, gluckste er beinah so wie der Kühlschrank. »Wir sind da, meine Kleine. Hier ist ab heute dein Zuhause. Und ich werde dir jetzt die Regeln hier erklären.«

⁂

Luca und Fabio saßen an einem Konferenztisch in einem Raum, den Luca bereits kannte. Hier hatte er Martina zum ersten Mal gesehen. Pasquale hatte ihn hier dem Team vorgestellt, zu dem auch Franco und Tomasio gehörten.

Bruto hockte mit einem Bein auf der Fensterbank am offenen Fenster und rauchte. Fabio grübelte vor seinem Laptop, und Luca trank einen Kaffee. Doch schon nach den ersten zwei Schlucken wusste er, dass das die falsche Wahl gewesen war. Sein Herz raste immer mehr, und ein Kribbeln machte sich in seinen Händen breit.

Die Tafel an der Wand war mit Aufzeichnungen und Tatortfotos beklebt. Luca versuchte, nicht hinzuschauen, doch er hatte das Gefühl, als schauten die Bilder ihn an.

»Sagt bitte einfach, was ihr denkt«, forderte Fabio. »Die Todesfälle häufen sich gerade beängstigend. Wir brauchen einen Ansatz, eine Theorie.«

Luca sah in den Kaffee, den er nicht mehr austrinken würde. Bruto atmete den Zigarettenrauch durch die Nase aus und schien besagte Theorie in den Schwaden lesen zu wollen.

»Es sind zwei Mordserien«, sagte er schließlich. »Der Mann, den wir heute an der Gardesana gefunden haben, passt in das Schema der beiden anderen Morde. Das war in allen drei Fällen ein und derselbe Täter. Branduro und dieser Giuliani, diese beiden Fälle hängen auch zusammen. An einen Zufall glaube ich da nicht.«

Fabio sah Luca fragend an.

»Das sehe ich auch so«, bestätigte Luca. »Und ich glaube auch nicht an einen Selbstmord.«

»Das sehe ich ebenfalls so«, sagte nun Bruto.

Wieder war ein Punkt erreicht, an dem Luca den beiden Beamten eigentlich mitteilen musste, was er alles über Pasquales Vergangenheit und seine privaten Ermittlungen wusste. Es würde sonst nicht mehr lange dauern, bis sie es selbst herausfanden. Auf der anderen Seite dachte er immer noch an Francos Warnung, was Brutos angebliche Korruptheit betraf.

»Es tut mir leid, das sagen zu müssen, aber Vialli wird als Täter immer wahrscheinlicher«, stellte Bruto fest, schnippte seine Zigarette aus dem Fenster und kam zu ihnen an den Tisch. »Branduro war der Polizist, der damals die Anzeigen seines Vaters bearbeitet hat. Jetzt sind er und Giuliani tot, und Vialli ist verschollen. Ich weiß, er ist Ihr Freund, aber die Fakten sprechen für sich. Wir müssen ihn so schnell wie möglich finden und festnehmen.«

»Ich stimme Ihnen zu und möchte, dass Sie das in die Hand nehmen«, erwiderte Fabio. »Ich konzentriere mich auf die Mordserie. Und ich würde mich freuen, wenn Sie, Signor Spinelli, einen Blick auf die bisherigen Fakten werfen könnten. Bisher erstrecken sich die Fundorte nur über die Nordwestseite des Sees, und Sie kennen diese Gegend hier besser als jeder andere.«

Fabio lenkte Lucas Blick zur Tafel. Der hatte das erwartet und musste sich wohl oder übel damit abfinden, in die Materie einzutauchen und Pasquale als offiziell Verdächtigen zu akzeptieren.

»Darf ich Ihnen unsere Ermittlungsergebnisse kurz vorstellen?«, fragte Fabio.

»Bitte.«

Die beiden erhoben sich, während Bruto sich lediglich auf seinem Stuhl zurücklehnte.

»Das ist der erste uns bekannte Fall«, fing Fabio an und deutete auf die linke Seite der Tafel. Dort stach Luca sogleich das Foto vom skelettierten Schädel des Opfers ins Auge. Der aufgerissene Mund, die Zähne, die Augenhöhlen. »Das Opfer ist seit fünfzehn Jahren tot. Identität bislang ungeklärt. Männlich, zwischen vierzig und fünfundvierzig Jahren alt. Wie bei den anderen Opfern ist die Todesursache ein tiefer Kehlenschnitt. Die Form und der Ansatz der Schnitte sind so ähnlich, dass wir davon ausgehen, dass die Opfer fixiert waren und sich nicht bewegen konnten.«

Fabio zeigte mit dem Finger auf alle Fotos, die die Halsverletzung zeigten. Luca konnte kaum hinsehen, so schrecklich brutal und roh sahen diese Wunden aus.

»Das sind aber nicht die einzigen Parallelen zwischen den Vorgehensweisen«, fuhr der Commissario fort. »Alle Opfer waren in Gräbern verscharrt, allerdings nicht sehr tief, sodass sie schneller verwesen konnten und dadurch auch schneller entdeckt wurden. Das zweite Opfer war halb aus dem Grab gezogen worden. Wir gehen davon aus, dass sich ein oder mehrere Raubtiere daran zu schaffen gemacht haben. Wir haben Bissspuren gefunden, die einem Wolf zugeordnet werden konnten.«

»Ich habe erst neulich Wölfe gesehen«, sagte Luca etwas stockend, so als könnten sie das für ein Hirngespinst von ihm halten. Fabio nahm die Information mit ernster Miene auf, Bruto fixierte Luca aus zusammengekniffenen Augen, die Luca nicht lesen konnte.

»Ja, die Wildtiere sind ein Problem für uns, weil es bei den Wunden zu Verfälschungen gekommen sein könnte. Es ist schwer, im Nachhinein festzustellen, ob eine Wunde nur von einem Tierbiss stammt oder ob vorher schon eine vom Täter gesetzte Wunde vorhanden war, die durch den Wildfraß bloß vergrößert wurde«, erklärte Fabio. »Der Rechtsmediziner geht davon aus, dass jedem Opfer eine Schnittwunde beigebracht wurde. Um es genauer zu sagen, hat der Täter jedem der Opfer ein Stück Fleisch herausgeschnitten«, sagte er gepresst. »An verschiedenen Stellen des Körpers. Beim Opfer von heute ist es am deutlichsten zu erkennen, weil der Körper durch die geringe Liegezeit und die niedrigen Temperaturen die geringsten Verwesungsspuren aufweist. Und … Na ja, er war quasi ausgeblutet.«

»Sind diese Verletzungen post mortem entstanden?«, fragte Luca.

»Ja. Zumindest das«, meinte Fabio.

»Warum tut er das, haben Sie schon eine Theorie?« Die klaffenden dunkelroten Wunden auf den Fotos brannten sich Luca ins Gedächtnis, kaum dass er sie nur für den Bruchteil einer Sekunde ansah. Solche Bilder vergaß man nicht mehr, egal wie viel Zeit verging.

»Nun, der Rechtsmediziner unterstützt unseren ersten Verdacht, dass der Täter damit vermutlich Spuren beseitigen will, die ihn verraten könnten. Bissspuren zum Beispiel. Oder auch Hämatome, die Fingerabdrücke aufweisen könnten.«

»Aber so tiefe Wunden?« Luca zweifelte an dieser These.

»Manchmal werden aus diesem Grund sogar ganze Gliedmaßen abgetrennt«, hielt Fabio dem entgegen. »Es kommen allerdings noch zwei weitere Möglichkeiten in Frage. Erstens: Der Täter nimmt Souvenirs von seinen Opfern mit. Eine verbreitete Methode bei Serienmördern. Oder zweitens: Er ist ein Kannibale.«

Das letzte Wort hing sekundenlang im Raum wie ein tonnenschwerer Granitblock. Kannibalismus. Ein großes, beängstigendes Wort, wild, grausam und unmenschlich. Luca musste zugeben, dass es ihn für einen Moment aus dem Gleichgewicht brachte. Er musste seine Gedanken neu ordnen.

»Und die Opfer selbst? Gibt es da ein bestimmtes Muster? Weisen sie Ähnlichkeiten auf?«, fragte er dann.

»Nein. Sie sind zwar alle männlich, aber es gibt erhebliche Altersunterschiede. Auch Aussehen, Haarfarbe und sonstige Merkmale sind sehr unterschiedlich. Die Identität des letzten Opfers wird noch geklärt. Aber ich gehe davon aus, dass es die vermisste Person ist. Ein Bauer, achtundfünfzig Jahre alt, aus Piovere bei Tignale, vermisst gemeldet von seiner Frau, als er vom abendlichen Angeln nicht zurückkehrte. Das zweite Opfer war ein Bankangestellter aus Limone. Er war achtundzwanzig Jahre alt.«

»Leider fehlen uns die privaten Aufzeichnungen und Ermittlungsergebnisse von Commissario Vialli«, warf Commissario Bruto ein. »Die offiziellen Sachen, Zeugenaussagen und so weiter, sind natürlich alle im Computer gespeichert. Aber jeder Polizist verfolgt Spuren auf seine Art und macht sich Notizen. Das gilt auch für Vialli, nur konnten wir seine

Unterlagen zu diesem Fall nirgends finden. Und das lässt uns ein wenig hinterherhinken.«

»Verstehe«, sagte Luca nur. Er war sich nicht sicher, ob Bruto es als Provokation gemeint hatte, weil er ihn verdächtigte, Zugang zu diesen Notizen zu haben. »Was ist mit der Kleidung der Opfer?«, fragte er, um die Aufmerksamkeit wieder auf den Fall zu lenken.

»Oh, richtig. Die Opfer waren alle bis auf die Unterhose entkleidet. Es gab keine Anzeichen für sexuellen Missbrauch, keine Kampfspuren. Sehr wohl aber Fesselspuren an Hand- und Fußgelenken. An den Knöcheln waren die Einschnitte so tief, dass die Opfer kopfüber aufgehängt worden sein müssen.«

»Wie die Schweine im Schlachthaus«, kommentierte Bruto.

»Das bestätigen auch einige Einblutungen in den Augäpfeln«, fügte Fabio hinzu.

»Also vielleicht jemand, der als Schlachter oder in einem Schlachtbetrieb arbeitet?«

»Das prüfen wir bereits. Der Haken ist nur, dass er, wie Sie vorhin schon selbst festgestellt haben, wohl nicht allein arbeitet. Eine Leiche an dieser Stelle ungesehen zu vergraben, ohne Hilfe zu haben, ist so gut wie unmöglich.«

»Wenn es mehrere Täter sind«, Luca kam nicht umhin, Bruto einen kurzen Seitenblick zuzuwerfen, »käme auch die Mafia in Betracht, nicht wahr?«

Jetzt wechselte auch Fabio mit Bruto einen Blick.

»Ja, das haben wir tatsächlich in Betracht gezogen. Allerdings gibt es zumindest beim zweiten Opfer keine Verbindungen zu irgendeiner Mafiaorganisation. Für das letzte Opfer müssen wir das noch prüfen. Aber sollte sich bestätigen, dass es der Bauer aus Piovere ist, bezweifle ich das.« Fabio presste enttäuscht die Lippen aufeinander.

»Raubüberfälle können wir ausschließen«, schaltete Bruto sich ein. »Die Opfer, jedenfalls die letzten beiden, wurden nicht zu Hause getötet oder entführt. Sie waren nicht reich.

Der Bankangestellte hatte sogar finanzielle Probleme. Er kam vom Einkaufen am Abend nicht zurück.«

»Hat er vielleicht jemandem Geld geschuldet, der es einfordern wollte?«, fragte Luca.

»Nein, nein, das lief alles ganz korrekt über Kredite bei Banken«, wehrte Fabio ab.

»Wo sind die ersten beiden Leichen denn eigentlich genau gefunden worden?«, wollte Luca wissen.

»Die erste lag am oberen Ortsrand von Pregasina unterhalb des Cima Nodice«, berichtete Fabio.

»Ich kenne den Ort«, sagte Luca.

»Das Skelett wurde von einem Gewitter quasi aus seinem Grab gespült und aus einem Waldgebiet oberhalb der Fahrbahn in einer Schlammlawine auf die Straße befördert. Die zweite Leiche lag am oberen Tunneleingang von Biacesa nach Riva, und zwar genau auf dem alten Tunnel der Ponale. Der Tunnel ist nicht lang, und es führt ein Fußpfad drum herum.«

»Auf dem Tunnel? Da kommt man doch so ohne Weiteres nicht hinauf«, meinte Luca.

»Nur sehr schwer. Man bräuchte eine Leiter oder müsste sich, wenn man klettern wollte, irgendwo an einem Baum oder einem Felsen sichern. Derlei Spuren konnten wir allerdings nicht feststellen.«

»Je mehr ich höre, desto verworrener wird der Fall.« Luca pustete angestrengt die Luft aus und fuhr sich durchs Haar. »Aber da die Fundorte so dicht zusammenliegen, muss der Täter oder müssen *die* Täter aus der Gegend kommen. Sie müssen sich dort auskennen. Sie wählen schwer zugängliche Orte aus. Die Leichen sollen also nicht gefunden werden, und so, wie sie begraben werden, wollen sie eine schnelle Verwesung herbeiführen.«

»Die Täter könnten auch aus Riva stammen«, wandte Bruto ein. Riva war durch den Tunnel seit den neunziger Jahren direkt mit der Ledroebene verbunden.

»Ja, aber aus einem ganz bestimmten Grund muss ihnen

diese Gegend wichtig sein. Was macht sie so besonders?«, fragte Luca.

»Na ja, eben die Verbindung der beiden Seen miteinander. Der Tunnel ist das Bauwerk schlechthin in der Region. Er hat die Ponale unwichtig werden lassen«, referierte Fabio. »Und alle Leichen wurden zumindest in der Nähe des Tunnels gefunden, ob nun am See oder auf der Ebene.«

»Ponale, Tunnel, Gardesana«, zählte Luca nachdenklich auf. »Vielleicht haben die Täter etwas mit dem Bau dieser Straßen zu tun. Vielleicht ist ihnen daraus ein Schaden entstanden oder ein Unglück oder …« Er wusste nicht weiter.

Stille machte sich im Raum breit, und jeder der Männer war in seinen eigenen Gedanken verfangen.

»Oder«, wiederholte Luca plötzlich, »wenn man es ganz pragmatisch sieht, könnte er, könnten sie Bauarbeiter gewesen sein. Ein Arbeiter kann sich gänzlich unauffällig bewegen, und wenn es Ausbesserungsarbeiten am Tunnel oder an der Straße gab, hätte er exklusiven Zugang zu diesen Orten. Passendes Werkzeug wäre auch vorhanden.«

»Gefällt mir, der Gedanke«, sagte Bruto.

»Damit lässt sich was anfangen«, stimmte Fabio zu. »Dem werden wir nachgehen.«

»Ansonsten kann ich nur sagen, dass die Leichen samt Werkzeug wohl am ehesten in einer Art Transporter, Lieferwagen oder Van transportiert wurden. Und um die Opfer zuvor an einem anderen Ort zu töten, sie ausbluten zu lassen und zu verstümmeln, braucht man einen entsprechenden Rückzugsort, zum Beispiel ein Haus, das sehr abgelegen liegt. Ein Bauernhof vielleicht. Hier in den Bergen ist das ja keine Seltenheit.«

Luca sagte das mit einem abschließenden Tonfall. Mehr fiel ihm im Moment nicht ein, und er hatte das Gefühl, schnell an die frische Luft gehen zu müssen. Die Bilder verursachten eine langsam immer stärker werdende Übelkeit in ihm.

»Ich würde dann gern fahren. Wenn mir noch etwas einfällt, melde ich mich.«

Fabio wechselte wieder einen Blick mit Bruto. Der schüttelte den Kopf.

»Gut, wir bedanken uns auf jeden Fall schon mal für Ihre erste Einschätzung. Ich melde mich bei Ihnen, wenn die Identität des Toten geklärt ist.«

Luca stand auf, verabschiedete sich und verließ eilig den Konferenzraum. Die kühle Luft draußen tat ihm gut, und er atmete tief ein und aus. Er musste sofort Kontakt mit Tomasio und Franco aufnehmen, um ihnen von den neuen Entwicklungen zu berichten.

In seinem Wagen sitzend, telefonierte er. Tomasio lud ihn für den Abend zu sich nach Hause ein, und Luca wollte nicht erst wieder nach Hause fahren, also nahm er den Tunnel und besuchte den Fundort des zweiten Opfers oben in Biacesa.

Luca parkte am Tunnelausgang gleich links vor dem Eingang zum alten Tunnel. Hier begann damals die wohl gefährlichste und engste Straße des Sees. Sie führte direkt am Abgrund entlang bis hinunter nach Riva. Der Tunnel war in den auslaufenden Felsen gehauen und gekerbt worden, man konnte die Spuren der simplen Werkzeuge noch gut erkennen. Eigentlich glich die Einfahrt mehr einem Höhleneingang als einem von Menschenhand befestigten Autotunnel. Luca stieg aus, nahm Belmondo mit und blieb wenige Schritte vor dem gähnenden schwarzen Loch stehen. Den Ausgang konnte man, da der Tunnel eine leichte Linkskurve machte, anhand eines Lichtschimmers nur erahnen. Sein Atem kondensierte und wirbelte vor seinem Mund auf. Er blickte nach oben auf das natürliche, von Bäumen und Sträuchern bewachsene Dach des Tunnels. Es lag in gut drei Metern Höhe. Man bräuchte eine sehr lange Leiter, und Luca wusste nicht, ob man eine Leiche, die sicher um die achtzig Kilo wog, überhaupt mittels einer Leiter dort hinaufbefördern konnte.

Rechts außen verlief ein Trampelpfad, der über eine Grünfläche am Tunnel vorbeiführte. Luca folgte ihm und suchte nach Möglichkeiten, irgendwo besser auf den Felsen klettern zu können, doch ohne Hilfsmittel war es unmöglich, stellte er fest. Die hier oben fast übliche abendliche Wolkendecke, die auch immer Gewitter mit sich brachte, schob sich indes von hinten über ihn und Belmondo hinweg und verdunkelte fast augenblicklich den Himmel.

Auch am anderen Ende des Tunnels stellte Luca sich vor die Öffnung und blickte hinein. Warum war dieses Bauwerk ausgesucht worden? Wozu der Aufwand? Wozu ein solches Risiko eingehen? Belmondo, der knapp einen Meter neben ihm stand, fing plötzlich an zu knurren. Es war ein tiefes, drohendes Knurren. Seine Nackenhaare stellten sich auf.

»Was ist?«, fragte Luca und versuchte, in dem dunklen Schlund vor ihnen etwas zu erkennen. Fast rechnete er damit, dass er wieder einem Wolfsrudel begegnen würde. Aber er hielt es für eher unwahrscheinlich, dass die Wölfe einen solchen Tunnel betraten.

Luca entschied, durch den Tunnel zurück zu seinem Wagen zu gehen, setzte seine Schritte aber vorsichtig. Das Knirschen der Steine unter seinen Sohlen hallte von den Wänden wider. Noch konnte er den anderen Tunnelausgang nicht sehen. Dann tat sich auf einmal eine helle Sichel auf, fast wie ein Mond, und wurde größer und größer. Belmondos Knurren wurde dabei immer lauter.

Luca blieb abrupt stehen, als er am Tunnelausgang eine Person erkannte. Sie war nur ein schwarzer Schemen. Doch sie stand dort, als würde sie auf ihn warten. Jetzt erst bemerkte er, was für einen dummen Fehler er begangen hatte. Er war direkt in die Falle getappt. Im Fall, dass ein zweiter Mann den Tunnelausgang hinter ihm versperrte, war er gefangen wie ein Tier. Er hatte nichts dabei, womit er sich hätte verteidigen können. Nur eins hatte er. Sein Handy. Er musste schnell eine Nummer wählen. Doch er wusste, so dunkel, wie es hier war, würde das Display ihn blenden, und er wäre einem schnellen Angriff schutzlos ausgeliefert.

Belmondo drehte sich um und knurrte nun in die andere

Richtung. Es passierte tatsächlich. Auch hinter Luca stand jetzt eine Person am Tunnelausgang und versperrte ihm damit den einzigen Fluchtweg. Er wusste, dass der Hund nun die einzige Möglichkeit für ihn war, hier lebend rauszukommen. Er musste es bis zu seinem Wagen schaffen. Und es musste schnell geschehen.

Luca drehte Belmondo sanft mit einer Hand in die richtige Richtung. Er spürte die angespannten Muskeln unter seinem Fell. Jetzt musste er sich nur noch überwinden loszulaufen. Er holte tief Luft, doch seine Kehle war wie zugeschnürt. Lauf los, lauf einfach los, denk nicht mehr nach, befahl er sich stumm. Er machte eben den ersten Schritt, als ihn ein lautes Klingeln so sehr erschreckte, dass er fast ausgerutscht wäre. Eine Gruppe von Radfahrern kam mit Mountainbikes auf ihn zugefahren. Ihre hellen Scheinwerferlichter tanzten wild an den Tunnel-wänden, und Luca sah, wie die Person am Eingang zur Seite huschte. Es waren fünf Radfahrer aus Deutschland. Er konnte ein paar Sprachfetzen aufschnappen, als er Belmondo zur Seite nahm, sich an den Rand stellte und diesen notdürftig mit dem Handydisplay beleuchtete.

»Achtung, hier ist einer im Tunnel!«, rief der erste Radfah-rer. Die Gruppe schnarrte an ihm vorbei, und kaum waren sie vorüber, Luca spürte ihren Fahrtwind noch, eilte er zum Tun-nelausgang. Er schaffte es unbehelligt hinaus, lief so schnell er konnte zur Fahrertür und warf sich in den Wagen. Belmondo sprang über seine Beine auf den Beifahrersitz, Luca zog die Tür zu und schloss ab. Keuchend blickte er durch die Wind-schutzscheibe und die Seitenfenster, prüfte die Rückspiegel, doch es war niemand mehr zu sehen. Die Person war wie vom Erdboden verschluckt, oder vom Tunnel, der mit weit aufge-rissenem Schlund dalag. Luca wollte keine Zeit mehr verlieren, startete den Wagen und fuhr mit quietschenden Reifen zurück auf die Hauptstraße und hinein in den neuen Tunnel hinunter nach Riva.

ZWÖLF

Pasquale sprang aus dem Bus und lief die Straße hinauf. Er rannte und rannte bis hoch zum Felsen, wo er sich in eine Nische zwischen einigen Bäumen stellte und ungeduldig wartete, bis Regina zu ihm aufschloss. Er lauschte auch auf Fahrzeuge oder Stimmen, denn sie durften nicht gesehen werden, wenn sie zusammen waren. Das hatte sie ihm unmissverständlich klargemacht, und er wollte sie nicht enttäuschen. Ihre Angst vor ihrem Vater und ihrem Bruder verunsicherte ihn. Er wollte nicht, dass sie vor irgendwem Angst haben musste, wollte nicht, dass irgendwer ihr auch nur ein Haar krümmte. Er wollte sie vor allem beschützen. Vor jedem Blick eines Mitschülers, jedem Kommentar hinter vorgehaltener Hand und jeder offen ausgesprochenen Beleidigung. Niemand durfte ihr wehtun.

Als er sie endlich den Weg hochkommen sah, machte sein Herz einen Satz. Er trat aus seinem Versteck und streckte ihr freudestrahlend seine Hand entgegen.

»Komm«, sagte er nur und zog sie zurück in die Nische. Sie umarmten und küssten sich, doch die ganze Zeit über spürte Pasquale diese Angst in ihr. Ihre Muskeln waren immer angespannt, bereit, sofort zu fliehen und zu reagieren, wenn sie erwischt wurden.

Den restlichen Heimweg gingen sie nebeneinander, doch wenn Pasquale ihre Hand halten wollte, ging das immer nur für einen kurzen Moment. In diesen Momenten war es wie Elektrizität zwischen ihnen. Die Berührung durchfuhr ihn wie pure, knisternde Energie.

»Können wir uns heute sehen?«, fragte er, als sie sich verabschieden mussten.

Unentschlossen blickte sie zu Boden. »Ich weiß nicht, ob ich wegkann.«

»Ich warte auf dich in der Höhle, ja? Ich mach es uns gemütlich. Du weißt doch noch, wo sie ist?«

»Ja«, sagte sie mit einem Unterton in der Stimme, als wüsste sie bereits, dass sie ihn enttäuschen würde.

»Gut, ich warte«, sagte Pasquale.

Er gab ihr einen letzten Kuss, bevor sie sich in die Büsche schlug und zu ihrem Elternhaus ging.

Pasquale lief nach Hause, half seinem Vater beim Anbringen der neuen Treppe, tat alles, um so früh wie möglich fertig zu sein und sich seinen Feierabend zu verdienen. Denn dann konnte er los und ihnen ein Lager bereiten.

Er sammelte Tannenzweige, die er zuunterst in der Höhle auslegte. Es war eine ungefähr zwei mal drei Meter tiefe Aushöhlung in einem Fels unter einer zehn Meter hohen Klippe nördlich des Wasserfalls. Von zu Hause hatte er einen Leinensack mitgebracht, vollgestopft mit Stroh aus dem Stall, welches er über den Zweigen auslegte. Um Licht zu haben, hatte er einen Kerzenstumpf in die hintere Ecke gestellt und angezündet. Wenn es zu kalt wurde, konnte er auch ein Feuer machen.

Gegen siebzehn Uhr dreißig war er fertig und hockte sich an den Eingang der Höhle, um nach Regina Ausschau zu halten. Er wartete eine halbe Stunde, eine Stunde und dann noch eine Stunde, bis sie, als er es kaum noch glaubte, die Anhöhe zu ihm hochgestiegen kam.

»Ich kann nicht lange bleiben«, sagte sie ganz außer Atem. Mit einem Strahlen in den Augen registrierte sie, was Pasquale hier vorbereitet hatte. Sie fiel ihm unendlich dankbar um den Hals, und sie landeten im Stroh. Noch während sie sich küssten, bemerkte Pasquale ihre Tränen.

»Warum weinst du?«

Sie schüttelte den Kopf.

»Hat er dir was getan?«

»Nein, ich weine, weil ich … weil ich glücklich bin«, sagte sie und sah ihm tief in die Augen.

Draußen vor der Höhle ertönte plötzlich ein Knacken. Sie erstarrten beide. Regina löschte in Windeseile die Kerze, und sie lugten hinaus. Nichts war zu erkennen.

»Ich muss gehen«, sagte sie.

»Ein bisschen noch«, flehte Pasquale.

»Nein, es ist besser so, glaub mir.« Sie stand auf und zupfte die Strohreste von ihrem Kleid. »Danke, Pasquale.«

»Du brauchst dich nicht zu bedanken.«

Sie gab ihm einen letzten Kuss und huschte davon.

Pasquale ließ sich nach hinten ins Stroh fallen. Er blickte an die Decke der Höhle und versuchte zu ergründen, wie es weitergehen konnte. Wie konnte er dafür sorgen, dass Regina frei wurde?

Am nächsten Morgen betrat er den Klassenraum, und Reginas Platz war leer. Das war noch nie passiert. Sie war immer die Erste gewesen, bis jetzt. Unsicher setzte er sich an seinen Tisch. Der Raum füllte sich, der Unterricht begann, aber Regina kam nicht. Nicht in der ersten und auch nicht in der zweiten Stunde. Am Ende des Tages ließ Pasquale alle anderen Kinder aus der Klasse hinauslaufen, bevor er zum Tisch seiner Lehrerin ging, die ihre Sachen in einer Tasche verstaute.

»Pasquale, was gibt es?«, fragte sie.

»Ich wollte fragen … Ist … ist Regina nicht mehr an der Schule?«

»Doch, doch, sie ist nur krank«, antwortete Signora Venduto und sah ihn prüfend an. »Sag mal, wohnst du nicht ganz in ihrer Nähe? Könntest du ihr ein paar Aufgaben vorbeibringen?«

Pasquale zuckte mit den Schultern. »Ja.«

Sie suchte einige Blätter zusammen und legte sie auf das Pult. »Ich finde übrigens, dass du dich ihr gegenüber sehr nett verhältst. Alle anderen zerreißen sich das Maul, aber du bist nie dabei. Das finde ich gut, Pasquale.« Sie lächelte und klappte ihre Tasche zu. »Bis morgen.«

Nun hatte Pasquale zum ersten Mal einen Grund, bei Regina vorbeizugehen. Die Schulaufgaben waren seine Chance zu sehen, wie sie lebte. Doch er wusste, dass Regina das ablehnen würde. Er hatte zu viel Respekt vor ihrem Wunsch und erst recht vor ihrer Angst, vielleicht auch vor seiner eigenen, um es durchzuziehen. Eine Gefahr ging von diesem Haus aus. Und für die paar Blätter wollte er nichts riskieren.

Regina fehlte auch am nächsten Tag und am darauffolgenden. Bald konnte Pasquale diese Ungewissheit nicht länger ertragen. Obwohl es ein Tag war, an dem es schon seit dem Morgen heftig regnete, nahm er die Aufgabenblätter als Vorwand an sich und machte sich auf den Weg zu Reginas Haus. Seine Kleidung war immer noch nass vom Schulweg. Er hatte zu Hause nur kurz sein Hemd vor den Kamin gehängt, während sie zu Mittag gegessen hatten.

Der Himmel sah aus, als wäre es bereits später Abend. Der Regen fiel fast ohne Wind aus dichten bleifarbenen Wolken. Die dicken Tropfen zerplatzten auf der Straße wie kleine Bomben. Pasquale kletterte über das Absperrgatter auf den Zuweg zum Haus. Der Boden war schon ganz aufgeweicht und schlammig. Als er aus dem Waldstück hinaus und auf die Lichtung trat, sah er das Haus von Reginas Familie etwas erhöht über sich am Hang stehen. Rauch stieg aus dem Schornstein. In zwei Fenstern brannte Licht. So wie es aussah, glaubte er, dass es an mehreren Stellen reinregnen musste.

Je näher er dem Gebäude kam, desto mehr bekam er das Gefühl, dass es ihm feindlich gesinnt war. Wie eine grimmige, wilde Kreatur starrte es ihn an. Als er sich auf zwanzig Meter genähert hatte, kamen ihm auf dem steinigen Weg kleine Sturzbäche entgegen, sodass er auf die Wiese ausweichen musste.

»Dino!«, ertönte da ein Schrei aus dem Haus.

Pasquale duckte sich instinktiv.

»Dino, hol das Fleisch aus der Kammer!«, schrie der Vater.

Pasquale blieb in Deckung und beobachtete aufmerksam das Haus, um irgendwo eine Spur von Regina zu erhaschen.

Die Haustür sprang auf, und Dinos Umrisse erschienen im Gegenlicht. Er rannte durch den Regen nach rechts zu einem Schuppen oder Stall, riss eine schmale Tür auf und verschwand darin. Kurze Zeit später kam er mit einem Stück Fleisch in den Händen wieder heraus und trug es ins Haus.

»Hol deine Schwester, sie soll kochen!«, befahl der Vater leiser.

Pasquale schaute nach oben in den ersten Stock und erwartete, dort ein Licht angehen zu sehen. Die Regentropfen schlugen ihm ins Gesicht, und er musste seine Augen mit der Hand abschirmen, um überhaupt etwas sehen zu können.

Erneut sprang die Haustür auf, und Dino kam herausgerannt. Erst dachte Pasquale, er würde wieder zum Schuppen laufen, doch er bog um die Hausecke und stoppte vor einer kniehohen Holzkiste, die mit einem Vorhängeschloss gesichert war. Pasquale glaubte, dass es sich um eine Waffentruhe oder etwas Ähnliches handeln musste, doch warum sollte Dino ein Gewehr brauchen, um seine Schwester zu holen?

Dino schüttelte seine nassen Haare, dass die Tropfen flogen, und öffnete dann das Schloss an der Truhe. Was wollte er holen? Was benötigte er noch? Schwungvoll klappte er den Deckel auf, der gegen die Hauswand schlug, und griff energisch in die Holzkiste hinein. Das Nächste, was Pasquale sah, waren die langen schwarzen Haare in seinen Händen. Dann tauchte Reginas Gesicht auf. Sie rang nach Luft, als wäre sie minutenlang unter Wasser gewesen, verdrehte ihren Körper, weil er kaum in die Kiste gepasst hatte, und suchte Halt mit ihren Händen. Pasquale quollen fast die Augen aus den Augenhöhlen, und er richtete sich auf. Regina schrie, als ihr Bruder sie über den Rand der Kiste zerrte. Klatschend ließ Dino sie in den Matsch fallen und warf den Deckel zu. »Los, rein!«, blaffte er sie an und trat ihr in die Seite.

Pasquale stand da wie gelähmt. Regina versuchte hochzukommen, doch sie war so schwach, dass sie kaum stehen konnte.

»Rein mit dir!«, wiederholte Dino und streckte den Zeigefinger in Richtung Haustür aus. »Oder ich geb dir eins mit der Kette.«

Auf allen vieren krabbelte Regina vor ihrem Bruder davon und rettete sich bis zur Haustür. Dino kam hinterher, strich sich seine nassen Haare zurück, ging hinter Regina ins Haus und warf die Tür zu.

Pasquale konnte sich nicht bewegen, konnte nicht mal atmen. Er stand nur da, im strömenden Regen, und versuchte zu begreifen, was er gerade gesehen hatte. Dann kam die Wut. Sie erfasste ihn wie eine Gerölllawine, die alles mit sich riss und jegliche Vernunft in ihm zerschmetterte. Er wollte nichts anderes mehr, als diese Wut an den beiden Männern auslassen, ein anderes Ventil gab es nicht, und auch kein Halten. Es musste schnell und ebenso grausam sein. Und es musste endgültig sein.

Pasquale rannte nach Hause und lief in den Schuppen seines Vaters, wo das Gewehr hing und die Messer zum Ausnehmen und Häuten der Kaninchen verstaut waren. Er riss das Jagdgewehr von der Wand und hätte fast alle Munition ausgekippt, so fahrig waren die Bewegungen seiner Hände. Er lud die Waffe, steckte sich eine Handvoll Patronen zusätzlich ein und ein Messer hinten in seinen Gürtel. Der Regen trommelte aufs Dach wie ein Warnsignal, das ihn davon abhalten sollte, etwas Unüberlegtes zu tun, das sein ganzes Leben aus der Bahn werfen könnte. Vielleicht wollte der Regen auch nur seinen Vater und seine Mutter auf ihn aufmerksam machen, um ihn von seinem Vorhaben abzubringen. Aber das durfte nicht passieren. Er musste zu Regina und es für sie tun. Was danach passierte, war unerheblich.

Mit dem Gewehr in der rechten Hand eilte er zurück zum Haus der Giulianis, kämpfte sich durch Regen und Matsch und stand schließlich vor der Eingangstür, ohne genau zu wissen, wie er hierhergekommen war. Geräusche drangen aus der Küche, obwohl der Regen toste wie ein Wasserfall. Als er seine Hand nach der Türklinke ausstreckte, hatte er das Gefühl, dass alles Weitere wie in Zeitlupe ablief. Die Tür schwang auf, und Pasquale legte das Gewehr an. Über den Lauf hinweg blickte er in den dunklen Flur und das im Feuerschein erleuchtete Zimmer dahinter. Holz knackte im Kamin. Er ging vorwärts, an der Tür zur Küche vorbei, in der er Regina am Herd stehen sah. Dampf aus einem gusseisernen Topf umwölkte sie. Sie wirkte so zerbrechlich und schmal in ihrem schwarzen Kleid, das vor Nässe tropfte und eine Pfütze unter ihren nackten Füßen gebildet hatte. Pasquale ging einfach weiter. Er konnte sie jetzt nicht beachten, musste tun, was zu tun war. Musste den Moment der Überraschung ausnutzen. Er würde ihnen in ihre Gesichter schießen. In dem Moment, da sie erschraken und ihn erkannten, würde er abdrücken, und es wäre für immer vorbei. Nie wieder würden sie Regina so etwas antun.

Ein karger Raum mit verdunkelten Fenstern tat sich vor ihm auf. Der Vater hatte sich vor dem Kamin auf ein Knie niedergelassen und warf ein neues Scheit ins Feuer. Er sah ihn nicht kommen. Sein graues, schmutziges, furchiges Gesicht wurde vom flackernden Schein der Flammen erhellt, mit Augen wie schwarze, kalte Glaskugeln. Pasquale stieß einen lang gezogenen Kampfschrei aus, und der Kopf des Vaters ruckte herum. Sein Kiefer klappte herunter, als er ihn sah, und er geriet aus dem Gleichgewicht. Pasquale war so nah, dass er ihn mit dem Lauf des Gewehrs im Gesicht traf. Der alte Mann fiel auf den von Glut- und Kohlestückchen übersäten Holzboden. Pasquale stand jetzt direkt über ihm, drückte ihm die Mündung der Waffe fest in die Kuhle zwischen Unterkiefer und Hals und drückte ab. Er spürte, wie sich sein Finger krümmte, er sah den Hahn nach vorn schnellen wie ein pickender Hahnenkopf, doch er hörte keinen Schuss.

Der alte Mann schrie etwas und blickte an Pasquale vorbei.

Wieso lebte er noch? Wieso war sein Kopf nicht explodiert? Das Wasser, dachte Pasquale, der verdammte Regen. Im selben Moment explodierte ein Schmerz in seinem Rücken, sodass er vornüberfiel und zwischen Reginas Vater und dem Kamin auf den Boden stürzte. Er drehte sich um und sah in die wilden, verrückten Augen von Dino, der ein großes Holzscheit in beiden Händen hielt. Regina stand mit vor Entsetzen weit aufgerissenen Augen hinter ihm. Dino holte abermals aus, doch Pasquale riss das Gewehr hoch und hielt es schützend über sich. Das Scheit traf den Lauf, sprang Dino aus den Händen und flog rotierend gegen die Wand hinter Pasquale. Dino griff zum Schürhaken neben dem Kamin und schlug wie von Sinnen auf Pasquale ein. Das Gewehr hielt die Schläge ab, doch mit jedem Schlag mehr zerbarst es langsam. Der Griff splitterte und brach, und der Lauf knickte ab. Er hatte nun keinen Schutz mehr. Dino riss ihm die Flinte aus der Hand, schleuderte sie quer durch das Zimmer.

Pasquale hob die Arme über den Kopf, und dann prasselten die Schläge auf ihn ein. Jemand zog an seinen Armen, sodass er sein Gesicht nicht mehr schützen konnte, und schließlich folgte der eine Schlag, der einen roten Blitz vor seinen Augen verursachte und ihn ohnmächtig werden ließ.

✳✳✳

Tomasio sah um Jahre gealtert aus, als Luca bei ihm auf der Türschwelle stand. Sein Gesicht war ganz eingefallen, und seine Augen schauten ihn müde und stumpf aus tiefen Augenhöhlen an. Luca dachte sofort an eine Krankheit, die seinen Freund ereilt hatte, oder dass dessen Frau unerwartet gestorben war.

»Ciao«, sagte Tomasio mit gebrochener Stimme.

»Ist was mit Lia?«, fragte Luca.

»Komm erst mal rein.« Tomasio ging vor bis ins Wohnzimmer.

»Sag schon«, forderte Luca.

Tomasio winkte ab. »Es ist gekommen, wie es kommen musste. Ich wusste, dass es irgendwann so weit sein wird, aber ... sie ... sie erkennt mich nicht mehr. Gar nicht mehr.

Sie hält mich für einen Fremden.« Er versuchte, seine Tränen herunterzuschlucken.

Luca legte ihm einen Arm um die Schultern und drückte ihn fest an sich. »Tut mir leid, Tomasio. Ich kann mir nicht vorstellen, wie das sein muss.«

»Es ist, als hätte ich sie verloren«, sagte Tomasio. »Da ist keine Verbindung mehr. Nicht eine Erinnerung.«

»Und was sagen die Ärzte?«

»Das ist das übliche Fortschreiten der Krankheit. Für sie ist es nicht so schlimm, denn für sie ist es ja kein Verlust ...«

Luca hörte das Aber, das sein Freund nicht mehr aussprach.

»Jetzt wollen wir aber über den Fall sprechen«, sagte Tomasio, und sie setzten sich auf die Couch.

»Ich brauche deine Einschätzung und vielleicht auch die von Franco«, fing Luca an. »Ich bin den Hinweisen aus Pasquales Kindheit nachgegangen und habe eine Menge rausgefunden. Und es ist schlimmer, als ich dachte.« Er senkte den Kopf und merkte erst jetzt, da er darüber sprach, wie sehr es ihn belastete. Vor allem, das auszusprechen, was er vermutete. »Ich hab euch ja erzählt, dass der Nachbar von Pasquale seine Tochter und seinen Sohn zu einer Tante in der Nähe von Neapel schickte. Ich habe diese Tante besucht und fand heraus, dass sich Dino Giuliani, der Sohn, nach einem Jahr davonmachte und auf die schiefe Bahn geriet. Er arbeitete als Eintreiber für die Mafia und stieg schnell auf. Er wurde zum Killer und eines Tages selbst zum Opfer. Er wurde mit dreißig Schüssen ermordet. Der Fall ist bis heute ungelöst.«

»Und das Mädchen?«, fragte Tomasio.

»Die Tante sagte, sie habe sie zurück zu ihrem Vater geschickt, hat sich aber nie erkundigt, ob er sie vom Bahnhof abgeholt hat. Niemand hat sie je wieder gesehen, weshalb ich davon ausgehe, dass sie nie dort ankam. Nur Gott weiß, ob sie überhaupt noch lebt.«

»Das wird Pasquale das Herz gebrochen haben«, meinte Tomasio.

»Es kommt noch schlimmer«, sagte Luca. »Ich erfuhr von Pasquales Ex-Frau, dass sein Vater kurz nach dem Verschwinden der beiden durch einen Unfall starb. Pasquale hat es aber immer für Mord gehalten. Er glaubt, dass dieser Giuliani seinen Vater getötet hat.«

Tomasio rieb sich über seine Schläfe, als hätte er Kopfschmerzen. »Und jetzt ist dieser Giuliani tot«, sagte er.

»Ja. Er ist aber nicht das einzige Opfer. Der Polizist von damals ... Ich fand ihn in seinem Haus, erhängt.«

»Bitte?« Jetzt kam Leben in Tomasio. Seine Wangen begannen zu glühen, so als hätte er Fieber. Und in seinen Augen blitzte ein besorgter Funken auf.

»Tomasio.« Luca traute sich kaum, es auszusprechen. »Ich glaube, Pasquale ist abgetaucht, um einen Rachefeldzug zu führen. Ich kann nicht sagen, was mit Dino Giuliani passierte, es ist schon Jahre her, aber der alte Giuliani und Branduro, der Polizist, sie wurden erst kürzlich getötet. Dieser Giuliani hat Pasquales große Liebe und seinen Vater auf dem Gewissen, den er sehr geliebt hat. Branduro hat damals Regina nicht helfen können. Nun befürchte ich, die Tante könnte die Nächste sein. Sie hat das Mädchen mit Sicherheit auch nicht gut behandelt.«

»Das ist zu viel«, sagte Tomasio und schüttelte den Kopf. »Du musst mit den Kollegen sprechen, Luca. Die Indizien sind erdrückend. Auch wenn ich es eigentlich nicht wahrhaben will.«

»Hinzu kommt ...«

»Noch etwas?«

»Bruto hat mich gebeten, wieder als Berater zu arbeiten. Wir haben die Leiche von Branduro gemeinsam gefunden.«

Tomasio konnte nicht antworten. Er brauchte einige Sekunden, um reagieren zu können.

»Du kannst das nicht mehr verheimlichen, nicht nach dem, was passiert ist. Du musst es ihm sagen. Es wird allmählich gefährlich, Luca. Auch für dich. Wenn noch etwas passiert ...«

»Du hast recht«, bestätigte Luca, und seine Schultern fielen herab. »Das war dumm von mir. Scheiße, ich hab … Ich muss das klarstellen.«

»Misstraust du Bruto immer noch?«

»Franco sagt, er sei ein korrupter Polizist. Ich kann ihm nicht vertrauen. Allerdings weiß ich nichts über die anderen Polizisten. Ich will keinem etwas unterstellen. Und ich allein kann dieses Problem nicht lösen. Das muss die Polizei tun.«

»Gut so. Mach es so schnell wie möglich.«

Luca reichte Tomasio aus purer Dankbarkeit die Hand. »Wir haben viel zusammen durchgemacht«, sagte er. »Ich bin auf jeden Fall für dich da, wenn du mich brauchst.«

»Du hast mehr verloren als ich«, entgegnete Tomasio.

Und so hart wie es klang, so sehr hatte er recht.

***

Bruto und Fabio saßen ihm an demselben Tisch, an dem sie ihm vor ein paar Stunden die Mordfälle vorgestellt hatten, gegenüber und blickten Luca mit einer Mischung aus Neugier und einer unguten Ahnung an. Luca hatte die beiden telefonisch um dieses sehr späte Gespräch gebeten. Zunächst war vor allem Fabio voller Hoffnung gewesen, dass Luca eine Idee oder einen helfenden Hinweis für die Mordserie haben könnte. Aber an dieser Stelle hatte Luca bereits angedeutet, dass es sich um etwas völlig anderes handelte.

Nun wusste er nicht, wie und wo er beginnen sollte. Er bezichtigte sich hier immerhin selbst einer Straftat, soweit er das juristisch einordnen konnte.

Als Fabio unruhig auf seinem Stuhl hin und her rutschte und sich auffordernd räusperte, öffnete Luca endlich den Mund. Bruto saß wie ein Felsen neben dem Kollegen und zeigte keinerlei lesbare Gefühlsstimmungen.

»Es tut mir leid, dass ich Sie so spät noch hierhergebeten habe«, entschuldigte sich Luca zunächst. »Doch ich war nicht ganz ehrlich mit Ihnen, was das Verschwinden von Pasquale Vialli angeht.«

Fabio wurde immer nervöser, während Bruto nur noch mehr versteinerte.

»Ich … ich fand Unterlagen in Pasquales Haus, die darauf hindeuten, dass er sich in letzter Zeit mit dieser Geschichte aus seiner Kindheit beschäftigt hat, von der ich bisher sagte, dass ich sie von Branduro hätte. Pasquale hatte sich sogar die alten Polizeiakten besorgt. Und ich frage mich, ob das der Grund für sein Verschwinden sein könnte.«

»Unterlagen, was meinen Sie damit?«

»Pasquale hat den Verbleib der beiden Kinder von Giuliani recherchiert«, berichtete Luca. »Die Anzeigen von Pasquales Vater gegen ihn bewirkten nicht zuletzt deshalb nichts, weil Giuliani die beiden damals kurzerhand zu einer Tante in den Süden schickte. Ich nahm seine Aufzeichnungen an mich und reiste selbst nach Neapel, um dort mit der Tante der Kinder und noch anderen Personen zu sprechen. Regina, das Mädchen, wurde nach einem Jahr von Signora Grossi in einen Zug zurück nach Hause gesetzt und ist seitdem verschollen. Dino, ihr Bruder, starb in Neapel. Er war Mitglied der Mafia und wurde erschossen.«

Brutos schwarze Augen hingen die ganze Zeit an seinen, während er sprach, und der starre Blick des Kommissars bohrte sich immer tiefer und tiefer in seinen Kopf hinein. Er war so durchdringend, dass Luca für einen Moment innehalten und aus dem Fenster schauen musste. »Darum befürchte ich nun«, resümierte Luca, »dass, wenn Pasquale aus Rache handelt, sein Feldzug vielleicht noch nicht beendet ist.«

Es war keine Bombe, die hier platzte, es war mehr eine Implosion. Die gesamte Luft schien aus dem Raum zu weichen, und sie saßen für einen Moment in einem absoluten Vakuum beieinander.

»Commissario Vialli«, brach Fabio schließlich das Schweigen, »ist mir als absolut integrer und gewissenhafter Polizeibeamter bekannt. Ich kann mir immer noch nicht vorstellen, dass er ein so berechnender Mörder sein soll. Und warum hätte er diesen Branduro töten sollen?«

»Giuliani hatte seine Liebe und nach Pasquales Glauben auch seinen Vater auf dem Gewissen«, erklärte Luca. »Branduro war Polizist, hat aber nichts verhindern oder unternehmen können. Giuliani ist nie angeklagt worden.«

»Bruto, was sagen Sie?«, fragte Fabio seinen Kollegen.

»Sie müssen Ihre Gefühle ihm gegenüber vergessen und den Tatsachen ins Auge blicken«, entgegnete Bruto kühl.

»Gut, es ist Ihr Fall. Ich kann nur sagen, was ich über Vialli als Beamten weiß. Privat kenne ich ihn nicht, das muss ich zugeben«, schob Fabio etwas weniger überzeugt hinterher. »Eigentlich war er da immer sehr verschlossen.«

»Ich habe nur Angst, dass diese Tante, Valeria Grossi, nun ebenfalls in Gefahr schwebt. Sie ist die Letzte, die noch am Leben ist. Ich habe sie bereits telefonisch gewarnt, vorsichtig zu sein«, warf Luca ein.

Fabio erwiderte nichts, sah nur Bruto prüfend an.

»Ich will mit Signor Spinelli allein sprechen«, erklärte der, ohne den Blick von Luca zu nehmen.

Fabio seufzte und stand erschöpft auf. »Die Identität des letzten Opfers ist übrigens bestätigt worden. Es ist der Bauer aus Tignale«, informierte er Luca noch, bevor er hinausging und leise die Tür hinter sich schloss.

Luca war mit Bruto allein. Fast rechnete er damit, dass dessen Wut über ihn sich körperlich entladen würde.

»Sie haben mich belogen«, rückte Bruto schließlich mit der Sprache raus.

Luca nickte, seinen Fehler bereitwillig zugebend.

»Sie wussten, warum ich hierherbeordert wurde. Und trotzdem haben Sie mir Beweismaterial vorenthalten. Ich wette, schon seit damals, als wir uns in Viallis Haus trafen.«

Dazu sagte Luca nichts.

»Als ich diesen Job antrat, ging ich fest davon aus, Commissario Vialli sei etwas zugestoßen. Alles deutete darauf hin. Ganz allein Ihre Informationen drehten diesen Fall um hundertachtzig Grad, und nun erfahre ich, dass Sie das Wichtigste noch unterschlagen haben. Und ich mache Sie zu unserem Berater.« Das letzte Wort knurrte er mehr, als dass er es aussprach. »Nicht mal als wir zusammen den erhängten Beamten in seinem Haus gefunden haben, sagten Sie etwas.« Seine Stimme war lauter geworden.

»Ich habe einen großen Fehler gemacht«, gab Luca zu. Doch Bruto hob sofort seine massige Hand.

»Sie haben absichtlich Informationen unterschlagen. Mehr noch, Sie haben wissentlich eine Ermittlung sabotiert. Sie haben sich strafbar gemacht. Sie werden in diesem Fall nichts mehr unternehmen, rein gar nichts. Wenn Fabio Sie noch haben will, bitte schön. Aber sollte ich Sie dabei erwischen, dass Sie meine Ermittlungen in irgendeiner Weise beeinflussen, sorge ich dafür, dass Sie vor Gericht kommen.« Zur Unterstreichung seiner unumstößlichen Absicht drückte er seinen Zeigefinger so fest auf den Tisch, als wollte er ein Insekt darunter zerdrücken. »Wieso meinten Sie überhaupt, mich belügen zu müssen? Wollten Sie Ihrem Freund nicht von Anfang an helfen?«

»Ich konnte Ihnen nicht vertrauen, deswegen«, gab Luca unbeeindruckt zurück. Er wollte sich nicht in eine Ecke drängen lassen. Angriff war die beste Verteidigung. »Ihnen werden Kontakte zur Mafia nachgesagt. Korruption ist weit verbreitet in der Polizei, aber jemandem, der auf der Gehaltsliste der Mafia steht, kann ich einfach nicht vertrauen.«

Das zeigte Wirkung. Brutos Kiefermuskeln spannten sich an, und seine Lippen wurden zu schmalen, blassen Strichen. Dann erfuhr sein Gesicht eine weitere Metamorphose, und alles Angespannte entspannte sich, er begann sogar zu lächeln.

»Von wem haben Sie das?«, wollte er wissen.

»Ich habe mich lediglich informiert«, antwortete Luca. »Wenn man sieht, welche Fälle Sie gelöst haben und welche nicht, kann man schnell zu diesem Schluss kommen. In der Presse kam ebenfalls zumindest eine vorsichtige Vermutung auf. Die dürfen ja auch nicht alles schreiben, sonst liegen sie eines Tages selbst auf der Straße«, sagte Luca im Bewusstsein, dass er reichlich vage Behauptungen aufstellte und zudem nichts davon belegen konnte. Etwas anderes konnte er Bruto aber natürlich nicht sagen, ohne Franco in Gefahr zu bringen.

»Wenn das tatsächlich der Fall wäre«, sagte Bruto und atmete tief ein, »hätten Sie mich ja sehr gut verstanden.«

Luca glaubte zu wissen, dass sie sich *gegenseitig* gut verstanden hatten.

DREIZEHN

Der Kamin hatte den Raum auf eine hohe Temperatur ange-
heizt. Stefano Agnesi erwachte, weil ihm schrecklich warm war
und er am ganzen Körper schwitzte. Er lag auf der Couch vor
dem Fernseher unter einer Fleece-Decke, die er mit Schwung
zurückwarf, und schnappte nach Luft.

Seine Frau war auf der anderen Couch eingeschlafen. Er
blickte auf die Uhr. Es war kurz vor halb eins. Tini, die kleine
Pudeldame der beiden, tapste aufgeregt vor ihm auf dem Steinfußboden hin und her. Das kleine Glöckchen an ihrem Halsband klimperte.

»Ja, ja, wir gehen jetzt raus«, beruhigte er sie und stand auf,
um seine Schuhe zu holen. Seine Frau schlug müde die Augen
auf und hob leicht den Kopf.

»Was machst du?«

»Ich geh schnell eine Runde mit Tini. Bin gleich wieder
da.«

»Okay«, sagte sie, legte den Kopf ab und war schon wieder
eingeschlafen.

Die beiden lebten in der Via Mazzone in Varone, einem
Ort nördlich von Riva. Es war eine gute Wohngegend, auch
wenn sie in der Straße, in der es sehr große, teure Villen gab,
das kleinste Haus besaßen. Der Blick auf den See und das Tal
von Riva war einmalig, und sie hätten glücklicher nicht sein
können. Kinder fehlten. Doch diesen Wunsch vermochten sie
sich leider nicht zu erfüllen. Das zu akzeptieren, war wohl die
schwerste Prüfung ihrer Beziehung gewesen. Doch so dumm
es klang, sie wollten sich gern um jemanden kümmern und
hatten sich für einen Hund entschieden. Tini lebte jetzt seit vier
Jahren bei ihnen und hatte ihr Leben auf den Kopf gestellt. Es
war lebhafter und glücklicher geworden. Die kleine schwarze
Pudeldame mit ihren treuen Knopfaugen hatte sich schnell

in ihre Herzen gestohlen, und keiner der beiden konnte sich noch ein Leben ohne sie vorstellen.

Stefano ging die Via Mazzone auf der linken Seite hinab. Hinter kleinen Olivenbäumen gab es hier eine große Rasenfläche, die jetzt in der Nacht allerdings in völliger Dunkelheit lag. Die schwarze Tini darauf im Auge zu behalten, war unmöglich. Daher pfiff er immer mal wieder nach ihr, wenn sie zu weit auf die Wiese abhaute. Die anderen Häuser rechts von ihm lagen dunkel und absolut still am Hang. Um diese Zeit schlief hier unter der Woche bereits alles. Meistens war er der Letzte, der die Straße entlangging und damit auch so etwas wie einen Kontrollgang in der Nachbarschaft machte.

Heute ging er nicht bis ganz hinunter, er war einfach zu müde, und es war spät. Der Tag hatte ihn schwer mitgenommen und erschüttert. Vielleicht stand er sogar noch etwas unter Schock. Erst als er zu Hause gewesen war, hatte er die Schwäche in seinen Knochen bemerkt und dass er kaum noch stehen konnte. Er hatte sich gleich hingelegt und geglaubt, sich vermutlich noch übergeben zu müssen, was aber ausgeblieben war. Stella, seine Frau, hatte besorgt an seiner Seite gekniet und gefragt, was passiert sei. Er hatte ihr von seinem grausigen Fund heute Morgen berichtet. Er hatte schon oft in Fernsehberichten davon gehört, dass Passanten eine Leiche gefunden hatten. Das war eine sehr kurze Information für einen Vorfall, der einen tief erschüttern und in diesem Fall auch verstören konnte. Der Mann hatte dort halb vergraben gelegen. Ein Mensch, verscharrt wie ein Stück Müll, und doch wieder nicht. Es hatte gleichzeitig auch so ausgesehen wie eine Leichenbettung, ein Begräbnis.

Stella hatte darauf bestanden, dass er liegen blieb, und sie hatten später nur wenig zu Abend gegessen und ein großes Glas Grappa getrunken. Anschließend war er wieder eingeschlafen und eben erst erwacht.

Die Steigung der Straße strengte ihn heute mehr an als sonst, er kämpfte sich mühsam vorwärts. Tini wusste natürlich, dass es nach Hause ging, sie trippelte immer schneller vorwärts, sprang über ein Büschel hohes Gras und verschwand im Dunkel der Wiese. Stefano schritt gegen den Berg an, blieb stehen und verschnaufte.

»Tini!«, rief er leise. Ihr Glöckchen klingelte irgendwo rechts vorn. Er ging weiter, dem letzten Drittel des Weges entgegen. »Tini!«, rief er abermals und pfiff. Doch sie kam nicht.

Er horchte auf das Glöckchen, vernahm jedoch keinen Laut. »Tini?«

Nichts tat sich. Er merkte, wie ihm der Schweiß ausbrach. Er wusste nicht, ob es wegen der Anstrengung oder wegen der Sorge war, dass Tini etwas zugestoßen sein könnte. Wieder pfiff er und betrat die Wiese mit vorgestrecktem Hals, um zu sehen, ob er sie nicht irgendwo im Dunkel erkennen konnte. Dann endlich nahm er links, etwas oberhalb von sich, ein Schimmern wahr. Etwas kam aus der Dunkelheit auf ihn zu, schwebte ihm förmlich entgegen. Es waren zwei, dann drei, dann vier weiße Schemen, oval und unkonkret. Erst dachte er an weiße Eulen und fand diesen Gedanken allein schon seltsam. Dann, im Näherkommen, lösten sich allmählich Formen aus der Schwärze, und er erkannte, dass es Personen waren und die weißen Schemen ihre blassen Gesichter.

»Stefano?«, hörte er eine Stimme sagen.

»Ja«, antwortete er und meinte, ganz kurz Tinis Glöckchen zu hören. Vielleicht hatten sie sie auf der Wiese gefunden und brachten sie ihm zurück. Merkwürdigerweise sahen alle vier irgendwie gleich aus. Sie trugen schwarze Kleidung, hatten schwarzes Haar und diese blasse Haut.

»Dein Hund«, sagte die Person, kam näher und hielt Tini auf dem Arm. Stefano streckte dankbar die Hände aus, um sie in Empfang zu nehmen, doch als er sie schließlich in den Händen hatte, bemerkte er sofort, wie weich und kraftlos und schlaff das Tier war. Sie war tot, das spürte er ganz deutlich.

»Was ist passiert?«, wollte er fragen, doch da schwärmten

diese Personen auf ihn zu, umkreisten ihn, und einer von ihnen schlug zu.

Stefano verlor das Bewusstsein.

Geweckt wurde er von dem Rufen und der Hitze. Irgendwo in der Nähe schrie ein Mann. Seine Stimme klang gedämpft, so als befände er sich in einem Haus oder einem Keller. Das Prasseln des Feuers hingegen war dicht und ungefiltert. Hell und heiß loderten die Flammen, als er seine Augen öffnete. Sogleich wurde ihm schwindelig, denn alles stand auf dem Kopf, und in seinem Schädel herrschte ein starker Druck. Der Schweiß lief an seinem Körper herab, kroch über seinen Hals bis in sein Gesicht und tropfte von seinen Haarspitzen. Er hing kopfüber von einer steinernen Decke, die Hände auf dem Rücken gefesselt, die Füße in einer Schlinge verknotet.

»Bitte lasst ihn!«, rief die Männerstimme erneut. »Hört auf, lasst ihn gehen, bitte!«

»Stellt ihn ruhig, aber tut ihm nicht weh«, hörte er eine zweite Stimme sagen, die näher war, und dann folgten eilige Schritte.

Stefano versuchte sich zu drehen, um zu sehen, wer da bei ihm war. Das Einzige, was er erkannte, war der leblose Körper von Tini nahe dem Feuer. Im flackernden Schein der Flammen war sie nur noch ein Haufen Fell.

»Oh nein …«, jammerte er verzweifelt. Jetzt vernahm er langsame Schritte. Jemand ging um ihn herum. Er konnte Schuhe erkennen, hob den Kopf und blickte einer Person ins Gesicht, die sich zu ihm herunterbeugte. Gleichzeitig versuchte er, seine Hände zu befreien. Das alles hier war wie die Hölle, in der er plötzlich gelandet war, und es gab keinen Zweifel, dass sein Leben bald beendet sein würde, wenn er sich nicht wehrte. Diese Person war gefährlich, er durfte sie nicht an sich heranlassen. Seine Hände drehten und wanden sich in den Fesseln. Dank des vielen Schweißes waren sie so glitschig, dass er es tatsächlich schaffte, eine Hand aus der Schlinge zu ziehen.

Das Gesicht der Person vor ihm wurde größer und deutlicher.

»Sie?«, fragte er und riss seine Arme nach vorn, um das Gesicht zu packen. Doch kaum hatte er Hals und Kiefer zwischen den Fingern, biss die Person zu. So fest, dass er das Knirschen seines Daumenknochens hören konnte und anschließend seinen eigenen, schrillen Schrei. Er hielt sich seine Hand vor die Augen, weil er glaubte, der Daumen würde fehlen, doch es war nur eine tiefe Fleischwunde, aus der das Blut herausquoll. Etwas blendete ihn, eine Reflexion. Und dann hörte er ein zischendes Geräusch.

Zuerst dachte er, jemand habe Wasser ins Feuer gegossen, bis er begriff, dass es sein eigenes Fleisch war, das soeben durchtrennt worden war. Ein Messer schnitt durch seinen Hals. Ein aufjaulender Schmerz durchfuhr ihn, gefolgt von eisiger Kälte und gleichzeitiger Wärme. Er hatte das Gefühl zu ertrinken. Rote Farbe färbte seinen Blick, tanzte wie ein Vorhang vor seinen Augen. Sein eigenes Blut rann in Kaskaden an seinem Kopf herab. Nein, dachte er, nein, das ist zu viel Blut, es muss gestoppt werden. Das überlebe ich nicht. So viel Blut.

Und er sollte recht behalten. Wenige Momente später wich das Leben aus ihm und löste sich auf wie der Rauch einer gelöschten Kerze.

✳✳✳

Regina hatte sich nicht getraut zu schlafen. Fausto hatte sie allein gelassen und eingeschlossen. Nun saß sie auf der Bettwäsche, auf der sich Mickey und Minnie Mouse kleine Herzen zuwarfen, und konnte sich vor Angst nicht mehr bewegen. Es war inzwischen Nacht geworden. Vor den Fenstern stand absolute Dunkelheit. Sie fühlte sich, als wäre sie mit diesem Wohnanhänger verunglückt und auf den eisigen Grund eines Sees gesunken. Bedrückende Stille umgab sie. Nicht mal Zikaden konnte man hören. Fausto musste im Haus sein. Und dann war da noch das zweite Mädchen in dem anderen Wohnwagen. Doch auf dieser Seite gab es kein Fenster, sodass sie sich nicht sehen konnten.

Irgendwann nickte sie dann doch im Sitzen ein. Was sie weckte, war ein lautes Schnaufen wie von einem Drachen, der wütend die heiße Luft aus seinen Nüstern stieß. Dann schlug eine Tür zu, und Regina wusste, dass es ein großer Lastwagen gewesen sein musste, der auf dem Schrottplatz gehalten hatte. Ihr Herz begann nun immer kräftiger zu pochen. Es drängte von innen gegen ihre Brust, als wäre es eingesperrt so wie sie und wollte hinaus. Fliehen, vor was auch immer gleich passieren mochte.

Es dauerte eine ganze Weile, bis sie Schritte hörte und das Murmeln zweier Männerstimmen. Bitte lass sie in den anderen Wagen gehen, flehte sie innerlich, auch wenn sie dem anderen Mädchen nichts Böses wünschte. Bitte nicht ich, betete sie und verschränkte die Hände ineinander. Doch da klapperte es an der Tür, die aufgezogen wurde, wodurch kalte Luft und Benzingeruch hereinströmten.

»Bitte sehr. Sie ist ganz frisch eingetroffen. Habe sie heute erst mitgenommen. Ein sehr glücklicher Zufall. Du bist der Erste«, sagte Fausto.

Dann trat ein großer, hagerer Mann ein, der den Kopf leicht einziehen musste, wenn er aufrecht im Wagen stand. Er trug ein weißes, schmutziges Unterhemd, ebenso schmutzige Jeans, die ihm etwas zu groß waren, und zerschlissene Sportschuhe. Sein dunkles Haar schimmerte feucht und klebte an seinem kantigen Schädel. Als er lächelte, zeigte er seine vom Zigarettenrauch vergilbten Zähne.

»Sie redet nicht«, sagte Fausto hinter ihm stehend. »Aber das ist ja nicht das Wichtigste.«

Der Hagere lachte und machte einen Schritt auf Regina zu.

»Dann viel Spaß«, wünschte Fausto und stieg aus dem Anhänger. »Sag Bescheid, wenn du fertig bist.«

»Ja, mach ich«, erwiderte der Hagere, ohne seinen Blick von Regina zu nehmen.

Die Tür schlug zu, und der Mann setzte sich ganz langsam auf die Sitzbank an dem kleinen Tisch. Der Kühlschrank brummte pulsierend. Der Mann umfasste mit beiden Händen die Tischenden und strahlte übers ganze Gesicht.

»Wie hübsch du bist«, sagte er. »Bellissima. Bellissima.« Er strich sich über sein nasses Haar und leckte sich die Lippen. »Wie ist dein Name?«, wollte er wissen.

Regina antwortete nicht.

»Ach, stimmt ja. Du redest nicht. Aber verstehen kannst du mich, oder?«

Er sah sie auffordernd an, doch Regina zeigte keine Regung.

»Kein Problem, kein Problem. Das kriegen wir schon hin. Ich nenn dich einfach … Kitty. Gefällt dir das? Kitty? Ich mag den Namen. Kitty, Kitty, Kitty …« Er grinste und erhob sich. »Ich komme mal zu dir rüber, Kitty.«

Es brauchte nur zwei Schritte mit seinen schlaksigen Beinen, und er stand vor dem Bett. Reginas Herz schlug schnell wie eine Trommel. Doch sie sagte sich, dass sie auch das überstehen würde. Es gab nichts, was sie nicht aushalten konnte. Nichts, was sie nicht ertragen konnte. Schließlich kannte sie das alles schon von zu Hause.

* * *

Auch der nächste Tag begann kalt, mit Temperaturen knapp über dem Gefrierpunkt. So eine Kältephase im Spätsommer oder frühen Herbst hatte es schon jahrzehntelang nicht mehr gegeben. Und sie vertrieb die letzten Urlauber, die noch in der Gegend verharrt hatten. Tag für Tag verabschiedeten die Touristenorte unten am See ihre Gäste, und am Ufer wurde es stiller und stiller.

Luca stand an diesem Morgen lange auf der unfertigen Terrasse vor dem Haus und blickte hinüber nach Malcesine.

Er dachte daran, heute mal wieder das Fernrohr rauszuholen und zu Martina hinüberzuschauen. Trotz des wenig Vertrauen schaffenden Gesprächs gestern Abend mit Bruto fühlte er sich heute von einer Last befreit. Er hatte das Versteckspiel beendet, und es ging ihm deutlich besser damit. Aber da war noch eine Sache, die die ganze Zeit an ihm genagt hatte, obgleich sie ihm weniger wichtig erschienen war als alles andere, was zu tun gewesen war, und das war der kleine Zettel mit Signora Brandts Telefonnummer, der aus einer der Akten gefallen war.

Signora Brandt war in der letzten Mordserie von Luca als Zeugin ausfindig gemacht und befragt worden. Er konnte sich einfach nicht erklären, was sie in Pasquales Ermittlungsakten zu suchen hatte. Daher beschloss er, sie gleich heute früh aufzusuchen und danach zu fragen.

Signora Brandt wohnte im oberen Geschoss eines Hauses in zweiter Reihe zum Hafen in Desenzano. Luca klingelte und stellte sich gleich so vor die kleine verglaste Kameralinse, dass sie ihn erkennen konnte.

»Spinelli, was wollen Sie denn hier?«, fragte sie mit rauer, matter Stimme über die Gegensprechanlage.

»Ich habe ein paar Fragen zu einem neuen Fall«, antwortete er.

Einen Moment lang geschah gar nichts, bis schließlich der Türsummer ertönte und die Tür aufsprang. Luca betrat das Treppenhaus und stieg hinauf in den vierten Stock, wo die Tür zur Wohnung bereits offen stand. Heute vernahm er ausnahmsweise mal keine Musik. Sonst hatte sie immer eine Schallplatte gespielt oder selbst am Piano gesessen.

»Wohnzimmer!«, rief sie ihm zu. »Der Hund muss vorn bleiben.«

Luca grinste und ließ Belmondo Platz machen. Er ging ins Wohnzimmer, das schon recht gut beheizt war. Sie stand in einem wallenden schwarzen Kleid und mit einer schwarzen Stola um die Schultern vor dem riesigen Regal im Wohnzimmer und suchte offenbar nach einer Platte in ihrer mehrere hundert, wenn nicht tausend Exemplare umfassenden Sammlung. Ihr langes graues Haar trug sie offen.

»Warum bringen Sie das Tier mit? Sie wissen doch, dass ich allergisch auf so was reagiere.«

»Es ging nicht anders. Sonst hätte ich natürlich Rücksicht genommen«, entgegnete Luca fast ein wenig amüsiert, weil er wusste, dass sie keine Allergie hatte, sondern einfach nur keine Hunde mochte. Auf dem Flügel lag ein weißes Tuch, auf dem ein Glas stand, wie üblich mit einer klaren alkoholischen Flüssigkeit darin.

»Jetzt finde ich doch dieses verdammte Stück nicht mehr wieder ...«, murmelte sie grantig. »Gott, sicher hat Lisa hier alles durcheinandergebracht. Ich sollte sie feuern.« Damit drehte sie sich zu ihm um und hielt sich mit einer Hand am Flügel fest, so als hätte sie bereits mehrere Gläser intus. »Ich trinke Gin, wollen Sie auch einen?«

»Es ist morgens«, sagte Luca.

»Hatte ich Sie nach der Tageszeit gefragt?«

»Nein danke. Keinen Gin für mich.«

»Es kann doch unmöglich sein, dass Sie mich schon wieder wegen eines Verbrechens belästigen müssen.« Sie griff nach einer Karaffe und ihrem Glas und kam leicht schwankend auf ihn zu.

»Es dauert nicht lang«, versicherte Luca.

»Wir sitzen hier«, sagte sie und deutete auf einen Sessel, in dem sie Platz nahm, während sie Flasche und Glas auf einem Beistelltisch absetzte. »Sie können auch stehen, wenn es so schnell geht, wie Sie sagen.« Sie lächelte künstlich und goss noch mehr Gin in das bereits gefüllte Glas.

Luca hockte sich auf die Fensterbank. Signora Brandt nahm einen Schluck, lehnte sich zurück und breitete beide Arme aus.

»Nun, was liegt Ihnen denn auf dem Herzen?«, fragte sie.

»Wie ich sehe, haben Sie sich von Ihrem Verlust schon etwas erholt.«

Die Anspielung auf Martinas Unfall traf ihn unvorbereitet,

sie versetzte ihm damit einen Schlag ins Gesicht. Bei ihrem letzten Treffen war sie etwas verständnisvoller gewesen, erinnerte sich Luca. Aber nicht viel.

»Oh, offensichtlich habe ich mich getäuscht«, sagte sie, als sie seine Reaktion bemerkte.

»Darum geht es jetzt nicht.«

»Ach nein? Dann setzen Sie mich ins Bild.«

»Es geht um einen neuen oder um einen alten Fall von Commissario Vialli. Er ist der Kriminalbeamte, dem ich unterstellt war, als wir beide uns kennenlernten.«

»Ich sehe noch keinen Zusammenhang mit meiner Person.« Sie trank und sah ihn mit großen Augen über den Glasrand hinweg an.

»Nun, leider ist der Commissario seit einiger Zeit spurlos verschwunden. Und da wir ein freundschaftliches Verhältnis haben, konnte ich in seinem Haus einige seiner Unterlagen, Akten und Notizen einsehen. Und genau aus diesen Unterlagen fiel ein Zettel heraus, auf dem er Ihre Telefonnummer und Adresse und den Namen eines Hotels notiert hatte.«

»Da ist sie ja, die Verbindung.« Sie reckte triumphierend einen Finger in die Höhe. »Und nun sind Sie hier, weil …«

»Weil ich wissen möchte, warum er Sie kontaktiert hat. Was wollte er von Ihnen? Ich verstehe es nicht.«

Sie zog die Mundwinkel nach unten und ließ ihre gemalten Augenbrauen einmal gleichgültig auf und nieder hüpfen. »Das kann ich nicht beantworten. Ihr Polizeifreund müsste das tun.«

»Aber der ist verschollen. Also, hat er Sie angerufen, war er vielleicht sogar bei Ihnen? Haben Sie je mit ihm gesprochen?«

Sie nahm erneut einen Schluck.

»Wenn es so war, ist das schon länger her«, sagte sie schließlich.

»Dann war er tatsächlich bei Ihnen? Wann?«

»Das war noch während Ihres letzten Falls«, meinte sie und zupfte ein paar Fusseln vom Stoff ihres Kleides.

»Aber da hatten doch nur wir beide Kontakt.«

»Deswegen rief er ja an.«

»Tut mir leid, das verstehe ich nicht.« Luca lachte verunsichert. »Er hat mir nie davon erzählt, was wollte er von Ihnen?«

»Signor Spinelli, lassen Sie es doch gut sein«, meinte sie beschwichtigend.

»Warum sollte ich?«

»Weil Sie meine Zeit stehlen.«

»Zeit, um sich vollständig der Ginflasche zu widmen?« Ihre Augen verengten sich zu Schlitzen, und sie funkelte ihn böse an. »Spinelli, sind Sie nur gekommen, um mich zu beleidigen, um mich eine Alkoholikerin zu nennen? Ist es das, was Sie wollten?«

»Sie weichen mir aus, Sie sind nicht ehrlich.«

»Oh, Ehrlichkeit! Was für ein großes Wort«, sagte sie theatralisch und schwenkte eine Hand durch die Luft. »Na gut, dann geb ich Ihnen mal Ihre Ehrlichkeit. Dieser Vialli kam hier vorbei, um sich über Sie zu erkundigen.«

»Über mich?«

»Genau. Er hatte nämlich die Befürchtung, dass Sie der Belastung nicht standhalten würden. Er war der Ansicht, dass der Tod Ihrer Freundin Sie zu sehr mitgenommen habe, dass Sie nicht mehr ganz zurechnungsfähig seien.«

»Was?«

»Sie wollten Ehrlichkeit. Jetzt kommen Sie damit klar.« Sie trank das Glas in zwei großen Schlucken aus und knallte es auf den Tisch.

Luca sah sie einige Sekunden lang abschätzend an. »Sie lügen schon wieder«, stellte er fest.

»Vielleicht hatte er recht. Sie stecken immer noch in einer tiefen Depression.«

»Was Sie als Pianistin natürlich hervorragend diagnostizieren können«, gab er zurück.

»Nehmen Sie einfach Ihren Köter und verlassen Sie meine Wohnung.«

»Sie wissen, wie man Sie nennt, oder? ›Die Schwarze Witwe‹?«, fragte er verärgert.

»Was geht Sie das an?«

»Ich könnte ja mal Nachforschungen anstellen, ob da was dran ist an diesen Gerüchten. Ich sehe kein einziges Bild Ihres Mannes hier im Haus. Sie mochten ihn wohl nicht sehr, was?«

»Drohen Sie mir gerade, Spinelli? Das können Sie gar nicht. Scheren Sie sich raus. Ich muss schlafen. Sie ermüden mich.«

»Natürlich, ich lasse Sie und die Flasche allein. Auf Wiedersehen.« Luca ging an ihr vorbei, ohne sie noch einmal anzusehen, und verließ mit Belmondo und einem unangenehm stechenden Gefühl im Magen die Wohnung.

Schroff war sie schon immer gewesen, doch heute hatte diese verbale Abwehr eine neue Form angenommen. Sie verheimlichte ihm den wahren Grund für Pasquales Interesse an ihr, da war er sich sicher. Wenn er doch nur einen kleinen Hinweis darauf in den Unterlagen finden könnte!

Zu Hause durchsuchte er daher den USB-Stick, den er die ganze Zeit über in der Hosentasche behalten hatte, und fand darin mehrere mit den erwartbaren Überschriften wie »Rechtsmedizin«, »Kriminaltechnik«, »Tatortfotos« und »Zeugenaussagen« betitelte Ordner. Einiges hatte er sich ja bereits angesehen. Zwei Ordner allerdings trugen Bezeichnungen, die augenblicklich Lucas Neugier weckten, denn es handelte sich um Namen, die ihm bekannt waren: »Brandt« und »Busconi«. Anscheinend hatte Pasquale Signora Busconi, die Leiterin des Tierheims, zu den Bissen an den Leichen befragt. Luca musste unbedingt mit ihr sprechen und in Erfahrung bringen, was Pasquale ihr erzählt und wie er gewirkt hatte.

Im Ordner von Signora Brandt waren keine Gesprächsprotokolle zu finden, was ungewöhnlich war, wenn Pasquale sie tatsächlich gesprochen hatte. Aber er hatte heimlich Fotos von ihr gemacht und Zeitungsartikel aus dem Internet gesammelt. Die Fotos zeigten die Signora beim Kaffeetrinken in einem sehr edlen Restaurant oder Hotelgarten. Luca schätzte, dass es die Villa Cortina oder etwas ähnlich Mondänes war. Sie saß dort mit Freunden zusammen. Die Aufnahmen waren eigentlich völlig harmlos und unspektakulär. Luca wunderte sich lediglich, dass die Brandt überhaupt einen Freundeskreis hatte und sich mit diesem in der Öffentlichkeit zeigte. Obwohl solche Etablissements sehr geschützt waren. Dort verkehrte nur die High Society aus Wirtschaft, Kunst und Film. Es gab einige Hollywoodstars, die hier am See ihren Urlaub verbrachten und auf eine gewisse Abschottung ihrer Person angewiesen waren. Drei andere Aufnahmen zeigten sie mit einer Freundin, die sie zur Begrüßung vor ihrer Tür in der kleinen Gasse küsste, ehe beide in ein Luxusauto stiegen. Luca kannte sich nicht sehr gut aus, aber er hielt es für einen Bentley.

Interessanter dagegen waren die Artikel. Alle stammten aus bekannten italienischen oder regionalen Zeitungen und berichteten über das Leben und vor allem über den Tod von Signora Brandts Ehegatten, Ettore Fermino. Der Fall war bis heute ungelöst und hatte damals viele Spekulationen ausgelöst, von denen die beliebteste war, dass Signora Brandt ihren Mann auf dem Gewissen hatte. Der erfolgreiche Waffenhersteller war im Herbst 2003 nach einem Geschäftsdinner spurlos verschwunden. Zunächst vermutete man einen Unfall, es ließen sich aber keine Spuren oder Indizien dafür finden. Als die Ermittler Details über die zerrüttete Ehe mit der ehemaligen Pianistin herausfanden, kam sie schnell unter Verdacht. Sogar der See wurde von Tauchern durchsucht, weil man glaubte, sie hätte ihn dort versenkt. Doch alle Ermittlungen verliefen im Sand. Man hatte Signora Brandt nie etwas nachweisen können, und sie hatte stets auf ihre Unschuld gepocht.

Das Klingeln seines Handys erschreckte ihn in seiner Konzentration auf die Berichte derart, dass er zusammenzuckte. Es war Fabio.

»Signor Spinelli, könnten Sie bitte zum Präsidium kommen? Wir haben Neuigkeiten.«

»Ich hätte Sie auch bald angerufen. Ich habe da vielleicht eine neue Spur entdeckt.«

»Dann kommen Sie bitte gleich.«

Luca nahm den USB-Stick und machte sich mit Belmondo auf den Weg nach Riva. Fabio hatte nicht so geklungen, als hätte er Positives zu berichten.

Er hatte eigentlich erwartet, auch Bruto anzutreffen, doch Fabio wartete allein in seinem Büro. Er stand auf, als Luca eintrat, reichte ihm die Hand und fing sogleich an zu berichten.

»Der Zeuge, der gestern die Leiche am See entdeckte …«

»Dieser Ingenieur?«

»Richtig. Er ist gestern Nacht von seiner Frau als vermisst gemeldet worden. Kam von einem Spaziergang mit seinem Hund nicht wieder nach Hause.«

Dieser Satz kam Luca sehr bekannt vor. Mit Ausnahme der nicht identifizierten ersten Leiche waren alle Opfer in Fabios Fall zunächst vermisst worden, und ebenso traf es auf Pasquale und auch auf Ettore Fermino zu.

»Wir haben dazu eine interessante Videoaufnahme«, ergänzte Fabio und drehte seinen Laptop so, dass beide den Bildschirm sehen konnten. »Sie haben gestern etwas gesagt, das nun wichtig für uns geworden ist. Der Mann, Stefano Agnesi, lebt in Varone. Er verschwand gegen null Uhr dreißig. In Varone gibt es eine Bank, die ihren Geldautomaten mit einer Kamera sichert. Um null Uhr sechsunddreißig ist das hier auf dem Video zu sehen.«

Fabio ließ eine MPEG-Datei laufen, die ein Schwarz-Weiß-Bild vom Vorraum einer Bank und von der Straße davor zeigte. Am unteren Bildrand zählte eine digitale Uhrzeitanzeige die Sekunden. Fabio drückte auf Pause und ließ den Clip nur noch Bild für Bild weiterlaufen. Von links schoss ein schwarzes Auto am Eingang der Bank vorbei. Fabio hielt die Aufnahme an. Es war ein verwaschenes, unscharfes Bild von dem Fahrzeug.

»Ein Transporter. Sie meinten gestern, die Täter müssten einen Transporter oder Van fahren. Da ist einer. Etwa zum

Zeitpunkt des Verschwindens von Agnesi, vermutlich kurz danach.«

»Ist das Fahrzeug auch auf dem Hinweg zu sehen?«

»Die Frage hatte ich erwartet«, sagte Fabio lächelnd. »In der Tat fährt dieser Transporter bereits eine Dreiviertelstunde vorher auf der anderen Straßenseite an der Bank vorbei.«

»Aber ein Kennzeichen ist nicht zu erkennen«, meinte Luca.

»Völlig unmöglich. Wir können nur auf das Modell rückschließen. Wir gehen davon aus, dass es ein Fiat Ducato Kastenwagen ist.«

»Das ist doch ein Fortschritt.«

»Oder ein Zufall«, relativierte Fabio. »Und was hatten Sie uns sagen wollen?«

Luca zog den Stick aus der Tasche. »Hier sind Daten von Pasquale drauf, diesen Fall betreffend. Er hat jemanden im Fokus gehabt, den wir von unserem letzten Fall kennen, und zwar eine gewisse Signora Brandt. Sie war früher eine bekannte Pianistin.«

»Oh ja, ich weiß«, sagte Fabio zu Lucas Überraschung. »Die Rechtsmedizin teilte mir mit, dass zurzeit noch weitere Knochenanalysen durchgeführt werden. Vialli wollte die Identität unseres ersten Opfers aus den Bergen klären und mit dem DNA-Material von Signora Brandts Ehemann abgleichen, der ja ungefähr im selben Zeitraum verschwand, als der Mord passierte. Die Analyse ist wohl sehr zeitintensiv und dauert noch an.«

»Aber der Leichnam des Mannes ist doch nie gefunden worden, woher hatte Pasquale das Material?«, wollte Luca wissen.

»Man hat damals während der Ermittlungen zu Ferminos Verschwinden Material von seinem Kamm und seiner Zahnbürste sichergestellt. Wegen der Zuständigkeit wird das Ganze in Brescia untersucht. Ich bekomme aber Bescheid, sobald ein Ergebnis vorliegt.«

»Merkwürdigerweise hat Pasquale Signora Brandt aber

überwacht und Fotoaufnahmen von ihr gemacht«, erklärte Luca. »Falls die Analyse ergeben sollte, dass die Leiche die von Fermino ist, hieße das doch, dass er Teil dieser Mordserie ist, richtig?«

»Ja, das ist korrekt.«

»Dann könnte Signora Brandt aber niemals darin verwickelt sein. Sie wurde damals verdächtigt, eine Einzeltäterin zu sein, die ihren Mann umgebracht hat. Aber sie kann nichts mit dieser Mordserie zu tun haben. Dafür gäbe es kein Motiv, und rein körperlich wäre sie nicht dazu in der Lage. Warum also hat er sie dann beschattet?«

Fabio rieb sich ratlos das Kinn.

»Oder sagt Ihnen der Name ›Belvedere‹ etwas?«

»Das kann ich Ihnen nicht beantworten. Ein Hotel vielleicht. Gibt es noch andere Hinweise auf dem Stick?«

»Es sind Freunde von Signora Brandt auf den Fotos, die ich aber nicht zuordnen kann. Vielleicht schauen Sie mal, ob Ihnen jemand bekannt vorkommt.«

Fabio steckte den Stick ein und rief die Bilddateien auf, als es klopfte und gleich darauf Bruto eintrat. Er sah Luca wenig begeistert an, kam näher und schnaufte unzufrieden.

»Ich habe gerade ein Telefonat mit der Polizei in Caserta geführt«, sagte er.

»Und?«, fragte Luca, nichts Gutes ahnend.

»Ihr Anruf war umsonst, Spinelli. Signora Grossi ist tot. Man fand sie in einem Park. Sie hatte einen Blutalkoholwert von fünf Komma sechs Promille, und drei Flaschen Schnaps lagen neben ihr im Gras.«

VIERZEHN

»Dieser verdammte Regen«, sagte Pasquales Vater mit Blick aus dem Fenster.

»Hast du Pasquale gesehen? Er ist nicht in seinem Zimmer«, fragte seine Frau und strich sich mit besorgter Miene eine Haarsträhne aus dem Gesicht.

»Ich schau mal draußen nach.« Er öffnete die Haustür und trat hinaus in den strömenden Regen. Das Wasser stand auf dem Grundstück, und seine Schritte klatschten durch die Pfützen. Er ging zum Schuppen, knipste die Lampe an und erschrak, als er sah, dass das Gewehr nicht mehr an der Wand hing. »Pasquale?«, rief er.

Er drehte sich um, schaute hinaus auf die Fläche und rief abermals nach seinem Sohn. Nur das Rauschen des Regens gab ihm Antwort.

Auf dem Weg zurück zur Haustür wurde er auf etwas aufmerksam, das etwa zehn Meter entfernt in der Auffahrt lag. Es war zu dunkel, um erkennen zu können, was es war, also lief er hinüber.

Kaum hatte er das Bündel erreicht, wusste er, dass es Pasquale war, der dort lag und sich nicht mehr rührte. Er fiel neben ihm auf die Knie und drehte ihn zu sich um. Ein erschrockenes Seufzen drang aus seinem Mund, als er das Gesicht seines Sohnes und dessen blutende, geschwollene Wunden sah. Mit der Hand an der Halsschlagader prüfte er, ob er überhaupt noch lebte. Ein Puls war schwach zu spüren, also nahm er ihn hoch und trug ihn ins Haus.

»Du musste den Arzt anrufen!«, rief er schon auf den Stufen. Seine Frau stieß einen entsetzten, unterdrückten Schrei aus, als sie die beiden sah.

»Oh Gott, was ist mit ihm?«

»Ruf den Arzt an. Ich weiß es nicht.« Er legte Pasquale

kurzerhand auf den Esstisch und strich ihm Matsch und Blut aus dem Gesicht. »Mein Junge …«

Der Arzt versprach, sofort zu kommen. Sie zogen Pasquales nasse Kleidung aus und hüllten ihn in Decken, damit er wieder warm wurde. Seine Mutter konnte nicht aufhören zu weinen. Sie setzte heißes Wasser auf, und ihre Hände zitterten dabei unentwegt.

Als man das Auto des Arztes auf der Straße hören konnte, öffnete Pasquale langsam und mühevoll die Augen. Das linke Auge war fast vollständig zugeschwollen.

»Schätzchen«, sagte seine Mutter und beugte sich über ihn. »Es ist alles gut, du bist zu Hause. Es wird alles wieder gut.« Sie streichelte ihm über den Kopf. Pasquales Vater öffnete die Haustür, und Dottor Stambolo kam keuchend und mit zwei Taschen in den Händen herein.

»Auf dem Tisch«, sagte Pasquales Vater nur.

»Was ist denn passiert?«

»Wir wissen es nicht, ich hab ihn draußen in der Auffahrt gefunden. Er war ohnmächtig.«

Der Doktor stellte seine Taschen ab und warf einen kurzen Blick auf Pasquale.

»Er ist aufgewacht«, sagte seine Mutter.

»Gut, gut, das ist gut«, sagte der Doktor, entledigte sich seines Mantels und kramte in einer der Taschen herum.

»Regina«, jammerte Pasquale kläglich.

»Was?«

»Sie ist … Ihr müsst ihr helfen!«

»Wem? Schatz, wovon sprichst du?«, fragte seine Mutter.

»Lassen Sie mich jetzt bitte mal schauen?«, bat Dottor Stambolo und trat an den Tisch heran.

»Papa …«

»Ja, ich bin da. Ich bin hier, Pasquale.«

»Du musst zur Polizei gehen.« Er begann zu weinen.

»Schschsch, Junge, ganz ruhig«, sagte der Arzt und betastete Kopf und Wunden.

»Papa, Regina Giuliani ... oben in dem Haus ...«

»Du solltest jetzt nicht sprechen, Junge.«

»Papa, bitte«, insistierte er. »Sie wird von ihnen gefangen gehalten. Du musst ihr helfen.«

»Bist du etwa dort gewesen?«, fragte sein Vater.

Pasquale nickte. »Ruf die Polizei, bitte –«

»Jetzt müssen wir dich erst mal verarzten, mein Junge«, unterbrach ihn Dottor Stambolo. »Ich werde eine der Wunden nähen müssen. Du bekommst aber ein Schmerzmittel, und ich werde die Stelle betäuben, in Ordnung? Dann merkst du nicht das Geringste.« Er lächelte ihm aufmunternd zu und zog eine Spritze auf.

Pasquales Hand tastete nach der seines Vaters. Vittorio Vialli nahm sie und drückte sie ganz fest. Der Doktor machte noch einen Pupillenreaktionstest, um eine Gehirnerschütterung auszuschließen, und verabreichte ihm dann das Schmerzmittel.

»Ich kann die Wunden so weit versorgen, doch ich kann keine Frakturen ausschließen. Dazu gebe ich Ihnen eine Überweisung für das Krankenhaus. Der Schädel muss geröntgt werden. Haben Sie einen Wagen?«

»Ja.«

Er sah auf die Uhr.

»Ich rufe dort an, und wenn ich hier fertig bin, fahren Sie bitte gleich los.«

Pasquales Vater war die Nacht über bei ihm im Krankenhaus geblieben. Das Röntgenbild hatte eine Absplitterung am Jochbein gezeigt, doch am nächsten Morgen durften sie die Klinik verlassen. Pasquale sollte für eine Woche Ruhe halten und auch nicht in die Schule gehen.

Auf dem Rückweg bat ihn sein Vater, ihm alles zu erzählen, was gestern Nacht geschehen war.

»Wir müssen sie retten«, war das Erste, was Pasquale sagte.

»Wer ist das Mädchen?«, fragte sein Vater.

»Sie geht in meine Klasse. Sie wohnt in dem unheimlichen Haus bei den Giulianis.«

»Sie ist also seine Tochter.«

»Ja, und ich war da, weil ich ...« Er wusste nicht, wie er es erklären sollte.

»Du bist abends zu dem Haus gegangen, in diesem Regen?«

»Sie war die ganze Woche nicht in der Schule gewesen. Ich musste sehen, ob es ihr gut geht.«

»Seid ihr ...?«

»Papa, ich liebe sie«, sagte er und schämte sich, weil es sich aus seinem Mund so lächerlich anhörte. Aber es war das, was er empfand, und er meinte es ehrlich.

»Pasquale ...«, begann sein Vater.

»Papa, ich weiß, aber bitte, ich mag sie wirklich sehr, und sie wird in diesem Haus wie ein Tier gehalten.«

Sein Vater schob unschlüssig die Lippen hin und her.

»Ich wusste, dass sie große Angst vor ihrem Vater und ihrem Bruder hat. Sie darf gar nichts, sie darf sich nicht mal waschen. Das macht sie heimlich am Fluss. Aber dass es so schlimm ist ... Papa, sie hatten sie in eine Holzkiste eingesperrt, draußen am Haus, in diesem Regen. Ich glaube, sogar mehrere Tage, die ganze Zeit, die sie nicht in der Schule war.«

Sein Vater warf ihm einen fassungslosen Blick zu. »Bist du dir da sicher?«

»Ich war doch da und hab gesehen, wie ihr Bruder das Vorhängeschloss geöffnet und sie da rausgeholt hat. In der Kiste ist kaum Platz. Sie hätte ersticken oder erfrieren können bei dem Wetter.«

»Das ist alles ... völlig unglaublich.«

»Aber ich hab's gesehen. Ehrlich, Papa. Wir müssen zur Polizei.«

»Und mein Gewehr?«

Pasquale ließ den Kopf hängen.

»Ich weiß, das war dumm. Aber ich war so wütend, ich wollte sie da rausholen.«

»Was hast du gemacht?«

»Ich hab das Gewehr geholt, bin zurück und ins Haus rein. Da war der Vater, er hockte im Wohnzimmer. Regina war in der Küche, sie musste in ihren nassen Klamotten für sie kochen. Als der Alte mich bemerkt hatte, kam der Sohn von hinten und schlug zu. Das … das Gewehr ist kaputt. Ich hab's so über mich gehalten.« Er hob beide Hände vor sein Gesicht. »Er hatte einen Schürhaken.«

»Er hat dich mit einem Schürhaken geschlagen?«

Pasquale nickte und spürte, wie sein Vater mehr und mehr aufs Gaspedal drückte.

»Wir fahren zur Polizei.«

Sie betraten das kleine Polizeibüro in Bezzecca und gingen vor zum Tresen, hinter dem an einem Schreibtisch ein junger Beamter saß und mit seinem Kollegen, der auf der Tischkante hockte, ein Gespräch über eine alte Dame führte. Der Beamte auf der Tischkante imitierte die alte Dame, und sein Kollege schrie förmlich vor Lachen.

»Entschuldigung!«, rief Pasquales Vater wenig angetan von der heiteren Stimmung dazwischen. »Ich will Anzeige erstatten.«

»Ja bitte?« Der Beamte stand von der Tischkante auf und kam zu ihnen.

»Ich möchte Anzeige erstatten wegen Körperverletzung!« Pasquales Vater war hörbar wütend, versuchte aber, sich im Zaum zu halten.

Der Beamte, sein Namensschild wies ihn als »E. Branduro« aus, bemerkte die Verletzungen in Pasquales Gesicht und wurde sofort stockernst.

»Was ist denn passiert?«

»Mein Nachbar hat meinen Sohn so zugerichtet. Mit einem Schürhaken. Und ich will Anzeige erstatten.«

»Das sieht ja schrecklich aus. Waren Sie beim Arzt?«

»Wir kommen gerade aus dem Krankenhaus.«

»Wann ist das passiert?«

»Gestern Nacht. Er hat mir den Jungen danach auf den Weg vor dem Haus gelegt wie ein Stück Vieh.«

»Kommen Sie bitte herein«, bat der Beamte und öffnete eine kleine Tür im Tresen. Er verscheuchte den Kollegen und bot den beiden zwei Stühle an seinem Schreibtisch an. »Ich werde das sofort aufnehmen«, sagte er gewissenhaft und zog ein Formular in seine Schreibmaschine ein.

»Aber um mich geht es doch gar nicht«, flüsterte Pasquale seinem Vater zu.

»Natürlich, das muss geklärt werden. Er hätte dich umbringen können.«

»Um wen geht es denn sonst?«, fragte Branduro neugierig.

»Um die Tochter!«, platzte Pasquale heraus.

»Mein Sohn hat etwas beobachtet. Er sah, dass das Mädchen in eine sehr kleine Kiste im Freien eingesperrt war.«

»Sie haben sie dort mehrere Tage gefangen gehalten«, sagte Pasquale aufgeregt.

»Wen meinst du mit ›sie‹, die Nachbarn?«

»Ja, den Giuliani und seinen Sohn.«

»Und du hast das gesehen?«, fragte er.

»Ja, sie geht in meine Klasse, und ich sollte ihr Aufgaben vorbeibringen.«

»Und wie bist du nun an die Verletzungen gekommen?«, wollte der Beamte wissen.

»Ich bin ins Haus und wollte … wollte, dass … Ich wollte ihr helfen.«

»Was passierte in dem Haus? Hat dich jemand reingelassen?«

»Nein, die Tür war offen. Ich … ich ging ins Wohnzimmer, wo der Vater am Kamin kniete. Doch dann kam der Sohn von hinten und schlug auf mich ein.«

»Und das Mädchen?«

»Sie ist natürlich noch da«, sagte Pasquale verzweifelt.

»Wie bist du nach Hause gekommen?«

»Ich war ohnmächtig, ich weiß nichts mehr.«

»Er lag in der Auffahrt im Regen, wie gesagt«, fügte Pasquales Vater an.

Branduro stutzte und blickte fast ratlos auf das Formular in der Maschine. »Ich nehme das jetzt so zu Protokoll«, meinte er. »Die Sache mit dem Mädchen –«

»Die zeigen wir auch an«, warf Pasquale hastig ein.

Branduro verzog mitfühlend das Gesicht. »Das geht nur, wenn dein Vater es macht. Du bist noch nicht volljährig. Sofern dein Vater damit einverstanden ist, nehme ich es ebenfalls auf und muss dem natürlich auch nachgehen, keine Frage. Wenn es stimmt, was du sagst, werde ich außerdem deine Aussage als Zeuge benötigen.«

»Natürlich stimmt es.«

»Und sind Sie einverstanden, in dieser Sache Anzeige zu erstatten?«, fragte er Signor Vialli mit einem Unterton, der auf die weitreichenden Konsequenzen dessen hinwies.

»Ist gut«, sagte Pasquales Vater.

»In Ordnung. Dann machen wir jetzt den Papierkram, und ich werde später zu diesem Giuliani fahren und ihn dazu befragen. Aber allein.«

Pasquale hatte schwer damit zu kämpfen, so viel Geduld aufzubringen. Jede Minute, die verstrich, war in seinen Augen eine Minute zu viel. Und eine unangenehme Vorahnung, dass diese Geschichte kein gutes Ende nehmen würde, haftete wie eine lästige Klette an ihm. Was sie jetzt taten, konnte Regina vielleicht retten. Vielleicht würde es aber auch alles nur noch schlimmer machen.

***

»Und was heißt das?«, fragte Luca.

»Was soll das schon heißen? Sie ist tot. Wenn Sie früher mit Ihrer Geschichte rausgerückt wären, würde sie vielleicht noch leben.« Bruto zeigte mit dem Finger auf ihn, als würde er eine Waffe auf ihn richten.

»Aber Bruto, das hört sich doch nach Eigenverschulden an«, ging Fabio dazwischen. »War sie denn Alkoholikerin? Ist das bekannt?«

»Ja, sie war betrunken, als ich sie aufsuchte. Das war am Vormittag«, sagte Luca. »Was mich allerdings wundert, ist, dass man sie in einem Park gefunden hat. Sie trank zu Hause vor ihrem Enkelkind. Es gab keinen Grund, das heimlich außerhalb des Hauses zu tun.«

»Wollen Sie damit andeuten, dass man sie gezwungen haben könnte, die drei Flaschen Schnaps zu trinken?«, fragte Fabio skeptisch.

»Gibt es denn Hinweise darauf?« Luca sah zu Bruto.

»Obduktion läuft noch«, gab er nur zurück. Er ging zum Fenster und stützte sich mit beiden Händen auf die Fensterbank, während er hinunter auf die Straße sah.

»Gibt es Zeugen?«, wollte Fabio wissen.

»Man hat wohl eine dunkel gekleidete Person aus dem Park kommen sehen. Ich habe den Kollegen ein Foto von Vialli zugeschickt, aber ich habe wenig Hoffnung, dass das was bringt.«

»Ist das überhaupt möglich?«, fragte Luca. »Kann man jemandem drei Flaschen Schnaps einflößen?«

»Ich weiß es nicht«, entgegnete Fabio.

Bruto sagte gar nichts, starrte nur hinaus.

Sie schwiegen, bis Bruto erneut das Wort ergriff. »Sollte Ihre Theorie stimmen, Spinelli, müsste Signora Grossi das letzte Opfer sein, richtig?«

»Ich denke schon. Das sind alle Beteiligten dieser Geschichte, die dem Mädchen in irgendeiner Weise geschadet haben. Allerdings wissen wir nichts über die Zeit nach ihrer Heimreise. Dazu gab es auch in Pasquales Aufzeichnungen keinen einzigen Hinweis.«

»Irgendwo muss sie aber ja abgeblieben sein«, meinte Fabio.

»Ich weiß, dass Branduro damals am natürlichen Tod von Reginas Mutter gezweifelt hat. Sie verstarb und wurde angeblich in ihre Heimat überführt und dort begraben. Ihm kamen die Aussagen des Mannes irgendwie nicht plausibel vor, obwohl der Bestatter dessen Version telefonisch bestätigte. Wenn der Mann nun auch seine eigene Frau getötet hat?«, stellte Luca in den Raum.

Bruto drehte sich um. »Was dann?«

»Na ja, könnte er dann nicht auch seine Tochter getötet haben?«

»Aus welchem Grund?«, fragte Bruto.

»Keine Ahnung, Hass? Rasende Wut?«

»Und ihre Leiche?« Fabio sah die beiden an.

In dem Moment ging Luca ein Licht auf.

»Dieser Giuliani hatte sein Haus wie eine kleine Festung gebaut. Es war quasi unzugänglich für jeden Außenstehenden. Wir sollten prüfen, ob er sie vielleicht dort vergraben hat.«

»Ein bisschen weit hergeholt, finden Sie nicht?«, ätzte Bruto und schüttelte unzufrieden den Kopf. »Es gäbe nicht mal ein Motiv, kein Indiz, rein gar nichts.«

»Aber beide sind einfach verschwunden.«

»Die Frau ist nicht verschwunden, sondern gestorben und in ihrer Heimat beerdigt worden«, hielt Bruto dagegen.

»Nur um sicherzugehen, könnte man sie exhumieren lassen«, überlegte Fabio. »Oder wir graben das Grundstück der Giulianis um.«

»Moment mal, eine Möglichkeit gibt es noch«, warf Luca ein. »Es muss damals einen Arzt gegeben haben, der den Totenschein ausgestellt hat. Zumindest das ist nachprüfbar. Wenn der Arzt noch lebt und wir ihn befragen können, haben wir darüber Gewissheit.«

»Das lässt sich relativ schnell machen«, bestätigte Fabio. »Was meinen Sie, Bruto?«

Bruto stand grübelnd mit gesenktem Kopf vor ihnen. An der Brust entdeckte Luca ein paar Schweißflecken auf seinem Hemd.

»Ich kümmer mich drum«, meinte er schließlich.

»Sehr gut, ich widme mich jetzt dem schwarzen Transporter«, sagte Fabio.

»Könnten Sie noch schnell einen Blick auf die Fotos werfen und schauen, ob Sie jemanden erkennen?«, bat Luca die beiden Kommissare.

»Was sind das für Fotos?« Bruto näherte sich dem Bildschirm des Laptops, und Fabio klickte eins nach dem anderen an.

»Die hat Pasquale von einer Frau gemacht, die er anscheinend mit der aktuellen Mordserie in Verbindung bringt«, sagte Luca.

»Ihr verschollener Mann könnte unser erstes Opfer sein«, erklärte Fabio.

»Okay«, sagte Bruto und sah sich konzentriert die Bilder an. »Die Gesichter sagen mir nichts. Einige sind aber auch schlecht zu erkennen.«

»Das ist auf jeden Fall der Besitzer der Villa Cortina, das weiß ich«, sagte Fabio und tippte mit dem Finger auf eine der Personen neben Signora Brandt.

»Wir sollten dort nachfragen. Er kann sich bestimmt an den Anlass erinnern, wenn er dabei war«, meinte Luca und wollte sich abwenden.

»Aber hier, der Wagen«, bemerkte Fabio. »Man erkennt das Nummernschild fast komplett. Den Halter können wir ausfindig machen.«

Die Nachricht über den Tod von Signora Grossi lag Luca schwer im Magen, und ihn plagten Schuldgefühle. Auf der anderen Seite war er froh über die neuen Ansätze, die es ihnen vielleicht ermöglichen würden, die ganze Geschichte von Pasquale und Regina aufzudecken.

Er war unterwegs zu Zia Busconi, um sie über das Gespräch mit Pasquale zu befragen. Belmondo war an seiner Seite, als er das Gelände betrat, und löste damit ein großes Gebell unter den Hunden in den Zwingern aus. Luca sah Signora Busconi oben auf der zweiten Ebene für die Wildtiere vor einem der Käfige stehen und ging auf sie zu. Belmondo wedelte mit dem Schwanz, als er sie erkannte.

»Buongiorno«, grüßte Luca, und sie drehte sich zu ihm um. Hinter ihr im Zwinger lag ein Waschbär mit bandagiertem Hinterbein vor einer Schale Obst.

»Buongiorno, Signor Spinelli«, sagte sie überrascht und ging sogleich in die Knie, um Belmondo gebührend zu empfangen. »Ich dachte nicht, dass Sie so bald wieder hierher zurückkommen«, sagte sie. »Eigentlich hatte ich vor, Sie nächste Woche zu besuchen.«

»Deswegen bin ich nicht hier«, entgegnete Luca.

»Ach nein?« Sie stand auf und stemmte ihre Hände in die Hüften.

»Nein, es geht um etwas völlig anderes. Können wir einen Moment ungestört reden?«

»Wenn Sie Angst haben, dass der Waschbär uns belauscht, gehen wir ins Büro.«

»Verstehe«, sagte Luca und lächelte. »Na schön, es dauert ja auch nicht lange. Ich bin hier, weil ein Freund von mir unlängst mit Ihnen gesprochen hat, Commissario Pasquale Vialli.«

»Vialli, ja. Er war neulich hier.«

»Genau, das habe ich auch gelesen.«

»Gelesen?«

»Nun, es ist so: Vialli wird vermisst. Und ich versuche herauszufinden, was mit ihm passiert ist.«

»Sie meinen, es könnte ihm etwas zugestoßen sein?«, fragte sie erschrocken.

»Es gibt da einige Zusammenhänge mit einem Fall, den er bearbeitet hat«, drückte Luca es vorsichtig aus.

»Er hat mich dazu befragt«, sagte sie. »Das wäre ja furchtbar.«

»Als ich in seinen Unterlagen las, dass er bei Ihnen war, dachte ich, ich frage einmal bei Ihnen nach, was er gewollt und wie er sich verhalten hat«, erklärte Luca.

Sie beschattete ihre Augen mit einer Hand, damit sie ihn besser ansehen konnte. »Er war ziemlich direkt, sag ich mal«, begann sie zu erzählen. »Er kam zu mir ins Büro und zeigte mir Bilder von den Leichen und den Wunden. Ich sollte sie begutachten und einschätzen, ob Wildtiere diese Wunden verursacht haben könnten oder ob sie schon vorher dagewesen waren. Er wollte wissen, welche Tiere in Frage kämen und ob sie in der Lage seien, die Leichen zu bewegen.«

»Und?«

»Ich sagte ihm, dass es wohl gleich mehrere Tiere waren. Zunächst einmal Greifvögel. Die machen sich gern über Aas her und beginnen meist bei den weicheren Teilen, den Augen zum Beispiel. Es werden aber bestimmt auch Wölfe dabei gewesen sein. Die Größe der Bisswunden lässt ganz gut darauf schließen. Außerdem reißen sie gern Stücke aus dem Fleisch.«

»Hat er Ihnen von der besonderen Lage der Leichen erzählt?«

»Natürlich. Er wollte wissen, ob ein Rudel Wölfe es fertigbringen würde, eine Leiche von dort wegzuschleppen.«

»Und?«

»Das ist durchaus möglich. Sie ziehen und zerren an der Leiche, das ist keine Seltenheit.«

»Wir haben inzwischen eine weitere Leiche gefunden«, informierte er sie.

»Oh nein.«

»Und die lag noch nicht lange am Fundort. Aber ich hätte noch eine Frage bezüglich Commissario Viallis Zustand.«

»Zustand? Was meinen Sie damit genau?«

»Also, mir haben Sie angesehen, dass ich psychisch nicht ganz stabil war«, sagte Luca. »Wie würden Sie Vialli einschätzen? War er eher sachlich und konzentriert? Oder hatten Sie das Gefühl, dass er emotional irgendwie angegriffen war? Traurig, wütend, nervös, niedergeschlagen, was auch immer?«

»Er schien besorgt zu sein«, antwortete sie. »Aber sein Auftreten war sehr professionell. Er agierte wie ein gut organisierter, gewissenhaft arbeitender Polizist. Emotional war er nicht, nein.«

»Hatten Sie nicht den Eindruck, dass er von etwas getrieben oder vielleicht sogar besessen war?«

»Nein, absolut nicht«, sagte sie mit Nachdruck und machte dabei eine abwehrende Geste.

Luca senkte nachdenklich den Kopf.

»Sie hatten etwas anderes erwartet, was?«

»Ich hatte es zumindest befürchtet«, meinte Luca leise. »Ich glaube, dass er gerade in sein Verderben rennt«, fügte er fast abwesend hinzu.

Signora Busconi sah ihn mit einer mitfühlenden Falte um die Mundwinkel herum an.

»Aber vielen Dank für Ihre Einschätzung. Ich wollte nur … Sie waren eine der Letzten, die ihn noch gesehen haben, kurz bevor er verschwand. Da konnte ich nicht anders als vorbeizukommen.«

»Das ist völlig in Ordnung. Ich hoffe, Sie finden ihn bald.«

»Ich muss«, sagte Luca. »Ich muss.«

FÜNFZEHN

Wie viel Zeit vergangen war, konnte Regina nur am Wechsel der Jahreszeit erkennen. Es gab keine Uhr hier im Wohnwagen. Sie war eingekesselt von Hecken, die ihr jegliche Sicht versperrten. Wie im Zentrum eines riesigen Labyrinths gefangen, war sie dazu verdammt, den Rest ihres Lebens hier zu verbringen und auf ihre Besucher zu warten. So nannte Fausto die Männer, ihre »Besucher«. Sie kamen zu allen Tageszeiten, es gab keine Regelmäßigkeit. Aber es gab Besucher, die wiederholt kamen. Manchmal trugen sie Unterhemden und ölige Jeans und stanken nach Alkohol. Manchmal trugen sie Anzug und Krawatte und rochen nach Aftershave. Manchmal erkannte Regina Fotos ihrer Kinder in den Portemonnaies, wenn sie das Geld an Fausto bezahlten.

Es wurde Herbst und dann Winter. Regen kam, Kälte folgte, und mitunter waren die Hecken von Raureif bedeckt, so als hätte jemand Puderzucker darüber ausgeschüttet.

Sie fragte sich, was Dino und ihr Vater wohl gerade taten. Suchte er sie? Oder tat er das, was er immer tat, mit dem Unterschied, dass sie nicht zu Hause war? Wer kochte jetzt für ihn? Wer machte die Wäsche? Und Dino? Wo mochte es ihn hin verschlagen haben? Lebte er allein? Hatte er Arbeit? Und an wem ließen die beiden jetzt, da sie nicht mehr bei ihnen war, ihre Wut aus?

So lange, wie Regina nun schon in diesem Wohnwagen lebte, so lange fragte sie sich, wie sie aus ihrem Gefängnis ausbrechen konnte. Hier im Innern gab es absolut nichts, was sie als Werkzeug oder Waffe benutzen könnte. Sie hoffte immer darauf, dass er einmal unachtsam wurde und vergaß, die Tür zu verriegeln, aber das war bis jetzt nie passiert. Sie hoffte auch, dass eines Tages die Polizei auftauchen und die kleine Grasfläche betreten würde, auf der die beiden Wohnwagen standen, um sie und das Mädchen nebenan zu befreien. Aber auch dieser Wunsch wurde nicht zur Realität.

Regina erschrak, als es plötzlich an der Tür klapperte. In Gedanken versunken, hatte sie gar nicht gehört, dass Fausto gekommen war. Sie blickte aus dem Fenster, ob sie einen Besucher erkannte, doch er war allein. Schnell zog sie sich aufs Bett zurück und wartete, was passieren würde.

»Ciao, kleine Prinzessin«, begrüßte er sie und betrat den Wagen mit einer Plastiktüte in der Hand. Ihr Blick blieb an dem unförmigen Etwas in der Tüte kleben, und sie malte sich aus, was es sein könnte. Sie betete nur, dass es nichts war, was ihr Schmerzen zufügen würde.

»Ich habe dir etwas mitgebracht, meine Kleine«, sagte er feierlich, »weil doch heute Weihnachten ist.«

Weihnachten war ein Wort, das in ihrem Wortschatz zwar existierte, aber keine Bedeutung für sie hatte. Dieses Fest war in ihrem Haus nie gefeiert worden, nicht mal, als ihre Mutter noch gelebt hatte.

Fausto stellte die Tüte auf das Bett und lächelte mit großen Augen.

»Na, guck schon rein.«

Vorsichtig näherten sich ihre Hände den beiden Henkeln der blauen Tüte und zogen sie auseinander, sodass sie hineinschauen konnte. Ein Stück Stoff lag darin.

»Hol's schon raus«, forderte er sie ungeduldig auf.

Mit der linken Hand zog sie ein rotes Kleid aus der Tüte und hielt es mit beiden Händen fest.

»Und?«, fragte er. »Gefällt es dir? Ein neues Kleid für dich. Das alte schwarze ist dir zu klein, und es ist … na ja, es ist hässlich. Von jetzt an trägst du das.«

Regina war wie vor den Kopf gestoßen. Ihr schwarzes Kleid war wie eine zweite Haut für sie, sie legte es niemals ab. Und jetzt sollte sie es ausziehen, für immer, und ein neues Kleid tragen. Man konnte sich doch nicht einfach so eine neue Haut zulegen. Sie würde es nicht über sich bringen, befürchtete sie.

»Na los, mach schon«, drängte er sie.

Sie verstand, dass sie es jetzt sofort tun sollte, vor seinen Augen. Sie wollte sich nicht vor ihm ausziehen. Das hatte sie noch nie getan. Fausto selbst hatte sie nie »besucht«, und sie schämte sich unendlich, sich ihm nackt zu zeigen.

Seine Freude verblasste langsam in seinem Gesicht. Ihr blieb nichts anderes übrig, als es hinter sich zu bringen. Verstohlen öffnete sie den obersten Knopf ihres Kleids. Dann den zweiten und den dritten. Seine Miene entspannte sich. Er setzte sich an den Tisch und sah ihr mit neugierigem Blick zu.

Regina versuchte, so gut es ging, ihre Blöße zu verdecken. Als alle Knöpfe geöffnet waren und sie das alte Kleid nur noch hätte abstreifen müssen, hielt sie inne. Wie sollte sie es anstellen? Wie schlüpfte man aus seiner Haut?

Er schlug vor lauter Ungeduld mit der Hand auf den Tisch, und Regina zuckte vor Schreck zusammen. Sie schloss die Augen und zog das Kleid über ihre Schultern. Eilig, mit fahrigen Bewegungen, glitt sie in den neuen, viel weicheren Stoff und bedeckte sich damit. Er roch nicht nur fremd, sondern auch ungut. Das war nicht ihr Kleid. Das war nicht ihre Farbe. Wie sollte aus dem Mädchen in dem schwarzen Kleid das Mädchen in dem roten Kleid werden? Sie wusste es nicht. Sie wusste nicht mehr, wer sie war. Sie fühlte sich wie in einem fremden Körper.

»Steh auf«, sagte er.

Sie erhob sich vom Bett und stellte sich mit vor die Brust gepressten Armen vor ihn hin.

»Du siehst wunderschön aus«, flüsterte er.

Ihr fiel auf, dass er saß und die Tür offen stand. Wenn sie sich beeilte, konnte sie es bis nach draußen schaffen. Sie würde laufen müssen. Doch danach müsste sie noch vom Gelände des Schrottplatzes entkommen, das sie nicht kannte. Und dann wäre sie auf der Landstraße, wo es weit und breit um sie herum nur Felder gab. Er würde sie einholen. Mit Sicherheit würde er sie einholen. Es war also aussichtslos, diesen Gedanken weiterzuspinnen.

Ihr Kopf sank herab. Ihre Haare glitten von den Schultern und legten sich wie ein Vorhang um ihr Gesicht.

Es war aussichtslos.

***

Ernesto Branduro fuhr mit seinem Dienstwagen den steilen Weg zum Haus von Giuliani hinauf. Er hielt vor dem Gatter, stieg aus und prüfte das Schloss. Es war verriegelt. Also marschierte er zunächst die Böschung hinauf und ging dann auf dem aufgeweichten Weg dahinter weiter. An der Baumgrenze hörte er bereits das entfernte Geräusch von Holz, das gespalten wurde. Oben vor dem Schuppen erkannte er eine große, schlanke Gestalt, bei der es sich um den Sohn handeln musste.

Bis zum Haus benötigte er zu Fuß mehr als eine Minute und nahm dabei den gesamten Gebäudekomplex in den Blick, um sich ein Bild von den Verhältnissen zu machen. Das alte Gemäuer war baufällig und heruntergekommen. Die selbst gebauten Schuppen und Stallungen glichen weniger richtigen Gebäuden als einem schiefen Sammelsurium aus verschiedensten Baumaterialien, von Holzlatten über Spanplatten und Wellblechteile bis hin zu krude gemauerten Steinen ohne Putz.

Der Junge hieb auf das Holz ein wie ein Besessener. Die Spalte flogen nur so von der niedersausenden Axt weg und blieben versprengt auf dem unkrautdurchwucherten Schotter liegen.

»Hallo!«, rief Branduro und hob die Hand, um auf sich aufmerksam zu machen.

Der Junge spaltete ein weiteres Scheit und blickte dabei zur Seite. Das Beil blieb im Hackblock stecken, und er richtete sich auf. Sein schwarzes Haar lag wirr um seinen Kopf. Schweiß tropfte ihm von der Nasenspitze.

»Wer sind 'n Sie?«, fragte er.

»Mein Name ist Branduro, ich komme von der hiesigen Polizei. Ist dein Vater zu sprechen?«

Dino sah ihn lange an, bevor er antwortete: »Im Haus.« Er kam auf Branduro zu und musterte ihn abschätzig. Dann ging er so nah an ihm vorbei, dass sie sich fast berührt hätten, und führte Branduro zum Eingang.

Er öffnete die Tür. »He, Paps! Hier will dich jemand sprechen!«

»Wer zum Teufel soll 'n das sein?«, kam es zurück.

»Polizei!«, rief Dino geringschätzig. Er blieb wie ein Türsteher auf der Schwelle stehen, während es drinnen rumpelte und polterte. Kurze Zeit später erschien das unrasierte, zerfurchte Gesicht von Giuliani im Türrahmen. Seine Mundwinkel hingen verächtlich herab, und seine Augen blitzten bösartig.

»Was wollen Sie?«

»Ich muss Sie sprechen, Signor Giuliani. Gegen Sie liegt eine Anzeige vor.«

»Gegen mich? Dass ich nicht lache. Was soll 'n das für 'ne Anzeige sein?« Er trat etwas weiter hinaus und streckte sein Kinn vor wie ein Betrunkener, der Ärger sucht.

»Es geht um Körperverletzung«, erklärte Branduro.

»Körperverletzung?«, wiederholte Giuliani und lachte, als hätte er Rost geschluckt.

»Genau. Ich würde gern hören, was Sie dazu zu sagen haben. Genau genommen steht noch eine weitere Anschuldigung im Raum.«

»Bitte? Was reden Sie 'n da für 'n Quatsch?«

»Könnten wir das im Haus besprechen?«, bat Branduro.

Giuliani blickte zu seinem Jungen und wieder zu dem Beamten. »Von mir aus. Aber eins kann ich Ihnen jetzt schon sagen, Sie sind hier an der falschen Adresse.«

Sie gingen ins Wohnzimmer, wo Giuliani und Branduro am Tisch Platz nahmen. Dino war draußen geblieben.

»Dann schießen Sie mal los«, forderte Giuliani ihn auf und grinste, während er sich zurücklehnte und die Hände hinter dem Kopf verschränkte.

»Es geht um einen Nachbarsjungen, der in der letzten Nacht

mit schweren Gesichtsverletzungen ins Krankenhaus gekommen ist.«

»Ha!«, rief Giuliani aus. »Sie meinen das Blag von Vialli?«

»Richtig.«

»Und ich soll daran schuld sein?«

»Sie und Ihr Sohn, Dino.«

Giuliani lachte spöttisch und klopfte mit einer Hand auf den Tisch. »Jetzt will ich Ihnen mal was sagen«, fing er an und beugte sich bedrohlich vor. Er hielt Branduro den Zeigefinger vors Gesicht und bleckte die gelben Zähne, während er sprach. »Dieser Hosenscheißer hat nicht das Recht, mich anzuzeigen. Ich sollte *ihn* anzeigen! Er kam nämlich in mein Haus, ist hier eingebrochen und hat uns bedroht!«

»Ein dreizehnjähriger Junge?«, fragte Branduro. »Aus welchem Grund?«

»Woher soll ich das wissen? Der Junge ist einfach nur scheiße dumm, oder er wollte klauen, der verdammte Satansbraten.«

»Er kam also ins Haus, um hier zu stehlen?«

»Ich weiß es doch nicht. Er war jedenfalls plötzlich hier im Wohnzimmer. Geklaut hatte er noch nichts, aber das hätte ich auch nicht zugelassen.«

»Und was passierte, als Sie ihn erwischten?«

»Ich hab ihn rausgeschmissen, was denn sonst?«

»Und Ihr Sohn?«

»Der war dabei, ja.«

»Hat er Ihnen geholfen?«

»Brauchte er nicht.«

»Er hat den Jungen also nicht körperlich angegangen?«

»Auf keinen Fall.«

»Woher hat der dann die Verletzungen?«

»Vielleicht hat sein Vater ihn verprügelt?«

»Der Vater sagte aus, er habe seinen Sohn nachts ohnmächtig in der Auffahrt gefunden. Daraufhin hat er den Arzt benachrichtigt, der ihn gleich ins Krankenhaus überwiesen hat.«

»Damit hab ich doch nichts zu schaffen. Was die da auf ihrem Grundstück treiben, ist ihre Sache. Von mir aus kann er den Jungen jeden Tag verdreschen, wenn er Lust dazu hat. Aber ich lass mich hier nicht zum Sündenbock machen.«

»Der Junge gab an, aus einem ganz bestimmten Grund hergekommen zu sein«, berichtete Branduro.

»Na, da bin ich ja mal gespannt«, meinte Giuliani und wischte sich mit dem Handrücken über die Nase.

»Der Junge sagte, Sie würden Ihre Tochter hier auf dem Hof in einer Art Holztruhe gefangen halten.«

Jetzt warf Giuliani den Kopf zurück und stieß ein lautes Lachen aus, das mehr wie das Bellen eines alten, kranken Hundes klang. »Das wird ja immer besser!«, freute er sich und schlug vor Begeisterung auf den Tisch. »Der kleine Scheißer hat wirklich eine blühende Phantasie. Aber mal ganz ehrlich … Das können Sie doch nicht ernst nehmen. Ich meine, Sie sind doch Polizist und keiner, der so einfach einer Rotzgöre glaubt, die vor Langeweile den Verstand verloren hat.«

»Darf ich fragen, wo Ihre Tochter ist?«, setzte Branduro dem entgegen.

Giuliani sah ihn mit leicht gebücktem Rücken und vorgezogenen Schultern an, als wollte er gleich auf ihn losgehen.

»Das fragen Sie mich nicht im Ernst, oder?«

»Ist sie da?« Branduro versuchte, ganz unvoreingenommen zu klingen.

»Ja, ist sie. Oben in ihrem Zimmer, wo sie hingehört.«

»Könnten Sie sie mal runterbitten?«

Wieder warf ihm der Alte diesen Raubtierblick zu.

»Regina!«, rief er so laut, dass Branduro zusammenfuhr.

Es kam keine Antwort außer einem kleinen Ächzen der Holzbohlen auf der Treppe. Dann schwebte das Mädchen auf nackten Füßen ins Zimmer, bleich wie der Mond und ihr Kleid schwarz wie die Nacht. Sie hielt die Hände gefaltet.

»Regina, hier ist jemand von der Polizei«, sagte ihr Vater.

»Ciao, Regina«, grüßte Branduro. »Wie geht es dir?«

Das Mädchen antwortete nicht, senkte nur den Kopf.

»Warst du in deinem Zimmer?«

Als keine Antwort kam, sah Branduro Giuliani an.

»Antworte!«, befahl der.

Regina nickte.

»Zeigst du es mir mal, dein Zimmer?«

Sie blickte erschrocken zu ihrem Vater.

»Geh schon, zeig dein verdammtes Zimmer, damit dieser Affentanz hier ein Ende hat.«

Regina führte Branduro in den ersten Stock, in das linke von drei Zimmern. Es war kaum acht Quadratmeter groß, und als einziges Möbelstück lag eine alte Matratze auf dem Boden. Mehr gab es in dem Zimmer nicht. Keinen Schrank, keinen Stuhl, keine Kleidung, kein Bild.

»Geht es dir gut hier?«, fragte er sie leise.

Sie nickte.

»Bist du schon mal eingesperrt worden?« Jetzt flüsterte er nur noch, damit der Vater es unten auch sicher nicht hören konnte.

Sie schüttelte den Kopf.

»Ist er nett zu dir, dein Vater?«

Sie nickte erneut.

Branduro bedankte sich bei ihr und ging wieder hinunter ins Wohnzimmer.

»Wo macht sie ihre Hausaufgaben?«, wollte er wissen.

»Hier unten«, antwortete Giuliani. Er hatte ein Wasserglas mit Wein gefüllt und trank es halb aus.

»Darf ich mich mal draußen umsehen?«

Der Alte leerte das Glas und knallte es auf den Tisch. »Tun Sie, was Sie nicht lassen können.«

Branduro ging hinaus und war froh, wieder unter freiem Himmel zu sein.

Dino stapelte das Holz an der einen Seite des Schuppens auf und hielt inne, als er Branduro kommen sah. Der Beamte ging ums Haus und suchte die von Pasquale beschriebene

Truhe. Tatsächlich stand an der rechten Hauswand eine kleine Holzkiste, deren Deckel mit einem Vorhängeschloss versehen war.

»Was machen Sie da?«, rief Dino ihm zu.

»Ich schau mich nur ein wenig um. Dein Vater weiß Bescheid«, antwortete Branduro und stellte sich vor den Holzkasten. Er maß gerade mal neunzig Zentimeter in der Breite und vielleicht einen halben Meter in der Höhe.

Hier drin hatte nicht mal ein Kind Platz, geschweige denn ein dreizehnjähriges Mädchen.

»Was ist da drin?«, fragte Branduro an Dino gewandt.

Der kam zu ihm gelaufen.

»Nichts, nur Futter für die Ziegen«, sagte er.

»Kannst du mal aufmachen, hast du einen Schlüssel?«

Dino zog einen Metallring mit Schlüssel von einem rostigen Nagel in der Hauswand und öffnete das Vorhängeschloss. Branduro klappte den Deckel hoch. Die Kiste war gefüllt mit kleinen Pellets. Er spitzte nachdenklich die Lippen.

»Ich sag Ihnen was«, erklang da die Stimme des alten Giuliani, und Dinos Vater kam mit Gummistiefeln ums Haus gestapft. »Ich will diese Göre anzeigen. Wegen Hausfriedensbruch oder Einbruch oder was auch immer. Das lasse ich nicht mit mir machen.«

Er stand breitbeinig vor Branduro und schnaufte wütend durch die Nase.

»Wenn Sie Anzeige erstatten wollen, müssen Sie ins Polizeibüro kommen.«

»Was für eine Scheiße«, fluchte Giuliani und spuckte seitlich ins Gras.

»Wollen Sie das wirklich?«

»Und ob ich das will. Dieser Vialli wird den Tag noch verfluchen, an dem er mich anscheißen wollte.«

***

Luca fuhr auf der Gardesana in Richtung Riva. Nieselregen hatte eingesetzt, und der Scheibenwischer vermischte den feuchten Film mit dem Staub auf der Scheibe zu schmierigen braunen Schlieren, sodass Luca kaum noch etwas erkennen konnte. Vor allem in den Tunneln war die Sicht bei entgegenkommenden Autos so schlecht, dass er in einer Parkmulde anhielt und zum Ufer hinunterstieg, um ein altes Handtuch mit Wasser zu tränken und die Windschutzscheibe zu säubern. Belmondo beobachtete ihn dabei aufmerksam vom Beifahrersitz aus.

Sein Handy klingelte. Er wischte sich die Hände so gut es ging mit dem Handtuch sauber und blickte aufs Display. Es war Fabio.

»Hallo, haben Sie etwa schon den Namen?«, fragte Luca überrascht.

»Welchen Namen?«

»Den des Fahrzeughalters, den Sie über das Kennzeichen ausfindig machen wollten.«

»Nein, nein, das steht jetzt leider hintenan. Wir haben die Leiche des Ingenieurs gefunden.«

»Nein, das kann doch nicht sein«, meinte Luca.

»Doch. Und es sieht nach demselben Muster aus wie bei den anderen. Kein Zweifel. Wo sind Sie gerade?«

»Ich bin kurz vor Riva.«

»Kommen Sie zu mir. Wir müssen dann weiter zum alten Wasserkraftwerk des Ponale, kennen Sie das?«

»Natürlich. Ich bin gleich bei Ihnen.«

Das alte Wasserkraftwerk war nicht leicht zu erreichen. Es lag, zur Ruine verfallen, in einer Schneise zwischen den Bergspitzen Cima Nodice und Cima Capi. Das Bauwerk war ursprünglich eine Papierfabrik gewesen und nach 1900 von einem Architekten zu einem Wasserkraftwerk umgebaut worden, das sich aus dem Ablauf des Ledrosees speiste. Nun standen nur noch die blanken Mauern eines Gebäudeteils, der von Bäumen und Pflanzen bewachsen und überwuchert war.

Ein Ziel für Touristen, das man über die alte Ponalestraße zu Fuß erreichen konnte.

Luca fuhr mit Fabio in einem Streifenwagen an den Fundort. Sie konnten noch an dem Restaurant vorbei und bis zum Informationspunkt fahren. Kurz dahinter mussten sie anhalten und zu Fuß weiter in die grüne Schneise hinabsteigen, auf die geisterhaft im grauen Dunst dastehende Ruine zu. Vier Carabinieri waren bereits vor Ort. Ein weiterer Mann hockte etwas abseits auf einem Mauervorsprung und trank Wasser aus einer Flasche.

»Ein Fotograf hat die Leiche entdeckt«, sagte einer der Carabinieri und deutete mit einer Kopfbewegung zu ihm hinüber. Zunächst gingen sie jedoch zu dem eigentlichen Fundort an der Nordflanke des Gebäudes, das sie mit seinen leeren Fenstern förmlich anzustarren schien. Die Carabinieri verdeckten mit ihren Körpern die Sicht auf einen leicht gewölbten Erdhaufen, der mit Steinen, Laub und Ästen bedeckt war. Jemand, oder auch ein Tier, hatte die linke Gesichtshälfte des Mannes freigescharrt, und auf erschreckende Weise zeigte sich hier, was Luca vorhin erst durch Signora Busconi erfahren hatte: Beide Augen waren ausgepickt worden. Schwarz verkrustete Höhlen mit deutlichen Spuren von scharfen Schnäbeln waren zu erkennen. Auch die Hände, die auf dem Bauch des Opfers lagen, waren freigelegt und an den Fingern und den Unterarmen angefressen worden. Teilweise hing die Haut nur noch in Fetzen von den bloßen Knochen. Luca stiegen die Tränen in die Augen, als er die zerfledderte Leiche des Mannes ansah. Vor zwei Tagen hatte er ihnen noch lebendig unten am See als Zeuge gedient, und jetzt war nur noch das von ihm übrig. Es war ein in jedem Sinne unwürdiges Ende für ein Menschenleben.

Luca wandte sich ab und rang um Fassung. Er lenkte seinen Blick in die andere Richtung, in der man in dem v-förmig eingeschnittenen Tal einen wunderbaren Blick auf den See hatte.

»Alles in Ordnung?«, erkundigte sich Fabio und stellte sich neben ihn.

»Geht gleich wieder.«

»Wollen wir den Fotografen befragen?«

»Ich komme nach«, entgegnete Luca.

Fabio ließ ihn allein und gesellte sich zu dem Mann, der sich erhob. Luca konnte ihr Gespräch mitanhören, sie standen kaum zehn Meter entfernt. Während der Fotograf berichtete, dass er den Leichnam durch den Sucher der Kamera entdeckt habe, schwebten Lucas Gedanken langsam wie ein Ballon empor und ließen sich von dem leichten Wind über das Tal treiben. Wieder hatten der oder die Täter eine schwer zugängliche Stelle ausgesucht. Jemanden hier abzulegen, war körperlich extrem mühevoll, in der Nacht aber auch gleichzeitig so sicher, dass man dabei kaum erwischt werden konnte. Dennoch blieb die Frage: Warum ausgerechnet hier? Dieser Teil der Berge war eigentlich Wildnis. Alles, was hier mal durch Menschenhand entstanden war, das Kraftwerk, die Ponalestraße, war nicht mehr in Betrieb und längst von der Natur verschluckt worden. Was konnte jemanden dazu bewegen, sich diese Gegend auszusuchen, um sich der Leichen zu entledigen?

Nein, »entledigen« ist das falsche Wort, korrigierte er sich selbst. Sie wurden begraben. Jede von ihnen hatte ihr eigenes Grab bekommen, die Hände gefaltet, einer Ruhestätte gleichend, auch wenn der Körper grausam zugerichtet worden war. Wie passte das zusammen? Es war ein eindeutiger Widerspruch im Handeln des Täters. Was war der Grund? Ein schlechtes Gewissen? Ein Gefühl für Reue? Luca konnte die Frage nicht beantworten. Was er aber immer sicherer wusste, war, dass der Täter einen persönlichen Bezug zu diesem Gebiet haben musste. Er musste hier wohnen oder gewohnt haben oder einen Rückzugsort gehabt haben. Immer wieder drehte es sich um Dinge, die im übertragenen Sinn auch begraben worden waren. Die Straße, der Tunnel, das Wasserwerk. Bauwerke aus vergangenen Zeiten, die faktisch nicht mehr existierten.

Er besprach das mit Fabio auf der Rückfahrt. Indes kümmerten sich Kriminaltechnik und Rechtsmedizin um den Fundort und die Bergung der Leiche.

»Wenn es in irgendeiner Weise mit diesen Bauwerken zu tun hat«, mutmaßte Luca im Auto, »könnte Stefano Agnesi dem oder den Tätern in beruflicher Hinsicht in die Quere gekommen sein. Können wir rausfinden, welche Baufirmen am Bau der Gardesana, des neuen Fahrradwegs, des Tunnels, der Ponalestraße und des Wasserwerks beteiligt waren?«

»Das könnten Hunderte Firmen sein«, entgegnete Fabio.

»Ja, aber wir suchen die eine, die auf allen Baustellen tätig war. Das kann es nicht so oft geben. Oder, wie ich letztes Mal schon sagte, es handelt sich um jemanden, dem Schaden aus dem Bau dieser Anlagen entstanden ist. Wem gehörte das Land? Welche Höfe mussten dafür weichen? Der Bau des Wasserwerks war ein riesiger Einschnitt in die Landschaft dieser Berge.«

»Das stimmt, aber es ist so lange her. Wer sollte jetzt noch Rache üben wollen?«

»Da ist was dran. Und doch …«

»Ich lasse das prüfen«, bestätigte Fabio.

»Für wen arbeitete Agnesi?«, wollte Luca wissen.

Fabio blickte in sein Notizbüchlein und suchte nach dem Arbeitgeber. »Ah, hier. Gemma-Bau. Eine der größten Firmen Italiens. Er war in einer Niederlassung in Rovereto tätig.«

»Gemma gibt es auch schon ein paar Jahre«, erinnerte ihn Luca.

»Die haben hier viel gemacht, das stimmt. Wir werden das rausfinden.« Fabio hob die Hand. »Halten Sie hier bitte an?«, bat er den Fahrer des Streifenwagens. Sie hatten das Ausflugslokal erreicht, das gleich neben der Straße in einer Biegung der Serpentine mit direktem Blick auf den See stand. »Ich will hier nachfragen, ob jemand etwas beobachtet hat«, informierte er Luca. »Kommen Sie mit?«

Luca stieg mit aus, und sie betraten das kleine Häuschen zu ihrer Rechten, auf dessen Dach die Terrasse erbaut worden war. Die vergitterten Fenster erinnerten an frühere Zeiten. Der Gastraum war leer, ebenso wie die Terrasse. Aus dem Bereich hinter der Bar vernahmen sie Klopfgeräusche.

»Hallo, ist jemand da?«, fragte Fabio.

»Wir haben geschlossen!«, rief eine Stimme.

»Tut mir leid, aber wir sind keine Gäste«, erwiderte Fabio. Der Kopf eines Mannes tauchte über dem Tresen auf. »Es ist aber geschlossen«, wiederholte er ungehalten.

»Polizei«, sagte Fabio und hielt seinen Ausweis hoch.

Jetzt bemühte sich der Mann doch noch aufzustehen und kam um die Theke herum. »Sind Sie da oben am Wasserwerk zugange?«, fragte er.

»Korrekt, sind wir«, bestätigte Fabio.

»Was 'n passiert? Jemand verunglückt?« Er wischte sich seine Hände an der Hose ab und holte dann eine Schachtel Zigaretten aus seiner Brusttasche.

»Nein, wir haben eine Leiche gefunden. Es handelt sich nicht um einen Unfall.«

»Eine Leiche?«, rief er aus. »Mamma mia, was ist passiert?«

»Das versuchen wir herauszufinden. Haben Sie gestern Nacht vielleicht etwas Ungewöhnliches gesehen oder gehört? Wie lange hatten Sie geöffnet?«

»Wir haben geschlossen«, sagte er nun strenger. »Hier ist zu. Die Saison ist vorbei. Wir renovieren.«

»Wohnen Sie hier?«

»Ja, gegenüber.«

»Gut, schön. Ist Ihnen nun etwas aufgefallen oder nicht?«

»Keine Ahnung, hier passiert nicht so viel.«

»Es kann auch etwas Belangloses gewesen sein. Personen, die Sie gesehen haben, ein Türknallen … was auch immer.«

»Na ja, ich war heute Nacht einmal auf, weil da ein Auto kam«, sagte er. »Meistens sind das Touristen, die sich hier verfahren. Die kommen dann nach ein paar Minuten gleich wieder zurück.«

»Und? Waren es Touristen?«, hakte Fabio nach.

»Woher soll ich das wissen, kann ja nicht ins Auto gucken. Hab mich nur gewundert, weil ich für einen Moment dachte, wir bekommen eine Lieferung. War ja kein normales deutsches Auto.«

»Nein? Was war es denn?«

»So ein Lieferwagen halt.«

»Welche Farbe?«, fragte Luca eilig.

»Schwarz.«

»Ein schwarzer Lieferwagen? Ein Kastenwagen etwa?«

»Ja, woher wissen Sie das?«

»Ein Fiat?«

»Ja.«

»Sicher?«

»Absolut. Ich kenne die Dinger doch von unseren Lieferanten.«

»Um wie viel Uhr war das? Und sahen Sie ihn auch zurückfahren?«

»Also, es war so um halb zwei, schätze ich. Hab noch so 'n alten Film geguckt, meine Frau schlief schon. Da fuhr der Wagen hier hoch. Aber wann er zurückfuhr, hab ich nicht mehr mitgekriegt, da war ich schon eingeschlafen.«

»Sie haben uns sehr weitergeholfen, Signor.«

»Jaja. Was ist denn nun passiert, ist jemand umgebracht worden?«

»Es sieht ganz danach aus, aber unsere Ermittlungen beginnen erst. Ich möchte Sie bitten, nichts an die Presse oder Außenstehende weiterzugeben. Wir werden vielleicht noch mal auf Sie zukommen.«

»Alles klar. Mord, na, meine Herren. Aber gut. Wenn hier zu ist, müssen Sie drüben klingeln. Wir haben nämlich –«

»Geschlossen«, beendete Fabio den Satz.

Sie gingen wieder hinaus auf die Straße, wo Fabio Luca aufgeregt am Arm packte. »Das ist es«, freute er sich. »Der Lieferwagen ist der Schlüssel. Über ihn kriegen wir den Täter. Oder die Täter.«

»Sie könnten noch mal dort nachfragen, wo der Fischer verschwand«, schlug Luca vor. »Vielleicht gibt es da auch Überwachungskameras.«

Sie setzten sich wieder in den Streifenwagen und ließen sich nach Riva fahren, wo Luca in seinen Flavia umstieg. Fabio versprach, ihn sofort zu informieren, wenn neue Informationen hereinkamen.

Luca war vollkommen erschöpft und konnte kaum die Hände auf dem Lenkrad halten. Der Anblick der Leiche, dieser ganze Tag, hatte ihn doch sehr mitgenommen, und er wurde die schrecklichen Bilder einfach nicht mehr los. Doch wenn er glaubte, dass das schon alles gewesen war für heute, täuschte er sich.

Sein Handy klingelte abermals, als er die Alternativroute über Bassanega nach Hause nehmen wollte. Er hatte Fabios Anruf erwartet, doch es war Brutos Name, der auf dem Display erschien.

»Ja?«

»Spinelli, Bruto hier. Ich habe den Arzt ausfindig gemacht, der den Totenschein unterschrieben hat.«

Luca musste kurz seine Gedanken ordnen, er war so sehr mit dem neuen Fall beschäftigt, dass er das fast vergessen hätte.

»Richtig, ja, ich erinnere mich.«

»Ich bin zurzeit woanders sehr eingespannt, könnten Sie den Alten befragen? Er ist schon über neunzig, keine Ahnung, was Sie noch aus ihm rauskriegen.«

»Äh, ja, in Ordnung, kann ich machen«, antwortete Luca etwas verwirrt, denn so wie Bruto auf ihn zu sprechen war, hatte er nicht damit gerechnet, dass er ihn weiter in die Ermittlung einband.

»Okay. Danke Ihnen.«

Er gab Luca die Adresse in Pieve durch. Es war ein gewisser Dr. Stambolo.

SECHZEHN

Regina lag in ihrem neuen roten Kleid auf dem Bett und schlief. Es war morgens, die Sonne wollte bald hinter einem dichten Wolkenschleier aufgehen. Sie träumte von Pasquale, ihrem Pasquale, der am Wasserfall auf sie wartete. Sie wusste, dass er da war, auch wenn sie noch im Wald unterwegs war und den Flusslauf nur hören konnte. Sie beeilte sich, sprang über Äste und Mooskissen, um keine Zeit zu verlieren. Fast hatte sie die Kante erreicht, hinter der es steil hinab zum Flussbett ging. Doch als sie dort angekommen war, musste sie feststellen, dass sich alles verändert hatte. Drüben auf der gegenüberliegenden Uferseite verlief eine kleine Straße, und dort gab es auch einen Parkplatz. Der Wasserfall rauschte ohrenbetäubend laut in das Becken. Auf dem Parkplatz stand ein Schulbus, in den gerade ihre gesamte Klasse einstieg, so als hätten sie einen Schulausflug hierher gemacht. Sie erkannte Pasquale von hinten. Er sah traurig aus und kletterte müde die beiden Stufen empor in den Bus. Er setzte sich in die vorletzte Reihe ans Fenster, dorthin, wo sie immer gesessen hatte.

»Pasquale!«, rief sie und winkte ihm. Doch ihre Stimme wurde vom Tosen des Wasserfalls förmlich zerstampft. Sie hörte sich selbst kaum. Regina sprang in die Luft und winkte und winkte, rief wieder und wieder seinen Namen, doch Pasquale hörte und sah sie nicht. »Pasquale«, sagte sie ein letztes Mal verzweifelt und ließ den Arm fallen.

Der Bus fuhr an und rollte langsam vom Parkplatz, und mit ihm Pasquale. Sie konnte nicht auf sich aufmerksam machen, konnte den Fluss nicht überqueren, sie konnte nur zusehen, wie er davonfuhr und nicht wusste, dass sie da war und nach ihm rief. Er wusste nicht, dass sie da war.

Ein Schrei riss Regina aus diesem Alptraum. Zunächst dachte sie, sie selbst habe geschrien. Sie begann augenblicklich zu weinen, denn jetzt, da sie sich im Wohnwagen wiederfand, war sie sicher, dass sie Pasquale nie wiedersehen würde. Die Tränen rannen heiß über ihre Wangen, und sie schluchzte so heftig, dass ihr Oberkörper bebte. Dann hörte sie erneut jemanden schreien.

Sie horchte auf. Das war nebenan gewesen. Es musste das Mädchen aus dem anderen Wohnwagen sein. Regina sprang aus dem Bett und drückte ihr Gesicht ans Fenster, um hinübersehen zu können. Der zweite Wohnwagen befand sich in einem leichten Winkel zu ihrem, sodass sie ein wenig von der Front erkennen konnte. Die Tür stand offen, und der Wagen wackelte. Wieder schrie das Mädchen. Regina riss die Augen ganz weit auf, und plötzlich sprang das Mädchen aus dem Wohnwagen heraus. Bis auf die Unterhose war sie nackt. Ihr Atem kondensierte sofort, es musste sehr kalt sein. Dann hörte man Fausto fluchen.

Das Mädchen wollte aus dem Labyrinth laufen, schien jedoch zu glauben, dass sie es nicht schaffte. Sie wechselte die Richtung und lief nun auf Reginas Wagen zu und rechts an ihm vorbei, um sich dahinter zu verstecken. Regina sah noch, wie Fausto aus dem Wagen stolperte und fluchend in Richtung Ausgang lief. Dann stieg sie aufs Bett zu dem Fenster auf der Rückseite, wo sie das angstverzerrte Gesicht des Mädchens nun direkt vor sich sah. Sie waren nur noch durch die Scheibe voneinander getrennt. Mit ihren Augen flehte das Mädchen Regina an, ihr zu helfen. Sie zitterte am ganzen Leib. Regina fuhr herum und suchte den Raum ab, wie sie es schon Tausende Male zuvor getan hatte. Hier gab es nichts, was sie hätte benutzen können, um dem Mädchen zu helfen oder auch nur die Tür aufzubrechen.

Ein Kreischen direkt vor dem Fenster ließ sie zusammenfahren. Fausto hatte das Mädchen entdeckt und von hinten gepackt. Er drückte sie rasend vor Wut mit dem Gesicht gegen die Scheibe, griff ihr mit einer Hand ins Haar und riss ihren Kopf nach hinten. An ihrem Haarschopf schleifte er sie über den Boden bis vor den anderen Wohnwagen. Regina eilte wieder zum vorderen Fenster und sah, wie er sie hochhob und in den Wagen warf. Dann knallte er die Tür zu und verriegelte sie. Langsam drehte er den Kopf in ihre Richtung, und ihre Blicke trafen sich.

Regina wich von der Scheibe zurück. Er kam jetzt auf ihren Wagen zu. Was sollte sie tun? Was würde er mit ihr machen? Er war so in Rage, so voller Wut. Panisch lief sie zur Tür. Aber es gab nichts, womit sie ihn abwehren konnte. Eine Sache fiel ihr ein. Im Kühlschrank standen die Limonadenflaschen. Sie waren alle aus Plastik, bis auf zwei Colaflaschen, die Fausto letzte Woche mitgebracht hatte. Die waren aus Glas. Sie wollte sie als Waffe benutzen und sich damit verteidigen, wenn er jetzt hereinkam. Sie riss die Tür auf, schnappte sich eine Flasche und zog sie heraus. Doch sie glitt ihr aus den Händen, knallte gegen die Tür und von da aus wieder zurück und in das untere Fach. Die Flasche war noch ganz, aber der Glasboden des Faches war gesprungen. Regina starrte auf den Riss. Neben sich hörte sie, wie Fausto das Schloss öffnete. Dann ging alles unglaublich schnell. Sie bekam das Glas zu fassen und riss daran. Knirschend löste sich eine zwanzig Zentimeter lange, dreieckige Scherbe. Die Wohnwagentür flog auf. Licht und Kälte strömten herein. Fausto zog den Kopf ein und stieg mit einem Schritt in den Wagen.

»Weg da!«, schrie er sie an und trat gegen die Kühlschranktür. Er legte beide Hände wie Klauen auf Reginas Schultern und drückte zu, doch sie drehte sich aus seinem Griff heraus, stand nun seitlich von ihm und fuhr ihm mit der Scherbe einmal quer über den Hals, direkt unterhalb des Adamsapfels. Fausto riss die Augen auf, und ein feuchtes Gurgeln kam aus seinem Mund. Seine Hände flogen zu seinem Hals und schienen den tiefen Schnitt zusammenhalten zu wollen. Das Blut schoss nur so zwischen den Fingern hindurch. Er taumelte zurück, stieß ein klägliches Jaulen aus und knallte rückwärts gegen die Wand. Er gurgelte abermals und fiel dabei auf die

Knie und zur Seite. Seine Beine zuckten und strampelten noch einen Moment, doch seine Muskeln wurden immer schwächer und schwächer. Und schließlich herrschte Stille.

Regina blickte auf die Scherbe in ihrer Hand. Helles Blut klebte wie ein Film daran. Sie ließ sie fallen, stieg über den toten Fausto hinweg und ging nach draußen. Im zweiten Wohnwagen war kein Geräusch zu hören. Regina ging auf die Tür zu, entriegelte das Schloss und öffnete die Tür.

»Hallo?«, fragte sie vorsichtig und erschrak vor ihrer eigenen Stimme.

»Ja?«, piepste es ganz leise irgendwo hinten im Wagen.

»Ich bin's«, sagte Regina. »Komm schnell, wir müssen weg.«

Dumpfe Schritte kamen eilig zur Tür, und da stand das Mädchen. Immer noch nackt, mit geröteter Haut von der Kälte und Striemen von Faustos Abreibung. Ihr aschblondes Haar klebte an ihrem tränennassen Gesicht.

»Wo ist er?«, fragte sie mit einem angsterfüllten Seitenblick.

»Er ist tot.«

Sie schüttelte den Kopf, als könnte sie es nicht glauben.

Regina streckte eine Hand nach ihr aus. »Komm, wir müssen fort.«

Das Mädchen legte zaghaft ihre Hand in Reginas und trat ins Freie. Regina zog sie weg vom Wagen und in Richtung Ausgang. Beide warfen noch einen letzten Blick auf Fausto, dessen Kopf in der Türöffnung hing. Das Blut lief wie ein sanfter Wasserfall über die Stufen und troff als rötlicher Vorhang ins feuchte Gras.

✻✻✻

Pasquale saß kerzengerade am Esstisch und ließ sich von Dottor Stambolo die Fäden aus der genähten Wunde ziehen. Mit Schere und Pinzette durchtrennte der Arzt die schwarzen Schlaufen und zupfte sie aus dem Narbengewebe.

»Geht's?«, fragte er.

»Mmhmh«, antwortete Pasquale fast desinteressiert und schielte dabei aus dem Fenster. Im Hintergrund stand seine Mutter am Herd und warf hin und wieder einen besorgten Blick über ihre Schulter.

»In zwei Jahren ist nichts mehr davon zu erkennen, du wirst schon sehen.«

Stambolo entfernte die letzte Schlaufe und desinfizierte die Wunde. »Sehr tapfer, Ihr Junge, Signora Vialli, sehr tapfer«, lobte er.

Sie wuschelte ihrem Sohn durchs Haar.

»Wenn es geht, so oft wie möglich kühlen, damit die Schwellung weggeht. Alles andere verschwindet dann von ganz allein.«

»Machen wir«, sagte die Mutter und legte einen Arm um Pasquale.

»Da kommt Branduro!«, stellte Pasquale aufgeregt fest und reckte seinen Hals.

»So, ich bin weg. Gute Besserung, mein Junge.« Stambolo legte ihm eine Hand auf die Wange und nahm dann seine Tasche.

Beide brachten ihn an die Tür, Pasquale eigentlich nur, weil er es kaum erwarten konnte, etwas von dem Beamten zu erfahren. Sein Vater war draußen und begrüßte Branduro bereits. Der Polizist und Stambolo nickten sich im Vorbeigehen zu, und der Arzt fuhr mit seinem Wagen vom Hof.

»Waren Sie dort?«, fragte Pasquale ungeduldig, auf der Türschwelle von einem Bein auf das andere wechselnd.

»Lass Signor Branduro erst mal reinkommen«, ermahnte ihn sein Vater, der direkt hinter dem Beamten die Treppe hochkam.

»Was macht deine Verletzung, alles okay?«, fragte Branduro, als er sich mit Pasquale und den Eltern an den Esstisch setzte.

»Ihm wurden gerade die Fäden gezogen«, antwortete seine Mutter für ihn.

»Alles prima.« Pasquale winkte ab. »Waren Sie jetzt da?«

Branduro räusperte sich und legte die Hände auf dem Tisch ineinander. »Ja, war ich.« Er kniff die Lippen zusammen und überlegte.

»Haben Sie gesehen, was sie mit ihr machen?«, fragte Pasquale weiter.

Branduro streckte die Finger, so als wollte er um Geduld bitten. »Ich habe Signor Giuliani vor ein paar Tagen besucht und mit ihm und seinen Kindern gesprochen. Was den Vorfall angeht, der zu deinen Verletzungen geführt hat, wurde mir von Signor Giuliani allerdings eine ganz andere Geschichte erzählt.«

»Wieso, was denn?«

»Er sagte, du wärst in sein Haus eingedrungen oder eingebrochen und hättest ihn bedroht. Und damit nicht genug. Er hat Gegenanzeige wegen Hausfriedensbruchs und Bedrohung mit einer Waffe gestellt.«

»Eine Waffe?«, fragte die Mutter laut.

»Pasquale«, sagte Branduro sehr ernst. »Hast du ein Gewehr bei dir gehabt in der Nacht und Giuliani damit bedroht?«

Pasquale öffnete zwar den Mund, doch er wusste nicht, was er sagen sollte. Er hatte gehofft, dass es nicht rauskommen würde. Ebenso wie sein Vater auch.

»Antworte ihm, Pasquale«, forderte seine Mutter ihn auf.

»Ich …« Er blickte zu seinem Vater.

»Sag ihm die Wahrheit, Junge. Es ist alles gut«, meinte der, auch wenn seine Miene etwas anderes sagte.

»Ja, hatte ich«, gab Pasquale kleinlaut zu.

Seine Mutter legte erschrocken beide Hände vor das Gesicht.

Branduro nickte nur und atmete tief ein. »Wo ist es jetzt?«, wollte er wissen.

»Noch da. Es ist kaputt. Dino hat es völlig zerschlagen.«

»Davon hat er mir nichts erzählt.«

»Natürlich nicht«, sagte Pasquale.

»Das erschwert alles«, sagte der Beamte. »Ich möchte dir

gern glauben, und ich möchte dir auch helfen, aber es sieht nicht gut aus. Wenn du dort mit Waffengewalt eingedrungen bist, können sie auf Notwehr plädieren. Ich sag's dir ganz ehrlich, Junge, kein Richter der Welt würde denen eine Strafe aufbrummen.«

»Und was ist mit Regina?«, fragte Pasquale.

»Tja, das ist auch so eine Sache. Ich habe mit ihr gesprochen. Sie sagte, es sei alles in Ordnung ...«

»Natürlich sagt sie das«, schrie Pasquale erbost, »weil sie Angst hat! Sie kann doch nichts gegen den Vater sagen, wenn der dabei ist!«

»Wir waren allein, er hätte es nicht gehört.«

»Trotzdem, das ist falsch, es ist einfach falsch. Das müssen Sie doch erkennen.«

»Ich verstehe deine Wut«, sagte Branduro. »Aber ich habe mich dort umgesehen. Sie hat ein Zimmer. Gut, es ist nicht kindgerecht, das gebe ich zu. Aber diese Kiste, von der du sprachst, ich habe sie gesehen. Das ist eine Futterkiste. Es war nur Futter für die Ziegen darin.«

»Weil sie es nachträglich reingetan haben!«, brauste Pasquale auf, woraufhin seine Mutter ihm eine Hand auf den Arm legte, um ihn zu bremsen. »Sie war in der Kiste! Mehrere Tage. Haben Sie gesehen, wie klein das Ding ist? Ich hab Dino beobachtet, wie er sie da rausgezerrt hat. Ich lüge nicht. Deshalb bin ich doch überhaupt erst da rein!«

Branduro hob beruhigend beide Hände. »Ist schon gut. Ich habe verstanden, Pasquale. Aber du musst auch verstehen, dass ich ... Mir sind die Hände gebunden, solange ich keine Beweise habe. Wenn das Mädchen sagt, es sei alles gut, kann ich ihren Vater nicht verhaften.«

»Nichts ist gut! Sie wollen einfach nichts tun, Sie sind ein Feigling und machen, was der Scheißkerl Ihnen erzählt!«

»Pasquale!«, rief sein Vater streng und schlug dabei auf den Tisch. Dem Jungen liefen vor Wut die Tränen über das geschundene Gesicht. Seine Narbe leuchtete rot und heiß.

»Bitte«, sagte Branduro, darum bemüht, die Wellen zu glätten. »Ich glaube dir doch, und ich versuche, dir und deinen Eltern doch nur zu helfen, indem ich euch ehrlich sage, was ihr für Chancen habt, etwas gegen ihn auszurichten.«

»Was würden Sie denn vorschlagen?«, fragte Pasquales Vater.

»Ich würde Ihnen zu einem Gespräch zwischen Ihnen und Signor Giuliani raten, um das Ganze aus der Welt zu schaffen. Wenn Sie die Anzeige zurückziehen und er auch, kann Ihnen dadurch kein Nachteil mehr entstehen.«

»Und Regina?«, fragte Pasquale.

»Für sie müssen wir einen anderen Weg finden. Vielleicht übers Jugendamt.«

»Das dauert doch viel zu lang«, meinte Pasquale verzweifelt. »Er kann also einfach mit ihr machen, was er will, ja? Niemand kann ihm was anhaben, und wir müssen uns noch entschuldigen?«

»Junge, es geht nicht mit Gewalt«, entgegnete Branduro.

»Aber nichts tun geht erst recht nicht«, sagte Pasquale entschlossen und stand auf. Er ging in sein Zimmer und knallte die Tür hinter sich zu.

»Entschuldigen Sie bitte, er ist einfach noch so mitgenommen«, sprang seine Mutter für ihn in die Bresche.

»Ich versteh das.« Branduro winkte ab. »Und ich hoffe, dass Sie mich verstehen.«

»Tun wir«, sagte sie.

»Sie können froh sein, dass er …« Er stockte.

»Ja?«

»Dass er das Gewehr nicht benutzt hat.«

✳✳✳

Luca stattete Dr. Stambolo gleich am nächsten Morgen einen Besuch ab. Er war immer noch verwundert darüber, dass Bruto ihm dabei anscheinend blind vertraute.

Das relativ neu aussehende, dreistöckige Haus lag fast am Ende der Via Cassolo in Pieve. Vom Parkplatz vor dem Haus ging Luca mit Belmondo an seiner Seite an dem ebenerdigen Balkon vorbei zur Haustür und klingelte. Der Summer erklang, und kaum dass Luca vor der Wohnungstür stand, wurde ihm auch schon von einem jungen Mann geöffnet.

»Oh, Entschuldigung«, sagte Luca überrascht. »Ich wollte eigentlich zu Dr. Stambolo.«

»Da sind Sie richtig. Ich bin vom Pflegedienst. Wen darf ich denn anmelden?«

»Mein Name ist Luca Spinelli, ich bin Berater der Polizei Riva und hätte ein paar Fragen an den Doktor.«

Der junge Mann überflog den Ausweis, den Luca ihm zeigte, und schaute dann hinunter zu Belmondo.

»Ist das in Ordnung, oder soll ich ihn draußen lassen?«

»Ich frage mal. Warten Sie bitte einen Moment?«

»Natürlich.«

Der Mann vom Pflegedienst verschwand durch eine Tür auf der rechten Seite und lehnte sie an, während er mit Stambolo sprach.

»Ist in Ordnung«, rief er dann durch den Flur. »Kommen Sie rein.«

Luca betrat die Wohnung und schloss die Tür hinter sich.

»Er freut sich sogar über den Hund«, meinte der junge Mann ein wenig ungläubig und führte Luca ins Wohnzimmer. »Wenn Sie hier einen Augenblick warten könnten, ich hole ihn aus dem Bett und hebe ihn in den Rollstuhl.«

»Machen Sie sich bitte keine Umstände ...«

»Nein, nein, er möchte es so.«

Luca setzte sich auf einen Stuhl am Esstisch und ließ Belmondo Platz machen. In der Wohnung roch es nach Kaffee und Desinfektionsmittel. Vom Wohnzimmer aus hatte man über die Terrassentür Zugang zum Balkon und Aussicht auf die Berge. Die Möbel hier schienen alle ebenso neu zu sein wie das Gebäude und erinnerten Luca mehr an ein gut ausgestattetes Heimzimmer als an das lange bewohnte Zuhause eines fast hundertjährigen Mannes. Auf einer Anrichte hinter dem Esstisch standen gerahmte Familienbilder. Eines zeigte wohl den Doktor bei seiner Hochzeit. Luca erkannte die Kirche von Tiarno wieder.

»So, wo möchten Sie denn hin?«, fragte der Pfleger, als er Dr. Stambolo hereinrollte.

»Ans Fenster«, sagte er leise und deutete mit seinem knorrigen Finger zur Terrassentür.

»Buongiorno, Dottor Stambolo«, grüßte Luca und stand auf.

»Buongiorno«, sagte der Alte mit seiner schwachen, heiseren Stimme und hob die Hand zum Gruß. Der Pfleger fuhr ihn an seinen Lieblingsplatz, doch der Doktor hatte nur Augen für den Hund. »Ja, wer bist du denn?« Er hielt Belmondo seine Hand hin und ließ ihn daran schnüffeln. Der Alte lachte und tätschelte Belmondo am Kopf. »Feiner Kerl bist du. Feiner Kerl. Ist doch ein Kerl, oder?«

»Ja, in der Tat. Er heißt Belmondo.«

Der Alte lachte erneut und ließ seine Augen nicht mehr von dem Tier.

Der Pfleger holte einen Stuhl und stellte ihn gegenüber vom Rollstuhl auf.

»Vielen Dank«, sagte Luca und nahm Platz.

Dottor Stambolo saß gebeugt und mit dünnen, staksigen Beinchen in dem Rollstuhl. Den Kopf konnte er nur noch schwer heben, deswegen schaute er wohl lieber nach unten zu dem Hund.

Der Pfleger zog sich in die Küche zurück, wo man ihn an der Spüle hantieren hörte.

»Tja, Dottor Stambolo. Mein Name ist Luca Spinelli«, stellte Luca sich nun vor und suchte den Blick seines Gegenübers. »Ich arbeite als Berater für die Polizei in Riva.« Er nahm seinen Ausweis und zeigte ihn auch dem Alten, der ihm aber keine Beachtung schenkte. »Wir arbeiten gerade an einem Fall, dessen Ursprung lange zurückliegt und der sich hier oben, genauer gesagt in Tiarno, ereignet hat.«

Zum ersten Mal schaute der Dottore auf. »Mmh«, sagte er nur und senkte seinen Blick gleich wieder.

»Wir hoffen, dass Sie sich vielleicht so weit zurückerinnern können, um uns über einen bestimmten Todesfall Auskunft zu geben.«

»Ich habe alle Menschen dort sterben sehen, solange ich gearbeitet habe«, antwortete er. Unter seinen schräg zulaufenden Schlupflidern waren seine Augen kaum noch zu erkennen, aber sie wirkten traurig.

»Es geht um einen Todesfall aus den frühen achtziger Jahren. Eine Frau namens Giuliani, Emma Russo-Giuliani.«

Für einen Moment meinte Luca, der Alte wäre verstorben. Er konnte keine Bewegung mehr in seinem Gesicht ausmachen, und er schien das Atmen eingestellt zu haben.

»Doktor?«, fragte Luca verunsichert.

»Mmh?«

»Ich dachte … Können Sie sich erinnern? Sie wohnte nicht im Ort selbst, sondern in einem Haus auf der Alm mit ihrem Mann, ihrem Sohn und ihrer Tochter.«

Irgendetwas stimmte nicht mit dem alten Mann. Er schien immer mehr in sich zusammenzufallen und blasser zu werden. Er öffnete den Mund, als ob er etwas antworten wollte, atmete aber nur schwerfällig ein.

»Ihr Kaffee, Signor Stambolo.« Der Pfleger war hereingekommen und stellte ein Tablett mit einer dampfenden Tasse quer auf die beiden Armlehnen. »Möchten Sie auch einen?«, fragte er Luca.

»Nein, vielen Dank.«

»Sie melden sich, wenn Sie fertig sind, ja? Dann hole ich Ihre Tabletten«, sagte er an den Doktor gewandt.

»Können Sie uns einen Moment allein lassen?«, bat der Alte.

»Natürlich, ich bin in der Küche.«

»Nein, ich meine … Gehen Sie mal hinaus für zwanzig Minuten und machen Sie einen Spaziergang.«

»Aber ich muss auf Sie aufpassen …«

»Zwanzig Minuten werde ich schon ohne Sie überleben. Außerdem ist ja noch der Herr hier da.«

Der Pfleger sah Luca fragend an. Luca zuckte etwas unschlüssig mit den Schultern.

»Na, gehen Sie schon. Kaufen Sie sich ein Eis.«

»Wie Sie wollen«, lenkte der Pfleger schließlich ein. Wohl war ihm dabei aber offenbar nicht.

Dottor Stambolo wartete, bis die Haustür hinter ihm zufiel.

»Könnten Sie mich von diesem Tablett befreien?«, bat er Luca dann.

»Und Ihr Kaffee?«

»Ich habe keinen Durst.«

Luca nahm das Tablett weg und stellte es auf den Tisch. Stambolo kraulte Belmondo hinter den Ohren und atmete dabei stoßweise, so als würde es ihn sehr anstrengen.

Luca nahm wieder Platz und wartete darauf, was Stambolo zu sagen hatte. Dass er den Pfleger rausgeschickt hatte, verhieß nichts Gutes.

»Wissen Sie«, begann Stambolo schließlich und wischte sich über den Mund, »dass ich vierzig Jahre auf Sie gewartet habe?«

»Ich … verstehe nicht«, sagte Luca und beugte sich vor.

»Ich bin jetzt fünfundneunzig Jahre alt. Und jeder Tag, sogar heute vielleicht, könnte mein letzter sein. Ich hab vierzig Jahre darauf gewartet, dass mich jemand auf Emma Giuliani anspricht. Trotzdem überrascht es mich jetzt. Die paar Tage, die ich noch habe. Und da kommen Sie.«

»Es tut mir leid, ich wollte Sie nicht –«

»Nein, nein«, wehrte er ab. »Mir … mir tut es leid. Mir.«

Er suchte wohl nach den richtigen Worten, um es zu erklären, und ließ sich dabei von seinen Erinnerungen in eine andere Zeit ziehen, so schien es. Es dauerte fast eine halbe Minute, bis er fortfuhr: »Ich war immer für meine Patienten da. Das war mein Dorf, ich habe dort alle behandelt. Und wie ich schon sagte, ich sah sie auch alle sterben. Nur Emma Giuliani nicht.«

»Was passierte mit ihr?«, fragte Luca so leise, dass er gar nicht davon ausging, dass der Alte die Frage gehört hatte.

»Sicher ist nur, dass sie starb«, sagte Stambolo und legte seinen krummen Finger über seine Lippen.

»Darf ich fragen, was das bedeutet?«

»Es bedeutet, dass ich mich schuldig gemacht habe. Und ich habe bis heute nicht dafür gebüßt.«

»Dr. Stambolo, ich bin hier, weil –«

Der Alte hob die Hand. »Nein, bitte. Lassen Sie mich das sagen. Ich würde es gern sagen, mich erleichtern. Mein Gewissen.«

Luca schluckte und ließ Stambolo sprechen.

»Es war mitten in der Nacht, als es an meine Tür klopfte. Signor Giuliani und sein Sohn standen vor meinem Haus und baten darum, eingelassen zu werden. Sie sagten, dass ihre Ehefrau und Mutter gestorben sei und dass ich bitte den Totenschein ausstellen solle. Ich wollte mich gleich anziehen und mit ihnen gehen, doch der Sohn drückte mich auf einen Stuhl, und der Vater zog ein Messer. Sie verlangten, dass ich den Totenschein sofort ausstellte. Der Mann sagte, seine Frau habe einen Herzinfarkt erlitten.« Er atmete immer schneller. »Ich sollte das so schreiben, und wenn ich mich weigerte, sagte er, würde er meiner Tochter und meiner Frau etwas antun, und ich müsste zusehen.« Jetzt begannen seine Hände zu zittern, und er rang um Fassung. »Ich … ich habe es so aufgeschrieben, wie sie wollten. Ich habe den Schein ausgefüllt. Aber ich habe nie die Leiche der Frau gesehen. Ich weiß nicht, wie sie gestorben ist, und was kann ich anderes glauben, als dass er sie getötet hat?«

Luca nickte mitfühlend. »Genau das glauben wir auch. Wir denken, dass er damals seine Frau getötet hat und vielleicht später auch noch seine Tochter.«

Stambolo verbarg seine Augen hinter einer Hand und schluchzte. »Ich bin doch Arzt ... Ich sollte den Menschen helfen.«

»Das haben Sie doch auch«, versicherte Luca, um ihn zu beruhigen.

»Ich habe einem Mörder geholfen«, sagte Stambolo beschämt.

»Er hat Sie gezwungen und erpresst«, meinte Luca. »Sagen Sie, hat Sie in letzter Zeit noch jemand anderes aufgesucht und Fragen gestellt?«

»Wen meinen Sie?«

»Sagt Ihnen der Name Pasquale Vialli etwas?«

»Ach ja, Pasquale ...«, erinnerte er sich. »Warum?«

»War er hier?«

»Nein, ich glaube nicht. Vielleicht hab ich es auch vergessen. Aber Pasquale ...«

»War er auch ein Patient von Ihnen?«

»Ich hab ihn behandelt, als das damals passierte. Dieser Giuliani war gefährlich. Sie haben den Jungen übel zugerichtet.«

»Sie waren dabei?«

»Ich habe den Jungen ins Krankenhaus überwiesen.«

»Und können Sie sich auch noch an den Vater von Pasquale erinnern? Er hatte einen Unfall, wurde mir gesagt.«

»Er kam durch einen Sturz ums Leben. Ich habe ihn nicht mehr gesehen, weil gleich die Polizei ermittelt hat. Aber es muss wohl ein Unfall gewesen sein. Warum wollen Sie das alles wissen, und wieso jetzt, wie sind Sie darauf gekommen?«

»Wir untersuchen, wie schon gesagt, einen Mordfall. Zwei, genau genommen. Und es gibt Verbindungen zu den damaligen Ereignissen.«

»Wer ist es denn?«

Luca wägte ab, ob er den Arzt einweihen sollte. Und er dachte, dass es diesem vielleicht Erleichterung verschaffte, wenn er wusste, dass Giuliani tot war.

»Der alte Giuliani ist in seinem Haus tot aufgefunden worden.«

Dr. Stambolo machte einen tiefen Atemzug. »Und wer soll ihn getötet haben?«, fragte er mit dünner Stimme.

Luca brauchte einen Augenblick für seine Antwort. »Ich bin ein Freund von Pasquale Vialli. Leider habe ich die Vermutung, dass er Giuliani aus Rache umgebracht hat.«

»Madonna«, hauchte der Alte.

»Nichts wäre mir lieber, als das Gegenteil zu beweisen«, sagte Luca.

»Er war ein guter Junge. Aber das Schicksal hat ihm übel mitgespielt«, erklärte der Alte.

∗∗∗

Luca war mit seinen Neuigkeiten direkt ins Präsidium gefahren. Beide Kommissare telefonierten gerade, als er Fabios Büro betrat und vor dem Schreibtisch stehen blieb. Bruto stand an die Fensterbank gelehnt da und beachtete ihn gar nicht, während Fabio ein Zeichen machte, dass er gleich fertig sei.

»Tut mir leid, das war die Rechtsmedizin mit sehr interessanten Informationen«, erklärte Fabio, nachdem er aufgelegt hatte. »Aber wir warten kurz auf Commissario Bruto«, fügte er an.

Der beendete das Gespräch, als er bemerkte, dass die beiden zum ihm herüberschauten, und näherte sich dann dem Schreibtisch.

»Buongiorno«, grüßte er Luca. »Waren Sie schon bei dem Arzt?«

»Allerdings. Und das Gespräch verlief anders, als ich es erwartet hatte.«

»Das heißt?«

»Er hat mehr oder weniger ein Geständnis abgelegt«, berichtete Luca. »Der Alte quält sich seit damals mit einem schlechten Gewissen, weil er von dem alten Giuliani und dessen Sohn gezwungen wurde, den Totenschein auszustellen, obwohl er die Leiche von Emma Giuliani nie gesehen hat.«

»Gezwungen?«, fragte Fabio.

»Mit vorgehaltenem Messer und unter Gewaltandrohung. Sie kündigten an, seine Frau und seine Tochter zu verletzen, wenn er nicht spurt.«

»Ich kann's nicht glauben. Was ist das für eine Geschichte? Bruto, was sagen Sie?« Fabio blickte seinen Kollegen an.

Der rieb sich über seinen Dreitagebart und verzog das Gesicht. »Das hatte ich nicht erwartet. Jetzt müssen wir sehen, was wir unternehmen …«

»Ich denke, wir sollten das Grundstück absuchen«, schlug Luca vor.

»Wonach genau? Die Leiche seiner Frau hat er doch in ihre Heimat überführen lassen«, meinte Bruto.

»Er könnte auch den Bestatter zu dieser Aussage gezwungen haben. Wir wissen außerdem immer noch nicht, wo Regina abgeblieben ist. Sollte sie tatsächlich zurückgekehrt sein und sollte er auch sie umgebracht haben, finden wir sie vielleicht dort. Ich denke, wir sind es dem Mädchen schuldig.«

Fabio blickte zu Bruto. »Ich stimme ihm zu.«

»Ich auch«, erwiderte Bruto. »Und wir könnten zwei Fliegen mit einer Klappe schlagen.«

»Inwiefern?«, wollte Fabio wissen.

»Nun, wenn wir das Grundstück umgraben lassen, und wir werden mit schwerem Gerät dort anrücken müssen, dann besteht die Möglichkeit, dass Vialli das Treiben beobachtet. Ich werde Kameras installieren lassen, bevor wir mit der Suche starten.«

»Gute Idee«, sagte Luca.

»Ich bin auch einverstanden«, erklärte Fabio. »Jetzt habe ich aber auch noch eine Information, die uns hoffentlich weiterhelfen wird. Es geht um die Leiche von Agnesi. Ich sprach gerade mit dem Rechtsmediziner, der mehrere Bisse von Wildtieren an der Leiche festgestellt hat. Aber … er hat auch einen

Biss am Daumen des Opfers gefunden, der zu einem Menschen passen könnte.«

»Dann können wir die Person über den Gebissabdruck ausfindig machen?«, fragte Luca.

»Möglicherweise. Das wird dennoch schwierig. Die Bisse überlappen sich teilweise, und er möchte noch eine Meinung von einer Expertin einholen, die Vialli wohl schon kontaktiert hatte.«

»Signora Busconi?«

»Genau.«

»Ich war gestern bei ihr. Pasquale hatte sie besucht und dazu einen Vermerk gemacht.«

»Ich würde gleich rüberfahren. Wenn Sie mögen, können Sie mich begleiten«, bot Fabio an. »Das könnte der Durchbruch in dem Fall sein.«

»Okay, ich komme mit.«

»Sehr gut. Ich kümmere mich schon mal um die Grabungen auf dem Grundstück«, sagte Bruto.

Die drei reichten sich die Hände.

»Wir sind auf dem richtigen Weg«, sagte Fabio. »Wir könnten in beiden Fällen bald ans Ziel kommen.«

SIEBZEHN

Pasquale hatte Regina nun seit über einer Woche nicht mehr gesehen. Er hatte in dieser Zeit zu Hause bleiben und seine Gesichtsverletzung auskurieren müssen. Die Farben der Hämatome vor allem um sein Auge mit dem gebrochenen Jochbein herum hatten von Dunkelblau zu Lila und dann zu Grün gewechselt. Jeglicher Druck verursachte immer noch stechende Schmerzen, auch wenn die Schwellung schon gut zurückgegangen war.

In der Schule zog er an diesem Morgen alle Blicke auf sich. Bernardo, sein Sitznachbar, wusste bereits, wie er aussah. Er hatte ihn einmal zu Hause besucht, um zu fragen, wie es ihm ging. Pasquale hatte ihm nicht die Wahrheit gesagt, sondern von einem Sturz im Wald gesprochen. Doch als er nun den Klassenraum betrat, konnte er sich ungefähr vorstellen, wie Regina sich jeden Tag fühlen musste. Nur: Regina fehlte immer noch. Ihr Platz war leer, wie an dem Tag, an dem das alles passiert war.

Signora Venduto erschrak, als sie ihn erblickte. Seine Eltern hatten sie natürlich benachrichtigt, aber Pasquale zu sehen, versetzte ihr einen gehörigen Schreck. Sie versuchte, sich so schnell es ging zu fassen, und kam zu ihm an den Tisch.

»Buongiorno, Pasquale. Schön, dass du wieder da bist.«

»Buongiorno«, antwortete Pasquale und blickte verstohlen zum leeren Platz von Regina. Er überlegte, ob er sie gleich jetzt fragen sollte, warum Regina noch oder schon wieder fehlte, ließ seinen Mund dann aber doch geschlossen. Die Klasse musste das nicht mitanhören, fand er. Er würde sie nach dem Unterricht ansprechen.

Signora Venduto stellte sich vor die Tafel und lächelte die Klasse an. »Liebe Kinder«, sagte sie, »ich freue mich, dass unser Pasquale wieder bei uns ist und dass es ihm besser geht.

Allerdings habe ich auch eine nicht so schöne Ankündigung zu machen. Regina wird unsere Klasse leider von heute an verlassen. Sie wird in eine andere Stadt ziehen.«

Pasquale glaubte, sterben zu müssen. Er hatte das Gefühl, dass er nach hinten fiel, dass eine Kraft, der er nicht widerstehen konnte, ihn fortzog. Mit beiden Händen packte er die vordere Tischkante, um sich festzuhalten. Das Klassenzimmer nahm er nur noch verschwommen war, und die Worte von Signora Venduto klangen, als befände er sich unter Wasser.

»Ich möchte, dass ihr alle diesen Moment nutzt, um darüber nachzudenken, wie ihr sie behandelt habt«, sagte die Lehrerin und blickte nun ernst von einem zum anderen. »Ihr wisst selbst sehr gut, dass ihr sie nicht wirklich in dieser Klasse aufgenommen habt. Ich bin traurig darüber. Und ich bin traurig, dass sie nun nicht mehr bei uns ist.«

Signora Venduto war noch nicht fertig, doch was sie danach sagte, konnte Pasquale nicht mehr hören. Er spürte, wie er aufstand, spürte seine schwachen, zitternden Beine, spürte, wie kalter Schweiß auf seiner Stirn ausbrach. Er taumelte auf seine Lehrerin zu, die ihn besorgt ansah.

»Mir ist nicht gut«, sagte er und rannte aus der Klasse hinaus und über den Gang zur Jungen-Toilette. Die Tür knallte gegen die Wand, und er lief gebückt in die erste Kabine, fiel auf die Knie und übergab sich in die Schüssel. Er würgte, stöhnte und weinte gleichzeitig, bittere Tränen liefen ihm übers Gesicht, während er sauren Speichel in die Schüssel spuckte. Er weinte, wie er sich noch nie hatte weinen hören. Irgendwann war all seine Kraft aus seinem Körper gewichen, und er setzte sich hin, lehnte sich an die Kabinenwand und blickte verloren auf die klebrigen Kacheln. Stumme Schluchzer ließen seine Schultern zucken, zu mehr war er nicht mehr fähig.

»Pasquale?«, hörte er da die Stimme von Signora Venduto durch den Raum hallen.

Er antwortete nicht. Ihre Schritte kamen näher und stoppten, als sie ihn in der Kabine entdeckte.

»Madonna«, hauchte sie und ging in die Knie. »Das war noch zu früh für dich. Du warst immerhin schwer verletzt. Wir bringen dich gleich nach Hause.« Sie strich ihm über die nasse Wange.

»Wo?«, fragte Pasquale erschöpft.

»Mmh?«

»Wo ist sie jetzt?«

»Wen meinst du, Regina?«

Pasquale schloss die Augen und nickte.

»Ach du je«, sagte sie erstaunt. »Jetzt verstehe ich erst …«

»Bitte«, flehte Pasquale.

»Mein Junge, ich weiß es nicht. Sie lebt jetzt bei einer Tante. Zusammen mit ihrem Bruder.«

Pasquale begann zu weinen und legte beschämt einen Arm über seine Augen.

»Es tut mir leid, Pasquale. Komm, steh auf. Du musst nach Hause.«

Sie half ihm auf die Beine, wischte mit etwas Toilettenpapier sein Gesicht ab und spülte.

»Wir rufen deine Eltern an. Sie können dich abholen, und dann ruhst du dich aus«, sagte Signora Venduto und legte einen Arm um ihn. So traten sie hinaus auf den Flur. Schritte näherten sich ihnen von rechts, und sie stoppten, als sie Branduro in seiner Uniform erkannten.

»Buongiorno«, sagte der Beamte ängstlich und blickte zu Pasquale.

»Ja? Wen suchen Sie denn?«, fragte Signora Venduto.

Pasquale wusste, dass er seinetwegen hier war. »Was ist passiert?«, fragte er.

Branduro schluckte, und seine Lippen zuckten unentschlossen. »Es … es hat einen Unfall gegeben, Pasquale«, sagte er und kam näher.

Pasquale machte instinktiv einen Schritt zurück und löste sich damit aus der Umarmung seiner Lehrerin.

»Nein«, flüsterte er.

»Ich möchte dich abholen und nach Hause bringen«, sagte Branduro und streckte eine Hand nach ihm aus.

»Was ist?«

»Es tut mir leid, Junge, dein Vater hatte einen Unfall«, gestand der Beamte schließlich.

»Nein, nein …«

»Bitte, komm. Wir fahren dich nach Hause zu deiner Mutter.«

»Wo ist Papa?«

»Bitte, komm erst mal mit. Wir besprechen alles zu Hause.«

»Nein, wo ist Papa?«

»Junge, bitte …« Branduro sah die Lehrerin hilflos an.

»Sagen Sie mir, was mit ihm ist«, forderte Pasquale.

Branduro machte einen weiteren Schritt auf ihn zu. »Hör doch –«

»Sagen Sie es mir!«

»Komm, Pasquale«, sagte Signora Venduto und nahm ihn wieder in den Arm. »Ich begleite dich, okay? Wir gehen gemeinsam.«

»Er soll mir sagen, was los ist«, beharrte Pasquale.

»Das macht er, das macht er. Aber erst gehen wir zu dir nach Hause.«

»Ist er tot?« Pasquales Stimme brach wie ein kleiner, morscher Zweig.

Branduro senkte den Blick, und Pasquale wusste, dass er recht hatte.

»Papa …«, flüsterte er. »Papa.« Es klang wie ein stiller Ruf nach seinem Vater und das Warten auf eine Antwort, die nicht kam. »Papa.«

In dem Moment bemerkte er die Tragweite dieses Wortes, seine Größe und seine Macht. Es war so viel mehr als eine kindliche Bezeichnung für das Wort Vater. Es war alles, was die Beziehung zwischen einem Vater und seinem Sohn ausmachte. Und der Schmerz, der ihn nun ereilte, war so viel stärker als das, was er ertragen konnte, dass ihm schwarz vor Augen wurde. Ein langer Fall in eine tiefe, dunkle Grube folgte, aus der er glaubte, nie wieder herauskommen zu können.

✳✳✳

Sie hielten sich an der Hand und schlüpften durch den Ausgang zwischen den Hecken. Das Haus tauchte groß und grau und bedrohlich vor ihnen auf. Eine Tür an der Seite stand halb offen, und Regina steuerte darauf zu.

»Nein, nicht ins Haus«, flehte das Mädchen und zog an ihrem Arm.

»Wir brauchen was anzuziehen«, sagte Regina.

Das Mädchen sah an sich herab. Regina drückte ihre Hand. Dann kam sie mit.

Es roch feucht und schimmelig im Haus. Alte, vergilbte Tapeten hingen blasenschlagend an den Wänden. Abgewetzte Holzdielen quietschten unter ihren Füßen. Obwohl es Tag war, war es dunkel im Haus. Sie gingen an einer offenen Badezimmertür vorbei, einen engen Flur entlang, bis zu einer großen, heruntergekommenen Küche. Die Hängeschränke, die Arbeitsplatte, alles hier schien Löcher, Dellen oder Risse zu haben. Farbe blätterte ab oder war vom Gebrauch der Türen abgewetzt. Geschirr und Essenspackungen stapelten sich auf einem Tisch und der Arbeitsplatte. Es stank süßlich verfault und nach verschüttetem Essig oder dergleichen.

Regina zog das Mädchen weiter in ein dunkles Wohnzimmer mit einer alten Couch, dunklen Perserteppichen und Holztäfelung an den Wänden und der Decke. Ein Fernseher stand auf einer Kommode, umgeben von Bergen von DVDs. Sie lagen überall herum. Auf der Kommode, in den offenen Schubladen, auf dem Boden, auf dem Sofa und auf dem Tischchen. Von hier führte eine zweite Tür in einen anderen Flur, von dem aus das obere Stockwerk über eine Holztreppe zu erreichen war. An der Garderobe hinter der Haustür hingen ein Parka und ein gefütterter Wollmantel. Regina drückte dem Mädchen den Parka in die Hand und nahm sich den Mantel.

»Jetzt brauchen wir noch Hosen und einen Pulli für dich.«

»Ich will nichts von ihm anziehen«, sagte das Mädchen.

»Du erfrierst sonst«, meinte Regina eindringlich. Sie öffnete eine Tür, die sie für eine Badezimmertür hielt. Sie hatte auch recht damit, doch als sie das Licht anknipste, blickte sie in ein gefliestes Bad mit Badewanne, das überfüllt war mit Kleidung. Sie lag auf dem Boden, quoll aus der Wanne, hing an der Duschstange und war in die Fächer eines Regals gestopft. Regina stockte und hob ein paar Kleidungsstücke vom Boden auf. Es waren Kindersachen. Mädchensachen. Regina ließ sie wieder fallen, als hätte sie sich daran verbrannt. »Nicht hier«, sagte sie nur und schloss die Tür hinter sich. »Wir gehen rauf.«

Sie lief die Stufen empor und sah sogleich das Zimmer, in dem Fausto wohl geschlafen hatte. Auch hier war es unordentlich. Auf dem Bett lagen Hosen und Hemden und Pullover. Sie kleidete das Mädchen und sich ein. Dann zogen sie sich Strümpfe an, weil seine Schuhe ihnen nicht passen würden.

»Wie ist dein Name?«, fragte Regina, als sie fertig waren.

»Simona.«

Regina lächelte.

»Fausto?«, rief da eine Stimme aus einem anderen Zimmer, und Simona stieß vor Schreck einen spitzen Schrei aus. Sie hielt sich sofort den Mund zu. Mit weit aufgerissenen Augen sahen sich die beiden Mädchen an.

»Wer ist das?«, flüsterte Simona.

Regina schüttelte stumm den Kopf und zog sie hinaus auf den Flur, wo sie bis zu dem Zimmer schlichen, aus dem der Ruf gekommen war. Ein Rollstuhl stand in der Mitte des Raumes. Ein Fernseher warf sein zuckendes, bläuliches Licht an die Decke und die Wände. Hier hingen Landschaftsgemälde und einige Ahnenporträts.

»Fausto?«, rief die Frau erneut.

Langsam und vorsichtig zogen die Mädchen sich zurück. Auf Zehenspitzen gingen sie die Treppe hinunter und öffneten die Haustür. Kalter Wind blies ihnen entgegen, und irgendwo im Haus schlug eine Tür zu.

»Komm«, sagte Regina, und sie machten sich auf den Weg, wohin auch immer er sie führen würde.

Über das verschlossene Eingangstor des Schrottplatzes mussten sie klettern, dann standen sie auf der Landstraße. Weit und breit waren kein Haus und kein Auto in Sicht. Doch ein Stück weiter rechts, hinter einem brachliegenden Feld, konnte man einen Waldrand erkennen. Dorthin wollte Regina. Der Wald würde sie vorerst schützen.

***

»So schnell sieht man sich wieder«, sagte Luca, als er und Fabio auf dem Gang vor dem Untersuchungsraum im Rechtsmedizinischen Institut auf Signora Busconi und den Rechtsmediziner Dottor Pisante trafen.

»Sie kennen sich bereits?« Pisante schüttelte Luca die Hand.

»Ich hätte Signora Busconi auch eingeladen, wenn Sie es nicht getan hätten.«

»Dann können wir ja zur Tat schreiten. Ich habe den Leichnam bereits vorbereitet.«

Er öffnete die Tür, und Luca konnte für einen Moment seine Füße nicht bewegen. An solche Situationen wollte er sich einfach nicht gewöhnen. Signora Busconi schien es nichts auszumachen, sie ging forschen Schrittes hinein, und so hielt Luca sich ein wenig im Hintergrund und ließ sie und Pisante machen. Der Rechtsmediziner verteilte Einweghandschuhe und erklärte kurz die Wunden, die er festgestellt und bereits zugeordnet hatte. Wieder fehlte der Leiche ein Stück Muskelgewebe, diesmal aus dem Oberschenkel.

»Das ist eindeutig auf einen Schnitt mit einem sehr scharfen Messer zurückzuführen«, erklärte er und fuhr mit dem

Finger an den Wundrändern entlang, ohne sie zu berühren. »Die Klinge muss ungefähr zehn Zentimeter lang gewesen sein. Ich vermute, dass es sich um ein klassisches Schlachtermesser handelte.«

»Ist der Schnitt an der Kehle durch dasselbe Messer entstanden?«, fragte Fabio.

»Ja, das kann ich sagen. Wieder ein sehr tiefer Schnitt, der fast bis zur Wirbelsäule ging, diesmal aber schiefer angesetzt war und nicht so sauber ausgeführt wurde wie bei den anderen Opfern. Ich gehe davon aus, dass er sich kurz vor seinem Tod noch gewehrt hat. Das würde auch den Biss erklären, wegen dem Sie heute hier sind.« Er deutete auf die Wunden an den Unterarmen und den Händen, über die er noch nicht gesprochen hatte. »Signora Busconi, dazu würden wir nun gern Ihre Expertise hören«, meinte er höflich und machte für sie Platz am Untersuchungstisch.

Zia Busconi begutachtete die schrecklichen Wunden des Opfers mit erstaunlicher Professionalität. »Hätten Sie eine Lupe für mich?«, bat sie.

»Selbstverständlich.« Pisante bewegte ein fest am Tisch installiertes Vergrößerungsglas und schob es über die Handwunden.

»Ah, verstehe«, sagte Signora Busconi und übernahm selbst die Handhabung. »Also, ich sehe hier Bisswunden von mehreren Tieren. Diese hier stammt wohl von einem Fuchs. Vielleicht war er der Erste am Fundort und machte sich daran zu schaffen, bis er von einem oder mehreren Wölfen vertrieben wurde. Diese Löcher hier stammen eindeutig von den Reißzähnen eines Wolfes, und nur sie hätten auch die Kraft, so große Stücke aus dem Unterarm zu reißen. Die Finger sind ja fast vollständig skelettiert. Und das ist sicher der Biss, auf den Sie anspielen.« Sie schob das Glas etwas näher und wieder etwas zurück. »Das ist ein menschlicher Gebissabdruck. Ich kenne kein Tier, das einen solchen Abdruck hinterlässt. Da bin ich mir sicher.«

»Ausgezeichnet«, sagte Fabio erleichtert.

»Leider ist er nicht vollständig erhalten«, sagte sie. »Darf ich den Leichnam bewegen?«

»Bitte.« Pisante trat interessiert näher.

Signora Busconi hob die Hand an und legte sie auf die Seite, sodass man nun auf die Handinnenfläche blicken konnte.

»Schade, dort am Daumenmuskel hätte man noch den zweiten Kieferabdruck sehen können, doch das Fleisch ist fast vollständig entfernt worden. Auch in der Wunde kann ich nichts mehr erkennen.«

»Ja, ich denke, dass wir nur mit dem oberen Abdruck auskommen müssen«, bestätigte Pisante. »Interessanterweise ist der Abdruck am Daumenrücken der Abdruck des Unterkiefers, was, wenn er im Verteidigungskampf entstand, auf den ersten Blick sehr ungewöhnlich ist.«

»Das stimmt«, sagte sie irritiert.

»Es ist aber nur ohne unser Vorwissen merkwürdig. Denn von den anderen Opfern wissen wir, dass sie kopfüber aufgehängt wurden. Dieser Mann hat dieselben Fesselungsspuren an den Fußgelenken. Und der Winkel des Kehlenschnitts ist auch hier wieder so steil, dass der Täter ihn wie in den bisherigen Fällen gesetzt haben muss, als das Opfer noch hing.« Pisante demonstrierte die Schnittbewegung in der Luft. »Ein Rechtshänder.«

»Ist es möglich, noch heute einen Abdruck von dem Biss zu bekommen?«, fragte Fabio, »Wir müssen den Zahnstand bei den Ärzten in der Gegend abfragen.«

»Ist bereits in Arbeit«, sagte Pisante verschmitzt.

»Wunderbar.« Fabio schien froh zu sein, den Untersuchungsraum mit diesem Ergebnis wieder verlassen zu können. Der Anblick von Agnesis Leiche würde allen noch lange im Gedächtnis bleiben. So etwas vergaß manch einer sein ganzes Leben nicht.

Sie fuhren zurück ins Polizeipräsidium, nachdem sie sich von Signora Busconi verabschiedet hatten, und setzten sich in den Besprechungsraum. Fabio begann, etwas in den Laptop zu tippen. Luca stellte sich vor die große Tafel und sah sich die dort angepinnten Fotos an, um nach Ähnlichkeiten oder Unterschieden zu suchen. Es gab auch einen Kartenausschnitt, auf dem die Fundorte innerhalb der Landschaft oberhalb des Sees markiert waren.

»Haben Sie mal einen Stift und ein Lineal für mich?«, bat Luca nach einer Weile. Fabio suchte in der Schublade des Tisches und reichte ihm beides.

»Haben Sie etwas gefunden?«

»Martina sagte mir einmal …«, begann Luca und stockte, als er bemerkte, dass er zum ersten Mal seit langer, langer Zeit Martinas Namen wieder erwähnt hatte. Sein Hals schnürte sich zu, und er musste sich räuspern. »… Sie meinte, über Serientäter werde in den USA immer ein Schnittpunktdiagramm von Tat- oder Fundorten angefertigt. Täter entfernen sich bei ihren ersten Morden nur wenig von ihrer bekannten Umgebung. Später werden sie mutiger und gehen weiter. Aber verbindet man diese Punkte …« Luca setzte das Lineal an und zog eine Linie zwischen dem ersten und dem zweiten Fundort und anschließend weitere zwischen den übrigen. Es entstanden spitze Dreiecke, die sich überschnitten.

Fabio stand auf und stellte sich neben Luca. »Dann müsste doch die älteste Leiche seinem Wohnort am nächsten gelegen haben«, meinte er.

»Theoretisch ist das so, ja.«

Luca zog die letzte Linie und entfernte sich ein Stück. Die Dreiecke trafen sich alle ungefähr an einem Punkt. Es sah aus wie der innerste Ring eines Spinnennetzes.

»Pregasina«, schlussfolgerte Fabio. »Er muss in Pregasina leben.«

»Die Fundorte bilden ein Viereck um diesen Punkt herum«, ergänzte Luca. »Wenn wir jetzt jemanden suchen, der männlich ist, vom Alter her passt und mit mindestens einer weiteren männlichen Person zusammenlebt, dann könnten wir den

Kreis der Verdächtigen erheblich einschränken. In neunzig Prozent dieser Fälle wohnen die Täter unter einem Dach.«

»Und wenn wir dort den schwarzen Transporter finden, haben wir sie. Das ist großartig. Mit dem Abgleich des Gebissabdrucks gibt es dann auch einen Beweis, der absolut stichhaltig ist.« Er reichte Luca die Hand. »Ich wusste, es war eine gute Idee, Sie um Ihre Mitarbeit zu bitten. Vielen Dank.«

Es klopfte an der Tür.

»Ja!«, rief Fabio, und ein Carabiniere kam herein. Er trug keine Mütze, weshalb Luca davon ausging, dass er hier im Haus arbeitete.

»Commissario …« Er ging zu Fabio und reichte ihm einen Zettel. »Ich habe den Halter des Fahrzeugs anhand des Nummernschilds ausfindig gemacht.«

»Ah, richtig«, erinnerte sich Fabio. »Vielen Dank.«

Der Beamte verließ den Besprechungsraum wieder, und Fabio blickte auf den Zettel, während er ihn an Luca weiterreichte. »Hier, falls Sie möchten … Moment«, sagte er dann und warf einen zweiten Blick auf den Namen.

»Kennen Sie ihn etwa?«, fragte Luca.

»Nein, das nicht.«

»Aber?«

»Es ist Fabrizio Gemma«, meinte Fabio vielsagend.

»Ist das nicht dieser Baulöwe?«

»Genau, und Agnesi hat für seine Firma gearbeitet. Meinen Sie, das bedeutet etwas?«

»Ich hatte ja vermutet, dass die Mordserie vielleicht mit dem Bau des Tunnels oder der neuen Fahrradstrecke oder so zu tun hat«, erwiderte Luca. »Das Komische ist nur, dass wir auf diesen Namen im Zusammenhang mit einem ganz anderen Fall gestoßen sind, nämlich durch Pasquales Recherche über Signora Brandt.«

Fabio blickte nachdenklich zu Boden. »Das ist in der Tat merkwürdig«, murmelte er. »Glauben Sie, es könnte eine Verbindung geben? Ich sehe im Moment keine.«

»Pasquale hat beide Fälle bearbeitet. Gut, seine Geschichte hat er heimlich recherchiert, diese Mordserie offiziell. Er könnte durch Zufall über etwas gestolpert sein.«

»Man müsste Gemma befragen. Er ist ein Multimillionär, hat aber eine Villa hier am See, das weiß ich«, erklärte Fabio.

»Wollen Sie das machen?«

»Ich? Allein?«

»Ja, fragen Sie ihn, was er Ihnen über Agnesi sagen kann. Wahrscheinlich weiß er noch gar nicht, dass er tot ist, wenn er ihn überhaupt persönlich kennt. Agnesi war womöglich nur einer von vielen Ingenieuren, die für ihn arbeiten.«

»Ich glaub, ich bin Gemma sogar schon mal begegnet«, sagte Luca.

»Bitte? Na wunderbar! Worauf warten Sie dann noch?«

***

Im Wald war es weniger windig als auf dem offenen Feld. Hier froren sie nicht ganz so sehr, aber der Weg durch das Dickicht war beschwerlicher. Endlich stießen sie auf einen kleinen Weg, mehr ein Trampelpfad, der in Schlangenlinien durch den Forst führte und dem sie einfach folgten, so schnell es ging. Sie wollten sich so weit wie möglich von dem Haus und dem Schrottplatz entfernen, auch wenn Fausto sie nicht mehr verfolgen konnte. Regina überlegte, wie lange es dauern würde, bis man ihn entdeckte. Wann würde seine Mutter Verdacht schöpfen? Konnte sie sich überhaupt allein bewegen? Spätestens wenn der nächste Besucher kam, käme alles ans Licht. Aber man wusste nie, wann das sein würde.

Simona war so erschöpft, dass sie sich mit einer Hand an Reginas Mantel festhielt und willenlos hinter ihr herlief wie ein Hund.

Irgendwann schien helleres Licht durch die Bäume, und Regina erkannte ein angrenzendes Feld und Telefonmasten. Die Sonne kam durch und wärmte sie ein wenig, doch die Luft war kalt. Im Schutz der Bäume gingen sie am Feld entlang und hielten Ausschau nach Menschen, aber hier war nichts als weite Fläche. Nicht mal ein Bauernhof war in Sicht. Doch dann, vor einem seicht ansteigenden Hügel, vernahmen sie ein Quietschen, das beiden bekannt vorkam. Es war das Bremsen eines Zuges.

Regina wurde schneller und begann schließlich zu laufen, sodass Simona kaum noch Schritt halten konnte. Sie liefen den nackten Hügel hinauf und blickten von der Kuppe hinunter in eine lang gezogene Senke, in der ein einzelnes Gleisbett verlief. Ein Güterzug hielt dort und schnaubte wie ein Stier. Weiße Dampfwolken stoben auf, wirbelten durch die klare Luft. Hinter einer Reihe Güterwaggons folgten einige flache, offene Wagen, die leer waren. Regina zog Simona an der Jacke mit sich und rannte auf den Zug zu. Eilig kletterte sie auf den ersten flachen Wagen und half Simona zu sich nach oben. Der Boden bestand aus Holzbohlen, und hinter den hohen Waggons vor ihnen waren sie windgeschützt. Die Mädchen legten sich flach auf den Boden und umarmten sich. Sie sahen sich fest in die Augen.

»Wir schaffen das«, flüsterte Regina, als der Zug mit einem Ruck anfuhr. »Wir schaffen das, keine Angst«, sagte sie.

Der Zug nahm immer mehr Fahrt auf. Die Bohlen unter ihnen begannen zu vibrieren, und der Wind strich über sie hinweg. Jetzt begann eine Fahrt ins Ungewisse. Sie waren zwei verlorene, vergessene Seelen im Nirgendwo, aber der Zug würde sie von hier forttragen, hin zu einem anderen Ort. Das war das Wichtigste. Ein anderer Ort. Was dann kam, stand in den Sternen.

Regina schloss die Augen und sah ihren Vater allein vor dem Haus stehen. Er schaute ihr nach, während sie sich langsam immer weiter und weiter von ihm entfernte. Sie verließ das von Wald umzäunte Grundstück auf dem Berghang über Tiarno, und alles wurde kleiner und kleiner, bis ihr Vater nur noch ein winziger Punkt in der Landschaft war. Sie erwachte, nicht weil ihr kalt war, sondern weil der Zug angehalten hatte. Sie hielt Simona fest an sich gedrückt und hob den Kopf. Um sie herum war ein Meer aus Gleisen und anderen Zügen und Waggons.

»Simona.« Sie weckte das Mädchen, das sich in die Jacke eingerollt hatte wie in ein Schneckenhaus. »Wir müssen runter.«

Simona blinzelte und registrierte, dass sie standen.

»Wo sind wir?«

»Ich weiß es nicht. Komm.«

Sie krabbelten an den Rand des Waggons und schwangen ihre Beine über den Rand.

»He, ihr da!«, rief jemand, der rechts von ihnen stand.

Sie fuhren herum und starrten in das Gesicht eines Bahnarbeiters, dem ein halbes belegtes Brot aus dem Mund ragte. Regina und Simona zögerten keine Sekunde länger, sie hüpften auf die Gleise und begannen zu laufen.

»He!«

Sie liefen und sprangen über die Gleise, schauten dabei nach links und rechts, ob nicht ein Zug kam, und hasteten immer weiter auf eine Böschung zu, die mit Müll aus vorbeifahrenden Zügen übersät war. Hinter ihnen wurde die Stimme des Bahnarbeiters immer leiser. Sie erreichten die Böschung und liefen auf allen vieren hinauf. Dahinter verlief eine Straße mit Rissen und einem verblassten Mittelstreifen. Simona verlor das Gleichgewicht, landete auf dem Rücken und rutschte die Böschung hinunter auf die Straße zu, auf der von links ein Sattelschlepper auf sie zuraste. Ein Kreischen ertönte, als die Bremsen die Räder blockieren ließen. Verbranntes Gummi hüllte die Reifen in grauen Qualm. Das tonnenschwere Gefährt glitt schlingernd auf Simona zu und kam kaum einen Meter vor ihr zum Stehen.

Simona lag wie erstarrt auf der Fahrbahn. Regina rannte zu ihr und warf sich neben ihr auf die Knie.

»Alles in Ordnung?«, rief sie atemlos.

Simona blickte sie an wie ein panisches wildes Tier.

»Mein Gott!«, rief der Fahrer, der ausgestiegen war und nun um den Kühler herumgelaufen kam. »Mein Gott!« Er griff sich an den Kopf, als er die beiden Mädchen am Boden sah. »Geht's euch gut? Ist alles gut? Hab ich euch erwischt?« Regina schüttelte den Kopf.

Der Mann kniete sich neben sie und suchte die beiden mit rastlosen Blicken nach Verletzungen ab. Er entspannte sich, als er nichts fand, und schaute gebetsartig zum Himmel empor. »Madonna mia.«

Regina stellte sich wieder auf die Beine und half Simona hoch.

»He, wo wollt ihr hin?«, fragte er.

Regina schüttelte bloß den Kopf und zog Simona an sich heran.

»Wir müssen doch … Wo sind eure Eltern?«

Eltern, das war ein Wort, das Regina schon seit einer Ewigkeit nicht mehr gehört oder benutzt hatte. Es hatte seine Bedeutung für sie vollkommen verloren. Eltern gab es in ihrer Welt nicht mehr.

Der Fahrer bemerkte jetzt erst, wie merkwürdig die beiden gekleidet waren, dass sie keine Schuhe trugen und nur in schmutzigen Strümpfen unterwegs waren.

»Seid ihr … seid ihr …« Er wusste nicht, was er sagen sollte, weil er die Mädchen nicht einordnen konnte. »Wo wohnt ihr denn?«, fragte er daher.

Die beiden sahen ihn an, ohne zu antworten.

»Ich kann euch doch nicht einfach so hier stehen lassen, versteht ihr? Ich muss doch … Ich muss euch helfen.«

Er erhielt keine Reaktion, so als sprächen die beiden seine Sprache nicht.

»Versteht ihr mich überhaupt?« Er erhob sich, trat einen Schritt näher, und die Mädchen machten einen Schritt zurück. »Nein, nein, alles gut. Ich tue euch nichts. Ich will euch nur helfen. Ihr braucht Hilfe. Wie seht ihr überhaupt aus?«, fragte er mehr sich selbst als die beiden. »Seid ihr weggelaufen?«

Wieder wartete er vergeblich auf eine Antwort. »Na, ihr versteht mich wohl wirklich nicht. Habt ihr Hunger?« Er machte eine Essbewegung. »Ja, Hunger? Ich hab was im Wagen. Leckere Sachen. Auch was zu trinken. Ihr seht ja furchtbar aus. Kommt, ich geb euch was. Kommt!« Er bedeutete ihnen, mit ihm zu dem Sattelschlepper zu kommen.

Regina nahm Simona an der Hand und wollte sie über die Straße und auf das dahinter verlaufende Feld ziehen.

»Nein, nein, nein!«, rief er rigoros und packte Simona am anderen Ärmel. »Das geht so nicht. Ihr könnt nicht einfach weglaufen. Ihr kommt jetzt mit und basta. Habt ihr gehört? Ab in den Wagen!«, befahl er und zeigte auf die geöffnete Fahrertür. »Los jetzt, bewegt euch, Mädchen!« Er drückte die beiden in Richtung Laster. »Macht schon, bevor noch ein Auto kommt.«

Sie kletterten die steilen Stufen zur Fahrerkabine hoch, und er kam hinterher.

»Weiter, da ist genug Platz. Setzt euch hin.«

Regina quetschte sich an das Fenster der Beifahrerseite und beobachtete misstrauisch jede Bewegung des Mannes. Simona saß zwischen ihnen und traute sich vor Angst kaum, ihn anzusehen.

»Madonna, so was hab ich aber auch noch nicht erlebt. Und ich fahre schon ein paar Jahre. Na ja, jetzt kümmern wir uns erst mal um euch.«

Er blickte in den Rückspiegel und drückte einen Knopf auf dem Armaturenbrett. Es war der Warnblinker, der nun ein stetiges Geräusch von sich gab. *Klickklack, klickklack, klickklack.*

»Okay, gucken wir mal …« Er beugte sich nach hinten und zog einen Stoffbeutel und eine kleine Plastikkiste hervor. »Hier haben wir noch zwei Brote mit Schinken, eine Banane, einen Apfel und Schokolade. Was wollt ihr haben, hm?«

Sie antworteten wieder nicht, starrten nur ungläubig auf das Essen.

»Stimmt ja, ihr versteht mich nicht. Russkij? Deutsch? Français? Nein?« Er überlegte, welche Sprachen ihm noch einfielen, gab es aber gleich wieder auf. »Ach, wisst ihr was? Hier, nehmt das und sucht euch raus, was ihr wollt.« Er reichte ihnen Box und Beutel und machte es sich auf seinem Sitz bequem. »Ihr könnt alles aufessen. Kein Problem. Hier ist auch Wasser.« Er deutete auf eine Kiste direkt hinter dem Beifahrersitz. »Acqua! Okay, ja?«

Er lächelte ihnen zu und startete dann den Motor.

❊❊❊

Fabrizio Gemmas Anwesen lag in Toscolano Maderno direkt am See. Von der Straße aus erkannte man nur ein paar sehr gepflegte Bäume hinter einer Steinmauer, doch weiter unterhalb tat sich bis zum Seeufer hin eine sichelförmige Bucht auf, deren Fläche von vier Villen mit ihren pompösen Gärten belegt wurde. Zwei waren Luxushotels und zwei Privatvillen, von denen eine im Besitz des Baulöwen war.

Luca bog von der Straße durch ein offenes Tor in der Steinmauer auf einen kleinen Vorplatz ein, hinter dem eine weitere Mauer den Blick auf das Grundstück verstellte und ein hohes, mit Metallspitzen besetztes Flügeltor Besucher von der Einfahrt abhielt. Links und rechts des Tores beobachteten Kameras das Geschehen auf dem Vorplatz, und zwei Meter vor der Flügeltür ragte eine schwarze Metallsäule aus dem Boden, in die eine weitere Kamera, ein Knopf und ein Lautsprecher eingelassen waren.

Luca fuhr mit seinem alten Flavia, dessen Geldwert ungefähr dem einer Fliese im Steinboden dieses Vorplatzes entsprach, an die Säule heran und lehnte seinen Kopf aus dem Fenster.

»Wie kann ich Ihnen helfen?«, fragte eine Stimme über den Lautsprecher, ohne dass Luca auch nur den Arm ausgestreckt hatte, um auf die Klingel zu drücken.

»Äh, ja, mein Name ist Luca Spinelli. Ich bin Berater für die Polizei Riva und würde gern mit Signor Gemma sprechen, wenn das möglich wäre«, erklärte er.

»Einen Moment bitte, Signor«, antwortete die Stimme.

Die rechte Kamera schwenkte zu ihm herüber. Luca zog seinen Kopf zurück und wartete geduldig. Er hatte nicht das Gefühl, dass man ihn einlassen würde.

»Darf ich fragen, in welcher Angelegenheit Sie kommen?«, fragte die Stimme nach einer Weile.

»Ich berate die Polizei in einer … äh … im Fall einer vermissten Person«, antwortete er und hielt seinen Ausweis in Richtung der Kamera.

»Einen Moment bitte.«

Luca wartete erneut, diesmal für mehrere Minuten.

»Hören Sie?«, fragte die Stimme dann.

»Ja?«

»Fahren Sie bitte durch das Tor auf den ersten Parkplatz. Dort werden Sie dann abgeholt.«

»In Ordnung, vielen Dank«, sagte Luca überrascht und sah zu, wie sich die Flügeltür öffnete. Er fuhr hindurch, einen schmalen Weg durch einen Garten entlang und auf den Parkplatz, der oval vor einer knapp zwanzig Meter langen Oleanderhecke lag. Vier Wagen parkten hier. Zwei Audi Q7, ein BMW Z1 und ein Jeep Cherokee. Luca stellte den Flavia neben dem Jeep ab und stieg aus.

»Buongiorno«, begrüßte ihn da auch schon ein sportlich aussehender Mann mit Glatze und fein gestutztem Vollbart. Er trug ein nachtblaues Piqué-Hemd und eine Chino zu einem Paar handgefertigter italienischer Lederschuhe. »Herzlich willkommen auf dem Gemma-Anwesen, Signor Spinelli.«

»Oh, vielen Dank.«

Sie reichten sich die Hände.

»Mein Name ist Nelio, und ich werde Sie zu Signor Gemma bringen. Er ist gerade im unteren Garten. Sie haben Glück, dass Sie ihn noch antreffen.«

»Wunderbar«, entgegnete Luca und ließ sich von Nelio über das riesige Anwesen führen, das ein von Architekten angelegter Park mit weißen, bogenförmigen Steinwegen inmitten von Palmen, Oleanderbäumen und exotischen Blumen und Orchideen war. Die Villa selbst erstrahlte in einem zarten Lachston, mit grünen Fensterläden und massiven Säulen links und rechts des Eingangs. Ein in einen schwarzen Anzug gekleideter Mann mit Sonnenbrille stand am Fuße der Steintreppe.

»Sie müssen entschuldigen, aber unser Mann von der Security müsste Sie einmal abtasten, das schreiben unsere Sicherheitsmaßnahmen vor.«

»Verstehe, das ist kein Problem.«

»Tragen Sie eine Dienstwaffe?«, fragte der sehr erfahren wirkende Herr im Anzug und blieb in einem Sicherheitsabstand vor Luca stehen.

»Nein, ich bin nur Berater, keine Waffe.«

»Dürfte ich der Vollständigkeit halber Ihren Ausweis sehen?«, bat er höflich.

»Natürlich.« Luca zeigte ihn vor, und der Mann kontrollierte ihn aufmerksam.

»In Ordnung. Ich werde Sie jetzt vorsichtig abtasten«, sagte er und reichte Luca den Ausweis zurück. Luca, der das nur aus Filmen kannte, spreizte seine Arme und ließ den Mann gewähren.

»Vielen Dank für Ihr Verständnis«, sagte der, als er fertig war.

»Dann können wir hineingehen«, erklärte Nelio mit einer einladenden Geste, und sie stiegen die Stufen zur Eingangstür empor.

»Wunderschön, wirklich.« Luca verharrte einen Moment und sah sich von hier oben um.

»Ja, ein Arbeitsplatz, um den mich viele beneiden«, entgegnete Nelio und entriegelte die Tür mit einer Chipkarte.

Von innen näherten sich Schritte.

»Hier könnt ihr jetzt nicht rein«, sagte eine Frauenstimme. »Der andere Besuch verabschiedet sich gerade.«

»Gut, wir gehen außen herum«, meinte Nelio und wandte sich wieder an Luca. »Wir müssen einen anderen Weg nehmen, Signor Spinelli. Ein zweiter Gast verlässt gerade das Haus, und aus Gründen der Diskretion achten wir darauf, dass sich die Gäste niemals begegnen.«

Er führte Luca auf der Veranda am Haus entlang bis zu einer kleineren Treppe, die sie erneut auf den Steinwegparcours durch den Garten brachte. Von hier aus konnte Luca einen zweiten, durch Hecken geschützten Parkplatz ausmachen, auf dem ein gelber Lamborghini, ein schwarzer Maserati und ein roter Oldtimer-Ferrari aus den Sechzigern standen.

Es ging weiter leicht bergab und durch ein Holzspalier hindurch, das von Weinranken überwuchert war. Dahinter beschrieb der Weg eine Linkskurve und erreichte eine von Zitronenbäumen eingeschlossene Steinterrasse inmitten des Gartens, in deren Mitte sich ein ovaler Pool befand. Signor Gemma stand in Ledermokassins, Hose und einem Hawaii-hemd am Beckenrand und trank aus einem Cocktailglas, in dem die Eiswürfel klirrten. Hinter dem Pool fiel das Gelände etwas steiler ab, und die Rasenfläche grenzte schließlich direkt an den See.

Luca staunte über dieses kleine Fleckchen Paradies. Es verschlug einem buchstäblich den Atem.

»Signor Gemma, Signor Spinelli wäre jetzt sprechbereit für Sie«, kündigte Nelio Luca an.

Gemma fuhr energisch herum, verengte die Augen und musterte Luca. Dann lächelte er auf einmal ein strahlendes Lächeln und breitete die Arme aus.

»Signor Spinelli, sind Sie es wirklich?«, rief er.

»Ja, ich bin's«, sagte Luca verunsichert, weil er sich nicht sicher war, ob Gemma ihn womöglich verwechselte.

»Herzlich willkommen«, sagte der geradezu feierlich und drückte Lucas Hand.

»Wir sind uns schon einmal begegnet. Auf der Verleihung des Filmpreises«, erinnerte Luca ihn sicherheitshalber.

»Ja, ja, genau«, sagte Gemma erfreut. »Sie waren der Einzige, der sich nicht wie ein verdammter Snob aufgeführt hat oder so ein tuntiger Künstler.« Er lachte und legte eine Hand auf Lucas Schulter. »Was trinken Sie?«

»Was trinken Sie?«, stellte Luca die Gegenfrage.

»Das ist ein Mai Tai.«

»Da schließe ich mich gern an«, sagte Luca. Nicht weil er gerade Appetit auf einen starken Cocktail verspürte, sondern weil er vermutete, dass es Gemma gefallen würde.

»Ausgezeichnet!«, rief dieser. »Nelio, machen Sie unserem Gast bitte einen Drink?« Er geleitete Luca bis an den Rand des Pools, wo zwei einfache Stühle und ein runder Tisch standen.

Gemma war ein leicht untersetzter, kräftiger Mann mit weißem Haar und einem weißen Bart, der Luca augenblicklich an Buffalo Bill denken ließ.

»Nehmen Sie Platz. Viel Zeit habe ich nicht, aber ich bin gespannt, was Sie zu mir führt. Mein Mitarbeiter faselte irgendwas von Polizei? Hab ich da was falsch verstanden?«, fragte er und setzte sich.

»Nein, haben Sie nicht. Es klingt ungewöhnlich, aber ich arbeitete tatsächlich gerade als Berater für die Polizei in Riva«, erklärte Luca.

Gemma nahm einen Schluck aus seinem Glas und schmatzte neugierig. »Ist das ein neues Projekt von Ihnen?«

»Nein, nein, es ist … Ich wurde vor ein paar Jahren wegen eines anderen Falls von einem Beamten darum gebeten. Die Zusammenarbeit hat ganz gut funktioniert. Und jetzt ist dieser Beamte, der inzwischen auch ein Freund geworden ist, verschwunden«, berichtete Luca.

»Tut mir leid zu hören.«

Nelio kam mit einem geeisten Glas und servierte es Luca auf einem Untersetzer.

»Danke.«

»Prost, mein Lieber.« Gemma hob sein Glas und stieß es gegen Lucas.

Luca probierte und mochte den Cocktail, auch wenn er sehr stark war.

»Nun müssen Sie mir noch erklären, wie ich Ihnen da weiterhelfen kann«, sagte Gemma und lehnte sich zurück.

»Ich brauche Ihre Hilfe, weil dies nicht der einzige Fall ist, der die Polizei gerade beschäftigt. Es gibt eine Serie von ungeklärten Morden hier am See, und eines der Opfer ist, wie Sie vielleicht schon wissen, einer Ihrer Mitarbeiter. Signor Agnesi.«

»So, jetzt verstehe ich. Ja, die Nachricht über seinen Tod hat uns sehr mitgenommen«, gab Gemma zu. »Wenn jemand stirbt, ist das schon Tragödie genug, aber ein Mord ... Der Mann hinterlässt eine Frau, und er war noch jung.«

»Kannten Sie ihn also persönlich?«

»Natürlich. Er betreute eins unserer wichtigsten Projekte hier am See. Den Fahrradweg.«

»Ich hab davon gehört. Und genau an der Stelle haben wir die erste Auffälligkeit.«

»Auffälligkeit?«

»Nun, Agnesi hatte zwei Tage vor seinem Tod nahe dieser Baustelle eine Leiche am See entdeckt.«

»Bitte? Davon wusste ich nichts«, sagte Gemma überrascht.

»Auch dieses andere Opfer können wir eindeutig der Mordserie zuordnen. Dass Agnesi zwei Tage später selbst getötet wurde, lässt auf einen Zusammenhang schließen.«

»Sie haben recht. Dennoch weiß ich nicht, wie ich Ihnen helfen könnte.«

»Die Opfer, die wir fanden«, erklärte Luca, »wurden in der Nähe von Bauwerken abgelegt. An der Gardesana beziehungsweise der neuen Fahrradstrecke direkt am Ufer, auf dem Tunnel zum Ledrosee und am alten Wasserwerk oben bei Biacesa. Meine Vermutung ist, dass der Täter vielleicht tut, was er tut, weil diese Bauwerke ihm einen Schaden eingebracht haben. War Ihre Firma zufällig an einem oder mehreren dieser Bauprojekte beteiligt?«

»Soviel ich weiß, an allen«, antwortete Gemma.

»Wirklich?«

»Die Fahrradstrecke ist ja klar, die Gardesana wurde zwar vor meiner Zeit gebaut, aber da waren mein Vater und Großvater am Ruder. Ebenso wie bei dem Wasserwerk. Es ist ja umgebaut worden, soweit ich weiß. Von einer Papierfabrik zu dem Werk. Und beim Tunnelbau saß ich bereits selbst im Chefsessel.«

»Meinen Sie, dass sich jemand an Ihnen rächen wollen könnte? Haben Sie Feinde, Leute, mit denen Sie im Streit oder gar im Rechtsstreit liegen?«

Gemma lachte so laut, dass vom Haus her ein Echo zurückhallte. »Sie sind gut. Wir haben Hunderte Prozesse am Hals. Mein Anwalt war gerade hier. Ich unterschreibe jeden Tag irgendwelche rechtlichen Geschichten, weil jemand gegen uns klagt.«

»Kennen Sie jemanden aus Pregasina?«, fragte Luca ihn direkt.

»Dem Dorf da oben? Nein, woher denn?«

»Hatten Sie jemals einen Rechtsstreit mit jemandem, der dort wohnt?«

»Da müsste ich meinen Anwalt fragen, das weiß ich nicht aus dem Kopf.«

»Könnten Sie das bitte so schnell wie möglich in Erfahrung bringen? Es ist ja nur zu Ihrer Sicherheit. Der Verdacht liegt einfach sehr nahe.«

»Und warum gerade Pregasina?«

»Alle Fundorte liegen wie ein Netz um diesen Ort herum. Er muss dort leben oder gelebt haben. Ach, was auch noch wichtig wäre: Es könnte sich durchaus auch um mehrere Personen handeln.«

»Wird ja immer besser. Aber mal unter uns, Spinelli. Befürchten Sie, dass ich in Gefahr bin?«

»Ich weiß es nicht. Aber jetzt, da Sie mir sagen, dass Ihre Firma überall dabei war, kann ich es nicht mehr ausschließen.«

»Das Anwesen hier ist ziemlich gut gesichert«, sagte er.

»Ja, das habe ich gerade gesehen.«

»Ich mache mir nur Sorgen um meine Familie. Meine Frau und meine Kinder, ich kann ihnen ja nicht verbieten, aus dem Haus zu gehen. Aber wenn es sein muss, tue ich es.«

»Wie viele Kinder haben Sie?«, fragte Luca.

»Vier. Die Jüngste ist jetzt sechzehn, der Älteste einundzwanzig.«

»Die kamen ja schnell hintereinander«, bemerkte Luca verschmitzt.

»Nein, nein, sie sind alle adoptiert. Meine Frau kann keine Kinder bekommen, aber sie ist ein absoluter Engel. Sie wollte unbedingt welche haben, sich um sie kümmern, und überredete mich zur Adoption. Und wissen Sie was? Das war das Beste, was ich je gemacht habe. Ich liebe sie wie mein eigen Fleisch und Blut.«

»Kann ich mir vorstellen.«

»Wie steht es mit Ihnen? Sind Sie verheiratet?«

»Nein … nein, das hat nicht geklappt. Ich habe … Sie hatte einen Unfall. Und … starb. Ist noch nicht so lange her.«

»Tut mir leid, Spinelli«, sagte Gemma betroffen und stieß mit ihm an. »War dumm von mir zu fragen.«

»Das konnten Sie ja nicht ahnen. Aber ich habe noch eine weitere Frage an Sie.«

Gemma schaute auf seine Uhr.

»In den Unterlagen meines verschwundenen Freundes fand ich Hinweise auf eine Dame, die Ihnen bekannt sein dürfte und die ich zufällig ebenfalls kenne. Signora Brandt.«

»Ja, Signora Brandt ist eine gute Freundin von uns. Meine Frau kennt sie schon seit vielen Jahren. Was haben Sie mit ihr zu tun?«

»Ich habe sie in einem der vergangenen Fälle befragt und dabei auch vom Verschwinden ihres Mannes erfahren.«

»Was für eine Schweinerei«, meinte Gemma und trank einen Schluck.

»Was meinen Sie?«, fragte Luca nach.

»Dass man sie so in den Dreck gezogen hat. Erst war alles normal, alle kümmerten sich um sie, und die Polizei ermittelte. Dann fand man den leeren Wagen ihres Mannes im Stausee, und auf einmal war sie die Schuldige. Alle, Polizei, Presse, Nachbarn, das ganze Gesindel, redeten plötzlich schlecht von ihr und behaupteten, sie sei schuld gewesen und habe ihren Mann getötet.« Gemma war nun richtig in Rage geraten. Die Adern an seinem Hals traten hervor, und seine Gesichtsfarbe hatte sich verdunkelt.

»Das habe ich auch gehört«, sagte Luca.

»Humbug, absoluter Humbug.« Er trank sein Glas fast leer und knallte es auf den Tisch. »Parasiten sind das, allesamt«, schimpfte er.

»Unternehmen Sie manchmal etwas mit ihr?«

»Sicher. Wir laden sie zum Essen ein oder gehen Kaffeetrinken. Meine Frau und sie lieben die Villa Cortina. Und ihr tut es gut, wenn sie mal rauskommt aus ihrer Wohnung.«

»Gibt sie eigentlich noch Konzerte?«, fragte Luca.

»Nein, leider nicht. Sie war eine sehr begabte Musikerin, doch ihrem Mann hat dieses Talent nicht gefallen. Er war ein schlechter Mensch, hat sie nicht gut behandelt. Das war wahrscheinlich auch der Grund, warum man ihr den Mord anhängen wollte.«

»Mein vermisster Freund hatte sich ihre Nummer notiert und ließ prüfen, ob ihr Mann damals vielleicht ein Opfer des Serientäters geworden ist, den wir gerade suchen.«

»Wirklich? Das wäre doch großartig für sie. Sie wäre rehabilitiert, wenn das stimmt, und hätte endlich Gewissheit.«

»Ja, das sollte man meinen, doch irgendwie war sie mir gegenüber feindselig, als ich kürzlich mit ihr sprach.«

»Das ist sicher nur der Alkohol gewesen. Sie trinkt zu viel, wenn sie allein ist.«

»Ja, das ist mir nicht entgangen«, sagte Luca.

»Signor Spinelli, ich bin untröstlich, aber ich habe einen Termin. Ich muss los.«

»Sicher, kein Problem. Ich danke Ihnen für Ihre Zeit.«

»Wollen Sie nicht mal zum Essen zu uns kommen? Meine Frau ist eine hervorragende Köchin, und Sie haben sie noch gar nicht kennengelernt.«

»Das ist nett, aber zurzeit ist es bei mir nicht möglich. Erst wenn dieser Fall zu den Akten gelegt ist.«

»Verstehe. Melden Sie sich einfach bei mir. Meine Frau und ich sind große Filmfans. Wir würden wirklich gern mit Ihnen plaudern.« Er erhob sich und winkte Nelio herbei.

Luca stand auf, und sie reichten sich die Hände.

»Ach, eine letzte Frage habe ich noch«, fiel es Luca ein. »Auf der Rückseite des Zettels, auf dem mein Freund Signora Brandts Nummer notiert hatte, fand ich den Namen ›Belvedere‹. Wissen Sie zufällig, ob Signora Brandt etwas mit einem Hotel mit diesem Namen zu tun hat?«

»›Belvedere‹? Das ist kein Hotel, das ist das Heim, in dem sie aufgewachsen ist. In der Nähe von Bergamo«, erklärte er.

»Oh, okay, das war mir nicht klar. Vielen Dank.«

»Nelio führt Sie hinaus. Viel Glück, Spinelli«, sagte Gemma zum Abschied und hielt kurz inne. »Finden Sie diesen Kerl.«

»Ich gebe mein Bestes.«

Auf dem Rückweg zum Auto fühlte Luca sich an das letzte Mal erinnert, als er im Garten einer Villa direkt am See gewesen war. Damals hatte er auf dem Grundstück eines Serienkillers eine geheime Höhle entdeckt und war hinuntergestiegen, mit lebensgefährlichen Folgen.

Heute war die Situation zum Glück eine völlig andere. Es war ein überaus netter Besuch bei Fabrizio Gemma gewesen, auch wenn der Anlass dies nicht hatte vermuten lassen. Er atmete erleichtert auf, was Nelio bemerkte. Doch der Butler lächelte nur freundlich und begleitete ihn bis zu seinem Flavia.

»So einen Wagen sehen Sie hier nicht oft, was?«, meinte Luca.

»Ist aber mal ganz erfrischend«, entgegnete Nelio schmunzelnd und verabschiedete sich mit Handschlag von ihm.

Luca fuhr durch das sich automatisch öffnende Tor hinaus auf den kleinen Vorhof und hielt an. Er holte sein Handy heraus, um Fabio anzurufen, doch als er gerade Fabios Namen antippen wollte, bekam er von ihm einen Anruf. »Commissario, ich wollte mich in diesem Moment bei Ihnen melden«, sagte er.

»Es gibt Neuigkeiten aus Brescia«, sagte Fabio, ohne darauf einzugehen. Und Luca wusste, was das bedeutete. Er entgegnete nichts, sondern wartete darauf, dass Fabio weitersprach.

»Laut DNA-Abgleich besteht eine Sicherheit von neunundneunzig Komma neun acht Prozent, dass es sich bei unserem ersten Opfer um den Mann von Signora Brandt handelt, Ettore Fermino. Er ist es, Spinelli. Vialli lag richtig.«

Luca war so perplex, dass er den Fuß von der Kupplung nahm und den Motor abwürgte. »Ich fass es nicht«, sagte er und strich sich übers Haar. »Was bedeutet das für uns? Was unternehmen wir jetzt?«

»Wir werden zuerst Signora Brandt informieren müssen«, sagte Fabio.

»Ich bin im Moment auf dem Anwesen von Fabrizio Gemma. Ich könnte direkt weiter bis Desenzano fahren. Wollen wir uns dort treffen?«

»Ich bin schon auf dem Weg. In zwanzig Minuten?«

»Ist gut, bis gleich.«

***

Desenzano war wie ausgestorben. Die Kälte und die bleifarbenen Wolken am Himmel verwandelten den wie leer gefegten Ort in eine Geisterstadt. Blauer Dunst waberte durch die schmalen Gassen, es war totenstill, die Fenster dunkel oder von Läden verschlossen. Das Restaurant im Hafen, in dem ein Bekannter von Luca arbeitete, hatte bereits geschlossen, sodass er sich einfach nur auf eine Bank setzte und aufs Wasser blickte, das ölig schwer vor sich hin schaukelte.

Eine Unklarheit gibt es noch, dachte er. Wenn Pasquale vermutet hatte, dass die erste Leiche die von Signora Brandts verschwundenem Ehemann war, wieso hatte er ihr dann in dieser Weise nachgestellt? Er hatte sie heimlich fotografiert. Warum hätte er das tun sollen? Wenn dieser Mord zur Serie zählte, und das durfte aufgrund der spezifischen Merkmale der Tat als sicher angesehen werden, konnte Signora Brandt unmöglich die Täterin sein. Aus welchem Grund hatte er ihr also nachspioniert?

»Unheimliche Atmosphäre, was?«, sagte Commissario Fabio und trat an seine Seite.

»Ja, irgendwie scheint alles Leben entfleucht zu sein.«

»Na, kommen Sie. Gehen wir.«

Es war nicht weit bis zum Haus der Signora. Etwa zehn Meter weiter die Straße hinauf stand ein Wagen, den Luca kannte.

»Sehen Sie mal«, sagte er zu Fabio und machte ihn darauf aufmerksam. Es war der Bentley vom Foto, dessen Halter Gemma war.

Luca klingelte und erwartete einen beißenden Kommentar über die Gegensprechanlage.

»Signor Spinelli, Sie haben wohl einen Narren an mir gefressen, was?«

»Buonasera, dürfen wir raufkommen, Signora? Es gibt Neuigkeiten.«

»Das sieht sehr offiziell aus mit Ihrem neuen Freund an der Seite«, sagte sie, und der Summer ertönte.

Kaum waren sie im Flur, hörten sie von oben aus der Wohnung Gelächter und Frauenstimmen. Die Tür stand offen, und Fabio klopfte an den Türrahmen, bevor er als Erster eintrat.

»Signora Brandt?«, fragte er.

»Im Wohnzimmer, Herrgott, Spinelli kennt sich doch inzwischen aus.«

Wieder hörte man ein Lachen.

Sie betraten das Wohnzimmer und fanden Signora Brandt und eine Freundin auf dem Chesterfield-Sofa vor, wo die beiden wie zwei kleine Mädchen saßen und kicherten. Luca war ganz überrascht, sie so zu sehen. Die Signora schien um Jahre verjüngt zu sein, und ein Lachen hatte er noch nie zuvor auf ihrem Gesicht wahrgenommen.

»Buonasera und Entschuldigung, dass wir unangekündigt auftauchen«, sagte Fabio und reichte den beiden die Hand. »Mein Name ist Commissario Fabio von der Polizei Riva, und das ist Luca Spinelli, der als Berater für uns tätig ist.«

»Spinelli müssen Sie nicht mehr vorstellen, junger Mann«, entgegnete Signora Brandt.

Auch Luca reichte den Damen die Hand und lächelte die Freundin von Signora Brandt an. »Ich nehme an, dass Sie Signora Gemma sind?«

»Donnerwetter, wie kommen Sie denn auf diese Idee?«, fragte sie überrascht und amüsiert zugleich.

»Ich war gerade bei Ihrem Mann, und ich weiß zufällig, dass der Bentley ihm gehört.«

»Sie sind sehr scharfsinnig, junger Mann. Darf ich fragen, was Sie bei meinem Mann gemacht haben? Normalerweise lässt er keinen Fremden einfach so herein.«

»Nein, aber wir kennen uns von einer Preisverleihung.«

»Signor Spinelli ist eigentlich Filmemacher, musst du wissen«, soufflierte Signora Brandt.

»Oh, das ist aber eine ungewöhnliche Konstellation, Filmemacher und Berater der Polizei«, meinte sie. »Freut mich, Sie kennenzulernen.«

»Ganz meinerseits.«

»Was können wir für Sie tun, meine Herren?« Signora Brandt klang sehr gelöst, jedoch, wie Luca zu erkennen meinte, nicht alkoholisiert.

Sie nahmen auf den angebotenen Sesseln Platz, und Luca überließ Fabio das Wort. Signora Gemma musterte ihn immer noch amüsiert, wie es schien. Sie war eine schöne Frau in den Fünfzigern, schätzte Luca. Vielleicht waren die beiden Frauen sogar gleich alt, doch Signora Brandt wirkte aufgrund ihrer Lebensweise sehr viel älter. Signora Gemma war stark geschminkt, mit reichlich Rouge, blauem Lidschatten und einem kräftigen roten Lippenstift. Überhaupt schien sie an kräftigen Farben Freude zu haben. Alles an ihr strahlte und funkelte.

»Wir kommen in einer sehr persönlichen Angelegenheit«, begann Fabio mit einem Seitenblick zu Signora Gemma.

»Meine beste Freundin«, sagte Signora Brandt. »Wir haben keine Geheimnisse voreinander.«

»Gut, denn wir haben Neuigkeiten, die Ihren Ehemann betreffen«, erklärte Fabio, und kaum dass er die Worte ausgesprochen hatte, schwand das Lächeln aus ihrem Gesicht. »Wir bearbeiten aktuell eine Mordserie und fanden bei den Ermittlungen eine fünfzehn Jahre alte Leiche, die wir mittels einer DNA-Analyse einwandfrei als die Leiche Ihres Mannes identifizieren konnten.«

Signora Brandt schien nicht mehr zu atmen. Sie blinzelte nicht, sie saß nur stocksteif da und war von jetzt auf gleich wieder um Jahre gealtert. Auch Signora Gemma war erschüttert und ergriff die Hand ihrer Freundin.

»Es tut mir sehr leid, ich weiß, dass das ein Schock für Sie sein muss«, sagte Fabio. »Aber natürlich ist es unsere Pflicht, Sie darüber zu informieren. Vielleicht kann die Gewissheit, die Sie nun haben, dazu beitragen, dass Sie besser mit Ihrer Trauer –«

Sie hob die Hand zum Zeichen, dass er aufhören sollte. Fabio sprach nicht weiter.

Signora Brandt sammelte sich, schloss kurz die Augen und öffnete sie wieder. »Vielen Dank, meine Herren. Ich wüsste gern … Ist Ihnen bekannt, wie mein Mann ums Leben kam?«

Fabio warf Luca einen hilfesuchenden Blick zu, so als

könnte der ihr dieses grausame Detail schonender erklären. Und Luca glaubte tatsächlich, dass sie es vielleicht lieber von ihm erfuhr.

»Wollen Sie das wirklich wissen, Signora Brandt?«, versicherte er sich zunächst.

»Hätte ich Sie sonst gefragt?«

»Manchmal ist besser, so etwas nicht zu erfahren.«

»Signor Spinelli, Sie müssen sich hier nicht als Seelsorger betätigen, ich werde das schon verkraften, glauben Sie mir. Ich mochte meinen Mann nicht besonders, falls es Sie beruhigt. Er war ein brutales Mistvieh, wenn Sie es genau wissen wollen.« Sie lächelte ihn feindselig an und legte den Kopf schief.

»Entschuldigen Sie bitte, ich wollte nicht –«

»Nun kommen Sie schon zur Sache, Spinelli.«

»Ihm wurde die Kehle durchgeschnitten. Der Täter hat ihn über Kopf an den Füßen aufgehängt und ausbluten lassen.«

Ein Schatten glitt über ihre feucht glänzenden Augen. »Wo haben Sie ihn gefunden?«

»In einer Art Grabstelle in der Nähe des Dorfes Pregasina«, sagte Fabio.

Eine einzelne Träne stahl sich aus dem Augenwinkel ihres linken Auges und kullerte Signora Brandts Wange herab. Ihr Gesicht blieb dabei wie versteinert. Signora Gemma sah sie mitfühlend an und drückte ihre Hand immer fester.

»Ist das alles?«

»Ja, Signora.«

»Und der Täter?«

»Wir ermitteln noch. Es gibt ähnliche Fälle. Aber wir sind zuversichtlich, dass wir ihn bald identifizieren können«, erklärte Fabio und hielt den Atem an.

»Benachrichtigen Sie mich, wenn es so weit ist«, sagte Signora Brandt und blickte aus dem Fenster als Zeichen, dass das Gespräch beendet war.

»Das werden wir«, versprach Fabio, und er und Luca erhoben sich. »Auf Wiedersehen.«

Fabio ging vorweg. Luca sagte ebenfalls Auf Wiedersehen und folgte ihm.

»Sie ist kein einfacher Fall, was?«, flüsterte Fabio im Treppenhaus.

»Nein. Aber anscheinend gibt es Gründe dafür.«

Sie gingen hinunter und verabschiedeten sich auf der Straße voneinander. Luca schlenderte nachdenklich und frierend zu seinem Auto. Nach diesem Gespräch war er mehr und mehr davon überzeugt, dass Signora Brandt nichts mit dem Tod ihres Mannes zu tun hatte. Aber eins nagte dadurch noch immer an ihm. Warum hatte Pasquale sie beschattet?

ACHTZEHN

Am nächsten Morgen um zehn Uhr standen Luca, Fabio und Bruto auf dem Grundstück der Giulianis und sahen zu, wie zwei Bagger anrückten, um das Areal nach Leichen abzusuchen. Heute war es nicht ganz so kalt, doch aus den sehr tief hängenden Wolken fiel leichter Nieselregen, und hier in den Bergen war es morgens ohnehin gefühlt zehn Grad kälter als unten am See. Mit hochgestelltem Kragen und tief in den Taschen vergrabenen Händen warteten die drei am Haus und beobachteten den Bagger, der rechts vom Haus vor den Stallungen mit dem Graben anfangen sollte. Der zweite begann auf der linken Seite, wo die Weide angrenzte. Kriminaltechniker waren ebenfalls anwesend und warteten in einem Bus mit geöffneter Schiebetür auf ihren Einsatz. Der Rechtsmediziner stand auf Abruf bereit.

Fabio berührte Luca mit der Schulter. »Ich habe über Signora Brandt nachgedacht«, sagte er. »Es könnte sich nach wie vor um einen Auftragsmord gehandelt haben. Sie hat jemanden beauftragt, vielleicht eine Gruppe, die alle ihre Opfer auf dieselbe Weise eliminierte. Dann wäre es kein Serienkiller, dann wären sie Auftragsmörder.« Er sah Luca mit eingezogenem Kopf an, während die Tropfen an seinen Haaren abperlten und über seinen Kragen und seine Schultern liefen.

»Das klingt nach einer plausiblen Möglichkeit«, entgegnete Luca.

Bruto machte ein Geräusch, als hätte er nichts verstanden, wollte aber mithören, was gesagt wurde.

»Martina würde nur dagegenhalten, dass die Vorgehensweise zu speziell ist«, relativierte Luca diese Theorie. Wieder hatte er Martina erwähnt, und diesmal war es ihm schon leichter gefallen. Es tat ihm sogar gut, ihre von ihm vermutete Meinung kundzutun. Es war, als gäbe er ihr eine Stimme und sie wäre wieder bei ihnen.

»Ja, die Täter folgen zu sehr diesem bestimmten Schema. Und die Ablageorte, das, was Sie herausgefunden haben, passt auch nicht zu Auftragskillern«, erwiderte Fabio und wischte sich den Regen aus dem Gesicht.

»Gemma hat mich im Übrigen aufgeklärt, dass das Wort ›Belvedere‹ auf der Notiz von Pasquale kein Hotel, sondern der Name des Kinderheims ist, in dem Signora Brandt aufgewachsen ist. Jetzt frage ich mich dauernd, warum sich Pasquale dafür interessiert hat.«

Fabio blickte ratlos auf den Bagger, der seine Schaufel in die Erde schlug und die erste Furche in den Boden riss. Bruto hatte sich ihnen etwas zugeneigt, um besser verstehen zu können, was sie sagten.

»Ich glaube, es hat keinen Sinn, sich jetzt auf Signora Brandt zu konzentrieren«, sagte Fabio schließlich mit einer zweifelnden Falte im Mundwinkel. »Wir müssen an anderen Stellen einhaken. Was wir bereits wissen, ist, dass in ganz Pregasina kein Transporter vom Typ, wie wir ihn suchen, zugelassen ist. Und es gibt offenbar auch keine Wohngemeinschaft von mehreren männlichen Personen. Traditionell leben dort nur Bauernfamilien zusammen.«

»Ein Vater mit seinen Söhnen könnte ebenso in Frage kommen«, hielt Luca dagegen.

»Wir prüfen das. Ich habe einige Beamte abgestellt, die Befragungen in der Gemeinde durchführen.«

»Gemma erzählte mir, dass seine Firma an allen Tunneln, Straßen und Bauwerken beteiligt war, die mit den Ermittlungen in Zusammenhang stehen.«

»Denken Sie, dass es jemand auf ihn abgesehen haben könnte?«

»Das würde naheliegen, doch warum dann die anderen Opfer, wie zum Beispiel der Bauer oder der Bankangestellte? Es schadet Gemma nicht, wenn man diese Männer tötet. Es sei denn …«

»Ja?«

»Dass der Täter den Verdacht auf ihn lenken will.«

»Was, wenn er es tatsächlich ist?«, mischte Bruto sich auf einmal ein und sagte damit etwas, das Luca wie Fabio noch gar nicht in Betracht gezogen hatten. »Er könnte den ersten Mord begangen haben, um Fermino für die Brandt aus dem Weg zu räumen.«

»Er wäre dennoch ein Serienkiller. Der Brandt zu helfen, ihren Mann zu beseitigen, das könnte für ihn so gewesen sein, wie zwei Fliegen mit einer Klappe zu schlagen«, sagte Fabio und schniefte. Ein Tropfen hing an seiner Nase. Er wischte ihn weg.

»Aber wer sind dann seine Helfershelfer?«, fragte Luca. »Wie bindet er sie an sich und garantiert ihr Schweigen?«

»Mit Geld?«, warf Bruto ein. »Davon hat er doch mehr als genug.«

»Das sind alles nur Vermutungen«, erinnerte Fabio. »Wir sollten uns auf die Fakten konzentrieren und auf das, was uns die Beweise sagen. Wenn wir den Gebissabdruck ermittelt haben, wissen wir es hundertprozentig.«

»Stopp, stopp!«, schrie auf einmal jemand gegen die Baggergeräusche an, und die drei reckten ihre Hälse. Ein Carabiniere stand vor der Grube, die der Bagger gerade ausgehoben hatte, und signalisierte dem Fahrer, zu stoppen, während er hinunter in die längliche Schneise im Erdreich schaute.

Der Baggerfahrer stellte den Motor ab, die Schaufel verharrte in der Luft, und aus dem Auspuff kam eine letzte schwarze Abgaswolke. Während er aus seiner Kabine stieg und vom Bagger heruntersprang, liefen Luca, Fabio und Bruto die Anhöhe hinauf.

»Was ist los?«, rief Fabio.

Der Carabiniere winkte sie zu sich, ohne seinen Blick von dem zu nehmen, was er dort in der Grube liegen sah.

Sie erreichten die Kante und blickten vorgebeugt hinunter in das dunkle Loch, dessen Seitenwände von Steinen und Wurzeln, die wie lose Adern herunterhingen, durchsetzt waren.

Am Grund der Grube sah man bräunliche Streben, die bogenförmig aus dem Erdreich ragten.

»Sind das …« Der Carabiniere beendete den Satz nicht. Fabio sprang beherzt hinunter und wischte mit der Hand vorsichtig einige Erdreste von dem Gebilde, bis er sich schließlich aufrichtete, als hätte er etwas Lebendiges berührt.

Nun konnte man den Torso besser erkennen. Die Bögen waren Rippen, und Fabio hatte die Unterarme freigelegt, die verschränkt darüber lagen. Sachte ging er zwei Schritte höher und grub an der Stelle, wo er den Kopf vermutete. Nach nur wenigen Wischbewegungen kamen die schwarzen Augenhöhlen in dem braunen Schädel zum Vorschein. Luca legte entsetzt eine Hand über den Mund. Bruto musste sich abwenden.

Fabio trat von der Leiche zurück, die jetzt vom Regen immer sauberer gewaschen wurde.

»Verdammt«, sagte Luca verzweifelt und schloss die Augen.

✵✵✵

»Was soll ich nur mit euch machen? Ich hab 'ne frische Ladung hinten drauf, die ich abliefern muss«, sagte der Fahrer und kratzte sich mit einer hadernden Grimasse am Kopf.

Regina und Simona hatten sich jeder ein Brot genommen und aßen es fast lautlos, während sie ängstlich zu ihm hinüberblickten.

»Habt ihr Namen?«, fragte er. »Ja? Nein? Namen? Name? Ich bin Pino. Pino!« Er klopfte auf seine Brust, konnte die Mädchen jedoch nicht dazu animieren, ihm zu antworten. »Madonna, was soll ich machen? Na, Hauptsache, sie essen was.«

Er blickte wieder auf die Straße und fuhr weiter in Richtung Innenstadt. Regina hatte den Stadtnamen auf den Schildern lesen können, Treviglio, aber sie wusste nicht, wo sich diese Stadt befand und wie weit sie gekommen waren oder auch nur, in welche Richtung.

Irgendwann bremste Pino so heftig, dass sie nach vorn geworfen wurden. Wieder schaltete er den Warnblinker an und stieg aus. Er ging um das Führerhaus herum und öffnete die Beifahrertür.

»Na, kommt. Ihr müsst jetzt aussteigen. Kommt!«

Regina nahm Simona wieder an der Hand, und sie kletterten aus der Fahrerkabine. Pino legte eine Hand auf Reginas Schulter, damit sie an der Straße wartete, bis sie frei war. Dann überquerten sie die Fahrbahn und gingen auf ein Gebäude zu, das in der unteren Etage von Säulen verdeckt wurde, sodass Regina zu spät las, was ihr Ziel war. »Polizia« stand über dem Eingang. Sie blieb automatisch stehen. Nein, zur Polizei konnten sie nicht gehen. Sie hatte Fausto getötet. Die Polizei würde es herausfinden und sie ins Gefängnis stecken, und sie und Simona würden getrennt werden.

»Los, los, weiter«, sagte Pino und drückte sie in Richtung der Eingangstür. »Wir müssen Hilfe für euch holen, versteht ihr?« Er sah ihnen eindringlich in die Augen. »Ich kann euch nicht mitnehmen, ich muss noch viele, viele Kilometer fahren. Das geht nicht. Ihr müsst zu jemandem, der euch hilft.«

Regina schüttelte den Kopf.

»Doch. Ihr kommt jetzt mit, da gibt es überhaupt keine Diskussion, basta.«

Er schob sie vorwärts und öffnete die Tür. Sie betraten den schmucklosen, mit den typischen Steinfliesen ausgelegten Innenraum eines Büros. Ein dunkler Tresen versperrte den Blick auf die Beamten, die dahinter saßen und lautstark auf ihre Schreibmaschinen eintippten. Es roch nach Zigarettenrauch und Pfefferminz. Links gab es einen Durchgang zu einem weiteren Raum und einem an diesen anschließenden Flur, der nach hinten ins Gebäude führte.

»Entschuldigung?«, sagte Pino laut und stellte sich mit den Mädchen an den Tresen.

»Einen Moment bitte«, sagte einer der Beamten, ohne aufzuschauen, und hämmerte weiter auf den Tasten herum.

»Hallo, es ist ein Notfall«, insistierte Pino und legte beide Arme auf den Tresen.

Schnaufend nahm der Beamte die Hände von der Maschine und sah ihn durch dichten Zigarettenqualm hindurch an. Dann drückte er den Stummel, der in einem übervollen Aschenbecher klemmte, aus und erhob sich. »Was soll denn das für ein Notfall sein?«, fragte er und kam näher.

»Ich habe diese zwei Mädchen gefunden«, erklärte Pino besorgt. »Eine der beiden hätte ich fast überfahren. Ich bin Fernfahrer. Sie ist mir einfach vor den Wagen gefallen. Sind aber unverletzt, die beiden, nichts passiert.«

Der Beamte, auf dem Schild an seiner Brust stand »Collofino«, lugte neugierig über den Tresen und erblickte die beiden Mädchen in ihren merkwürdigen, übergroßen Kleidungsstücken und mit nichts als Strümpfen an den Füßen.

»Woher kommen sie?«, fragte er.

»Ich jetzt, oder die Mädchen?«

»Die Mädchen.«

»Keine Ahnung, sie sprechen nicht. Ich weiß nicht mal, ob sie Italienisch verstehen. Aber der Unfall war am Bahnhof.«

Collofino starrte die Mädchen mit offenem Mund an. »Sie sehen aus wie Landstreicher. Wie alt sind sie?«

»Woher soll ich das wissen? Sie reden ja nicht. Wie alt seid ihr?«, fragte Pino die beiden. Sie antworteten nicht. »Sehen Sie?«

»Und ihre Eltern? War sonst niemand bei ihnen?«

»Nein, sie waren allein. Ich wusste nicht, was ich machen sollte, also nahm ich sie mit und fuhr hierher.«

»Das war genau richtig«, sagte Collofino. »Sie sehen schlimm aus.« Er schaute mitfühlend zu ihnen hinunter, bewegte sich dann um den Tresen herum und kam zu ihnen nach vorn. Er blieb vor ihnen stehen und ging in die Knie. »Ciao, ihr beiden. Geht es euch gut?«, fragte er.

Die Mädchen sahen sich an, dann nickte Simona schüchtern.

»Prima, das ist gut. Mein Name ist Collofino«, erklärte er und tippte auf sein Namensschild. »Aber alle nennen mich nur

Collo, wie den Kleber, versteht ihr?« Er hoffte, vielleicht ein Lächeln damit zu erzeugen, aber es klappte nicht. »Kommt ihr aus Italien?«

Wieder nickte Simona, aber Regina legte ihre Hand auf ihren Arm, um ihr zu signalisieren, dass sie nicht zu viel preisgeben sollte.

»Also doch«, freute sich Collofino. »Wo sind eure Eltern?«, fragte er weiter.

Die Mädchen schwiegen und wichen seinem Blick aus.

»Macht nichts, wir werden sie finden, versprochen. Jetzt setzt ihr euch erst mal hin, und ich und meine Kollegen kümmern uns um alles andere, ja?«

Er ging voraus in den zweiten Raum, in dem zwei Stuhlreihen und ein Zigaretten- sowie ein Getränkeautomat standen.

Pino folgte mit den Mädchen.

»Setzt euch. Wollt ihr einen Kakao?« Collofino griff in seine Hosentasche und kramte Kleingeld heraus. »Na, ich hole euch einfach zwei.« Er steckte das Geld in den Schlitz des Automaten, drückte einen Kopf, wiederholte das Ganze und reichte den Mädchen anschließend die dampfenden Becher.

Pino und Collofino standen vor ihnen und waren erst mal zufrieden, als sie sahen, dass Regina und Simona tranken. Die beiden saßen unter einem großen Poster mit Dutzenden von Fotos von vermissten Kindern darauf.

»Sie gehen jetzt am besten nach vorn und geben Ihre Personalien zu Protokoll. Mein Kollege kümmert sich um Sie, und ich mache unterdessen ein paar Anrufe für die Mädchen.«

»Okay«, stimmte Pino zu.

Collofino marschierte in eins der Büros, die vom Flur abgingen, holte ein Telefon mit einer sehr langen Schnur heraus und setzte sich damit auf den Flur, damit er die beiden sehen konnte.

Regina und Simona tranken ihren Kakao. Die Süße und Wärme tat ihnen gut, und beide hatten das Gefühl, dass sie an die richtigen Personen geraten waren. Diese Männer, Pino und

Collofino, waren nette Menschen. Da fiel Regina mit Schrecken ein, dass sie garantiert noch Blut an ihrem Kleid hatte, vielleicht sogar an ihren Händen. Sie prüfte es mit verstohlenen Blicken. Die Hände waren so schmutzig, dass man kein Blut erkennen konnte. Aber was sollte sie mit ihrem Kleid machen?

Simona bemerkte, wie nervös Regina wurde. »Was hast du?«, flüsterte sie.

»Mein Kleid –« Sie konnte nicht weitersprechen.

»So, ihr beiden«, sagte Collofino in dem Moment und kam zu ihnen. Er setzte sich auf den Stuhl neben Regina und lächelte die Mädchen an. »Ich hab telefoniert, und gleich kommt eine sehr nette Frau, die ich auch schon lange kenne. Sie heißt Maria. Sie wird sich um euch kümmern. Und wir hier bei der Polizei erledigen den Rest, sodass ihr euch um nichts mehr Sorgen machen müsst.«

Regina nickte. Sie war dankbar und wollte dem Ausdruck verleihen.

»Schön. Es wird alles wieder gut«, sagte Collofino. »Wenn ihr zur Toilette müsst, die ist gleich da vorn. Aber Maria wird in ein paar Minuten hier sein, okay?«

Regina nickte erneut, und Collofino stand auf. Er brachte das Telefon zurück in das Büro.

»Kommst du mit?«, flüsterte Regina und blickte zu der Toilettentür.

Sie schlichen leise darauf zu und betraten den weiß gefliesten Raum. Es gab zwei Kabinen und ein Waschbecken. Das kleine Fenster, das zur Straße hinausging, war vergittert. Hier waren sie zum ersten Mal allein, und sie umarmten sich ganz fest. Simona weinte.

»Es wird alles gut«, sagte Regina und löste sich aus der Umarmung. Sie betrachtete sich im Spiegel, zog den Reißverschluss des gefütterten Mantels auf und sah ihr blutverkrustetes rotes Kleid. Kurzerhand entledigte sie sich des Mantels, danach des Kleides, sodass sie nur noch im Schlüpfer dastand, und zog den Mantel wieder an.

»Was tust du?«, fragte Simona.

Regina öffnete eine Kabinentür und ließ das Kleid in die Toilettenschüssel fallen. Es sog sich mit Wasser voll. Langsam löste sich das Blut und färbte das Wasser rot. Sie betätigte die Spülung. Es gurgelte laut, und ein Wirbel entstand, der das Kleid in die Tiefe zog, bis es schließlich verschwand.

**

Der Regen wollte nicht nachlassen. Die Kriminaltechnik hatte das Skelett so gut es ging freigelegt und transportfähig gemacht. Im Moment war nur noch der Rechtsmediziner in der Grube tätig. Luca saß bei Fabio im Wagen, und sie beobachteten das Geschehen schweigend durch die Windschutzscheibe. Beiden stand noch immer der Schreck ins Gesicht geschrieben, und die Stille im Wagen war beklemmend. Allmählich beschlugen die Scheiben immer mehr und verkleinerten ihr Sichtfeld.

»Die Knochen liegen genau so da wie die Opfer aus dem anderen Fall«, raunte Fabio leise.

»Ja, aber das ergibt keinen Sinn«, meinte Luca.

»Wenn Giuliani der Serientäter war?«

»Die Morde gingen nach seinem Tod weiter, das ist unmöglich. Und wer sollten die Mittäter sein? Er war vollkommen allein.«

»Oder haben wir es mit einem Nachahmungstäter zu tun? Ich verstehe es immer weniger. Je mehr wir rausfinden, desto verworrener wird der Fall.«

Beide erschraken, als Lucas Handy klingelte. Es war eine unbekannte Nummer auf dem Display zu sehen.

»Spinelli?«, meldete er sich.

»Hallo, hier ist Renata Schiavone. Sie waren neulich bei mir, wegen Pasquale, und haben mir Ihre Nummer hinterlassen.«

»Ja, ja, natürlich. Was kann ich für Sie tun, Renata?« Luca setzte sich aufmerksam in seinem Sitz auf.

»Sie sagten, ich solle Sie anrufen, falls mir noch etwas einfällt.«

»Ja?«

»Also, ich hab mich an etwas aus Pasquales Kindheit erinnert, das er mir mal erzählt hat. Sie wollten doch etwas über einen Zufluchtsort oder dergleichen wissen. Und er erwähnte bei dieser Gelegenheit eine Höhle in der Nähe seines Elternhauses. Da ist er wohl früher gern hingegangen. Aber eben als Kind. Ich weiß nicht, ob Sie etwas damit anfangen können.«

»Doch, doch, das ist ein guter Hinweis. Vielen Dank.«

»Haben Sie denn schon etwas von ihm gehört?«, fragte sie mit zitternder Stimme.

»Nein, tut mir leid. Bis jetzt noch nicht«, sagte Luca und sah, wie ein Carabiniere dem Rechtsmediziner aus dem Loch half.

Fabio tippte ihn an.

»Ich muss jetzt Schluss machen, Renata. Ich melde mich.«

»Gut. Auf Wiederhören.«

Luca legte auf und folgte Fabio, der bereits aus dem Wagen stieg.

Der Rechtsmediziner zog die Handschuhe aus und wischte sich mit dem Ärmel die Nässe von den Augen und der Stirn. Bruto kam aus seinem Wagen hinzu.

»Was ich bis jetzt sagen kann, ist, dass es sich um eine weibliche Person handelt«, sagte der Rechtsmediziner. »Sie liegt seit mindestens zwanzig oder dreißig Jahren da unten.«

»Und können Sie etwas über das Alter sagen?«, wollte Fabio wissen. »Könnte es sich um ein junges Mädchen handeln, ungefähr vierzehn Jahre?«

»Auf keinen Fall. Die Frau war mit Sicherheit an die vierzig Jahre oder älter. Ein Kind kann ich ausschließen.«

Fabio und Luca warfen sich einen ernüchterten Blick zu.

»Die Mutter«, stellte Fabio fest.

»Wir müssen weitersuchen«, sagte Luca.

»Sie vermuten, dass es hier noch eine weitere Leiche gibt?«, fragte der Rechtsmediziner.

»Unter Umständen liegt ihre Tochter ebenfalls hier begraben.«

»Wenn Sie sie finden, kann ich das feststellen.«

Fabio nickte. »Vielen Dank fürs Erste.«

Luca zog Fabio und Bruto beiseite. »Ich habe eben einen Anruf von Pasquales Ex-Frau erhalten«, informierte er sie. »Renata Schiavone meinte, es gäbe hier in der Nähe eine Höhle, in der Pasquale als Kind oft gewesen ist. Ich finde, das ist einen Versuch wert.«

Fabio sah Bruto fragend an. Das lag in seiner Zuständigkeit. Er musste diese Entscheidung treffen.

Bruto dachte einen Moment lang nach. »Okay«, sagte er dann. »Ich informiere die hiesige Polizei, wir brauchen ortskundige Leute, und dann prüfen wir das. Wenn er nicht da ist, finden wir vielleicht Spuren.«

»Ich würde gern dabei sein«, sagte Luca.

Bruto kniff die Augen zu so schmalen Schlitzen zusammen, dass Luca sie nicht mehr erkennen konnte.

»Okay.«

Kaum eine Stunde später waren Fabio, Bruto und Luca, während die Grabungen auf dem Giuliani-Grundstück weitergingen, mit drei weiteren Beamten und einem ortsansässigen Carabiniere im Waldstück nördlich des Wasserfalls unterwegs. Sie alle waren mit Taschenlampen ausgerüstet, die wie Leuchtschwerter durch die trübnasse Dunkelheit schnitten. Der Hang war steil, und sie mussten sich teilweise auf allen vieren vorwärtsbewegen oder an Bäumen festhalten, um ihn zu erklimmen. Kurz bevor sie die Kuppe erreichten, hielt der Carabiniere die Gruppe an.

»Jetzt sind es noch circa zwanzig Meter«, flüsterte er und deutete in die ungefähre Richtung der Höhle.

»Wenn er dort ist, hat er uns längst gesehen«, sagte Bruto und zog seine Dienstwaffe.

Auch die anderen Beamten bewaffneten sich.

»Sie bleiben hinter uns«, wies Bruto Luca an. Er ließ die Männer in einer Reihe ausschwärmen, sodass sie sich in einer Linie der Höhle näherten.

Vorsichtig arbeiteten sie sich den restlichen Hang hinauf. Der erste Lichtstrahl erfasste den Eingang, und ein schwarzes, gähnendes Loch stand in der Aushöhlung des Felsens, bis sie hoch genug waren, um direkt hineinleuchten zu können.

»Leer. Hier ist niemand«, sagte Bruto laut und steckte seine Waffe zurück in das Holster. Er ging in die Knie, hockte sich hin und stocherte mit einer Hand in den Tannennadeln und Ästen am Boden herum.

Fabio und Luca schlossen zu ihm auf und starrten in die muschelförmige Öffnung im Berg.

»Nichts, nur Zweige«, stellte Bruto enttäuscht fest.

Ihr kondensierender Atem verband sich im Licht der sich kreuzenden Taschenlampen zu einer wirbelnden Wolke. Der Regen pladderte weiterhin auf die Blätter der Bäume und Büsche und ihre Kleidung. Nur in der Höhle war es trocken.

»Hier kann er nicht gewesen sein.« Bruto sah zu seinen Kollegen auf.

»Moment, was ist das dahinten?« Luca leuchtete mit seiner Lampe in die hintere linke Ecke der Höhle. Etwas Weißes schimmerte durch einige zusammengeschobene Äste hindurch.

Bruto machte geduckt einen weiteren Schritt ins Innere und zog die Äste zur Seite.

»Was ist das?«, fragte Fabio.

»Eine Kerze«, antwortete Bruto. Es war eine alte, auf dem Stein zerlaufene Kerze. Der Docht war abgebrochen, aber noch zu erkennen.

»Die sieht aber nicht so aus, als ob sie erst kürzlich hierhergestellt wurde. Die ist bestimmt schon Jahre hier«, sagte Bruto und nahm ihnen damit die Hoffnung, doch noch eine Spur von Pasquale gefunden zu haben.

NEUNZEHN

Pasquales Vater stand draußen am Hackblock und spaltete Holz für den Ofen. Es war noch früh, kurz nach sieben. Das Licht der aufgehenden Sonne sickerte durch die Zwischenräume der Wolken, die wie Eisschollen am Himmel trieben.

Die Haustür schwang auf, und Pasquale lief mit seiner Schultasche über einer Schulter die Stufen hinab.

»Morgen, Junge«, sagte sein Vater und ließ die Axt sinken.

»Ciao, Papa.«

Pasquales Gesicht sah immer noch schlimm aus, aber Dr. Stambolo hatte gesagt, dass er wieder zur Schule gehen durfte. Und Pasquale wollte unbedingt. Er wollte Regina wiedersehen.

»Mach's gut, pass auf dich auf!«, rief sein Vater.

Pasquale hob die Hand und lief los.

Lächelnd fuhr Pasquales Vater mit der Arbeit fort. Er hackte noch eine Viertelstunde, bis ihm der Schweiß von der Stirn tropfte. Dann stoppte er und hielt inne, weil er das alte Auto von Giuliani hörte. Der Auspuff war von Rost zerfressen und lärmte und qualmte, dass man ihn schon aus zehn Kilometern Entfernung hören und sehen konnte. Die staubige Karosse tauchte hinten in seiner Einfahrt auf und blieb dort stehen. Giuliani steckte den Arm aus dem Fenster und winkte ihn zu sich.

Pasquales Vater blickte unentschlossen zum Fenster. Aber seine Frau war nicht zu sehen. Also nahm er die Axt und ging die Auffahrt hinauf bis zu der stinkenden Rostlaube seines Nachbarn. Giuliani saß am Steuer und hob die Hände.

»Keine Angst, ich will gar nicht bis auf euer Grundstück fahren. Ich wollte dir nur was sagen, Vialli.«

Pasquales Vater hielt die Axt quer vor seinen Beinen und musterte den Alten misstrauisch. »Was willst du?«

»Weißt du, der Polizist war ein paarmal bei mir. Meinte, dass sich das mit den Anzeigen ganz schön hinziehen könnte. Und wenn es vor Gericht geht, kann's auch Jahre dauern und so weiter.«

»Und?«

»Baust du um? Ich hab da so was läuten hören, dass du Fremdenzimmer und so machst. Stimmt das?«

»Geht dich nichts an.«

Giuliani grinste ölig.

»Jaja. Was ich jedenfalls sagen wollte, war, dass mir das nicht in den Kram passt. Gericht, Prozesse und der ganze Scheiß. Ich dachte, wir könnten das unter uns regeln.«

»Unter uns? Du hast meinen Jungen fast totgeprügelt!«

»Er ist bei uns eingebrochen«, sagte Giuliani wichtigtuerisch und hob den Zeigefinger. »Aber egal, ich will keinen Ärger mehr. Tut mir ja auch leid, das mit dem Burschen. Und ich dachte, wir könnten vielleicht ein Geschäft machen.«

»Ich versteh nicht, was du willst.«

»Na ja, meine Kinder sind jetzt bei ihrer Tante. Ich bin allein hier. Der Jüngste bin ich auch nicht mehr. Ich dachte daran, das Haus zu verkaufen. Und als ich hörte, dass du Fremdenzimmer bauen willst, dachte ich, du hättest vielleicht Interesse.«

Das verschlug Pasquales Vater zunächst einmal die Sprache. Er stellte sich von einem Bein auf das andere und überlegte.

»Ist nur 'n Angebot. Denk drüber nach. Ich geh dann weg von hier, also …« Giuliani grinste wieder.

»Ich lass es mir durch den Kopf gehen.«

»Aber nicht zu lange. Es gibt noch andere in der Gegend, die kaufen wollen. Ich geh heute fischen. Also, wenn du mich suchst, ich bin am Wasserfall.« Er legte den Gang ein und nickte Pasquales Vater zum Abschied zu. Dann fuhr er in einer Abgaswolke an ihm vorbei.

Während er das Holz stapelte, das er zerteilt hatte, dachte Pasquales Vater über das Angebot nach. Ein Fremdenzimmer hier im Haus zu haben, war eine gute Sache. Aber jetzt hatte er die Chance, ein ganzes Haus und noch dazu ein großes Grundstück zu bekommen. Das konnte ihnen so viel mehr einbringen. Es hing natürlich von Giulianis Angebot ab. Die Bank würde nur dann mitspielen, wenn der Preis nicht zu hoch wäre, denn das Gemäuer war renovierungsbedürftig wie kein anderes. Aber es könnte ein gutes Projekt werden. Eins, das ihnen und dem Jungen auf lange Sicht den Unterhalt sicherte.

Bis zum Vormittag erledigte er seine Arbeit und ging dann in Richtung Wasserfall. Zum Mittagessen würde er seiner Frau entweder ein gutes Geschäft vorlegen können, oder aber er würde schweigen, um sie nicht zu beunruhigen.

Giuliani saß unterhalb des Wasserfalls auf einem Felsen und fischte mit einer Angel.

»Beißen sie?«, fragte Pasquales Vater, als er über die Flusssteine hinweg bis zu ihm gegangen war, und lugte in den Eimer neben Giuliani. Eine Forelle lag mit dem Schwanz zuckend darin.

»Eine reicht fürs Abendessen, aber es dürfen auch zwei sein«, antwortete Giuliani und legte die Rute auf dem Boden ab. »Hat ja nicht lang gedauert«, sagte er.

»Nein, ich will das auch alles so schnell wie möglich aus der Welt schaffen«, sagte Pasquales Vater. »Ich habe Interesse. Die Frage ist natürlich: Was willst du dafür haben?«

»Das Haus ist nicht klein«, fing Giuliani an. »Aber du musst alles neu machen und einiges reparieren. Wenn du mir sagst, dass du die Anzeige zurücknimmst, gebe ich dir die Hand drauf, dass ich es auch tue. Und dann gebe ich dir das Haus für ...« Er stand auf und streckte sich. »Oder machen wir es doch so: Du sagst, was du zahlen kannst, und ich nehme das Angebot an, wenn es nicht völlig unter Wert liegt«, schlug er vor.

Pasquales Vater lachte und überlegte zugleich. »Und du sagst, du ziehst hier weg?«, fragte er.

»Jawohl. Ich such mir was ganz Kleines und gehe bis an mein Lebensende nur noch fischen, das war's für mich. Du bräuchtest mich nicht mehr zu sehen. Und dein Sohn auch nicht.«

»Klingt verlockend«, entgegnete der Vater.

»Kann ich mir denken«, gluckste der Alte, lachte und ging in die Knie. Als er wieder hochkam, hatte er auf einmal einen faustgroßen Stein in der Hand. Er richtete sich auf, holte aus und schlug mit einem Schrei auf Pasquales Vater ein. Der Stein traf ihn am oberen Rand der Schläfe. Er taumelte, kniff die Augen zusammen und sah durch einen roten Schleier hindurch nur noch, wie der alte Giuliani erneut ausholte und zuschlug. Er konnte nicht ausweichen, konnte sich nicht wehren, konnte nur zusehen, wie es geschah, und den Aufprall abwarten.

Der zweite Schlag streckte Pasquales Vater nieder. Er verlor noch im Fallen das Bewusstsein und schlug völlig ohne Körperspannung, schlaff wie ein nasser Sack, auf die Felsen auf. Giuliani stand mit dem blutigen Brocken in der Hand über ihm.

»Hast du tatsächlich gedacht, dass ich dir mein Haus überlasse, du beschissener, dreckiger Bastard? Hast du das im Ernst geglaubt?« Er lachte schrill und warf seinen Kopf zurück. »Du bist so ein mickriges, kleines Stück Scheiße. Aber das ist jetzt vorbei. Jetzt geht's ab in den scheiß Himmel für dich.« Er warf den Stein ins Becken, wo er mit einem tiefen Plumpsen auf den Grund sank. Dann packte er Pasquales Vater an den Hosenbeinen und zerrte ihn über das trockene Flussbett bis unter den Wasserfall. Eine tiefrote Blutspur blieb hinter ihm zurück.

Giuliani nahm seinen Eimer, tauchte ihn ins Wasser, wobei die Forelle herausglitt, und spülte das Blut von den Flusssteinen, so lange, bis nichts mehr davon zeugte, dass er dort soeben seinen Nachbarn erschlagen hatte.

»Wie geht's dir dahinten, Vialli?«, rief er und lachte. Pasquales Vater lag mit dem Gesicht nach unten im Flussbett. Eine schmale Fahne hellroten Blutes durchzog das türkisfarbene Wasser und folgte der Strömung.

Giuliani nahm seine Angel und den Eimer und stapfte zufrieden zurück zu seinem Haus.

***

Die Grabungen auf dem Grundstück der Giulianis waren noch bis in die späte Nacht fortgesetzt worden. Die Erde um das Haus herum war großflächig aufgerissen worden, aber eine weitere Leiche hatte man nicht gefunden.

Bruto hatte am Haus und im Wald auf der Zuwegung zum Haus Kameras installieren lassen, wie er es angekündigt hatte. Sie hofften, dass sie auf diese Weise eine Aufnahme von Pasquale bekämen, am meisten Luca, der am nächsten Morgen wach in seinem Bett lag und an die Decke starrte. Er ging in Gedanken alle Theorien, alle möglichen Konstellationen durch, wie diese beiden Fälle miteinander verbunden sein könnten, grübelte, wer der oder die Täter sein mochten und welches Motiv sie womöglich hatten. Aber nichts ergab Sinn, immer war irgendwo ein Haken, ein nicht logisches, nicht in das Puzzle passendes Stück.

Pasquale war ihm immer einen Millimeter voraus gewesen mit seinen Ermittlungen. Er musste eine bestimmte Information mehr haben als Luca und der Rest der Polizei. Was fehlte? Luca kam bei all seinen Überlegungen immer wieder bei Signora Brandt an. Sie war der Schlüssel, sie hatte Pasquale beobachtet und fotografiert.

Luca setzte sich in seinem Bett auf. Er musste dasselbe tun wie Pasquale und die Signora beschatten. Er musste sehen, was sie tat, mit wem sie sich traf und an welche Orte sie fuhr. Sie würde sich zwangsläufig irgendwann verraten. Erst recht jetzt, da sie wusste, was ihrem Mann widerfahren war. Er sah auf die Uhr. Es war kurz nach sechs. Zeit genug, um nach Desenzano zu fahren und vor ihrem Haus Stellung zu beziehen. Da er glaubte, dass er in seinem Flavia zu auffällig war und zu schnell erkannt werden würde, entschied er sich, auf dem Weg dorthin einen Wagen zu mieten, der schneller und weniger auffällig war.

In Gargnano kannte er eine kleine Werkstatt und Garage. Der Besitzer vermietete ein paar wenige Autos, die nicht sonderlich neu und auch nicht sonderlich sauber waren. Aber genau das ließ sie wie jedes andere Auto aussehen. Er mietete einen schwarzen Fiat Punto mit getönten Scheiben und mit der Auflage, auf der Rückbank Decken für Belmondo auszulegen. Luca wusste nicht, wie lange er unterwegs sein würde, und hatte ihn daher mitgenommen.

Gegen neun Uhr parkte er in der Straße von Signora Brandt und beobachtete die Haustür. Die erste Person, die er sah, war Lisa, ihre »Assistentin«, wie Signora Brandt sie nannte, die mit einer Tüte vom Bäcker zurückkam und das Haus betrat. Nur eine Viertelstunde später klingelte ein Mann im Anzug und mit einer schwarzen Aktentasche in der Hand an der Tür. Er blieb fast eine ganze Stunde und wischte sich, als er wieder in die schmale Gasse trat, mit einem Tuch den Schweiß von der Stirn. Ja, ein Gespräch mit Signora Brandt kann mitunter sehr anstrengend sein, dachte Luca.

Belmondo fing auf der Rückbank an zu winseln. Hier im Auto so eingesperrt zu sein, war nicht das, was er sich wünschte.

Luca ließ die Fensterscheibe auf der Beifahrerseite hinunterfahren, um wenigstens ein bisschen frische Luft hereinzulassen, als er im Rückspiegel den beigefarbenen Bentley Continental von Gemma erblickte. Sofort rutschte er in seinem Sitz nach unten und blieb versteckt, bis die Luxuskarosse ihn passiert hatte. Zu seinem Entsetzen erblickte er, als er wieder hochkam, die Rücklichter des Bentleys direkt vor sich. Luca tauchte wieder ab und wartete, bis der Bentley eingeparkt hatte und er die Tür zuschlagen hörte.

Es war Signora Gemma, die ausgestiegen war. Sie trug eine grüne Hose und einen weißen Blazer mit floralem Motiv und dazu einen Seidenschal. Ihr schwarzes, von grauen Strähnen durchzogenes Haar hatte sie hochgesteckt. Luca beobachtete sie und versuchte gleichzeitig, etwas in dem Wagen zu erkennen, doch die schwarzen Scheiben waren vollkommen undurchsichtig.

Nach fast fünfundzwanzig Minuten kamen beide Frauen aus der Haustür, und Luca ging erneut in Deckung, bis sie in den Bentley eingestiegen waren und der Motor ansprang. Luca startete den Punto und folgte ihnen mit ein wenig Abstand.

Der Bentley nahm den Weg zurück auf die Gardesana und fuhr bis ganz hinauf nach Riva. Luca folgte den Damen mit drei Autos zwischen ihrem und seinem Wagen. Da auf der Uferstraße nicht mehr viel Verkehr war, musste er darauf achten, ihnen nicht zu nah zu kommen. Was ihm dabei zugutekam, war das nasskalte, dunkle Wetter. Alle Fahrzeuge hatten die Scheinwerfer eingeschaltet und minimierten damit die Möglichkeit, einen bestimmten Wagen oder gar die Insassen erkennen zu können.

Als sie den letzten Tunnel vor Riva verließen, befand sich nur noch ein Wagen als Puffer zwischen ihnen. Luca fuhr ziemlich dicht auf, um nicht gesehen zu werden, folgte dem Bentley durch den ersten Verkehrskreisel und wunderte sich, dass Signora Gemma die Ausfahrt zum Ledrotunnel nahm. Luca hatte damit gerechnet, dass die beiden Damen in ein exquisites Restaurant gehen würden oder vielleicht zum Shoppen in die Altstadt. Ein Wagen wie ihrer befuhr nur recht selten den schmutzigen Tunnel hinauf ins Ledrotal.

Die Straße verlief gerade wie ein Strich und mit einer tüchtigen Steigung. Das rötlich-orangefarbene Licht im Tunnel schmerzte in den Augen, und Luca brauchte eine gewisse Zeit, um sich daran zu gewöhnen. Je weiter sie nach oben kamen, desto mehr Probleme hatten die Lüftungsräder, die mit Abgasen gefüllte Luft zu reinigen. Es wurde diesiger und diesiger, bis endlich der Tunnelausgang zu sehen war und sie in ein bläuliches Licht hinausfuhren. Sie passierten Biacesa, Prédi und Molina, bis das Ufer des Sees in Sicht kam. Das Wasser war heute ungewöhnlich dunkel und lag glatt wie eine Scheibe am Fuße der Berge zu seiner Linken. Signora Brandt und Signora Gemma fuhren einmal um den See bis ans westliche Ufer und bogen schließlich in Bezzecca auf den Marktplatz ab. Der Bentley wirkte geradezu grotesk zwischen den alten Häuserfassaden des kleinen Bergortes.

Luca bog nach rechts ab und hielt an, um die beiden Damen im Rückspiegel beobachten zu können. Der Wagen parkte vor der Kirche, und sie stiegen aus. Beide hatten auf der Rückbank gesessen, was bedeutete, dass Signora Gemma einen Chauffeur hatte. Das machte es für ihn schwierig, sie zu verfolgen. Luca musste im Wagen bleiben, um nicht entdeckt zu werden. Kurz entschlossen wendete er und folgte den Damen, die sich auf eine Gasse auf der linken Seite des Marktes zubewegten, fahrend. Die beiden zogen die Aufmerksamkeit aller Passanten auf sich, was sie aber nicht bemerkten oder zu stören schien.

Im Schritttempo rollte Luca in die Gasse. Belmondo hatte sich aufgesetzt und schaute neugierig aus dem Fenster. An der nächsten Gabelung hielten sich Signora Brandt und Signora Gemma rechts und steuerten auf eine kleine Pension zu, die auch ein Restaurant besaß, in dem man sehr gut essen konnte, wenn man sich von der sehr bürgerlichen, biederen Einrichtung nicht abschrecken ließ. Luca lenkte jedoch nach links und parkte auf der rechten Seite der Gasse, um die beiden weiterhin im Rückspiegel im Auge zu behalten. Sie betraten das Restaurant und aßen dort tatsächlich zu Mittag. Ähnlich wie ihr Bentley wirkten sie hier im Dorf völlig fehl am Platz. Und doch schien dieser Ausflug Teil einer üblichen Routine zu sein.

Sie blieben kaum länger als eine Stunde, und Luca wartete in seinem Punto, bis sie wieder auf ihn zukamen, um zum Marktplatz zurückzukehren. Wenig später tauchte er wieder ab, als der Bentley an ihm vorbei aus der Ortsmitte in Richtung Landstraße fuhr.

Luca ging davon aus, dass der Ausflug nun beendet war und die Damen wieder nach Hause wollten, doch hinter Biacesa blieben sie nicht auf der Hauptstraße in Richtung Tunnel, sondern bogen rechts ab auf die kleine Landstraße, die nach Pregasina führte. Luca setzte verwundert den Blinker und folgte ihnen, auch wenn das bedeutete, dass er nun direkt hinter ihnen herfuhr. Den öffentlichen Parkplatz ließen sie linker Hand liegen und rollten immer weiter den Berg hinab über die schmale Straße, bis in einer Biegung schließlich ein Aussichtspunkt auftauchte. Hier stand eine Statue, und man hatte an dieser Stelle eine Art Aussichtsterrasse gebaut, die einen wunderbaren Blick auf das grüne Tal und den dahinterliegenden See freigab. Viele Touristen begingen diese Strecke zu Fuß oder fuhren mit dem Rad, weil sie in die alte Ponalestraße überging.

Luca hielt an. Pregasina, der Ledrotunnel, die Ponale – sie befanden sich mitten in dem Gebiet, in dem der Täter oder die Tätergruppe aktiv waren.

Die Damen stiegen aus dem Wagen und zogen sich Daunenjacken über ihre Kleidung. Dann traten sie an das Geländer und ließen ihren Blick schweifen. Auch Luca stieg jetzt aus, ließ Belmondo aber im Wagen. Irgendetwas geschah hier gerade, er wusste nur noch nicht, was es war. Aber genau hier und jetzt, dachte Luca, wird sich etwas entscheiden. Er ließ alle Vorsicht fahren und beschloss, die beiden Damen direkt anzusprechen. Er dachte an die Karte, auf der er die Fundorte miteinander verbunden hatte. Die Linien kreuzten sich alle genau hier, an diesem Punkt. Pregasina war nicht das Zentrum, es lag zu weit abseits, das erkannte er jetzt. Hier kam alles zusammen, aber das Warum verstand er noch nicht.

Luca hatte den kleinen Platz erreicht und näherte sich nun der weiblichen Statue, die, wie eine Maria ihr Kind, eine Weltkugel in den Händen hielt. Ein kleines Bronzeschild war in den Stein eingelassen und benannte den Künstler, die Jahreszahl und den Titel. Luca achtete nicht darauf, er kannte diese Figur.

Signora Brandt und Signora Gemma standen dicht nebeneinander am Geländer, und bis auf ihre Haarfarbe ähnelten sie sich von hinten wie Schwestern.

»Buongiorno«, sagte Luca, und die beiden drehten sich um. Es lagen unterschiedliche Ausdrücke auf ihren Gesichtern, als sie Luca erkannten, doch die Überraschung war beiden gemein.

»Spinelli«, entfuhr es Signora Brandt. »Was tun Sie denn hier?«

»Ich … weiß es nicht genau«, sagte er. Das war eine ehrliche Antwort, auch wenn er meinte, ganz kurz davor zu sein, es zu wissen. Ihn trennten nur noch wenige Millimeter von der Erkenntnis.

»Ein Ausflug in die Berge?«, fragte Signora Gemma, die sich schnell wieder gefangen hatte.

»Nein«, gab Luca zurück. »Ich bin Ihnen gefolgt.«

»Uns?«, fragte Signora Brandt laut. »Ich verstehe nicht. Was wollen Sie damit sagen? Haben Sie etwa noch mehr Nachrichten für mich?«

»Nein.« Luca stand nachdenklich vor ihnen und wirkte anscheinend verstört auf die Damen.

»Geht es Ihnen nicht gut?«, fragte Signora Gemma.

Luca war in der Tat verwirrt. In seinem Kopf kamen alle Informationen, die er in den letzten knapp zwei Wochen erhalten hatte, zusammen und überlagerten sich wie Stimmen von vielen Personen, die zur selben Zeit sprachen. Er konnte keine Einzelstimme verstehen und auch nicht das gesamte Gespräch. Aber es ging um etwas Entscheidendes. Luca blinzelte irritiert und lenkte seinen Blick zu der Statue, die neben ihm aufragte. »Regina Mundi« war ihr Name. Die Königin der Welt. Und sie stand hier auf diesem Aussichtspunkt über dem See und hielt die Welt in ihren Händen.

Regina Mundi.

Sein Handy klingelte kaum hörbar. Alles um ihn herum schien irgendwie leiser und langsamer zu sein, so als befände er sich in einer Blase. Er nahm das Gespräch entgegen. Die beiden Frauen sahen ihm dabei zu.

»Pronto?«, meldete er sich abwesend.

»Spinelli? Wo sind Sie? Können Sie ins Präsidium kommen? Wir haben den Abdruck zuordnen können«, sagte Fabio erregt.

»Wer ist es?«, fragte Luca.

»Sie werden es nicht glauben, aber wir fanden tatsächlich ein passendes Zahnprofil in den Unterlagen eines Zahnarztes in Salò.«

»Wer ist es?«, wiederholte Luca.

»Es ist der Abdruck von Signora Gemma. Sie ist es.«

Luca ließ seine Hand sinken. Eine schmerzende, eiserne Kälte breitete sich in seinem Gesicht aus und fuhr bis in seine Knochen. Er meinte, sein Herz würde gefrieren und er gleich hier das Bewusstsein verlieren. Er war plötzlich so schwach, dass er sich kaum noch auf den Beinen halten konnte.

Er blickte in Signora Brandts Gesicht, die ihn fragend und besorgt anschaute. Dann schaute er zu Signora Gemma. Auf ihren roten Lippen lag ein leichtes Lächeln. Ihre Augen glänzten sanft.

»Frederico«, sagte sie milde.

Luca begriff nicht, warum sie das sagte und wen sie damit meinte. Dieser Name war ihm gänzlich unbekannt. Doch dann sah er aus dem Augenwinkel einen schwarzen Schatten, der sich ihm schnell näherte. Er flog von hinter der Figur der Regina auf ihn zu, und dann krachte es laut, und alles wurde dunkel.

ZWANZIG

Noch bevor Luca die Augen öffnete, spürte er die Schmerzen in seinem Kopf. Seine gesamte rechte Schädelhälfte glühte und pochte. Er hörte geschäftige Geräusche und Stimmen, und er hörte ein Feuer prasseln. Als er die Augen aufschlug, stellte er fest, dass er auf einem Steinfußboden auf der Seite lag. Seine Hände waren auf den Rücken gefesselt. Er blickte in ein langsam größer werdendes Feuer und eine Art Höhleneingang dahinter.

»Mama, er ist wach«, sagte eine Stimme.

»Was habt ihr mit ihm vor?«, fragte eine andere, die nach Signora Brandt klang, aber so ängstlich und schüchtern, dass sie sich zwanzig Jahre jünger anhörte.

Jemand packte Luca an den Füßen und legte zwei Schlingen mit einem Seil daran um seine Füße.

»Nein, noch nicht. Lass ihn«, sagte Signora Gemma. Sie stand jetzt direkt vor ihm. Luca erkannte die schwarzen Stiefeletten und die grüne Hose. »Setz ihn auf einen Stuhl. Jetzt wird es interessant.«

Er wurde von zwei jungen Männern unsanft auf einen Holzstuhl gehievt. Signora Gemma lächelte ihn an. Links von ihr, etwas abseits des Feuers, standen zwei junge Frauen, zu denen sich nun auch die beiden Männer gesellten. Signora Brandt tauchte in seinem Sichtfeld auf, sie kam zögernd näher und stellte sich leicht versetzt hinter ihre Freundin. Er konnte die Gesichter der beiden nur durch den Widerschein des Feuers auf den geweißten Wänden erkennen. Ihre Augen funkelten wie glühende Kohlen. Luca erinnerte sich an den Moment, kurz bevor er niedergeschlagen worden war. Da war der Anruf von Fabio gewesen und die Statue … Luca sah auf.

»Wie sind eure Namen?«, fragte er laut und überraschte damit zumindest Signora Brandt, die leicht zusammenzuckte.

»Wie sind eure vollständigen Namen?«, wiederholte er noch lauter.

Seine Stimme hallte von den nackten Wänden wider.

»Wie heißt ihr?«, schrie er.

»Simona Brandt«, sagte die Signora und wusste sichtlich nicht, warum sie das tat.

»Und du?«, fragte Luca.

»Regina Gemma«, antwortete Signora Gemma.

»Regina«, hauchte Luca. »Du bist es. Du bist Regina. Und du lebst.«

»Oh ja, ich bin am Leben«, sagte Regina Gemma. »Was dachtest du denn?«

»Ich dachte, dein Vater hätte auch dich getötet. Wir haben eine Leiche auf dem Grundstück gefunden. Aber das warst nicht du.«

»Meine Mutter«, sagte sie, und zum ersten Mal zeigte sich eine Reaktion auf ihrem Gesicht. Ein Augenlid zuckte empfindlich. »Habt ihr sie ... herausgeholt?«

»Das mussten wir.«

Sie ließ den Kopf sinken.

»Wo warst du all die Jahre?«, fragte Luca.

»Meine Heimkehr verlief anders als gedacht«, erklärte sie mit einem bitteren Ausdruck im Gesicht. »Ich traf Simona bei einem sehr, sehr netten Mann. Als wir endlich von ihm weggingen, wurden wir aufgelesen und in ein Heim gebracht.«

»›Belvedere‹«, sagte Luca. »Ihr wart beide dort.«

»Richtig. Du bist informiert.«

»Ich wusste nur, dass sie da war«, sagte Luca und sah zu Signora Brandt.

»Ich war viel länger dort als Simona. Eltern nehmen gern Kinder auf, die musisch begabt sind.« Sie blickte sanft zu ihrer Freundin, die das alles nicht zu verstehen schien.

»Wovon redet ihr da?«, fragte Signora Brandt verzweifelt.

»Weiß sie gar nichts davon? Weiß sie nicht, wer du bist?«, fragte Luca.

Regina Gemma bekam einen beschämten Blick. »Nein. Das konnte ich ihr nicht sagen. Um ihretwillen. Wir sind wie Schwestern.«

»Was meint er, was hat das alles zu bedeuten?«

»Signora Brandt ... Simona«, sprach Luca sie an, »Ihre Freundin ist eine Mörderin.«

»Aber das ist doch klar, Signor Spinelli«, entgegnete sie verständnislos. »Das haben Sie doch inzwischen herausgefunden, oder nicht?«

»Sie hat Ihren Mann getötet.«

»Ja, auf meinen Wunsch hin. Er war einer der bösesten Menschen, denen ich je begegnet bin, und Regina hat mich von ihm befreit.«

»Sie wissen allerdings nicht, wie böse Regina ist«, stellte Luca fest, blickte Regina Gemma in die Augen, sah hinüber zu ihren Kindern, die wie Geister im Halbdunkel standen und ihn anstarrten. Und da verstand er vollends. Er verstand, wie sie vorgegangen waren.

»Sie ist wie ... wie eine Bienenkönigin, und ihre Kinder sind die Drohnen, die ihr die Opfer brachten. Zu viert überwältigten sie, wen Regina aussuchte, und transportierten die Opfer in dem schwarzen Kastenwagen hierher, richtig? Hier sind alle gestorben«, stellte Luca fest und blickte zur Decke, wo er den Beweis hängen sah. Den Haken, an dem ihre Opfer aufgehängt worden waren.

»Welche Opfer, was reden Sie da?«, fragte Signora Brandt erneut. Sie wandte sich an ihre Freundin. »Regina, was meint er?«

»Na los, sag es deiner *Schwester*«, sagte Luca verächtlich. »Sag ihr, wer du wirklich bist. Die ganze Wahrheit. Kannst du das?«

»Warum nicht, Spinelli? Glaubst du, mein Gewissen würde mich quälen?«

»Nein, du hast keins.«

Sie nickte und wandte sich ihrer Freundin zu. »Was dein

Signor Spinelli gern hören möchte, ist, dass dein Mann nicht der Einzige war, den ich getötet habe.«

Signora Brandt sah sie mit staunenden Augen an.

»Von ihm weißt du doch von dieser Mordserie, die er für die Polizei bearbeitet. Das war ich. Nur dass unsere schlaue Polizei, die sich Filmemacher als Berater sucht, noch immer völlig ahnungslos ist, wie viele es wirklich waren.«

»Wen ... wen hast du noch getötet?« Angst lag nun in Signora Brandts Augen und ein Ausdruck von Verletzlichkeit, von dem wachsenden Bewusstsein, betrogen worden zu sein.

»Was weiß ich?« Regina Gemma winkte ab. »Es waren viele. Wisst ihr es noch?«, fragte sie ihre Kinder.

»Sie wissen es?«, fragte Signora Brandt entsetzt und versuchte, ihre Tränen zurückzuhalten.

»Na, sie waren doch dabei. Spinelli hat es doch gerade ganz gut beschrieben. Wir haben das gemeinsam getan. Wir müssen zusammenhalten. Es gibt nicht viele von uns. Und wir müssen uns, so gut es geht, umeinander kümmern.«

Signora Brandt machte einen Schritt zurück.

»Schätzchen, bitte sei nicht zu erschrocken deswegen«, wollte Regina sie beruhigen.

»Was hast du getan?«

»Das ist nichts für deine Ohren. Du bist so unschuldig. Und du gehörst nicht zu uns.«

»Zu euch?«

»Ich ... und meine Kinder, wir sind Wölfe. Wir gehören zusammen, darum habe ich sie schließlich ausgesucht. Sie sind meinesgleichen.«

»Wölfe, was ...« Signora Brandt blickte ratlos zu den Kindern hinüber. »Was hat sie euch angetan?«, fragte sie die vier verzweifelt.

»Na los«, forderte Luca Regina Gemma auf. »Erzähl ihr von eurer Vorliebe für Menschenfleisch, Regina. Nennst du euch deshalb ›Wölfe‹, weil du dann nicht ›Kannibalen‹ sagen musst?«

»Was?« Signora Brandts zitternde Finger legten sich auf ihren Mund, und Tränen des Entsetzens quollen ihr förmlich aus den Augen.

»Wir sind dafür gemacht«, sagte Regina. »Wir brauchen es, so wie ihr Brot und Wasser braucht. Und diese Menschen leben in uns weiter. Sie sind dadurch nicht wirklich tot. Genau wie meine Mutter.«

»Deine Mutter? Hat dir das etwa dein Vater eingebläut?«, wollte Luca wissen.

Signora Brandt wimmerte nur noch leise.

»Natürlich hat er das. Ich helfe meiner Mama weiterzuleben. In mir.«

»Was hat er dir nur alles angetan?«, fragte Signora Brandt weinend.

»Wirst du gleich sehen«, gab ihr Regina emotionslos zur Antwort. »Kinder, holt ihr bitte unseren anderen Gast?«

Die vier bewegten sich fast lautlos an ihnen vorbei und gingen nach hinten. Der höhlenartige Raum musste noch meterweit in den Berg hineinführen. Ein Schloss wurde geöffnet, etwas quietschte. Dann kamen sie zurück, und Luca versuchte, über die Schulter zu schauen.

»Luca!«, hörte er die Person inmitten der Kinder ausrufen.

»Pasquale!«

Er war es tatsächlich. Er sah elend aus, blass, mit tiefen schwarzen Augenringen, eingefallenen Wangen und Bart. Aber er lebte.

»Mein Gott«, flüsterte Signora Brandt und verbarg das Gesicht in ihren Händen. »Nein, nein, nein …«

»Jetzt, liebe Simona, lernst du meine große Liebe kennen. Die einzige, die ich je hatte.« Sie ging auf Pasquale zu, der von ihren Söhnen festgehalten wurde, und strich ihm zärtlich über die Wange. Pasquale kämpfte mit den Tränen.

»Tu das nicht«, flehte er.

»Ach, du cleverer Junge. Du ahnst natürlich, was jetzt kommt«, sagte sie.

»Lass ihn, bitte. Ich tue alles, was du willst, wenn du ihn gehen lässt.«

»Du tust sowieso alles, was ich will, Liebster. Niemand stellt sich mehr zwischen uns, niemand.«

»Regina, hör mich an«, flehte Pasquale. »Ich liebe dich, das weißt du. Aber so kannst du nicht weitermachen. Du musst jetzt aufgeben, sonst ist alles zu spät. Sie werden dich so oder so finden.«

»Nein, da bin ich nicht deiner Meinung. Spinelli hier ist unwichtig. Die Polizei wird mich nicht finden, weil wir weggehen, sobald ich das hier beendet habe.«

»Hast du auch deinen Vater umgebracht?«, wollte Luca wissen. »Ich habe tatsächlich geglaubt, Pasquale hätte ihn und die anderen aus Rache getötet.«

»Wen meinst du denn mit ›die anderen‹? Ich konnte ihn nicht meinen Vater töten lassen. Das war meine Aufgabe. Aber wen meinst du noch?«

»Branduro? Deine Tante, Signora Grossi?«

»Sie hatte es verdient und hätte sich wahrscheinlich bald selbst mit dem Alkohol umgebracht. Durch deine Recherchen bin ich ein wenig in Zugzwang gekommen. Und das musste ebenfalls erledigt werden, bevor wir jetzt gehen«, entgegnete Regina. »Aber diesen Branduro kenne ich nicht.«

Luca suchte Pasquales Blick.

»Er ist tot?« Pasquale war anzusehen, dass er wusste, was Luca dachte. »Ich war die ganze Zeit hier, Luca. Ich kann es nicht gewesen sein.«

»Fesselt seine Füße«, ordnete Regina an.

»Nein, lasst ihn, bitte!«, rief Pasquale, doch zwei der Geschwister hielten ihn weiterhin fest, während die beiden anderen ein Seil holten und Lucas Füße zusammenbanden.

»Du bist eine Kannibalin«, sagte Luca Regina Gemma auf den Kopf zu.

»Ich bin eine Wölfin. Ich würde sterben, wenn ich es nicht täte. Elendig sterben.«

»Schneidest du mir die Kehle durch?«, fragte Luca. »Und verscharrst mich dann wie alle anderen, so wie dein Vater deine Mutter verscharrt hat?«

Regina horchte auf und musterte ihn neugierig. »Ich habe mit meinem Bruder sogar ihr Grab ausheben müssen. Und zuschaufeln mussten wir es auch. Warum hast du eigentlich keine Angst?«, wollte sie von ihm wissen.

»Ich denke … Ich bin schon mal in einer ähnlichen Situation gewesen. Und ich habe nichts mehr zu verlieren. Meine große Liebe starb bei einem Unfall direkt vor meinen Augen. Mir ist egal, was du mit mir machst.«

»Du bist interessanter, als ich dachte. Jetzt weiß ich, warum Pasquale so einen Narren an dir gefressen hat. Aber das schützt dich nicht vor dem Tod.«

Sie ging zu einer Truhe an der Wand und holte eine Gummischürze und ein Schlachtermesser heraus.

»Halte du Simona fest«, befahl sie dem Mädchen, das Luca die Beine gefesselt hatte. »Du ziehst ihn hoch«, sagte sie zu einem der Jungen.

»Nein!«, schrie Signora Brandt, doch das Mädchen hielt ihr von hinten den Mund zu. Es hatte einen schrecklich gleichgültigen Ausdruck im Gesicht, genau wie Reginas andere Kinder.

»Luca, es tut mir leid, ich wollte nicht …« Pasquale sprach nicht weiter.

Regina trat mit dem Messer auf Luca zu. Ihr Sohn legte das Seil über den Haken und wollte Luca daran hochziehen, als es ein klickendes Geräusch gab. Man hörte es durch das Knacken des Feuers hindurch.

»Loslassen!«, rief eine tiefe Stimme.

Alle fuhren erschrocken herum. Eine schwarze Silhouette stand im Eingang des Gewölbes. Zunächst glich sie einem Scherenschnitt, doch dann, als sie sich auf das Feuer zubewegte, nahm sie Gestalt an, und man erkannte die Waffe in der ausgestreckten Hand und schließlich ein Gesicht. Es war Commissario Bruto. Luca hätte vor Erleichterung weinen können.

»Keiner von euch rührt sich mehr«, sagte Bruto und kam näher. Er war sichtlich entsetzt über das, was er sah. Seine dunklen Knopfaugen bewegten sich schnell von links nach rechts und registrierten alles, was in diesem Raum vor sich ging. Am Ende blieb sein Blick an Regina in der weißen Schürze haften. Sie hielt noch immer das Messer in der Hand. Wie ein Tiger schlich er näher und visierte sie über den Lauf der Waffe hinweg an.

»Regina«, sagte er.

»Dino.« Sie ließ schlaff ihre Arme sinken.

Luca sah Bruto an, der nicht widersprach, als sie ihn so nannte. Konnte das tatsächlich sein? Er war doch ...

»Dino?«, fragte Luca.

Bruto alias Dino warf Luca einen verächtlichen Blick zu.

»Und Sie dachten, Sie wären so schlau«, meinte er mit kratziger Stimme.

»Sie sind nicht erschossen worden?«

»Es ist ein Wunder, wie wenig man sich für jemanden interessiert, wenn er tot ist«, entgegnete er. »Der Clan hatte einiges mit mir vor. Und siehe da ... Hier stehe ich mit einer Polizeimarke und einer Dienstwaffe.« Er bleckte seine Zähne zu einem diabolischen Grinsen.

»Dino«, wiederholte seine Schwester und sah aus, als suchte sie in dem Mann, der vor ihr stand, den Jungen, den sie gekannt hatte.

»Dino gibt es nicht mehr, Regina. Aber wie ich sehe, gibt es Regina auch nicht mehr«, sagte er und ließ seinen Blick an ihr herabwandern.

»Es ist viel geschehen. Du bist einfach gegangen. Ich hab mich ... durchgeschlagen«, sagte sie mit einem Blick zu Simona.

»Was soll diese ganze Scheiße hier? Was geht in deinem kranken Hirn vor?«, fragte er, und auf einmal hörte man den alten Dino heraus, den großen Bruder, der seiner Schwester Vorwürfe machen konnte, wie er es wollte.

»Ich muss leben«, antwortete sie leichthin. »Ich tue das, weil ich überleben muss. Niemand weiß das besser als du, nicht wahr?«

»Ich weiß nicht, wovon du sprichst, und ich will es auch nicht wissen. Aber eines sagst du mir.« Er trat noch einen Schritt weiter auf sie zu. Sein Arm spannte sich etwas mehr, und seine Hand hielt die Waffe jetzt so fest, dass seine Knöchel weiß hervortraten. »Hast du Papa umgebracht?«

Regina lachte auf. »Das ist dir wichtig, oder? Ob ich es war, die dieses alte, verwanzte Drecksschwein umgebracht hat? Ich sag dir was: Dieser Hurenbock war nicht mal die scheiß Folie wert, die ich für ihn verbraucht habe. Aber ihm beim Ersticken zuzusehen, war das Herrlichste, was ich je erlebt habe. Und wenn du jetzt noch um deinen Papa weinst wie ein kleiner Junge, habe ich gleich doppelt so viel Spaß bei dem Gedanken.«

Er drückte ihr den Pistolenlauf auf die Stirn. Regina packte sein Handgelenk blitzschnell mit der einen Hand und legte mit der anderen das Schlachtermesser an seine Pulsadern.

»Na, schneide ich schneller, als du schießt, oder schießt du schneller, als ich schneide?«, forderte sie ihn heraus.

Seine Wut nahm langsam überhand. Sich so von seiner Schwester vorführen zu lassen, verletzte ihn tief in seiner Ehre und in seinem Selbstverständnis.

»Dafür wirst du büßen.«

»Ich schneid dir den halben Arm ab, ehe es dazu kommt. Ich bin nicht mehr die kleine Regina, die du kanntest, Dino, und jetzt, wo ich weiß, dass du lebst, bist du der Einzige, den ich noch töten muss«, zischte sie. Und dann schnitt sie.

Es gab ein seltsam ratschendes Geräusch, als die Klinge durch den Arm fuhr. Dino hatte keine Chance mehr abzudrücken, denn sie hatte ihm alle Sehnen und Muskeln im Unterarm durchtrennt. Schreiend und mit panisch aufgerissenen Augen taumelte er zurück und knallte mit dem Rücken so heftig gegen die Wand, dass es ihm die Füße wegzog und er zu Boden ging.

Er starrte entsetzt auf seinen Arm und sah zu, wie sich das Blut rasend schnell auf seinem Anzugärmel ausbreitete. Die Pistole konnte er nicht mehr benutzen. Sie hing nur noch an seinem Zeigefinger. Regina trat mit drohend erhobenem Messer auf ihn zu. Ihre Absätze verursachten ein fast metallisches Geräusch auf dem Steinboden der Höhle. Dino griff mit seiner gesunden Hand nach der Waffe und musste sie von seinem Zeigefinger lösen, bevor er sie endlich hochreißen konnte. Regina war fast bei ihm, da drückte er auch schon ab. Einmal, zweimal, dreimal, viermal. Schwarze Löcher platzten in ihrer weißen Gummischürze auf, und sie wurde mit jedem Treffer weiter zurückgeworfen, bis sie rücklings an die gegenüberliegende Wand schlug und zu Boden ging.

Die Schüsse waren so laut gewesen in diesem Gewölbe, dass Luca die Ohren klangen. Sonst hörte er nichts mehr. Er sah zu, wie Reginas Kinder auf sie zustürzten und neben ihr auf die Knie fielen. Sie schrien und weinten und wollten sie halten. Pasquale ging wie in Zeitlupe an Luca vorbei und blieb vor Regina stehen, die nach Luft schnappend an die Höhlenwand gelehnt dasaß und Blut spuckte. Dann kehrten allmählich die Geräusche zurück. Luca vernahm die klagenden Stimmen und das Weinen von Signora Brandt und den Kindern. Pasquale kniete sich neben Regina, und ihr ältester Sohn machte ihm Platz.

»Regina«, flüsterte er.

Sie versuchte zu lächeln und rang nach Luft.

»Es tut mir leid. Es tut mir leid, dass ich dich nicht retten konnte«, sagte er. Dann tat sie ihren letzten Atemzug, und Pasquale küsste sie auf die Stirn.

Luca blickte hinüber zu Dino. Er war schlaff zur Seite gesunken und saß in einer Pfütze aus Blut. Auch er war tot.

Es war vorbei.

٭٭٭

Nicht einmal die Ältesten hier am Ufer des Sees konnten sich an einen derartigen Kälteeinbruch erinnern. Die Temperatur war für fast zwei Wochen von über zwanzig Grad auf knapp über null gefallen. Doch nun hatten sich die Temperaturen wieder erholt, und die Sonne kehrte für die letzten Tage im Oktober mit neuer Kraft zurück.

Luca saß mit Pasquale, Fabio und Tomasio in einem Café in Riva direkt am Wasser und genoss die Sonnenstrahlen des Tages. Sie tranken Cappuccino, auf den Luca sie eingeladen hatte. Das Wasser schwappte glucksend gegen die Kaimauer, und durch eines der Fenster in den Häusern hörte man eine Frauenstimme ein altes Volkslied singen.

»Dann wurde Branduro getötet, weil er Bruto hätte gefährlich werden können?«, fragte Tomasio.

»Branduro kannte Dino ja von früher. Er hat damals auch mit ihm gesprochen. Wahrscheinlich hat Dino ihn erkannt, als wir zusammen auf dem Giuliani-Grundstück auf das Eintreffen der Kriminalpolizei warteten«, antwortete Luca. »Und er inszenierte es so, dass er mit mir zusammen die Leiche entdeckte, um automatisch eine Art Alibi zu bekommen.« Luca sah nach unten und schüttelte den Kopf. »Dasselbe hätte mit Stambolo, dem Arzt, passieren können. Aber dahin schickte er mich allein. Sodass er gar nicht erst mit ihm konfrontiert wurde.«

»Mein Gott, was für eine Geschichte. Aber wir sind so froh, dass wir dich wiederhaben«, sagte Tomasio und klopfte Pasquale freundschaftlich auf die Hand.

Pasquale lächelte müde. Er sah immer noch nicht vollständig erholt aus, und er würde es lange Zeit nicht sein. Was er durchgemacht hatte, konnte eigentlich nur Luca nachvollziehen.

Belmondo hatte sich am Ende des Tisches, kurz vor dem Wassernapf, auf der Terrasse zusammengerollt und döste in der Sonne. Man hatte ihn aus dem schwarzen Punto gerettet, nachdem die Polizei Luca und Pasquale in den Bergen gefunden hatte. Die vermeintliche Höhle, in der sie gewesen waren, hatte sich als eine alte Behausung für die Arbeiter im Wasserwerk entpuppt, die man einfach zugeschüttet hatte. Regina Gemma hatte sich dort durch ihren Zugang zu den alten Bauplänen zusammen mit ihren Kindern ein perfektes Versteck schaffen können. Belmondo blickte auf und legte dann eine Pfote auf Pasquales Fuß, so als hätte er mitbekommen, wie aufgewühlt er immer noch war.

»Und Signor Gemma ist mit Sicherheit nicht beteiligt oder irgendwie eingeweiht gewesen?«, fragte Tomasio weiter.

Fabio ergriff jetzt das Wort und rührte dabei seinen Cappuccino um. »Nein, er war ebenso unwissend wie Signora Brandt. Er wusste nicht mal von dem Mord an deren Ehemann.«

»Ist das wirklich glaubhaft?«, zweifelte Tomasio.

»Nun, diese Leute leben ein anderes Leben als wir. Gemma hat seinen Firmensitz in Mailand. Häuser besitzt er hier am See, in Monte Carlo, in Kalifornien und in Südafrika. Er hat ein eigenes Flugzeug, reist ungefähr hundertfünfzig Tage im Jahr durch die Weltgeschichte, und das meistens ohne seine Frau. Wenn sie hier allein war, hatte sie freie Bahn, ihre kranken Phantasien auszuleben. Die Suche nach ihren übrigen Opfern, und davon muss es einige gegeben haben, geht jetzt natürlich weiter. Da erhoffen wir uns Informationen von den Kindern.«

»Könnten wir bitte das Thema wechseln?«, bat Pasquale.

»He, hab ich schon erzählt, dass ich einen neuen Film drehe?«, fragte Luca, um die Stimmung aufzulockern und Pasquale abzulenken. Er hatte darüber noch gar nicht nachgedacht, es war ihm spontan eingefallen.

»Im Ernst? Über was denn?«, fragte Tomasio neugierig.

»Ich … ich will einen Film drehen und brauche dazu noch drei männliche Laiendarsteller …«

»Oh nein.« Tomasio winkte ab.

»Klingt interessant, was müssen wir machen?«, wollte Fabio wissen.

»Ihr stellt drei alternde Männer dar, die noch einmal richtig Spaß haben wollen und einen Sprung vom Monte Baldo wagen.«

»Einfach so springen? Das wird ja ein kurzer Film«, meinte Tomasio und brachte damit alle zum Lachen.

»Nein, mit einem Paraglider, so einem Schirm.«

»Nicht in tausend Jahren.« Pasquale hob abwehrend die Hand.

»Doch, doch, das ist eigentlich eine ganz tolle Idee für uns«, fand Fabio. »Lass uns das doch machen.«

»Nichts da«, bekräftigte Pasquale und schüttelte den Kopf.

»Aha, der Schisser kneift den Schwanz ein«, stichelte Tomasio.

»Nun beweist doch mal ein bisschen Mut«, forderte Luca.

»Bist du denn auch dabei, oder quatschst du uns hier nur in was rein?«, wollte Pasquale wissen.

»Ich muss das ja filmen, ich fliege mit, na klar.«

»Wenn du fliegst, flieg ich auch«, sagte Pasquale und reichte ihm die Hand über den Tisch.

»Bin dabei.« Luca schlug ein.

»Ich war ja sowieso der Erste«, sagte Fabio, legte seine Hand auf ihre und schaute Tomasio fragend an.

»Braucht ihr mich dann überhaupt noch?«, entgegnete der.

»Na, na, na«, rief Luca, »du bist auch mit von der Partie, keine Ausflüchte.

»Okay, okay.« Tomasio legte seine Hand mit in die Mitte, und sie versprachen sich alle zu springen.

»Gut, das ist doch mal ein Vorhaben«, lobte Fabio.

»Wisst ihr was?«, sagte Luca. »Ich plane gar keinen Film. Aber springen tun wir trotzdem, wir haben uns ja die Hand drauf gegeben.«

Die anderen beschwerten sich lautstark und brachen am Ende alle in schallendes Gelächter aus, das über den See echote.

Eine Stunde später machten sie sich auf den Heimweg, und als die anderen beiden bereits losgefahren waren, stand Luca noch einen Moment mit Pasquale auf dem Parkplatz. Ihre Wagen parkten nebeneinander.

»Ich wollte mich noch bei dir bedanken«, sagte Pasquale leise und reichte Luca die Hand.

»Es war nur ein Cappuccino.« Luca grinste seinen Freund an und schlug dann ein.

»Nein, ehrlich. Wenn du nicht gewesen wärst …«

»Ach, komm. Wenn du mir einfach alles erzählt hättest …«

»Wie erzählt man so eine Geschichte?«, fragte Pasquale traurig.

»Ich weiß. Ich hab meine ja auch nicht erzählt. Aber weißt du was?« Er suchte Pasquales Blick. »Ich denke, dass wir beide uns gefunden haben, weil wir solche Geschichten haben. Irgendwie verbindet uns das, und es war wohl Schicksal, dass wir uns trafen. Es sollte so sein.«

Pasquale lächelte. »Schöne Sichtweise, gefällt mir.« Er nahm Luca in den Arm und hielt ihn fest. »Fährst du jetzt nach Hause?«, fragte er, als er sich wieder löste.

»Nein, ich denke, ich werde heute mal nach Malcesine auf den Friedhof fahren«, gab Luca zu.

»Ehrlich? Das finde ich gut. Soll ich dich begleiten?«

»Sehr gern.«

»Aber wir fahren mit meinem Auto«, stellte Pasquale mit einem skeptischen Blick auf den Flavia fest.

EINUNDZWANZIG

Die Vorhänge waren noch geschlossen, aber die Sonne drückte sich schon durch die Maschen des Stoffs. Regina lag wach in ihrem Bett. Ob die anderen Mädchen noch schliefen, wusste sie nicht. Simona war kaum zu erkennen unter ihrer Decke.

Dann sprang auf einmal die Tür auf, und Anna, die Erzieherin, kam herein.

»Aufstehen, ihr kleinen Mäuse!«, rief sie wie jeden Morgen und schritt munter durch den Mittelgang auf die Fenster zu. Mit energischen Bewegungen öffnete sie die Vorhänge, und goldene Sonnenstrahlen fluteten das Zimmer, sodass alle ihre Augen zusammenkniffen und stöhnten. »Auf, auf, aus den Betten und ab ins Badezimmer!«

Die Mädchen lagen zu sechst in dem Zimmer, drei Betten auf jeder Seite. Simonas erster Blick galt Regina, bevor die beiden sich dann aus ihren Decken schälten und aufstanden. Regina fiel es heute unendlich schwer, aus dem Bett zu kommen. Denn von jetzt an würde alles anders werden.

»Hopp, hopp, Galopp!«, rief Anna und klatschte in die Hände. Die anderen Mädchen liefen tapsend auf nackten Füßen aus dem Zimmer. Anna kam kurz zu Simona und fasste sie an beiden Schultern. »Heute ist dein großer Tag«, sagte sie und zwinkerte ihr zu.

Sie wuschen sich, gingen hinunter zum Frühstück und sollten anschließend alle auf die Wiese hinter dem Haus zum Ballspielen gehen. Nur Simona durfte zurück aufs Zimmer und ihre Sachen packen. Und Regina, sie hatte die Erlaubnis, bei ihr zu bleiben.

»Ich werd dich vermissen«, sagte Simona mit tränenerstickter Stimme. Sie hielt kraftlos die Lasche des Koffers in den Händen. Regina stand am Fenster und sah das Auto die Auffahrt heraufkommen.

»Sie sind da«, sagte sie gegen die Scheibe.

»Oh, Regina«, weinte Simona und kam zu ihr, um ihr um den Hals zu fallen. Sie hielten sich ganz fest in den Armen, so lange, bis Anna im Türrahmen erschien.

»Es ist so weit.«

Schniefend löste Simona ihre Arme und blickte traurig auf ihre Fußspitzen. »Ich …«

»Ich weiß schon«, sagte Regina und küsste sie auf die Wange. Dann drehte sie sich um und schaute aus dem Fenster. Simona ging. Regina sah sie unten aus dem Eingang kommen, wo sie von ihren neuen Eltern in Empfang genommen wurde. Noch einmal blickte Simona nach oben, ihr Gesicht verheult und nass von den Tränen. Regina verzog keine Miene. Nur ihr Atem kondensierte an der Scheibe, wenn sie ausatmete. Der Mann verstaute den Koffer im Kofferraum, und die Frau legte einen Arm um Simona, bevor sie sie einsteigen ließ. Die Türen klappten zu, und das Auto entfernte sich, fuhr unter dem Schild mit der Aufschrift »Belvedere« hindurch.

Erneut tauchte Anna in der Zimmertür auf.

»Sei nicht traurig, du bist bestimmt auch bald dran.«

***

Pasquale fuhr durch den Tunnel hinauf zum Ledrotal. Es war früher Morgen und dementsprechend wenig Verkehr. Die Sonne würde erst in einer halben Stunde aufgehen. Das weit geöffnete Maul des Tunnels spuckte ihn am anderen Ende wieder aus und entließ ihn in die noch kälteren und grüneren Bergregionen. Er durchquerte die kleinen Dörfer, in denen langsam das Leben erwachte, und fuhr anschließend am See-ufer entlang bis zu den Dörfern hinter dem Westufer, von denen eines heute sein Ziel war.

Er trug seine private Kleidung, hatte aber seine Dienstwaffe dabei. Als er abbog, um dem gewundenen Weg nach oben auf seine Heimatalm zu folgen, nahmen Ungeduld und Wut von ihm Besitz. Sein Herz schlug ihm bis zum Hals. In Gedanken spielte er alle möglichen Verläufe der bevorstehenden Konfrontation durch. Und keiner davon ging gut aus.

Er hielt an, als er an der Einfahrt zum Haus seiner Eltern angekommen war. Es war inzwischen ein Ferienbungalow, und man erkannte kaum noch, was es früher einmal gewesen war und wie es ausgesehen hatte. Er stieg aus, ging ein Stück die Auffahrt entlang und sah plötzlich das alte Bild vor sich. Sein Vater hackte Holz, seine Mutter hängte Wäsche im Garten auf. Heiße Tränen rollten ihm übers Gesicht, und alles verschwamm in einem weißen Schleier. Mit dem Ärmel seiner Jacke wischte er sich über die Augen und machte auf dem Absatz kehrt. Länger konnte er es nicht aushalten, ohne zusammenzubrechen. Und das jetzt noch, mit über fünfzig Jahren.

Er fuhr das letzte Stück bis zum Tor und stellte den Wagen davor ab. Hier hatte sich nichts verändert. Es war, als wäre er wieder dreizehn. Der Weg durch den kleinen Wald, die Lichtung, die sich vor ihm auftat, das Haus auf der Wiese. Alles sah noch aus wie damals. Der Weg hinauf erschien ihm länger. Seine Lungen schienen verkleinert zu sein, er bekam immer weniger Luft. Als er endlich vor dem Haus stand, musste er sich kurz erholen, bevor er seine Waffe zog und klopfte.

Er vernahm ein Poltern von innen und dann schwere, schlurfende Schritte auf dem Flur. Die Tür wurde aufgezogen. Und dann stand er vor ihm. Der Mann, der ihm alles genommen hatte. Alt und hässlich und ungewaschen und unrasiert. Pasquale hob seine Waffe und zielte auf Giulianis Stirn.

»Ins Haus, alter Mann«, befahl er.

Giuliani spuckte in den Flur. »Wer zum Teufel bist du, dass du mir Befehle gibst?«, keifte er.

»Ganz der Alte«, sagte Pasquale. »Ich bin es. Pasquale Vialli.«

Das ließ ihn erstarren.

»Ins Haus!«, rief Pasquale, und Giuliani schlurfte rückwärts und hob die Hände.

»Was willst du machen? Mich jetzt noch erschießen?«

»Darum bin ich hier.«

»Du bist doch ein dämlicher Feigling, hättest eher kommen sollen, dann hätte ich mich noch besser wehren können.«

»Es reicht. Ich kann nicht mehr. Ich beende es. Ich beende dein Scheißleben hier und jetzt.«

Pasquale rückte die Waffe noch näher an seinen Kopf heran. Da hörte er eine Stimme seinen Namen sagen, die er zu kennen glaubte. Er trat zur Seite und drehte sich um. Flankiert von vier Jugendlichen stand sie im Wohnzimmereingang. Regina. Sie war es. Sie war zurück.

Pasquale ließ die Waffe sinken und lächelte.

»Ich bin es«, sagte sie.

Er nickte nur und ging auf sie zu. Sie fielen sich in die Arme und küssten sich und hielten sich und vergaßen alles um sie herum.

»Was ist das für 'ne verdammte Scheiße?«, schimpfte ihr Vater.

Arm in Arm blickten sie zu ihm. Regina nahm Pasquales Gesicht in die Hände.

»Niemand wird uns mehr trennen«, sagte sie. »Ich liebe dich so sehr.«

Pasquale war so perplex. Alles war wie in einem Traum, und er befürchtete, dass er gleich aufwachen würde und nichts davon wäre wahr.

»Kümmert euch um ihn«, sagte Regina zu den Jugendlichen. Sie griffen sofort nach ihm und drehten seine Hände auf den Rücken, um ihn zu entwaffnen.

»Was tust du?«, fragte Pasquale.

»Ich kümmere mich jetzt um meinen Vater«, sagte sie.

Alessandro Montano
DIE TOTEN VOM GARDASEE
Broschur, 272 Seiten
ISBN 978-3-7408-0070-3

Dokumentarfilmer Luca Spinelli kennt den Gardasee und die
Menschen dort besser als jeder andere. Deshalb bittet ihn die
Polizei um Mithilfe in einer Mordserie, die das Tal erschüttert: Der
»Teufel vom Gardasee« macht Jagd auf junge Männer. Zusammen
mit Kommissar Tomasio Giancarlo begibt sich Luca auf die Spur
des Serienkillers. Doch der Teufel hat sie längst im Blick, und das
Tor zur Hölle öffnet sich langsam, aber sicher …

*»Ein sehr gelungenes Krimi-Debüt vor beeindruckender Kulisse.
Fesselnde Unterhaltung.«*   ekz

www.emons-verlag.de

Alessandro Montano
DER FLUCH VOM GARDASEE
Broschur, 352 Seiten
ISBN 978-3-7408-0521-0

In einem kleinen idyllischen Ort am Gardasee wird der grausam
zugerichtete Leichnam eines Mannes entdeckt. In den Händen
hält der Tote ein Buch mit schockierendem Inhalt: Darin wird
geschildert, wie die Einwohner der Gemeinde der Reihe nach
getötet werden. Angst und Schrecken verbreiten sich im Dorf.
Hat der anonyme Autor begonnen, seine Geschichte in blutige
Wirklichkeit umzusetzen?

*»Ein düsterer, sehr atmosphärischer Krimi, der den Leser sofort
in seinen Bann zieht.«*   WDR 4 Buchtipp

www.emons-verlag.de